Rhoda Belleza
Rebellin der tausend Sterne

Rhoda Belleza

Rebellin der tausend Sterne

Aus dem amerikanischen Englisch
von Michaela Link

cbj

Sollte diese Publikation Links auf Webseiten Dritter enthalten, so übernehmen wir für deren Inhalte keine Haftung, da wir uns diese nicht zu eigen machen, sondern lediglich auf deren Stand zum Zeitpunkt der Erstveröffentlichung verweisen.

Dieses Buch ist auch als E-Book erhältlich

MIX
Papier aus verantwortungsvollen Quellen
FSC® C083411

Verlagsgruppe Random House FSC® N001967

1. Auflage 2018

Die Originalausgabe erschien 2018 unter dem Titel
»Blood of a Thousand Stars« bei Razorbill, an imprint of
Penguin Random House LLC
Übersetzung: Michaela Link
Redaktion: Birgit Förster
Umschlaggestaltung: Carolin Liepins
Umschlagmotive: Shutterstock (Aphelleon, NASA images,
Angela Harburn, Maria Starovoytova, evgeny freeone,
DarkOne, indira's work, michaelaubryphoto)
TP · Herstellung: eR
Satz: Buch-Werkstatt GmbH, Bad Aibling
Druck: CPI books GmbH, Leck
ISBN 978-3-570-16475-4
Printed in Germany

www.cbj-verlag.de

Für Dad

HAUPTFIGUREN

KALUSIANER

Rhiannon Ta'an:	Kronprinzessin, einzige überlebende Erbin der herrschenden Ta'an-Dynastie
Kara:	Angefochtene Ta'an-Prinzessin und Rhiannons Schwester
Tai Simone:	Gouvernante der Kronprinzessin
Reyanna:	Rhiannon
Nero Cimna:	Kalusianischer Botschafter des Kronregenten

WRAETANER

Alyosha Myraz:	Ehemaliger UniForce-Soldat, ehemaliger DroneVision-Star aus *Die Revolutionäre*
Issa:	Ärztin der wraetanisch-fontisianischen Koalition

FONTISIANER

Dahlen:	Abtrünniger Krieger des Ordens des Lichts und der wraetanisch-fontisianischen Koalition
Lahna:	Soldatin des Ordens des Lichts

UNBEKANNT

Der Fischer:	Ein Geächteter im äußeren Gürtel der Galaxie

PLANETEN

KALU UND KALUSIANISCHE TERRITORIEN

Kalu:	Bevölkerungsreichster Planet der Galaxie und Stammplanet der regierenden Ta'an-Dynastie
Navrum:	Terraformierter Asteroid
Rhesto:	Großer Mond von Kalu, vor dem Großen Krieg Standort eines Kernkraftwerks
Tinoppa:	Kleiner Asteroid zwischen Kalu und Nau Fruma, Sitz der heiligen Kristalle
Chram:	Mit Kalu verbündeter Zwergplanet
Fontis:	Größter Planet der Galaxie

FONTISIANISCHE TERRITORIEN

Wraeta:	Dezimierter Planet, vor zehn Jahren während des Großen Krieges bei einem Angriff der Kalusianer zerstört

NEUTRALE TERRITORIEN

Nau Fruma:	Kleiner Mond von Kalu
Portiis:	Abgelegener Planet
Erawae:	Kuppelstadt auf einem Asteroiden im Bazorl-Quadranten

TEIL 1

Die Heimgekehrten

»Eine organische Erinnerung ist ein Akt der Schöpfung, der Neu-Schöpfung, um genau zu sein – und per Definition eine unvollkommene Kopie, verfälscht durch Gefühle und eine Überflutung mit Sinnesreizen. Eine Erinnerung hingegen, die über den Würfel aufgerufen wird, ist die vollkommen erhaltene genaue Erinnerung. Man mag einwenden, dass solche Erinnerungen weniger greifbar sind oder dass etwas Wesentliches verloren geht. Aber das scheint ein kleiner Preis für die Wahrheit zu sein, wenn man unzählige Male zu demselben unveränderten Moment zurückkehrt.«

Appell des G-1T-Gipfels an die Vereinten Planeten
aus dem Jahr 858

1

Kara

Wenn es hier oben schon heiß war, musste es unten auf dem Platz inmitten der Menschenmassen die Hölle sein. Ganz Nau Fruma befand sich im Streik und die wogende Menge der Demonstranten sah von hier wie ein einziges zorniges Lebewesen aus. Für einen historisch neutralen Mond war Nau Fruma dieser Tage nicht gerade friedlich.

Schweiß brannte Kara in den Augen, während sie den Blick über das Gedränge unten gleiten ließ. Sie wischte ihn mit dem Handrücken weg und verschmierte dabei den Mondstaub, der sich auf ihrer Haut abgelagert hatte.

»Test«, befahl sie Pavel, dem kleinen Droiden, der neben ihr stand. Die Hitze ließ alles in der Ferne schimmern. »Sechs Uhr.«

Ein grellweißer Blitz zuckte über den roten Ziegelbau hinter ihnen und war in Sekundenschnelle erloschen. Kara kratzte an der rostigen Münze, die sie immer bei sich trug. Sie war nur ein Glücksbringer gewesen, nichts weiter, bis Lydia ihr deren Bedeutung erklärt hatte.

Diese Münze bindet dich an deine Familie. Es steckt Geschichte darin, hatte sie vor ihrem Tod mit ihrem letzten Atemzug gesagt.

Kara blinzelte die Erinnerung weg. »Noch einmal, Pavel: Neun Uhr.«

Pavel drehte sich nach Westen und reflektierte das Sonnenlicht mit einem kleinen Spiegel.

»Noch einmal: Zwei Uhr …«

»Schon gut, schon gut, jetzt bleib mal locker«, sagte Aly, der über die Drahtseilleiter aufs Dach geklettert kam. »Du bist verbissener als die Hälfte der Jungs in der Grundausbildung.« Er hockte sich neben Kara in den Schutz des Dachgesimses.

»Ich will mich nur vorbereiten«, antwortete sie und steckte die Münze weg. Er hatte ja keine Ahnung, wie militant Lydia gewesen war. Die Frau, die Kara für ihre Mutter gehalten hatte, hatte nichts anderes gekannt als ihre Aufgabe – Karas Ausbildung. Sprachtests. Überlebenstraining. Möglichkeiten, Credits zu schmuggeln, und wie man Menschen durchschaute. Kara hatte es für absurd und paranoid gehalten, aber das war nur ein Zeichen dafür gewesen, wie wenig sie selbst wusste. In gewisser Weise hatte es sich ausgezahlt. Kara hatte überlebt, auch wenn Lydia es nicht getan hatte.

»Wenn du dich weiter so intensiv vorbereitest, wird noch jemand da unten unsere kleine Operation bemerken.«

»Sie haben nur Augen für die Kette der Streikposten.«

Kara und Aly waren vor zwei Tagen auf Nau Fruma gelandet, und erst vor einem Tag hatte Kaiserin Rhiannon Ta'an verkündet, dass sie noch lebte. Da Nau Fruma ein Mond Kalus war, überschlugen sich die Holos mit Meldungen über ihre Heimkehr. Normalerweise wäre Kara über die sichere Rückkehr ihrer Schwester erleichtert gewesen, aber die Holos ergingen sich auch in den neuesten Spekulationen: Wo war Josselyn Ta'an, Rhiannons ältere Schwester?

Wenn jemand im Universum die Antwort auf diese Frage kannte, dann Kara.

Denn Kara *war* Josselyn. Oder war es einst gewesen, selbst wenn sie sich nicht mehr daran erinnerte.

Nachdem Rhee die Galaxie darüber informiert hatte, dass sie am Leben war, hatte sie enthüllt, dass auch Kara noch lebte, und eine Belohnung für ihre sichere Rückkehr ausgesetzt.

Genauer gesagt hatte sie eine Belohnung für *Josselyn* ausgesetzt, die verschwundene kaiserliche Schwester und rechtmäßige Kaiserin, von der man glaubte, sie sei vor vielen Jahren mit der gesamten Familie Ta'an bei der Explosion eines Raumschiffs ums Leben gekommen.

Vielleicht hätte Kara von der Geste gerührt sein sollen. Sie besaß keine Erinnerungen an die Zeit vor ihrem zwölften Lebensjahr. Lydia hatte ihr erklärt, dass es eine Fehlfunktion des Würfels sei; Kara hatte es all die Jahre geglaubt und den großen weißen, leeren Raum ihres Geistes mit ausgedachten Ereignissen gefüllt. Sie war so gut darin geworden, dass sie bald ganze Geschichten spann und auf Partys aus dem Stegreif ein Ersatzleben erfand, während die anderen Kinder staunend mit großen Augen nickten.

Neben all den Lügen, die sie erzählt hatte, und den Lügen, die man *ihr* erzählt hatte, besaß sie eine wahre Familie und ein echtes Zuhause – aber was zählte schon Blut? Rhiannon war in jeder Hinsicht eine Fremde, und ihr Anblick auf den

Holos löste bei ihr eine Flut von Gefühlen über Menschen aus, von denen die meisten längst tot waren. Lydia, die Wissenschaftlerin, die sie aufgenommen hatte. Ihre richtigen Eltern, der verstorbene Kaiser und die Kaiserin von Kalu, an die sie sich kaum erinnerte. Und Rhiannon, das Mädchen, das von den Toten zurückgekehrt war und nun dabei war, ihre Krone zu übernehmen … während Kara auf einem heißen Dach hockte und sich vor Nero und seinen Schergen versteckte.

Aly schraubte eine Feldflasche auf, legte den Kopf in den Nacken und nahm einen großen Schluck. Kara wandte sich ab und versuchte, sich zu konzentrieren. Sie spähte zu der Tür auf der anderen Seite hinüber. Ihre Ponyfransen fielen ihr ins Gesicht und sie wischte sie ärgerlich beiseite.

»Damit geht es besser«, bemerkte Aly. Er zog ein klobiges schwarzes Ding aus der Tasche, das aussah wie zwei aneinandergefügte Trinkbecher. »Man nennt es Fernglas. Bestes Militärgerät. Es vergrößert das, was man sieht.«

Auf dem Schwarzmarkt bekam man anscheinend alles. Kara nahm das Fernglas entgegen. Es war schwerer, als sie gedacht hatte. Als sie es sich vor die Augen hielt, sah sie alles verschwommen und klein. »Es funktioniert nicht.«

»Du hältst es verkehrt herum«, erklärte er kopfschüttelnd und grinste auf eine Art, die sie vergessen ließ, dass ihr Leben in Flammen stand.

»Das war mir klar«, log sie. Kara hob das Gerät wieder an die Augen und bereute es sofort. Das Bild, das sich ihr bot, war verwirrend, klaustrophobisch, zu schmal. Sie konnte immer nur eine kleine Gruppe Menschen auf einmal sehen. Sie riss sich das Fernglas vom Gesicht und hätte es beinahe fallen lassen.

»Hey«, sagte Aly und nahm es ihr aus der Hand. »Alles in Ordnung?«

Sie schüttelte den Kopf. »Mir ist irgendwie schwindlig.« Ihr wurde bewusst, dass sie Kopfschmerzen hatte, dass ein Licht hinter ihrem Auge pulsierte. Es lag nicht am Fernglas. Die Medikamente, die Lydia ihr gegeben hatte, gingen zur Neige. Kara nahm sie seit Jahren; Lydia hatte ihr erklärt, die Tabletten sollten ihr helfen, mit den von der Störung ihres Würfels verursachten schweren Kopfschmerzen und Albträumen fertigzuwerden. Die Pillen hatten ihre Symptome tatsächlich gelindert, Kara hatte aber herausgefunden, dass Lydia sie ihr aus einem anderen Grund gegeben hatte.

Die Tabletten halfen wirklich gegen die Kopfschmerzen, aber sie waren gleichzeitig auch DNA-Hemmer, dazu bestimmt, Josselyns Züge zu verzerren – wahrscheinlich Lydias biologische Eigenkreation. Während der letzten zwei Wochen hatte sie sich von den Medikamenten entwöhnt, indem sie nur die halbe Dosis genommen hatte, dann die Vierteldosis bis hin zu Bruchstücken einer Tablette jeden zweiten Tag. Heute Morgen hatte sie eine Tablette ohne Messer zerbrochen und das meiste davon war zu Staub zerbröselt.

Kara hätte fast geweint. Nicht dass sie hätte erklären können, warum. Das Ende einer einfachen Routine hatte etwas an sich, das einen an seine Vergangenheit band. Selbst wenn es eine Lüge war.

»Nimm du es.« Kara gab ihm das Fernglas zurück. »Sag mir, was du siehst.«

Er blickte durch das Fernglas. »Du verpasst nicht viel. Da ist nur ein Haufen angekotzter Nauies.« Er rieb sich den Nacken, wie immer, wenn er nachdachte. Sein Hemd war hochgerutscht und entblößte einen Streifen dunkler Haut, den kleinen, vorgewölbten Bauchnabel und Grübchen innen an der Hüfte.

»Geht es Euch gut, Kara? Ich nehme eine plötzliche, aber geringfügige Veränderung in Eurer Hautfarbe wahr.« Pavels Augenlichter wurden rot. »Der Medizinbibel zufolge ist das eine verbreitete physiologische Reaktion auf emotionalen Stress. Die Gefäße erweitern sich, die Haut wird stärker durchblutet und das Gesicht färbt sich rot.«

»Das nennt man Erröten«, bemerkte Aly. Er ließ den Feldstecher sinken; seine Mundwinkel hatten sich kaum merklich in die Höhe gezogen.

»Du bist eine Ratte.« Kara stupste Pavel mit dem Stiefel an, sodass er zurückrollte. Sie spürte, dass sie noch heftiger errötete. »Ich werde deinen Kopf aufmachen und alle Drähte umstecken«, drohte sie.

»Sieh dich lieber vor, kleiner Mann.«

»Das ist Humor, korrekt?« Pavels Augenlichter waren rot geworden. »Denn theoretisch sind wir nicht allzu weit entfernt. Neue Forschungen legen die Vermutung nahe, dass die Übertragung von Würfel zu Würfel verbessert werden kann. Benachbarte neuronale Pfade können die Informationen ohne Vorbereitung senden und empfangen, selbst ohne …«

Aly ließ die Hand mit dem Fernglas sinken. »Schon gut, P«, sagte er, und alle Verspieltheit wich aus seiner Stimme. »Komm wieder runter. Sie hat nur einen Witz gemacht.«

»Lass ihn doch«, meinte Kara, aber die Stimmung hatte sich bereits geändert. Aly wusste, dass sie nicht gern über die Würfel sprach. Ihre bloße Erwähnung machte sie nervös und erinnerte sie daran, dass sie die Würfel abgeschaltet hatten für den Fall, dass Nero gerade versuchte, sie aufzuspüren.

Aly schloss die Lücke zwischen ihnen und schob seine

Hand in ihre. Sie versuchte zu ignorieren, wie die Berührung ihre Haut entflammte. »Alles in Ordnung mit dir?«, fragte er.

»Mir geht es gut«, antwortete sie und entzog ihm ihre Hand.

Aly sah sie mit diesem Blick an, den er immer dann aufsetzte, wenn er versuchte, sie zu durchschauen – die vollen Lippen leicht vorgeschoben, die braunen Augen mit den dichten Wimpern weit geöffnet. Er hatte eine Schnittwunde über der linken Braue, an derselben Stelle, wo er sie sich als Kind schon einmal aufgeschlagen hatte – aber diesmal war Julian der Täter gewesen.

Julian, der Junge auf Nau Fruma, der Lancier genannt wurde. Wie sein Vater, der auf der Eledio ums Leben gekommen war. Aber statt mehr von ihm zu erfahren, hatte er sich auf sie gestürzt wegen des Medaillons, ihrer Münze. Weil er geglaubt hatte, die Münze gehöre Prinzessin – jetzt Kaiserin – Rhiannon Ta'an.

Seitdem waren Aly, Kara und Pavel ihm mit einigem Abstand gefolgt. Julian war ihre einzige Verbindung zum Lancier und zu den Informationen, die er ihr vor seinem Tod hätte geben sollen. Kara war sich sicher, dass sie etwas mit dem Ort zu tun hatten, an dem sich der Überschreiber befand – die Technologie, mit deren Hilfe Lydia sich in Karas Würfel gehackt und ihre Erinnerung daran gelöscht hatte, Josselyn zu sein.

Die Technologie, von der Lydia ihr vor ihrem Tod erzählt hatte. Die Technologie, die Kara zerstören wollte.

Aber zuerst musste sie das Gerät finden, und sie hatten nicht viele Anhaltspunkte. Zu dritt waren sie sämtliche verfügbaren Informationen über die G-1T-Gipfel durchgegangen, bei denen die Wissenschaftler der Galaxie zusammengekommen waren, um den Würfel zu entwickeln –, doch in den ganzen Bestimmungen, ethischen Normen, Berichten oder Updates hatte sich nichts Konkretes gefunden. Kara vertiefte sich sogar in die Verschwörungstheorien über den Überschreiber. Einige davon besagten, dass im äußeren Gürtel ein Prototyp entwickelt worden sei, der einfache Erinnerungen löschte, die in den Würfeln gespeichert waren, und zwar mithilfe eines riesigen gemeinsamen Netzwerks, das dem der UniForce ähnelte. Aber das wusste Kara bereits, da es *ihre* Erinnerungen waren, die man entfernt hatte – und es lieferte ihr keine neuen Informationen. Es hatte immer Gerüchte gegeben. Sie brauchten etwas Konkretes. Und ihre einzige Spur war Julian.

Jetzt wartete Kara darauf, dass Julian wie jeden Nachmittag das Dojo verließ. Sie kniff die Augen zusammen und spähte wieder auf die Menge hinab. Heute würde sie endlich in das Gebäude gelangen.

»Wenn ich eine Superkraft wählen dürfte, würde ich deine Gedanken lesen wollen«, bemerkte Aly.

»Besser nicht.« Sie schüttelte den Kopf. »Sie sind total verkorkst.«

»Ich will alles sehen. Selbst die verkorksten Teile«, antwortete Aly. Er rutschte näher an sie heran, sodass ihre Schultern sich berührten. »Besonders die verkorksten Teile.«

Kara kämpfte gegen den Drang, ihn anzuschauen, gab dann aber nach.

»Deine Augen«, sagte er leise, seine Lippen nur einen Atemzug von ihren entfernt. Sie betrachtete die leichte Einbuchtung in der Mitte seiner Oberlippe. »Sie wechseln wieder die Farbe.«

Kara blinzelte. Alys Worte holten sie wieder in die Welt

zurück; sie hatte das Gefühl, als sei sie aus einem Bann erwacht.

»Pavel!«, rief sie nach hinten. Als er heranrollte, bat sie ihn um den Spiegel und hielt ihn sich vors Gesicht.

»Ich meinte damit nicht …«, setzte Aly zu sprechen an, aber Kara schüttelte den Kopf. Sie sah es: die goldene Färbung ihrer linken Iris, die winzigen grünen Einsprengsel, die die Mitte tüpfelten.

»So sehr haben sie sich gar nicht verändert«, machte Aly einen Rückzieher.

Karas Zunge fühlte sich dick an. Doch, sie hatten sich verändert. Sie hatte sich verändert. Der schwache Kopfschmerz wurde plötzlich zu einem heftigen Pochen hinter ihrem rechten Auge. Sie fischte die Augentropfen aus der Tasche; sie enthielten schnelle DNA-Hemmer, damit ihre Augen die gleiche Farbe behielten. Die Flüssigkeit brannte, als sie sie auf die Hornhaut tropfte.

»Hey«, sagte Aly und griff wieder nach ihrer Hand. »Ich weiß nicht, warum ich es überhaupt erwähnt habe. Man kann es kaum erkennen.«

Diesmal zog sie sich nicht zurück, sondern blickte auf ihre verschränkten Finger hinab – und sah, dass seine Knöchel rot und wund waren von all dem, was er während der letzten Wochen durchgemacht hatte. Es kam ihr vor, als sei ein ganzes Leben vergangen, seit sie sich auf dem Zeppelin das erste Mal begegnet waren. Die Welt befand sich im Krieg. Alles hatte sich verändert, auch ihr Gesicht.

»Du bist ein furchtbar schlechter Lügner«, bemerkte sie.

»Vier Uhr!«, verkündete Pavel.

Aly drückte ihre Hand. »Wir sind fertig mit den Übungen, P«, rief er nach hinten.

»Keine Übung. Zielperson auf vier Uhr.«

Kara riss Aly das Fernglas aus der Hand und schaute in die Richtung, die Pavel genannt hatte. Julian verließ in seinem typisch schlaksigen Gang ein Gebäude. Kara und Aly sahen sich kurz an, dann sammelten sie ihre Sachen ein und warfen sich die Duhatj über.

»Du weißt, was zu tun ist, Pavel«, rief Aly, während er und Kara schnell die Leiter hinunterkletterten. Sie war so nervös, dass sie halb rutschte, halb fiel, und plötzlich spürte sie Boden unter den Füßen und flog die Treppe zur Straße hinab. Sie stürmte durch die Tür auf die dicht gedrängten Straßen mit den Demonstranten. Aly erschien neben ihr und zog sie zurück. »Mach langsam«, murmelte er und richtete ihren Duhatj.

Aber ein Gefühl der Dringlichkeit hatte sie erfasst. Sie würden bei jemandem einbrechen. Julian war der Sohn des inzwischen toten Lanciers, ihre einzige Spur – und er hatte Rhee gekannt, war sogar mit ihr befreundet, wenn man bedachte, wie feindselig er geworden war, als er Karas Münze gesehen hatte. Aber sie befanden sich auch mitten in einer Protestaktion, umgeben von einem großen Aufgebot von Wachen, die nur darauf warteten, ihre Taser einzusetzen, falls man ihnen einen Grund dazu gab.

Wieder blitzte von ihrem Ausguck ein Licht auf vier Uhr auf – Pavels Signal, das Julians Standort anzeigte. Julian war auf dem Weg nach Hause.

Kara tauchte in die Menge ein. Aly war dicht hinter ihr. Die Masse wogte vorwärts, brüllte Sprechchöre über gerechte Bezahlung und niedrigere Ausfuhrabgaben auf Waren für den Mond. Sie folgte den Menschen mit hartnäckiger Entschlossenheit und drängte sich durch die Menge, während das Licht von einem Gebäude zum nächsten hüpfte und sich immer weiter entfernte. Schließlich erreichten sie den kuppelförmigen Eingang, und Kara schaute auf, um sich ein letztes Mal zu vergewissern, dass das Licht weit entfernt war. Sie griff hinter sich und tastete nach Alys Hand. Aber er war nicht mehr da.

Kara stellte sich auf die Zehenspitzen und suchte nach ihm, doch er war nirgendwo – verloren in der Menge. Sie war sich sicher gewesen, dass er hinter ihr war. Wenn sie wartete, würde sie ihr Zeitfenster verpassen: Ihre Beobachtungen hatten ergeben, dass der Tempel tagsüber nur fünfzehn Minuten ungenutzt war. Das allein hatte ausgereicht, um sie davon zu überzeugen, dass das, was der Lancier seinem Sohn gegeben hatte – was immer es war –, wahrscheinlich dort aufbewahrt wurde, wo es nahezu durchgehend unter Bewachung stand.

Sie wandte den Blick zum Turm und hob die Hand, um Pavel das Zeichen zu geben, dass sie hineinging.

Sie passierte zuerst eine kleine Eingangshalle und kam durch eine weitere Tür in einen langen Raum mit hoher Decke. Der Boden war mit Bambusmatten belegt, und durch die Mitte des Raumes zog sich eine Reihe von Holzsäulen. Das Material war ohne Zweifel aus Kalu importiert; auf einem staubigen Mond wie diesem gab es nicht genug Wasser, um Bambus anzubauen. Die Wände im Osten und Westen waren von Sprossenfenstern gesäumt, durch die Licht hereinströmte. Der Raum war leer, doch Kara konnte in ihm die Intensität und die Gewalt, die sie immer mit Kampfkunst in Verbindung gebracht hatte, fast greifbar spüren.

An der Mitte der Rückwand stand ein kleiner Altar mit nur einem Holo und einem Ahnen: Veyron, auch bekannt als der Lancier. Kara kannte sein Gesicht praktisch auswendig; während ihrer Nachforschungen in den letzten zwei Tagen war sie auf zahllose Bilder von ihm gestoßen. Auf jeder Aufnahme zeigte er einen starren Gesichtsausdruck: der Mund zu einem so geraden Strich zusammengepresst, dass es fast schon eine Grimasse war, die hohe Stirn und die dunkle Hautfarbe seiner wraetanischen Seite, der einschüchternde Blick seiner eisblauen Augen.

Doch in diesem Holo zeigte er den Anflug eines Lächelns. Es war draußen aufgenommen worden – die Sonne schien warm auf seine Haut und ließ sie gebräunter wirken, lebendiger.

Auf dem Altar lagen einfache Opfergaben verteilt: ein paar Früchte, eine Schale mit Getreide und ein altes, heruntergebranntes Räucherstäbchen. Ein Gegenstand stach aus den anderen hervor: ein Zylinder, der aus kleinen, verschieden großen und langen Holzstückchen zusammengefügt war. Er passte in Karas Hand.

Als sie ihn hochhob, drang ein blauer Strahl aus ihm hervor und strich ihr über die Augen. Für den Bruchteil einer Sekunde war sie geblendet. Der Strahl wuchs und breitete sich zu einem großflächigen Holo der Galaxie aus, das die ganze Breite des Dojos einnahm und von dessen Ausmaßen Kara schwindlig wurde.

Hinter sich hörte sie eine Tür schlagen. Sie sprang zurück und ließ den Zylinder fallen, der klappernd auf dem Boden landete. Das Holo schrumpfte zu einem Streifen und verschwand.

Sie drehte sich um und sah ihn. *Julian*. Er wirkte sogar noch größer als vor einigen Tagen. Er stand breitbeinig da, die Hände zu Fäusten geballt.

»Was machst du hier?«

»Ich habe dich gesucht«, antwortete Kara ruhig. Die Lüge fiel ihr leicht, obwohl ihr Herz raste und ihr Kopf hämmerte. Musste er ausgerechnet heute zurückkehren? … Sie bemerkte, dass er den Eingang versperrte, durch den sie gekommen war – und den Ausgang, den sie nehmen wollte.

Der Blick seiner blauen Augen fiel auf den Zylinder. Die Holzstückchen hatten sich nun zu einem asymmetrischen Dreieck angeordnet. »Wie hast du es geschafft, ihn aufzuschließen?«

»Ich habe ihn nicht aufgeschlossen.« Kara versuchte, ruhig zu sprechen, als er auf sie zukam. Konnte sie um ihn herumlaufen? Am anderen Ende des Raumes gab es eine zweite Tür, aber sie wusste nicht, wo sie hinführte. »Ich habe ihn einfach in die Hand genommen.«

»Du lügst.« Dann: »Ich will wissen, was er gesagt hat.«

Es gab also eine Botschaft. Lydia hatte gewollt, dass sie sie fand. Es war eine Botschaft, die nur Kara – nicht Julian oder sonst jemand – öffnen konnte.

Draußen schlug etwas gegen das Fenster. Kara konnte den Umriss einer dunklen Gestalt ausmachen, die vor dem Fenster hockte und sich dagegendrückte. Instinktiv gingen Kara und Julian in die Knie.

Karas Herz hämmerte so heftig wie ihr Kopf. Sie traf eine Entscheidung.

Als Julian den Blick zum Fenster wandte, stürzte Kara an ihm vorbei und griff sich das Holzgerät.

»Nein!« Er warf sich auf sie und packte sie am Fuß. Sie flog nach vorn, doch Knie und Ellbogen bremsten den Sturz. Das Gerät rollte ihr aus der Hand. Julian ließ sie los, um es sich zu schnappen, aber Kara war schneller auf den Beinen als er.

Sie riss den Zylinder an sich und sprintete durch die Tür, erleichtert, eine Treppe zu sehen. Die Sprechchöre und Rufe vom Markt waren hier lauter – sie war in die richtige Richtung unterwegs.

»Was hat er gesagt?«, hallte Julians Stimme ihr nach, während sie so hastig die Treppe hinaufstürmte, dass sie an jeder Biegung gegen die Wand knallte und sich blaue Flecken holte, die sie erst später bemerken würde.

Sie stürzte ins Sonnenlicht hinaus und warf sich in die aufgebrachte Menge.

2

Rhiannon

Rhee sah nicht mehr aus wie ein gezeichnetes Kind; das blaurote Mal, wo der Octoerces sich an ihrem Gesicht festgesaugt hatte, war verblasst, und ihre Haut besaß wieder die Farbe von glattem Sand. Erst vor zwei Tagen hatte Rhee über einen gekaperten Holovisionskanal ihre Heimkehr angekündigt. Der Fischer, der Rhee und Dahlen auf Fontis geholfen hatte, aus Neros Fängen zu entkommen, hatte sich dann um Hilfe an ein buntes Netzwerk von Anarchisten gewandt – die zwar keinerlei Interesse daran hatten, dass man Rhee die Krone zurückgab, aber sehr großes Interesse an den Credits besaßen, die sie als Gegenleistung für ihre Unterstützung erhielten. Sie flogen in einer Reihe unmarkierter Shuttlefahrzeuge unter dem Radar ebenjener Armee, die Rhee befehligen sollte, und erreichten Kalu im Schutz der Nacht.

Jetzt schaute Rhee von der Rückbank des terrestrischen Fahrzeugs durch die getönten Scheiben. Sie fuhren durch die Straßen von Sibu, die zu beiden Seiten von Tausenden von Kalusianern gesäumt wurden – gekommen, um Rhee zu Hause willkommen zu heißen. Die ganze Hauptstadt war geschmückt, bunte Papierlaternen hingen an Balkons und über den Türen.

Die sind für uns, hatte Josselyn einmal gesagt, als sie von einem verlängerten Familienausflug zurückgekehrt waren.

Du meinst, sie sind auch für mich?, hatte Rhee gefragt.

Das ist die Bedeutung des Wortes uns, hatte Joss geantwortet. Sie hatte es immer geschafft, dass Rhee sich dumm und klein vorkam. Und gerade als die Hoffnung zu schwinden begann, hatte Josselyn Rhee mit der Schulter angestoßen und gelächelt. In diesem Moment wusste Rhee: Sie waren ein Team. Sie war der treue Begleiter. Sie würde Joss überallhin folgen.

Sie zog die Münze aus der Tasche. Sie stammte aus dem Quadranten Bazorl, aus einer Zeit, bevor man Credits verwendet hatte. Diese Metallstücke waren früher einmal von Wert gewesen und ihr Vater hatte von einer diplomatischen Mission zwei davon mit nach Hause gebracht. Eine für sie und eine für Joss.

Rhee hatte erst vor Kurzem erfahren, dass Joss noch lebte – dass sie den Unfall überlebt hatte, bei dem der Rest ihrer Familie auf so tragische Weise umgekommen war –, aber Rhee konnte sie nicht finden. Joss konnte überall in der Galaxie sein. Rhee hatte ihre Suche aufgeben müssen, bevor sie überhaupt begonnen hatte, und war stattdessen nach Hause gekommen, um Anspruch auf den Thron zu erheben. Nero hatte ihr keine andere Wahl gelassen. Er wusste, dass Josselyn noch lebte. Bestenfalls konnte Rhee eine Belohnung für die sichere Rückkehr ihrer Schwester anbieten und hoffen, dass sie sie fand, bevor Nero es tat. Sie musste diesen Krieg beenden und Neros Aufstieg verhindern, bevor er ihr endgültig die Herrschaft entriss.

In Wahrheit wollte sie ihn auch töten. Aber sie hatte genug Blut vergossen und gelernt, dass ihre Rachefantasien eben nur das waren: Fantasien. Veyron, ihr Trainer, war tot. Andres Seotra, der ehemalige Regent der kalusianischen Krone, war tot. Sie hatte eine Spur von Leichen, von Zerstörung hinterlassen. Sie sollte es besser wissen und den Gedanken an Rache an der Wurzel kappen, weil er sich nicht ausgezahlt hatte und sich auch diesmal nicht auszahlen würde. Sie musste klüger sein, strategischer vorgehen. Blutvergießen war nicht die Lösung, wenn sie versuchte, einen Krieg zwischen Kalu und Fontis zu beenden. Wenn überhaupt, würde Neros Ermordung nur zu noch mehr Gewalt führen.

Das Fahrzeug wechselte die Gänge und riss sie aus ihren Gedanken.

»Macht Euch keine Sorgen«, meldete Dahlen sich vom Vordersitz aus zu Wort. Die Augen des Fontisianers waren im Rückspiegel grau; je nach Licht wechselten sie die Farbe. »Ich habe die Gegend ausgekundschaftet. Im mittleren Distrikt sind wir am verwundbarsten. Dort und da drüben wurden zusätzliche Bogenschützen postiert«, sagte er und zeigte auf die Stellen.

Rhees Blick wanderte zu den kunstvoll tätowierten Wirbeln an seinem Hals. Sie stellte es sich unglaublich schmerzhaft vor, sie sich stechen zu lassen. Er musste ihren abwesenden Gesichtsausdruck mit Sorge verwechselt haben. Näher war er der Frage, ob es ihr gut ging, nie gekommen.

Sie suchte nach den richtigen Worten, Worten, die sie in diesem Moment erdeten, um jedes letzte Gefühl zu erklären, das sie belastete.

»Danke, dass Ihr so gründlich wart.«

Er hatte den Einsatz der Sicherheitskräfte ernst genommen, aber trotz seiner Kampferfahrung hatte er den Feind missverstanden. Nero würde niemals versuchen, sie vor den Augen so vieler Menschen anzugreifen. Sie fürchtete nicht um ihr Leben. Sie fürchtete sich vor seinem Verstand – vor der rachsüchtigen Art, wie er Leute benutzte und gegeneinander ausspielte, als seien sie Figuren auf einem Schachbrett.

Rhee schaute hinab und sah, dass sie die Fäuste ins Kleid gekrallt hatte. Als sie dieses rote Zeremonialkleid das letzte Mal getragen hatte, war sie gezwungen gewesen, ihren Trainer Veyron zu töten, den Mann, den sie wie einen zweiten Vater geliebt hatte – sie hatte mit aller Kraft gegen ihn gekämpft, ihm ein Messer ins Herz gerammt und ihn in den Weltraum geschickt. Weil Nero es so gewollt hatte.

Bei jedem Gedanken, jeder Erinnung an Veyron krampfte sich ihr die Brust zusammen – und führte sie zurück zu Julian, seinem Sohn. Er war ihr bester Freund gewesen, als es sonst nichts Gutes auf der Welt gegeben hatte, als ihre Familie gestorben war und man sie nach Nau Fruma gebracht hatte. Wenn Julian ihren Verrat bemerkte, würde er ihn ihr nie verzeihen. Während eines kurzen Halts an einem sicheren Haus hatte sie endlich den Mut aufgebracht, Verbindung zu ihm aufzunehmen. Da ihr Würfel ausgeschaltet war, war sie gezwungen gewesen, ein Radioteleskop zu benutzen – eine völlig veraltete Technologie. Sie hatte in einen Hörer sprechen müssen, um ihre Stimme aufzuzeichnen, in der Hoffnung, dass sie das einzige Radioteleskop im Observatorium auf Nau Fruma erreichen würde.

Ich habe dir so viel zu erzählen, hatte sie gesagt.

Damit diese Übertragung zu ihm gelang, musste jemand in dem Moment, in dem sie Nau Fruma erreichte, dort am Teleskop sein, um sie in Empfang zu nehmen. Das Ganze hatte wenig Aussicht auf Erfolg, aber es war die einzige Möglichkeit gewesen, die Rhee hatte.

Sie war sich nicht sicher, was er über den Tod seines Vaters gehört hatte oder was er glaubte, aber sie musste es versuchen – und wenn es ihr diesmal nicht gelang, zu ihm durchzudringen, würde sie es wieder und wieder versuchen. Ob er sich bemühte, sie zu erreichen, konnte Rhee nicht wissen. Was würde sie sagen, wenn sie endlich Erfolg hatte? Wusste er über ihre Rolle bei Veyrons Tod Bescheid? Würde sie es ihm erzählen?

Ehre. Tapferkeit. Loyalität. Das war ihr Mantra, ihr *ma'tan sarili,* ihr höchstes Ich. Rhee konzentrierte sich auf die Stelle zwischen ihren Augen und verspürte eine leichte Taubheit, die sich in ihrem Schädel ausbreitete, bis alles klar, dunkel, zusammenhanglos und frei von Schmerzen war.

Als sie sich zentriert hatte, öffnete sie die Augen und sah, dass Dahlen stirnrunzelnd durch die Windschutzscheibe blickte. Sie hatte ihn noch nie lächeln sehen und fragte sich, ob er es jemals tun würde. Vor allem nicht nach dem, was auf Houl geschehen war, als Nero Dahlen gezwungen hatte, seinen Würfel einzuschalten und damit eins der heiligen Gelübde des Ordens zu verletzen. Seitdem war Dahlen noch ernster und in sich gekehrter, obwohl sie beides nicht für möglich gehalten hätte.

»Geht es Euch gut?«, fragte Rhee. Sie wünschte, sie könnte vorn neben ihm sitzen, damit er dort nicht allein war wie eine Hilfskraft. Warum hatte sie nicht früher daran gedacht? Sie war sich nicht sicher, ob er ihre Frage gehört hatte – aber sie bemerkte, dass die Enden seiner spitzen Ohren rot wurden.

»Der Fischer hat die Scharfschützen persönlich ausgesucht«, berichtete Dahlen. »Wenn Ihr genau hinschaut, könnt Ihr sie nicht übersehen.«

Rhee beschloss, nicht weiter in ihn zu dringen. Es würde später noch Zeit zum Reden sein. Sie spähte aus dem Fenster und sah, dass Bogenschützen in strategischen Abständen in jedem der runden Zwillingstürme des Long Now postiert waren. Die weißen Gebäude, um die sich üppige grüne Terrassen emporwanden, waren in den sechs Jahren, die sie fort gewesen war, in der Stadt neu hinzugekommen. Es war das Hauptquartier von DroneVision, wo Nero lebte – und sie zweifelte nicht daran, dass er seine eigenen Scharfschützen strategisch postiert hatte.

Sie war dankbar für Dahlen, sein Kommando, seine Bogenschützen. Ihren Tasinn, der kaiserlichen Garde, die die Familie Ta'an über viele Herrschergenerationen beschützt hatte, konnte sie bei dem Machtwechsel nicht länger vertrauen. Rhees Ansicht nach arbeiteten sie für Nero. Es war ein Tasinn gewesen, der sie zu Neros kleiner Vorführung geschleppt hatte, als er sich über den wehrlosen Dahlen gebeugt hatte und ihm den Würfel herausschneiden wollte, um ihm an Ort und Stelle die Erinnerungen auszubrennen. Es war erst wenige Wochen her, aber in der Zwischenzeit war viel passiert.

Vielleicht glaubten die Tasinn das dumme Märchen, das Nero wieder und wieder erzählte: Er würde Kalus Ansehen in der Galaxie verbessern. Er würde alle Anstrengungen darauf richten, Bedingungen für gute Ernteerträge zu schaffen, die Bauern zurückzuholen und die brachliegende Industrie wiederzubeleben, damit sie wieder zu Wohlstand kamen. Eine blühende Welt – nur für sie. »Sie« waren die wohlhabenden Kalusianer der zweiten Welle, die ihr Vermögen mit Kalus landwirtschaftlicher Industrie gemacht hatten. Doch sie hatten Kalu ausgeblutet und einen zu hohen Ertrag von den natürlichen Rohstoffen des Planeten verlangt, damit sie die Produkte auf irgendeinem entlegenen Planeten an den Höchstbietenden verkaufen konnten. Jetzt, als die Kalusianer ihr Vermögen schwinden sahen, gaben sie die Schuld jedem außer sich selbst und ihren eigenen Fehlentscheidungen und forderten die Abschiebung der Einwanderer und der wraetanischen Flüchtlinge.

Über dem Konfetti, den Rosen, der hoffnungsvollen Stimmung, die die Stadt erfasst hatte, lag eine unterschwellige Spannung in der Luft. Kalu befand sich im Krieg mit Fontis. Man konnte ihn zwar hier nicht sehen, doch man konnte ihn spüren. Sie waren an Leuten vorbeigefahren, die die kalusianische Flagge verkehrt herum gehalten hatten, und sie hatten am Fuß der begrünten, glänzenden Türme Zeichen von Armut bemerkt.

Rhee hatte vorausgesehen, dass ihre Heimkehr Neros Anhänger erzürnen würde; schließlich war sie gekommen, um ihn seines Amtes zu entheben und sich den Thron und die Herrschaft über Kalu zurückzuholen. Doch als ihre Rückkehr angekündigt worden war, war Nero so glatt geblieben wie Öl.

»Den Ahnen sei Dank«, hatte er die zitiert, zu denen er nicht betete, eine Religion, die er nicht ausübte. Die Leute kauften es ihm ab. Ungeachtet der Tatsache, dass er öffentlich Stimmung dafür gemacht hatte, ihren Tod zu rächen, indem er Fontis den Krieg erklärte; er konnte kaum zugeben, dass er derjenige war, der hinter dem Mordanschlag auf sie steckte.

Den Holos nach zu schließen, die Rhee während des Fluges gesehen hatte, waren Andersdenkende in der Minderheit – wenn auch einer lautstarken Minderheit. Rhee hatte das alles bereits gehört: sie sei zu jung, der Dynastie ihrer Familie zu verpflichtet, zu sehr an die Monarchie gebunden, die den Planeten auf den falschen Weg geführt hatte.

Doch nun sah sie, dass deren Reihen zahlreicher geworden waren. Oder hatte der Krieg mit Fontis schon immer so viele Befürworter gefunden? Ein Gefühl der Demütigung überkam sie, als sie an einer brennenden Puppe vorbeifuhren – einer braunen Puppe in einem roten Kleid mit schwarzem Garn als Haar. Einige Leute johlten und jubelten. Dann riss eine Frau die schlaffe Puppe weg und warf sie auf den Boden, um darauf herumzutrampeln; Rhee war sich nicht sicher, ob sie das Feuer löschen oder damit zum Ausdruck bringen wollte, was sie von der Kaiserin hielt.

Sie wandte den Blick ab. Stimmte es? War sie wirklich so jung und naiv, wie man ihr vorwarf? Es war jetzt deutlicher denn je, dass die Kalusianer der zweiten Welle zur herrschenden Klasse wurden. Sie schürten die Stimmung gegen die Einwanderer und die Flüchtlinge – und jetzt auch gegen die Einheimischen – hier in Sibu. Und wenn sie gegen einheimisches Blut waren, hieß das, dass sie gegen die Ta'an waren. Gegen Rhee. Sie hatten ihr nicht einmal die Gelegenheit gegeben, zu versagen.

Stattdessen wurden sie von Nero angezogen – einem bösen, korrupten, kaltblütigen Mörder. Die Massen sahen ihn bereits seit über einem Jahrzehnt begeistert Abend für Abend auf DroneVision als Botschafter des Regenten. Sie vertrauten ihm. Früher am Morgen hatte er ein gebietsweites Update des Würfelbetriebssystems angekündigt, das erste seit Jahren. Es wurde bereits an die Teilnehmer geliefert, die sich dafür angemeldet hatten. Die Holos sendeten die Nachricht durch das System. Bei dem Gedanken daran verkrampfte sich Rhee der Magen, obwohl ein Update durchaus harmlos zu sein schien. Trotzdem – alles, was Nero tat, war von Grund auf schlecht.

Er mochte die Bewohner eines ganzen Sonnensystems glauben gemacht haben, er sei ihr Fürsprecher, aber Rhee würde ihnen wirklich helfen. Ihr Vater hatte einmal gesagt, zu herrschen sei schwierig und manchmal undankbar. Diese Bemerkung hatte sie verwirrt, denn wo sie auch hingegangen waren, hatte man ihn mit Lob und Geschenken überhäuft und ihn um seinen Segen gebeten; die Leute hatten ihre Hände ausgestreckt, um ihn zu berühren.

Jetzt verstand sie allmählich, was er gemeint hatte.

Sie würde den Krieg beenden. Zwei Kriege, um genau zu sein: einen Krieg, in dem Soldaten in den Tod geschickt wurden, und den emotionalen Krieg für die Herzen und den Verstand ihres Volkes, hier in der Stadt, in der sie geboren wurde. Nero war nur einen Herzschlag davon entfernt gewesen, sich zum Regenten ausrufen zu lassen. Sie hatte ihm die Position vorübergehend entrissen, aber er würde die Macht nicht so leicht abgeben – obwohl er sich scheinbar einverstanden erklärt hatte, zurückzutreten.

Sie würde das tun, was ihr Vater getan hatte, und alle in Frieden einen. Auch wenn der Weg, über den sie diesen Frieden herbeiführen würde, in ihrer Vorstellung so dornig und undurchdringlich war wie ein Feld voller zwölfarmiger Kakteen in der Wüste von Nau Fruma. Die einzige Gewissheit, die Rhee hatte, war die, eine Ta'an zu sein. Sie konnte es schaffen. Sie musste es schaffen.

Während sie, Dahlen und ihre Wachen sich dem Stadtzentrum näherten, verlangsamte sich der Verkehr auf Kriechtempo. In den Straßen drängten sich die kalusianischen Bürger. Soldaten der UniForce hatten alle Mühe, sie hinter den Absperrungen zu halten. Rhee hoffte, dass die UniForce noch immer treu zu ihr hielt und nicht zu Nero. Die Tasinn, die kleine Elitetruppe, die die Leibgarde des Königs stellte, konnte sie ersetzen, nicht aber die gesamte UniForce-Armee.

Überall waren Tagsterne – Auto-Cams im Dauerstream, so genannt wegen des Lichtes aus ihrer Unterseite. Sie umschwärmten die Fenster ihres Fahrzeugs, während Dahlens handverlesene Garde von Fontisianern, die zu beiden Seiten auf Madùrädern fuhren, sie wegschlugen.

»Rhiannon!«, schrie jemand über den Lärm der Menge hinweg, als ihr Wagen vorbeifuhr.

Sie sah einen Mann über eine Absperrung klettern und eine so obszöne Geste machen, dass sie fast weggesehen hätte. Einer von Dahlens fontisianischen Wächtern sprang geschmeidig von seinem Madùrad und rang den Mann nieder. Binnen Sekunden hatte er den Kopf des Störers auf den Boden gedrückt. Rhee drehte sich um, um nach hinten zu schauen, als sie weiterfuhren.

»Bei den Ahnen!«, zischte Rhee. »Können Eure Männer nicht etwas sanfter sein?« Sie wollte nicht, dass die fontisianische Garde ihren Gegnern noch mehr Grund zur Unruhe lieferte.

»Es sind *Eure* Männer«, erwiderte er.

Sie antwortete nicht. Die Kalusianer würden es nicht so betrachten. Die Wachen waren alle Fontisianer und wie Dahlen Mitglieder des Ordens des Lichts, einer fundamentalistischen religiösen Gruppe auf Fontis. Der Orden war besessen davon, Frieden zu wahren, selbst wenn das hieß, mit Kalu zusammenzuarbeiten und die Herrschaft der Ta'an zu unterstützen. Die Anhänger des Ordens waren Befürworter ihres Vaters; er hatte vor vielen Jahren Frieden zwischen ihren beiden Planeten ausgehandelt und dem Großen Krieg ein Ende gemacht.

Aber das bedeutete nicht, dass der Durchschnittskalusianer die Ordensleute willkommen heißen würde. Kalusianer betrachteten Fontisianer als Außenseiter. Und nun war Rhee – ihre einzige wahre Herrscherin, zurückgekehrt von den Toten – ringsum von Sicherheitskräften flankiert, die mit ihrem weißblonden Haar und ihren scharf geschnittenen Gesichtszügen verdammte Ähnlichkeit mit dem Feind hatten. Angesichts des höhnischen Grinsens einiger Zuschauer in der Menge und der echten Furcht in den Augen anderer fragte sie sich, ob es eine gute Idee gewesen war, den Orden eine so sichtbare Rolle bei ihrem Schutz spielen zu lassen.

Aber sonst hatte sich niemand für diese Aufgabe angeboten.

»Versteht mich bitte nicht falsch, aber … der Orden hat bereits den Ruf, sehr …« Sie suchte nach dem richtigen Wort.

»Fanatisch zu sein? Brutal? Aggressiv?« Dahlen knallte einen anderen Gang rein. Das Fahrzeug war selbst fahrend, aber wie gewöhnlich ging Dahlen kein Risiko ein. Er hatte Angst, sagte er, dass Neros Helfer sich in die Technik einhackten; heute würde es keine Unfälle geben.

»Ich versuche, aus Feinden Freunde zu machen«, verteidigte sie sich.

»Wir werden uns nicht für unsere Anwesenheit entschuldigen.« Während er fuhr, ließ er den Blick über die dicht gedrängten Menschen in den Straßen schweifen. Fontisianer sprachen in negativen Sätzen; es ließ alles, was sie sagten, stark und stur klingen. Obwohl das vielleicht daran lag, dass sie stark und stur *waren.* »Eine solche Haltung ist keine angemessene Strategie, wenn es um Andersdenkende geht.«

»Ja, weil Ihr genau wisst, wie man einen Planeten regiert?«

Er zog die Augenbrauen hoch, während sie einander im Spiegel ansahen. »Weil *Ihr* es wisst, Kaiserin?«

Rhee atmete langsam aus, antwortete jedoch nicht – sie arbeitete daran, gelassener zu bleiben, ihre Gefühle besser zu verbergen. Dieses Wort, *Kaiserin,* kam ihr immer noch falsch vor. Sie dachte an den Tag, als Julian sie auf dem Marktplatz auf Nau Fruma *Kaiserin* genannt hatte, und wie der Titel sie mit Grauen erfüllt hatte. Damals war ein Meteoritenschauer über ihnen niedergegangen. Es war das letzte Mal gewesen, dass sie Julian gesehen hatte.

Zumindest hatte sie da noch ein klares Ziel gehabt – gewaltsam, aber unkompliziert. Ein Leben für viele Leben. Seotras Leben für das ihrer Familie. Aber Seotra war unschuldig gewesen. Ihre Rache war fehlgeleitet gewesen, und sie hatte am Ende einen ihrer mächtigsten Verbündeten getötet.

Jetzt hatte sie ein anderes Ziel, aber es war genauso klar: Frieden zu stiften.

Als sie den Gipfel des Hügels erreichten, sah Rhee endlich zum ersten Mal seit sechs Jahren den Palast. Er raubte ihr den Atem. Er war das Einzige aus ihrer Kindheit, das ihrer Erinnerung entsprach – ihrer organischen Erinnerung. Es war mehr ein Gefühl, anders als die Erinnerungen, die sie auf ihrem Würfel abgespielt hatte, besser als die kristallklare Perfektion, die ihn dort kleiner und malerischer erscheinen ließ. Sein Anblick war majestätisch. Rot und golden, mit tausend Stufen, die zum Eingang hinaufführten. Als die untergehende Sonne langsam über der südlichsten Turmspitze herabsank, sah es so aus, als würde sie aufgestochen und vor dem orange glühenden Himmel Feuer heraustropfen.

Doch so gewaltig und schön der Palast auch war – was sie am tiefsten berührte, war das starke Gefühl der Gegenwart ihres Vaters. Sie konnte ihn sehen, wie er durch die marmornen Korridore schritt, wenige Stunden bevor sie den Palast für immer verlassen würden, weil ihr Leben immer mehr in Gefahr geriet. Sie hörte das Schluchzen ihrer Mutter, das in jener Nacht von den Säulen des Brunnenraums widerhallte. Nur Stunden später wurden sie beide durch die Explosion des Schiffes, das sie auf Nau Fruma in Sicherheit bringen sollte, in den Tod gerissen. Wenn Rhee eine organische Erinnerung heraufbeschwor, so wie jetzt, erlebte sie sie mit allen Sinnen. Sie wurde in der Zeit zurückversetzt.

Würfel-Erinnerungen waren ganz anders. Der Würfel war präzise; er ging zu genau dem Moment, den man brauchte, um sich dann mit der gleichen kalten Präzision wieder davon zu lösen. Nicht dass es eine Rolle spielte – sie hatte ihren Würfel vorübergehend abgeschaltet, damit man sie und ihre Gefährten auf ihrer Reise nicht aufspüren konnte.

Aber es gab noch einen Grund, warum sie den Würfel nicht wieder eingeschaltet hatte. Eine tiefe, unausgesprochene Angst, die sie noch nicht in Worte fassen konnte: Neros Ziel, den Überschreiber zu finden. Rhee glaubte nicht, dass es ihn gab. Es war eine noch nie da gewesene Technik, und sie hatte immer nur in Zusammenhang mit den G-1T-Verschwörungstheorien davon gehört. Abgesehen von Personen wie Nero, die zu Dramatik neigten und bereit waren, jedem Trugbild nachzujagen, um ihre Herrschaft zu sichern, glaubte man nur an den Rändern des Universums daran.

Stellt Euch vor, Ihr könntet durch den Würfel zu jedem Bewohner des Universums sprechen, wie es Euch beliebt, hatte er auf Houl gesagt. *Stellt Euch vor, Ihr könntet ihnen etwas zuflüstern, nicht durch ihre Ohren, sondern durch ihren Geist …*

Entsetzen und Abscheu erfüllten sie. Aber sie war noch nicht bereit, es Dahlen zu sagen – nicht, solange das Trauma jener Nacht ihn noch so unübersehbar verfolgte.

Nero hatte sich nach Rhees angeblichem Tod inoffiziell im Palast niedergelassen, aber ihre Rückkehr hatte ihn gezwungen, das Feld zu räumen. Dennoch waren Tai Reyanna, ihre Beraterin, und ihr Freund, der Fischer, vorausgeschickt worden, um die letzten Tasinn aus dem Palast zu werfen und die fontisianische Garde und private Sicherheitskräfte, denen man vertrauen konnte, einzusetzen. Es war eine Woche hektischer Vorbereitungen gewesen, in denen Kaisertreue überprüft und dann heimlich in den Palast gebracht worden waren.

Dahlen ließ das Fahrzeug durch die hohen Eisentore rollen und nickte im Vorbeifahren den beiden fontisianischen Wachen zu. Diese schlossen hinter ihnen schnell das Tor gegen die nachdrängende Menge – einige Leute weinten und streckten die Hand nach ihrem Wagen aus, während andere protestierten und ihn anspuckten. Ihre Rufe klangen wie: »Haie raus!«, aber Rhee war sich nicht sicher. Das Schimpfwort für Fontisianer schmerzte ihr in den Ohren und sie schämte sich für ihr eigenes Volk.

Als die Tore sich schlossen, sah sie, dass ein Kampf ausbrach. Ein Mann hatte einen anderen zu Boden geworfen. Die Menge bildete einen Kreis um die beiden und Rhee richtete sich höher auf, um besser sehen zu können. Dahlen schaltete das Fahrzeug aus, und für einen kurzen Moment dachte Rhee, sie würde das Geräusch des sterbenden Motors hören. Doch es war ihr Herz: kein stetes Trommeln, sondern ein wildes Flattern.

»Da ist eine Schlägerei«, sagte sie zu Dahlen.

»Hier sind überall Schlägereien. Wir können nicht eher aussteigen, bis die Wachen auf der Treppe postiert sind und dafür gesorgt haben …«

Bevor er den Satz beenden konnte, drückte sie mit der Schulter die Tür auf, stieg aus und wandte sich der Menge zu, dahin, wo der Kampf stattfand. Die fontisianischen Wachen kamen die Treppen herabgeeilt, aber sie hob die Hände und gebot ihnen, zurückzubleiben. Dahlen war ebenfalls ausgestiegen und ging ruhig um das Fahrzeug herum, als pirsche er sich an seine Beute heran. Er blieb jedoch einige Schritte hinter ihr stehen und bedeutete seinen Wachen mit einem Nicken, Rhees Befehl zu folgen.

Rhees rotes Kleid flatterte im Wind. Sie stand so dicht am Tor, dass der Rocksaum zwischen den eisernen Gitterstäben hindurchwehte. Sie legte die Hand auf das Metall und die Menge verstummte. Sie würde jetzt etwas sagen. Den Leuten versichern, dass sie da sei, dass der Krieg enden und der Frieden wiederhergestellt werden würde. Sie spürte, dass die Menschen an sie glaubten, und als sie ihr Volk überschaute, fühlte sie sich in der Lage, das Blatt zu wenden.

Ihr Blick fiel auf ein blondes Mädchen in der Reihe der Wachen nur wenige Schritte entfernt auf den Stufen. Es hielt Pfeil und Bogen in der Hand und hatte das Haar zu einem dicken Zopf geflochten, der ihm wie eine lebendige weiße Schlange, die es beschwören konnte, über die Schulter herabhing. Die Augen des Mädchens waren haselnussbraun und mit Gold- und Orangetönen gesprenkelt wie die Farbe eines Sonnenuntergangs auf Nau Fruma.

Das Mädchen öffnete den Mund, wie um ihr Mut zuzurufen.

Und dann kam von der anderen Seite des Tors ein Ei geflogen. Stille trat ein, als würden die vielen Tausend Leute, die nach vorn drängten, den Atem anhalten.

Das Ei landete drei Meter vor Rhee, und für den Bruchteil einer Sekunde nahm sie es überdeutlich wahr, auf nichts anderes konzentriert als auf das auslaufende Eigelb, das in der Einfahrt eine traurige Pfütze bildete.

Dann brach die Hölle los. Ganze Gruppen in der Menge schienen umzufallen und andere Leute mitzureißen und unter sich zu begraben. Rhee schreckte zurück, als die Demonstranten jetzt richtig zu werfen begannen. Müll. Fauligen Matsch, verdorbene Früchte. Glasflaschen, die zu ihren Füßen zerbrachen. Rhees Anhänger gingen auf die Demonstranten los. Sie hörte Schreie.

Durch die Schreie vernahm sie ein heiseres Flüstern, als jemand aus der Menge sie durch das Gitter packte und ihr Gesicht an die Stangen zog. »Papas Töchterchen sollte sich besser vorsehen.«

»Hier will Euch keiner haben!«

»Ihr habt Eurer Schwester den Thron gestohlen!«

Rhee riss sich los. Etwas wirbelte auf sie zu, genau auf ihr

Gesicht. Sie wich aus und wäre beinahe gefallen. Glas zersplitterte klirrend. Kies spritzte ihr auf die Wange.

Dahlen nahm sie am Arm.

»Lasst los!« Sie mühte sich, nicht das Gleichgewicht zu verlieren, trat rückwärts auf ihr Kleid und spürte, wie der Saum riss. Panisch dachte sie an die Kameras, die das Geschehen verfolgten und jede einzelne Sekunde davon aufzeichneten. Nero würde dafür sorgen, dass jeder in der Galaxie sah, dass sie Angst hatte und keine Ahnung, was sie tat. Und schlimmer noch: Es war die Wahrheit. Während andere Herrscher Jahre damit verbracht hatten, eine Beziehung zur Öffentlichkeit herzustellen, hatte sie in törichter Gier nach Rache auf einem anderen Mond Seotras Tod geplant. Sie hatte sich geirrt. Jetzt kam sie sich wie ein Dummkopf vor. Naiv, wie so viele gesagt hatten. »Lasst mich los.«

Es gelang ihr, sich Dahlen zu entziehen. Er begann zu schreien – bei dem Lärm der Menge war Rhee sich nicht sicher, was er sagte –, als sie es hörte: ein schrilles Kreischen, als würde ein Feuerwerkskörper in die Luft zischen.

Aber es war kein Feuerwerk.

Es schlug lautlos in die Spitze des nahen Turms ein. Rhee hoffte, dass es eine optische Täuschung war. Dann schoss ein gewaltiger Feuerstoß in die Luft, begleitet von einem tiefen Grollen, als Marmorstücke vom Turm brachen, Steinblöcke so groß wie das Fahrzeug, mit dem sie gekommen waren.

Die Menge teilte sich. Weitere Schreie wurden laut. Die Menschen sprangen in Deckung, als die ersten Steinbrocken mit solcher Wucht auftrafen, dass Rhee die Zähne klapperten. Dahlen erschien wieder neben ihr und hielt sich diesmal nicht mit ihrem Arm auf; er warf sie sich über die Schulter und rannte los.

Sie platzten durch das Doppelportal in den Palast, während weiterer Marmor herabprasselte. Fontisianische Wachen strömten hinter ihnen herein, bevor die Türen geschlossen wurden. Von draußen hörte man Splittern und Schreie, als Demonstranten die Absperrungen durchbrachen, Rufe und immer wieder einen dumpfen Aufprall, wenn die Wachen sie zurücktrieben. Die Soldaten der UniForce, die anfangs da gewesen waren, waren auf rätselhafte Weise verschwunden und ließen zu, dass der Aufruhr in diese Katastrophe umschlug. Weitere Flaschen zerschellten an den Palastmauern und auch mehrere Eier. Sie glänzten an den Fensterscheiben, die Eigelbe wie sterbende Miniatursonnen.

Kaiserin Rhiannon war zu Hause.

3

Kara

Kara lief mit großen Schritten die Treppe hinauf, während sie sich den Handballen aufs Auge presste, um den wachsenden Druck zu lindern. Sie war aus dem Dojo gerannt und immer weiter gerannt, und sie würde auch jetzt nicht stehen bleiben. Es war nur eine Frage des Multitaskings. Die Blutgefäße entspannen. Geduld haben. Den Körper zwingen, durchzuhalten. Kämpfen. *Hol dir, was dir gehört,* hätte Aly gesagt.

Aly. Sie hatte ihn in der Menge verloren. Er war hinter ihr gewesen, dann war er verschwunden. Wenn sie nur auf ihn gewartet hätte, dann wären sie jetzt nicht getrennt. Aber dann wäre jetzt auch nicht der Zylinder mit der Holo-Botschaft in ihrer Tasche. Es war schlimm, dass durch den Krieg alles zu einer Frage des Entweder-oder wurde.

Bitte, lass ihn hier sein, dachte sie, als sie zum Dach hinauflief.

Kara hatte Angst gehabt, dass Julian ihr folgen würde, daher hatte sie einen Umweg zurück zu Pavel genommen. Es war keine leichte Aufgabe gewesen. Rhiannons Rückkehr nach Kalu hatte in den kalusianischen Territorien eine heftige Reaktion ausgelöst. Der ganze Mond protestierte, und der Aufstand war der einzige Grund, warum sie so unbeschadet aus dem Dojo hatte entkommen können. Aber unterwegs hatte sie gesehen, wie Soldaten der UniForce Wraetaner und Fontisianer festgenommen hatten. Es war gegen das Gesetz, da der Mond neutral war, aber das hatte niemanden daran gehindert. Kara hatte unauffällig die Gesichter der Gefangenen abgesucht – einige ängstlich, andere zornig, wieder andere in einem offensichtlichen Schockzustand –, aber Aly hatte sie nicht gesehen.

Als Kara das oberste Stockwerk erreichte, stellte sie fest, dass jemand die Leiter herabgezogen hatte. Ihr Herz tat einen Satz. Er war hier. Hastig kletterte sie hinauf und steckte den Kopf über den Rand. Pavel wartete auf sie. Nur Pavel.

»Wo ist er?«, fragte Kara, während sie ein Bein hinüberschwang und aufs Dach kroch.

»Ich habe ihn aus den Augen verloren. Ich hoffte, er würde Euch begleiten«, sagte der Droide. Seine Augenlichter wurden rot und er senkte die Stimme. »Anscheinend ist das nicht …« Seine Metallhülle fuhr zu ihrer kompakten Kuppelform zusammen, als sei er aus Traurigkeit auf dem Boden zusammengebrochen.

Kara wusste, wie er sich fühlte. Sie war immer noch auf den Knien und blinzelte in die untergehende Sonne, spürte, wie der Schmerz hinter ihren Augen stärker und immer stärker wurde. Sie zitterte vor Angst und Frustration – und plötzlich wurden die Hitze und der Zorn überwältigend, als würde sie innerlich in Flammen stehen. Es war das gleiche panische Gefühl, das sich ihrer bemächtigt hatte, als sie eines Tages heimkam und das Haus geplündert und Lydia verschwunden war. Das hatte kein gutes Ende genommen.

»Sie müssen ihn festgenommen haben«, sagte sie.

Pavel antwortete nicht. In seiner Kuppelform rollte er auf sie zu und stupste sie sanft an die Schulter. Sie fühlte sich ein wenig besser, nicht mehr ganz so allein. Aber als seine glänzende Gesichtsplatte sich zu ihr hindrehte, erhaschte sie darin einen Blick auf sich selbst. Ihre Augen waren grün.

Sie wechseln wieder die Farbe, hatte Aly gesagt.

Kara musste sie so lassen; bei den schlimmen Kopfschmerzen würde sie das Brennen der Augentropfen nicht aushalten.

Sie drehte das Gesicht nach links. Veränderte es sich? Und wie lange würde es dauern, bis jemand erriet, wer sie wirklich war? Josselyn Ta'an, die verlorene Prinzessin.

Die Möglichkeit kam ihr unwirklich vor, wie ein stotterndes Hologramm, eine gestörte Projektion – derselbe Augenblick in schlechter Wiedergabe und Endlosschleife. Es konnte einen in den Wahnsinn treiben. Doch wie ließen sich diese beiden Identitäten miteinander vereinbaren – das Stadtmädchen, das sie jahrelang gespielt hatte, und die wiederauferstandene Prinzessin? Aber war das nicht der Traum? Von kaiserlicher Geburt zu sein, das rote Kleid anzulegen, der Mittelpunkt einer Parade mit Millionen von Zuschauern zu sein? Vielleicht – doch bei dem Gedanken graute es ihr.

»Ihr habt eine DNA-Chiffre«, bemerkte Pavel.

»Das ist es also?« Kara griff in die Tasche und förderte den Holzzylinder zutage, den sie Julian abgenommen hatte. Aly wäre fasziniert gewesen. Er hätte ihn auseinandergenommen und neu zusammengesetzt, und sie hätte den geschickten Bewegungen seiner Hände zugesehen – wie er Teile hin und her schob und sich dabei auf die Unterlippe biss, wie er Theorien aufstellte, wo das Gerät hergestellt worden sein könnte und wer es geschickt haben mochte.

»Es reagiert ausschließlich auf Eure Fingerspitzen. Die Holzfasern enthalten Zellproben, die Euren Zellen entsprechen.«

»Das ist … irgendwie eklig. Aber irgendwie auch cool.« Lydia wäre davon begeistert gewesen – hatte sie ihr den Zylinder hinterlassen, oder war es der Lancier gewesen? Bei dem Gedanken, dass diese Botschaft für sie und nur für sie gemacht worden war, wurde sie erneut von Aufregung erfasst.

Sie legte den Zylinder vor sich auf den Boden, und der blaue Strahl drang daraus hervor und bildete ein Holo der Galaxie. Der äußere Gürtel löste sich aus dem Bild. Kara stand auf dem Dach und hatte beim Betrachten plötzlich das Gefühl, zu fliegen – an Tinoppa und Naidoz vorbei in Richtung des Desuco-Quadranten und schließlich zu dem kleinen Zwergplaneten Ralire. Das Holo ging durch die Atmosphäre immer näher heran, weiter und weiter, bis sie eine Landschaft erkennen konnte und schließlich die Luftaufnahme einer Stadt sah. Dann erschien vor der Skyline ein Satz.

Die Vergangenheit ist vorbei, aber die Zukunft, die Ihr sucht, liegt hier: 678.900.05.

»Das sind Koordinaten auf Ralire.« Pavel umkreiste mit einem roten Zeigestrahl einen Bereich in der nördlichen Hemisphäre des Zwergplaneten. »Zwölfter Himmelskörper von der Sonne aus. Ich verstehe nicht, wie Ihr dort Eure Zukunft suchen könnt.«

»Es ist nicht wörtlich zu verstehen«, erwiderte Kara. Wenn die Botschaft nur für sie bestimmt war, dann musste sie sich auf ihre Vergangenheit beziehen – ihre Vergangenheit als Josselyn Ta'an, die Lydia ihr genommen hatte. Und das bedeutete … »Ich glaube, damit ist der Überschreiber gemeint.«

»Ihr und Alyosha habt immer darüber gesprochen, dass er auf Wraeta sein könnte.«

»Weil Lydia uns das gesagt hat.« Kara beugte sich vor und drehte den Zylinder auf dem Boden, sodass die Koordinaten etwas größer und heller wurden. »Aber was ist, wenn jemand ihn weggebracht hat?«

Oder wenn Lydia gelogen hat?

»Schlagt Ihr vor, dass wir nach Ralire gehen?«, fragte Pavel. »Zwei Drittel des Planeten sind von schwarzem Eis bedeckt, während die südlichste Region aus Prärien und Tälern besteht – aber er hat auch die höchste Verbrechensrate sämtlicher bewohnbarer Welten im System. Er ist nicht sicher.«

Wann hatte Kara sich denn das letzte Mal sicher gefühlt?

Am Strand.

Die Erinnerung kam wie immer auf leisen Sohlen. Sie und Lydia waren oft umgezogen, aber für eine Weile hatten sie in Luris gelebt, einer Stadt im Norden Kalus – kalt und grau, am felsigen Ufer eines dunklen Gewässers, wo Kara Krabben beobachtet hatte, wie sie zwischen den nassen Steinen umherkrochen. Ein raues Meer und hinter ihr ein Wald. Es war ihr Lieblingsort auf der Welt.

»Du musst vorsichtig sein«, hatte Lydia sie eines Tages ermahnt.

Kara erinnerte sich, wie der Wind ihr das lange Haar ins Gesicht gepeitscht hatte, sodass es ihr in den Mund geriet.

Aber sie mochte den beißenden Wind und weigerte sich, eine Jacke anzuziehen. Sie hatte gerade schlimme Kopfschmerzen überwunden und hatte das Gefühl, als sei sie aus einem tiefen Schlaf erwacht.

Jetzt begriff Kara, dass es tatsächlich eine Art Erwachen gewesen war, denn jener Tag am Strand war ihr erster Tag als Kara gewesen.

Diese Erinnerung war nicht irgendeine Erinnerung: Es war Karas erste Erinnerung. Obwohl sie etwa zwölf Jahre alt gewesen war.

»Ich werde vielleicht nicht immer da sein, um auf dich aufzupassen«, hatte Lydia ihr damals zu erklären versucht.

Damals hatte Kara zugehört, ohne es wirklich zu verstehen. Aber jetzt kam ihr der Zusammenhang falsch vor; sie durchschaute die Lüge. Lydias Vorstellung davon, auf sie aufzupassen, bestand darin, mithilfe des Überschreibers ihre sämtlichen Erinnerungen daran auszulöschen, Josselyn Ta'an gewesen zu sein.

Dann hatte Lydia ihre Hände so fest umfasst, dass Kara die glatten Steine fallen ließ, die sie gesammelt hatte. »Falls mir etwas zustößt«, hatte Lydia an dem kalten Tag am Strand gesagt, »musst du dir gut überlegen, wie du dich schützen kannst …«

Aber was würde es ihr jetzt bringen, auf Nummer sicher zu gehen? Da draußen gab es eine gefährliche Waffe. Eine Waffe, die Erinnerungen stehlen, ja sogar ausbeuten konnte. Sie konnte ganze Vergangenheiten löschen und neue erschaffen. Sie konnte die Welt neu erfinden und damit verschlechtern.

»Nichts ist mehr sicher«, bemerkte Kara zu Pavel.

»Heißt das, wir gehen nach Ralire?«

Kara nickte. »Sobald wir Aly befreit haben, wo immer sie ihn auch festhalten mögen.«

Wie sich herausstellte, gab es auf Nau Fruma nur ein Internierungslager, das man hastig wenige Hundert Meter vom alten Marktplatz entfernt errichtet hatte. Dort musste Aly sein, zusammen mit den anderen Wraetanern und Fontisianern, die die UniForce festgenommen hatte.

Kara und Pavel verbrachten die nächsten vierundzwanzig Stunden damit, das Lager von einem neuen Aussichtspunkt aus zu beobachten und sich die Zeiten der Wachablösung einzuprägen. Es gab einen Moment – den exakten Bruchteil eines Augenblicks –, in dem Kara unbemerkt hineinschlüpfen und Aly befreien konnte.

Die Fernsehübertragung von Rhiannons Krönung würde die perfekte Ablenkung bieten.

In der Zwischenzeit gelang es Kara, Werkzeug von den Verkaufsständen auf dem Marktplatz einzustecken und sich auf dem Schwarzmarkt eine Wärteruniform zu beschaffen, die sie alle Credits kostete, die sie zusammenkratzen konnte.

Als sie zu ihrem neuen Aussichtspunkt zurückkehrte, kam Pavel wild piepend und blinkend auf sie zugerollt.

»Ich habe etwas!«, sagte er und projizierte das Holo eines Kurvendiagramms.

»Was soll das darstellen?« Kara kniff die Augen zusammen und betrachtete den Bildschirm.

»Als die letzten Nachforschungen zum Überschreiber nichts gebracht haben, hat Alyosha mich angewiesen, weiter die Holo-Foren zu durchkämmen.«

»Davon hat er mir nichts gesagt.« Ihr Herz schlug schneller. Warum hatte er nicht mit ihr darüber gesprochen?

»Er hat darum gebeten, dass wir es für uns behalten, um Euch keine Hoffnungen zu machen, falls die Versuche vergeblich blieben. Doch ich habe aus einem Gefühl heraus einige Informationen zusammengestellt …«

Kara hatte starke Zweifel, dass Pavel Gefühle hatte, sondern eher Algorithmen, aber gut. »Und?«

Er blinkte mit seinen blauen Augenlichtern. »Ich bin auf die Erwähnung einer Testeinrichtung auf Wraeta gestoßen und habe sie mit den Daten des G-1T-Gipfels vor Diac Zofims Tod abgeglichen«, berichtete er. Diac war der Wissenschaftler, von dem Lydia ihnen erzählt hatte. Er hatte die technische Pionierarbeit für den Überschreiber geleistet und war unmittelbar nach dem Gipfel auf rätselhafte Weise ums Leben gekommen. »Und schließlich die Anzahl, wie oft Kaiser Ta'an die neue Technologie in seinen Ansprachen erwähnt hat.«

Der Kaiser?, fragte Kara sich. Diese Variable hätte sie wohl nicht in die Gleichung einbezogen.

»Und ich habe das hier gefunden …« Es war wie eine offizielle Mitteilung formatiert, geschrieben in einer fremden Sprache. Sie hatte einige Eigenschaften mit den kalusianischen Schriftzeichen gemeinsam, aber die Linien waren einfacher. Als Pavel den Übersetzungsbildschirm aktivierte, verschwammen die Buchstaben und fügten sich zu modernem Kalusianisch neu zusammen.

»Jüngste Entwicklungen bei biotechnischen Geräten … Das Löschen oder Überschreiben des Würfels kann zu Gedächtnisverlust führen … Arbeiten legen den Schluss nahe, dass neue Technologie für gezielte Gedächtnislöschung in greifbare Nähe rückt …« Kara überflog rasch die Zeilen, nicht sicher, was sie da eigentlich las, doch sie hatte das Gefühl, einen Abhang hinunterzurollen, schneller und immer schneller, auf eine unausweichliche Bruchlandung zu, die schmerzhaft sein würde – aber zumindest wäre der Sturz dann beendet. »… Darüber hinaus ließe sich eine gezielte Massenlöschung durchführen, wenn die Würfelnutzer ein einheitliches technisches Update erhalten würden, sodass bestimmte molekulare Mechanismen erkannt und entfernt werden könnten.«

Kara schnappte nach Luft. Sie kannte die Möglichkeiten des Überschreibers, weil man ihn bei ihr angewandt hatte. Aber die große Öffentlichkeit zum Ziel zu nehmen und bestimmte Erinnerungen auf einen Streich zu löschen – das schien ihr eine extreme Verletzung der Privatsphäre und äußerst schwierig zu sein. Hatte Lydia davon gewusst?

Wir wären nur noch Hüllen, hatte Lydia über den Überschreiber gesagt. *Jede Erinnerung – jeder Teil deines Verstandes, der dich zu dem macht, der du bist, würde herausgerissen.*

War es das, worauf sie bei ihrer Flucht aus dem Gefängnis auf Houl angespielt hatte? War es das, was Nero mit den Wissenschaftlern versuchte, die sie und Aly auf dem Zeppelin gesehen hatten? Sie waren wie Kinder gewesen, hatten ausdruckslos vor sich hin gestarrt oder wie besessen sinnlose Dreiecke gezeichnet. Hatten sie durch dieses Experiment den Verstand verloren?

Wir wären nur noch Hüllen …

Und auf welche Erinnerung hatte man es bei der Massenlöschung abgesehen?

Es gab weitere Fakten und Zahlen, die Kara übersprang, bis sie zum letzten Fragment kam: »… da die politische Spaltung angesichts des aktuellen Zeitgeschehens unüberwindbar ist. Dies liefert die notwendige Rechtfertigung … die Erinnerung an den Großen Krieg zum Wohle der Völker und zum Fortschritt der Galaxie aus dem kollektiven Gedächtnis zu löschen …«

»Kara«, sagte Pavel und schaltete die Übersetzung aus, sodass die Wörter sich wieder zum ursprünglichen Text zusammenfügten. »Erkennt Ihr die Sprache?«

Sie schüttelte den Kopf, teils zur Antwort auf Pavel, teils, weil sie nicht glauben konnte, was sie da gelesen hatte. »Altkalusianisch, nehme ich an?«

»Ja. Es wird nicht mehr gesprochen und auch nicht mehr gelehrt«, erklärte Pavel. »Es ist kaiserliches Kalusianisch. Die Sprache wird nur über die Kaiserfamilie weitergegeben und kann lediglich von den höchsten Würdenträgern im Kabinett der Ta'an gelesen werden.«

Ihr dämmerte die Erkenntnis. Ihre Haut kribbelte.

»Was willst du damit sagen?«

»Dass dieser Text an Kaiser Ta'an persönlich gerichtet war.«

»Schalte den Übersetzer wieder ein.« Als die Wörter sich erneut zu einer Sprache formten, die sie lesen konnte, überflog Kara den Text bis ganz nach unten.

»Kaiserlicher Erlass 10642.«

Ihr Vater hatte seinen Namen direkt daruntergesetzt. Kaiser Ta'an hatte nicht nur von der Überschreibertechnologie gewusst – er hatte vorgehabt, sie zu benutzen.

4

Alyosha

Die Wachen sagten, es sei ein »Lager«, und niemand wagte es, sie zu korrigieren. Die Gefangenen sprachen nicht einmal untereinander darüber. Das war eigentlich auch klar, dachte Aly. Während der Entwicklung der Menschheit hatten die Leute es immer eilig gehabt – nahmen Abkürzungen, ließen Wörter fallen, zogen Ausdrücke zusammen und vernuschelten sie. »Guten Morgen« wurde zu »Morgen« und »Mach dir darüber keine Sorgen« wurde zu »Keine Sorge« und »Was geht ab« wurde zu »Was geht«. Und so wurde aus »Internierungslager« einfach nur »Lager«.

Es waren zwei Tage vergangen, seit Aly und Kara während der Demonstrationen getrennt worden waren. Zwei Tage, seit Aly von der UniForce geschnappt worden war, trotz der Tatsache, dass Nau Fruma eigentlich neutral war. Zwei Tage. Aber es kam ihm jetzt schon wie eine Ewigkeit vor.

Er hatte geschrien und gestrampelt, und man hatte ihm die *Taejis* aus dem Leib geprügelt. Sie waren Feiglinge, alle miteinander, und hatten ihm einen unfairen Schlag auf den Hinterkopf versetzt, bevor er Kara auch nur zurufen konnte, dass sie weiterlaufen solle. Nicht zu wissen, wo sie war, brachte ihn jetzt fast um den Verstand. Ihr konnte alles Mögliche zugestoßen sein. Es herrschte Krieg; Soldaten wurden zu Monstern. Und Rhiannon hatte Josselyn zur Zielscheibe gemacht, ob mit Absicht oder nicht. Der Gedanke machte ihm Angst, wie viele Leute nach Kara Ausschau hielten – und wie viele von ihnen versuchen würden, einen höheren Preis von Nero zu bekommen, wenn sie Josselyn tot auslieferten.

Und jetzt war er nicht da, um sie zu beschützen.

Es war alles seine Schuld; er war seinem Instinkt nicht gefolgt, sie an die Hand zu nehmen und schleunigst von diesem Mond ans andere Ende der Galaxie zu verschwinden. Durch das Zusammensein mit Kara hatte er keinen klaren Gedanken mehr fassen können; er hatte geglaubt, wenn man jemanden wie Kara auf den kalusianischen Thron setzen könnte, würden sie alle eine anständige Zukunft vor sich haben, eine Aussicht auf Frieden.

Aber das war ein Wunschtraum gewesen, eine Fantasie, die ihn mitgerissen hatte – und jetzt bezahlte er den Preis dafür. Sie hatten zwar nur Wraetaner und Fontisianer festgenommen, aber wer wusste schon, was sie mit einem kalusianischen Mädchen machen würden, das den Feind unterstützte. Und wer wusste, was passieren würde, wenn sie herausfanden, dass dieses kalusianische Mädchen in Wirklichkeit die Kaiserin von Kalu war.

Aly kniete sich vor einen behelfsmäßigen Altar, der mit

Vodhanstatuen in verschiedenen Größen übersät war. Einige Leute hatten sie aus ihren Häusern mitgebracht, hatten sie in letzter Sekunde ergriffen, bevor sie mit Gewalt ins Lager gebracht worden waren. Andere waren hier entstanden, geschnitzt aus feinem, weißem Speckstein, der sich jeden Tag ein wenig mehr auflöste.

Der Raum hatte keine Decke, sodass der Staub hereinwehte und alles mit einer dicken Schicht überzog. Die Wände waren von den Abdrücken schmutziger Hände verdreckt, und die Ratten, die überall herumliefen, waren wegen der geringeren Schwerkraft länger und dünner als alle, die er je zuvor gesehen hatte. Die Ausdünstungen dicht zusammengedrängter, ungewaschener Leiber hingen in der Luft. Es war schlimmer als in Wray, was etwas heißen sollte.

Anfangs hatte Aly nicht an diesem Behelfsaltar gebetet, sondern wollte nur dem Chaos im rückwärtigen Teil des Hangars aus dem Weg gehen. Aber er nahm sich eine der Gebetsketten, die zu Füßen der Statuen baumelten, und hielt eine Perle zwischen Daumen und Knöchel, während er Vodhans Gebet sprach. Er hatte es schon tausendmal aufgesagt, hatte es leise gemurmelt, ohne groß über die Worte nachzudenken, und die Rufe und Antworten heruntergerattert, damit die fontisianischen Missionare ihn aus dem Kirchenzelt laufen und spielen ließen. Selbst jetzt machte ihn das Beten nervös, als sollte er stattdessen etwas anderes tun – Ränke schmieden, Strategien entwerfen, sich den nächsten Schritt überlegen. Doch als er in diesem stillen Moment die Augen schloss, kam ihm das Gebet wieder in den Sinn.

Dieser Hauch einer organischen Langzeiterinnerung war in ihm aufgetaucht, als sei sie auf einem Strom um die ganze Welt gereist, um zu ihm zurückzukehren, um ihn heimzubringen. Er sprach die Worte. Er betete. Aly wusste nicht, ob er Vodhans Geist jemals deutlicher gespürt hatte als in diesem Moment.

Der Hangar, der das Internierungslager beherbergte, führte in einen eingezäunten Bereich unter freiem Himmel. Ringsum entlang des Zauns standen in gleichmäßigen Abständen UniForce-Soldaten Wache. Die »Einheit zur Erhaltung des Friedens« der UniForce hatte die fontisianischen und wraetanischen Gefangenen nicht voneinander getrennt; warum auch? Wraeta und Fontis standen im Grunde auf derselben Seite – beide waren gegen Kalu und stellten daher nach der rückständigen Logik Nau Frumas eine latente Gefahr für die Neutralität dar, die der Mond geschworen hatte. Die Menschen festzuhalten war ein Akt des Kriegsrechts, was zu bedeuten schien, dass Nau Frumas Sicherheitspolizei im Wesentlichen tun und lassen konnte, was sie wollte.

Es war ein Haufen *Taejis* – nicht nur wegen der Bündnistreue des Mondes gegenüber Kalu, die schlecht als Neutralität getarnt war, sondern weil er keine Ahnung von den Spannungen zwischen den Fontisianern und den Wraetanern hatte. Was sollte man auch anderes erwarten? Es war Fontis, das Wraeta besiedelt hatte, lange bevor Kalu seinen Planeten in Stücke gesprengt hatte. Fontis, das die Wraetaner an sich riss wie ein Sandkastenrüpel das Spielzeug eines anderen Kindes. Das die kostbaren Mineralien, die es nirgendwo sonst in der Galaxie gab, auf der gesamten Oberfläche des Planeten abbaute, das seinen kostbaren Gott Vodhan mitbrachte. Und dann? Dann hatte es Wraeta in Kriege verwickelt, die es nicht gewollt hatte. Das würden viele seiner Leute nicht vergessen. Einige hassten Fontis beinahe genauso sehr wie Kalu.

Die Wachen mussten blind sein, dass sie diese Spannungen nicht sahen. Beleidigungen wie *Vodake* und *Staubie* flogen durch das ganze Lager, doch die Wachleute scherten sich nicht darum; es juckte niemanden, ob die beiden Gruppen sich gegenseitig an die Kehle gingen. Aber sie hatten sich selbst eine Abtrennung geschaffen. Ein Gang führte mitten durch den Hof, so breit wie der Fluss Ismee. Alle taten so, als sei er schlangenverseuchtes Gebiet: ein falscher Schritt, und du bist tot.

Die anderen Gefangenen hatten Aly gut behandelt – viele von ihnen kannten ihn aus der Holovisionserie *Die Revolutionäre* und wussten, dass er beschuldigt worden war, Prinzessin Rhiannon getötet zu haben, und dass er automatisch freigesprochen worden war, als Rhee über Holo verkündet hatte, dass sie noch lebte. Also war Aly ein großer Held. Umarmungen, Abklatschen und Schulterklopfen, sobald jemand nah genug an ihn herankam, um ihn zu berühren. Er war wieder eine Berühmtheit, und er hasste es. Was hatte er für einen von ihnen getan? Nichts, absolut nichts.

Jetzt musste er lächeln wie für die Kameras, musste weitere Leute beeindrucken und noch mehr Scheiße wettmachen. Außerdem war es die Aufgabe von Vin, seinem besten Freund und Co-Star, gewesen, charmant zu sein. Jetzt kam es ihm verrückt vor, dass all diese Leute ihn wie einen heißen Typen behandelten, nur weil er den Anstand besessen hatte, die Prinzessin nicht umzubringen. Aber sie wussten nicht, was er getan hatte – dass sein dummer Unsinn Vin bei dem Unfall über Naidoz das Leben gekostet hatte. Dass er aus dem Gefängnis auf Houl ausgebrochen war und alle anderen Gefangenen dort zurückgelassen hatte. Dass er sich einst als Kalusianer ausgegeben hatte und sich von seiner eigenen Vergangenheit und seinem Volk abgewandt hatte, nur weil es einfacher war, wenn die Leute ihn nicht als *Staubie* ansahen.

Nein. Er verdiente es nicht, berühmt zu sein, und er wollte es auch nicht sein. Das war der Grund, warum man ihn überhaupt als Schuldigen benannt hatte. Er war damals leicht zu erkennen gewesen, und er fürchtete, dass er jetzt genauso leicht zu erkennen war. Aly dachte viel darüber nach, wer ihm die Tat angehängt hatte. Wessen Entscheidung war es, auf das Holo-Bild dieses schwarzen Mannes zu zeigen und zu sagen: *Er war's?* War es etwas Persönliches, war man ihm jetzt auf der Spur? Er wurde das Gefühl nicht los, dass man ihn jeden Moment wegzerren und auf einem anderen öffentlichen Forum von Neuem anklagen würde. Völlig ausgeschlossen, dass er wirklich freigesprochen war.

Die Paranoia trieb ihn jetzt dazu, sich umzuschauen. Die meisten der Insassen waren besessen von ihren Holoprojektoren, die sie ins Lager geschmuggelt hatten. Die Wachen drückten ein Auge zu, weil sie zu faul waren oder es sie nicht störte, aber normalerweise taten die Insassen zumindest so, als würden sie sie verstecken. Jetzt jedoch machten sie sich nicht einmal mehr diese Mühe; Dutzende von Holoschirmen schimmerten im Raum. Erst da fiel Aly wieder ein, dass heute der Tag war, an dem Kaiserin Rhiannon nach Kalu zurückkehren sollte. Wie hatte er das vergessen können?

Dadurch, dass es auf so vielen Projektoren in der Menge zu sehen war, wurde es noch schlimmer. Die Kaiserin war jetzt auf dem Holoschirm zu sehen, zierlich und doch kaiserlich, mit einem leichten Stirnrunzeln. Sie trug das zeremonielle Rot. Und sie wurde … mit Eiern beworfen.

Aufstände breiteten sich in der Hauptstadt Sibu aus. Aly

schloss die Augen und spürte, wie ihm das Blut in den Adern erstarrte. Jahrelang hatten die Menschen sich bei dem Mädchen eingeschmeichelt, und als es jünger gewesen war, hatten sie ihm halbherzige Namen wie »Rose der Galaxie« gegeben und ein Bild der verwaisten Prinzessin gezeichnet, die in ihrem Wüstenturm gefangen war – und dann hatten sie sich innerhalb von dreißig Sekunden gegen sie gewandt. Sobald sie auf dem Weg zur Frau war und kein kleines Mädchen mehr, hatten sie sie zu einem Symbol gemacht, auf das sie mit dem Finger zeigen konnten, um sie für ihr schreckliches Leben verantwortlich zu machen. Ihm brach fast das Herz für das Mädchen, aber es überraschte ihn nicht. Aly wusste besser als jeder andere, dass die Öffentlichkeit auf alles hörte, wenn ein Mann wie Nero es sagte.

Auf dem Bildschirm ging vor Rhiannons Füßen eine Glasflasche zu Bruch, und ein Mann – ausgerechnet ein fontisianischer Wächter – packte sich Rhiannon und warf sie sich über die Schulter, als wäre sie noch ein Kind. Was so ziemlich der Wahrheit entsprach. Sie war erst sechzehn.

Und sie war Karas kleine Schwester.

Es wollte ihm immer noch nicht ganz in den Kopf: dass er sich in eine Ta'an verliebt hatte, in die wahre Kaiserin, obwohl sie den Gedanken daran zu hassen schien. Es war ihr lieber, dass er sie immer noch Kara nannte und nicht bei ihrem echten Namen … Josselyn.

Und sie hatte seine Gefühle erwidert. Nicht, dass sie je darüber gesprochen hätten, weil sie die ganze Zeit über, die sie zusammen waren, um ihr Leben geflohen waren. Aber er hatte es in ihrem Kuss gespürt, in der Hitze von Karas Berührung, in der Sturheit, mit der sie zu ihm gehalten hatte, wenn jeder andere in der Galaxie sich für immer abgewandt hätte. Und jetzt, da Rhiannons Rückkehr offiziell war, sollte Aly ein freier Mann sein – und er und Kara in Sicherheit.

Aber nein. Fast sofort nachdem er die Freiheit gekostet hatte, war sie ihm wieder entrissen worden. Er war immer noch hier, getrennt von Kara und Pavel. Er hatte dem kleinen Mann aufgetragen, Kara zu suchen, aber er hatte Angst, dass der Droide auf einen fernen Schrottplatz verbannt worden war. Der Krieg tobte überall, selbst auf dem bestgeschützten, friedliebendsten Mond der Galaxie.

Die Stimmung im Lager war gemischt. Einige Leute schüttelten den Kopf und machten ein selbstgefälliges Gesicht, als hätten sie es kommen sehen. Genau wie Aly waren die meisten der Wraetaner nicht überrascht über den *Taejis*-Empfang, der der Prinzessin gerade zuteilgeworden war. Einige von ihnen waren wahrscheinlich auch froh darüber. Sie waren den Ta'an zwar Dank schuldig dafür, dass diese den Krieg beendet hatten – aber leider erst, nachdem der ganze Planet von ihnen verwüstet worden war. Die Wraetaner waren in Wray-Städte zwangsumgesiedelt worden, die in der ganzen Galaxie verstreut lagen und fast so schlimm waren wie dieses Lager. Selbst jetzt schwirrte Aly bei dem Schaden, den der Große Krieg angerichtet hatte, der Kopf. Noch heute bestimmte der Zorn darüber seine Gegenwart und seine Zukunft. Wie konnte man etwas Derartiges ungeschehen machen?

Doch einige der Fontisianer, vor allem die älteren, die sich noch an den Großen Krieg erinnerten, wirkten nicht so selbstgefällig, was Rhiannons zweifelhaften Empfang betraf. Das lag wahrscheinlich daran, dass sich ein neuer Konflikt abzeichnete: Nicht einmal die Ta'an konnten die Lage jetzt noch stabilisieren. Die Situation spitzte sich zu einem ausgewachsenen Krieg zu, und sehr bald, das sagte Aly sein Bauchgefühl, würde an jedem einzelnen Felsen in der Galaxie der Gestank des Todes kleben.

Plötzlich summte Alys Würfel. Erschrocken riss er den Blick von dem Holoschirm. Adrenalin strömte durch seine Adern. Als man ihn ins Lager gesperrt hatte, hatte man ihn gezwungen, den Würfel wieder einzuschalten und ein Update einzuspielen, das halb fertig war. Er konnte sich nur an ein anderes Update in den letzten Jahren erinnern. Damals hatte es im Vorfeld eine große Kampagne gegeben, um die Vorteile zu erläutern, sowie den Sicherheitshinweis, dass man die Aktualisierung in der Nacht laufen lassen sollte, da sie einer hohen Rechenleistung bedurfte und den Nutzer schläfrig machte. Bei diesem Update gab es jedoch keine Warnung. Das gefiel ihm überhaupt nicht, aber er hatte keine Wahl.

Jetzt wurden die Gefangenen gruppenweise per Würfel benachrichtigt, dass sie an den Zaun kommen sollten, um Essen, Wasser oder eine »Dusche« zu erhalten, die aus dem kräftigen Strahl aus einem Schlauch hinter dem Maschendrahtzaun bestand. Aly hatte noch nicht geduscht; er vermied es, solange er konnte. Er war kein Tier.

Als er sich umschaute, schien niemand sonst zu reagieren. Das konnte bedeuten, dass er gleich Prügel beziehen würde. Ohne Zeugen. Oder schlimmer noch, dass sein Denunziant ihn gefunden hatte.

Aly war wie erstarrt und zitterte, bis sein Würfel wieder summte, doch diesmal war das Summen stärker, wie früher bei einem Prioritätsruf aus dem Hauptquartier der UniForce. Als er die Augen schloss, sah er den Bestimmungsort »Vestibül 17« vor seinen Lidern aufblitzen. Die Vestibüle standen parallel, fast bündig zum Zaun und waren dunkle, rechteckige Verschläge, die an Beichtstühle erinnerten. Die Wachen konnten einen darin ungestört zusammenschlagen. Praktischerweise war das Eingepferchtsein in einen unter Strom stehenden Maschendrahtzaun der schnellste Weg, einen daran zu erinnern, dass man für die UniForce-Soldaten nur ein Tier war.

Je länger er wartete, desto schlimmer würde es werden, daher schlüpfte er aus der Menge und machte sich auf den Weg zum Treffpunkt. Er war schon einmal im Gefängnis gewesen, auf Houl, und er wusste, wie Wachen waren – Männer, die einen wie *Taejis* behandelten, um sich toll zu fühlen. Manchmal reichte es nicht, fügsam und gelassen zu sein. Manchmal musste man so tun, als sei man aufgeregt darüber, herumkommandiert zu werden; man tat, was man tun musste, weil das eigene Leben davon abhing.

Mondlicht umrahmte den Soldaten. Er war von kleiner Statur. Kompakt, beide Füße fest auf dem Boden. Der Wächter sagte nichts, daher tat Aly es auch nicht. Es spielte keine Rolle, wie klein er war. Mit einem Taser in der Hand brauchte man nicht größer zu sein. Man musste nur herzlos sein.

Der Wachposten kam näher und Aly trat einen halben Schritt zurück.

»Ich bin's«, flüsterte eine Mädchenstimme.

Kara.

»Wie bist du hier reingekommen?« Aly trat vor, aber sie schüttelte den Kopf. In der Ferne sah er einen anderen Wachposten – einen echten diesmal – auf seiner Runde innehalten. Aly musste so tun, als würde er immer noch von einem Wärter schikaniert werden, aber er verlor fast den Verstand vor Erleichterung und Glück. Doch dann wurde ihm bewusst, wo sie waren und was Kara riskiert hatte. »Du solltest nicht hier sein«, sagte er. »Du musst gehen.«

»Ähm … Du könntest dich bei mir dafür bedanken, dass ich gekommen bin, um dich zu retten.« In dem fahlen Mondlicht konnte er ihr Gesicht nicht sehen, aber er hörte es in ihrer Stimme: Sie war gekränkt und verletzt.

»Ich mache keine Witze«, sagte Aly. Er hatte jetzt keine Zeit, Rücksicht auf ihre Gefühle zu nehmen, nicht, wenn so viel auf dem Spiel stand. Er senkte die Stimme und warf einen schnellen Blick über die Schulter. »Hier wimmelt es nur so von UniForce. Du bist zu wichtig, um auf dem Mond herumzuspazieren.«

»Da bin ich ganz deiner Meinung. Und darum werden wir jetzt gehen. Pavel wartet auf dem Marktplatz auf uns.« Also hatte der Droide sie doch gefunden. Seine Furcht wich Erleichterung. Sie waren zusammen gewesen, hatten aufeinander aufgepasst.

Kara huschte tiefer in die Dunkelheit und hob den Maschendraht an, um sich durch den Zaun in die Freiheit zu zwängen.

Er schaute hinter sich. Der Wachmann war weitergegangen. Und dieser Teil des Zauns wurde durch die Vestibüle vor dem Roboterblick der Tagsterne geschützt.

Er schob sich durch die Öffnung, die Kara geschnitten hatte, und gemeinsam liefen sie schweigend über die Wüstenhügel. Hundert Meter vom Lager entfernt bremste er Kara. Er konnte nicht mehr warten, obwohl sie immer noch nah genug waren, um von den Wachen gesehen zu werden, falls jemand auf dem Turm zufällig ein Fernglas in ihre Richtung hielt.

Er nahm sie wortlos in die Arme. Er spürte die Wärme ihres Körpers, spürte die Rundung ihrer Hüfte durch die Arbeitsuniform, die sie trug. Ihre Münder waren sich so nah. Er hatte seit Tagen an nichts anderes gedacht.

Sein Körper übernahm die Kontrolle. Er umfasste ihr Gesicht und sein Mund fand ihren. Es spielte keine Rolle, dass seine Lippen aufgesprungen waren oder ihre.

Der Kuss war anders als alle, die sie sich bisher gegeben hatten. Er war drängend, verzweifelt, geprägt von Krieg und Gewalt und den Schrecken, die sich in den Wochen, die sie einander kannten, ereignet hatten – vermischt mit der Hoffnung in seiner Brust, die wuchs und wuchs, bis sie alles andere verdrängte. Er küsste sie, damit sie wusste, wie dankbar er war. Sie war zu ihm zurückgekommen.

Aly neigte den Kopf, und Kara drückte ihm die Hände auf die Wangen und zog ihn näher an sich heran. Er hielt sie fest und strich ihr über den Rücken. Seine Lippen wanderten von ihrem Mund zu ihren Wangen, dann streifte er ihr Ohr, bevor er sie an ihrem Hals hinabgleiten ließ und spürte, wie sie erschauerte. Seine Lippen würden überall hingehen. Er würde überall hingehen, wenn es das hier bedeutete.

War es Liebe? *Choirtoi.* Ja, es war Liebe. Er würde es ihr jetzt sagen. Er nahm ihr Gesicht zwischen die Hände und küsste sie wieder. Aber Kara zog sich zurück, und er hatte das Gefühl, in die Leere ihrer Abwesenheit zu stürzen. Das Mondlicht fiel auf ihr Gesicht. Sie verschränkten die Finger, Handfläche an Handfläche, und ihm wurde bewusst, dass er immer noch die Gebetsperlen hatte. Er zog das Armband vom Handgelenk und streifte es über ihres.

»Aly«, flüsterte sie und musterte sein Gesicht. »Hast du gebetet?«

»Für dich«, antwortete er.

Sie drückte seine Hand. »Wir müssen uns beeilen.«

Plötzlich fühlte er sich orientierungslos und verwirrt. Er drehte sich um und sah wieder zum Lager hinüber, das sich zwischen die hohen Dünen schmiegte und dessen schmutziges Licht zu den Sternen hinaufschien. »Was ist mit den anderen Gefangenen?«

Kara zögerte. »Wir können zurückkommen ...«

»Wie?« Aly machte einen Schritt von ihr weg. »Wann?«

Da ertönte hinter ihnen ein Ruf. Aly sah Gestalten, die sich schwarz gegen das Fluchtlicht abhoben, in seine Richtung zeigen. Weitere Rufe. Ein Alarm erklang. Kara wusste vor ihm, dass sie weitermussten; sie zog ihn zurück und er stolperte, bevor ihm seine Füße gehorchten und er losrannte.

Ein Kreischen hallte in seinen Ohren wider. Nein – ein Kreischen in der Luft.

Am Himmel.

Er sah es erst, als es zu spät war: ein dritter planetarischer Körper. *Ein Mond?*, dachte er törichterweise. Von ihm aus gesehen war das Gestirn sogar noch größer als Kalu, und es wurde immer größer – und kam näher. Es fiel vom Himmel. Dann wurde es so laut, dass er seine eigenen Gedanken nicht mehr hören konnte; der Lärm übertönte alles, und es wurde noch riesiger, als es auf das Lager zuschoss.

Aly nahm Kara an der Hand und rannte mit ihr im Laufschritt über die nächste Düne. Er zerrte sie mit sich und drückte ihren Kopf an die Brust. Sie kauerten sich in den Sand und wappneten sich gegen eine Explosion. Doch obwohl der Asteroid – oder was immer es war – eingeschlagen haben musste, spürte Aly nichts außer einer geringfügigen Veränderung in der Luft. Ein Kräuseln. Eine Vibration.

Kara löste sich von ihm. »Was ...?«

Ihre Worte wurden von einem gewaltigen Lichtkreis verschluckt, der über der Welt explodierte. Aly hielt sich schützend die Hand vor die Augen. Man konnte es beinahe hübsch nennen. Ein Blitz erhellte den Himmel und es krachte wie von einer Million Donnerschlägen.

Alys Würfelverbindung flackerte und brach ab.

Die Welt wurde dunkel.

Dunkel und laut – alle begannen gleichzeitig zu schreien.

»Eine EMP-Bombe?«, überlegte er laut. Eine solche Bombe löste einen gewaltigen elektromagnetischen Puls aus, der alles braten würde, was elektrisch betrieben wurde. Diese Bomben waren durch einen jahrzehntealten Bündnisvertrag verboten, aber man munkelte seit Jahren, dass einige Planeten EMP-Bomben horteten, herstellten oder damit handelten. *Einschüchterungstaktik,* hatte Aly immer gedacht. Gehofft.

Doch als er auf den Gipfel der Düne kroch, sah er, dass es wahr war. Es sah aus, als sei es ein gezielter Angriff gewesen: Teile von Nau Fruma schienen unversehrt zu sein, Lichter funkelten in fernen Häusern. Die UniForce hätte nicht ihr eigenes Internierungslager beschädigt. Könnte es ein Staatsstreich sein?

Kara kam taumelnd auf die Füße, streckte die Hand aus und fand seine. Ihre Finger waren voller Sand, auch unter den Nägeln. »Wir müssen auf ein Schiff, solange wir noch können.«

Aly schüttelte den Kopf und blickte zum Lager. Ein Gefangener lief durch das Loch, das Kara in den Zaun geschnitten hatte, dann noch einer und noch einer. Weitere Insassen folgten ihnen. Wenn die EMP-Bombe erfolgreich gewesen war, konnte er das Chaos im Lager nur vermuten.

»Wir können sie nicht einfach hierlassen«, sagte er.

Eine Explosion ertönte, lauter diesmal. Über dem Lager hing ein orangefarbener Lichtschein, und er wusste, dass es Feuer war, bevor er es sah. Er roch den Rauch. Aly spähte hinüber und sah jetzt Menschen aus dem Lager strömen. Einige von ihnen gerieten bei ihrer Flucht mit Wachposten aneinander.

»Aly.« Sie zog an seiner Hand. »Das alles – alles, was jetzt geschieht – ist Neros Schuld. Ich kann nicht helfen, wenn die UniForce mich erwischt.«

»Helfen? Du willst helfen?« Seine Stimme war unerwartet laut. Unwillkürlich musste er an Houl denken und an die Menschen, die sie dort zurückgelassen hatten. Aber er und Kara hatten fliehen müssen, weil Lydia im Sterben lag. Sie hatten keine Zeit gehabt. Was nahm er jetzt als Ausrede?

Mit einem Mal verschmolz alles – das Internierungslager, die Festnahmen, die EMP-Bombe, der Krieg auf neutralem Gebiet – zu einem brennenden Zorn tief in seinem Innern und machte ihn so wütend, dass er Angst hatte zu explodieren, genau wie diese Bombe. Es war alles die Schuld der Machthabenden, die die Galaxie wie Schachfiguren benutzten, als sei das Universum ihr Spielplatz, um Krieg zu führen, wie es ihnen beliebte. Aly hatte es satt – hatte Könige und Herrscher satt, die die falschen Entscheidungen trafen.

»Denn wenn du wirklich helfen willst, dann hör auf, wegzulaufen. Erkläre, wer du bist. Du könntest den Thron beanspruchen.« Sobald er die Worte ausgespien hatte, war er überrascht – aber mehr denn je war er davon überzeugt, dass es die Wahrheit war. Vielleicht konnte Kara etwas verändern. Die Welt verändern. »Du musst es zumindest versuchen.« Es war ein solider Plan. »Besser, als zu einer wilden Suche nach dem Überschreiber aufzubrechen, nur weil du denkst, Lydia hätte das von dir gewollt.«

»Und was dann, Aly?« Karas Stimme wurde schärfer. »Ich habe vom Regieren nicht den blassesten Schimmer.«

»Du würdest es schon lernen, Kara.« Er legte ihr eine Hand an die Wange. Er hatte sich jeden ihrer Gesichtszüge eingeprägt, jedes Mienenspiel, aber jetzt sah Kara anders aus. Die Veränderung war so geringfügig, dass er sie vielleicht nicht bemerkt hätte, aber nach der Trennung nahm er sie deutlich wahr, und er fühlte sich verwirrt und schwindelig, als würde sich der Boden unter ihm bewegen. »Du brauchst den Überschreiber nicht, um anderen Leuten helfen zu können. Das schaffst du sehr gut allein.«

»Ich brauche den Überschreiber, weil er gefährlich ist. Das hat Lydia mir gesagt. Sie hat mir praktisch befohlen, ihn zu zerstören, und das aus gutem Grund.« Sie riss sich von ihm los. Sorge schnürte ihm die Kehle zu. »Du machst dir ja keine Vorstellung, wozu er in der Lage ist. Wir sind vielleicht die Einzigen, die wissen, dass es ihn wirklich gibt.«

»Ich werde nicht mitkommen, nur um mit ansehen zu müssen, wie du getötet wirst«, wandte Aly ein. »Ich glaube, du hast Angst vor dem Regieren.«

»Ach, darum geht es dir plötzlich? Mich auf den Thron zu setzen?«, zischte Kara. In ihren Augen wirbelten Farben wild umher. »Du willst die Suche nach dem Überschreiber einfach so aufgeben?«

»Mit Aufgeben hat das nichts zu tun! Sieh dich doch um – in der Galaxie herrscht Krieg!« Aly wusste es besser, aber er konnte nicht aufhören. »Schau hin. Wie wäre es, wenn wir direkt in die Hauptstadt zu deiner Schwester gingen und ihr sagten, wer du bist? Und sobald wir in Sicherheit sind, entwerfen wir einen Schlachtplan, um den Überschreiber zu finden.«

»Oder sie werfen mir vor, eine Hochstaplerin zu sein, und setzen mich ohne Vorwarnung mit dem Taser außer Gefecht!« Kara war laut geworden. »Mein ganzes Leben lang treffen andere Leute Entscheidungen für mich. Lydia hat entschieden, *um meiner Sicherheit willen* mein Gedächtnis zu löschen. Du sagst mir, dass ich dich *um meiner Sicherheit willen* hierlassen soll.« Die letzten Worte sprach sie voller Bitterkeit. »Aber die Entscheidungen anderer Leute sind der Grund, warum ich hier bin. Wann darf ich endlich selbst etwas entscheiden?«

Aly biss die Zähne zusammen. »Und wofür würdest du dich entscheiden, Kara? Willst du eine Lüge leben und so tun, als wärst du jemand anders? Willst du davonlaufen und in Luris wie eine Einsiedlerin leben, während die Welt um dich herum in Flammen steht?«

Sie schnappte nach Luft. Kara hatte ihm einmal erzählt, dass der Strand von Luris ihr »Ort des Glücks« sei, und er hatte es süß und optimistisch gefunden. Damals hatte er die Idee in seinem Herzen bewahren wollen. Und jetzt schleuderte er sie ihr ins Gesicht.

»*Taejis*, Kara, so habe ich das nicht gemeint …« Seine Stimme verlor sich. »Ich weiß, wie das ist, wenn man eine Lüge lebt und so tut, als wäre man jemand anders, weil es einfacher ist. Weil es beängstigend ist, man selbst zu sein, oder weil es allen anderen Angst macht.« Er dachte daran, wie schwer es war, sich als Kalusianer auszugeben, und dass es das am Ende nicht wert gewesen war. »Was ich sagen will, ist, wenn du keine Lüge leben willst, ist es an dir, die Wahrheit zu verändern.«

Er konnte den Ausdruck auf ihrem Gesicht nicht deuten, aber er hatte den Eindruck, dass er zu ihr durchgedrungen war. Oder dass sie zumindest nicht total sauer auf ihn war.

»Kara?«, fragte er. Im selben Moment krachte ein gewaltiger Donnerschlag, irrsinnig laut, ohrenbetäubend. Alys Stimme – ihr Name auf seiner Zunge – ging in dem Lärm unter.

Die Tore des Hangars explodierten. Leute kamen aus allen Richtungen herausgelaufen, als seien sie alle gleichzeitig aus einem bösen Traum erwacht und der gequälte Aufschrei mit ihnen. Während sich eine leuchtende Staubwolke erhob, brachen jetzt alle Insassen aus, strömten den Hügel hinab wie ein geborstener Vulkan.

Aly stellte flüchtig Blickkontakt zu einer anderen Wraetanerin her und sah die Furcht in ihren Augen.

»Was ist passiert?« Sie packte ihn mit einem schraubstockartigen Griff am Arm. Aly spürte, wie ihr Zorn sich in Angst verwandelte. Die Knöchel der Frau wurden weiß.

Er wusste es nicht. Er wusste gar nichts außer einer Wahrheit, die aus langer Erfahrung herrührte: Wenn Menschen flohen, gab es meistens einen guten Grund, ihrem Beispiel zu folgen.

Die Menge drängte heran und riss sie dann mit sich fort. Sie raste über die Dünen, vorbei an der Müllhalde am Stadtrand und strömte in das Chaos halbdunkler Straßen ohne Netzwerk. Durch die stauberfüllte Luft vermeinte Aly, in der Ferne den Sommerpalast zu sehen. Die Menge wurde dichter, das Gedränge stärker. Als sie einen geschlossenen Laden erreichten, hob Aly Kara hoch zum Dach, weil er plötzlich Angst vor einer Massenpanik hatte und befürchtete, niedergetrampelt zu werden, zerquetscht unter den umherstolpernden Leibern. Die Rufe und Schreie wurden lauter. Kara gelang es, aufs Dach zu klettern. Er wollte ihr gerade folgen …

Ein weiterer Blitz zuckte auf, heller als der erste. Unmöglich. Der Boden pulsierte einmal kurz, und eine unsichtbare Macht warf sie hoch in die Luft. Aly versuchte, nach Karas Hand zu fassen, aber er griff ins Leere. Er war blind und taub, schwebte … bis er auf dem Boden aufschlug und einen Schmerz verspürte wie einen einzelnen Ton, der wieder und wieder in seinem Körper angeschlagen wurde.

Dann brach er abrupt ab und Aly stürzte in die Dunkelheit.

5

Rhiannon

»*Taejis*«, murmelte Rhee zum hundertsten Mal, als sie ihre Gemächer verließ. Sie hätte es kommen sehen müssen. Es war typisch Nero: Binnen vierundzwanzig Stunden nutzte er ihre Rückkehr für seine Zwecke, um damit den Rest der Galaxie von den Geschehnissen auf Nau Fruma abzulenken.

Tai Reyanna stand angespannt in der Mitte des Vorraums und drückte den Finger auf ihren Würfel. Rhee war ängstlich und besorgt – sie hatte zu große Angst, um ihren Würfel einzuschalten, war jedoch frustriert, dass sie von anderen abhängig war, um die neuesten Informationen zu erhalten. Selbst die Tatsache, dass Tai Reyanna ihren Würfel benutzte, machte Rhee nervös, aber ihre Gouvernante hatte sich geweigert, ihn abzuschalten. Die steife förmliche weiße Robe umschloss die Tai wie dicke Schneeschwaden. Auf der Holoprojektion sahen sie die Nachrichten: Die UniForce und die wraetanisch-fontisianische Koalition, eine Bürgerwehr, waren auf dem neutralen Mond Nau Fruma in Kampfhandlungen verstrickt. Und das alles wegen Nero.

Er hatte das Undenkbare getan: Während sie angeblich tot war, hatte er Wraetaner und Fontisianer auf Nau Fruma illegalerweise von Soldaten der UniForce festnehmen und internieren lassen.

Die WFK hatte eine Rettungsaktion zur Befreiung der Gefangenen gestartet mit der Begründung, das Lager verstoße gegen die Neutralität Nau Frumas. Sie hatte eine EMP-Bombe abgeworfen, um die Tore des Lagers aufzubrechen und die Stromversorgung außer Kraft zu setzen – auch Würfel. Zur Vergeltung hatte die UniForce eine echte Bombe gezündet. Nun kämpften beide Armeen Mann gegen Mann, und schon jetzt hatte der Bodenkampf auf Nau Fruma zu viele Opfer auf beiden Seiten gefordert. Die Galaxie war in Panik. Wenn Neutralität nicht respektiert wurde, war man nirgendwo sicher.

Und alles war auf den Holos dokumentiert worden – alles, bis auf die Internierung auf Nau Fruma. Darüber hatte DroneVision nicht berichtet. Nur komisch, dass Nero dann aber dafür gesorgt hatte, dass der darauf folgende »Angriff« durch die WFK reichlich Sendezeit bekam.

»Seid Ihr durchgekommen?«, fragte Rhee. Sie setzte sich auf einen kunstvollen Stuhl und stand sofort wieder auf. Ihre Kehle war trocken und sie konnte nicht still sitzen.

Ihre Tai schaute mit einem kleinen, verärgerten Kopfschütteln zur Seite. Es war lästig, dass niemand Rhee ins Bild gesetzt hatte. Tai Reyanna bekam keine Verbindung zu dem Kommandanten der UniForce auf Nau Fruma.

»Ihre Komms sind wegen der EMP-Bombe sicher noch außer Betrieb«, meinte Tai Reyanna wenig hilfreich. »Vielleicht ist die Kommunikation auch durch das letzte Update ins Stocken geraten.« Doch die Tai klang selbst nicht überzeugt. Die wahrscheinlichste Wahrheit brauchte nicht ausgesprochen zu werden: Nero besaß die Loyalität der UniForce. Die Soldaten, die hier in der Hauptstadt stationiert waren, hatten beim Ausbruch des Aufruhrs nach Rhees Ankunft keinen Finger gerührt, um sie zu beschützen, und Rhee würde es nicht wagen, sich jetzt an sie zu wenden.

Trotz des Krieges auf ihrem Boden und der Tatsache, dass Josselyn bisher nicht öffentlich in Erscheinung getreten war – Rhee wusste nicht, ob das ein gutes oder ein schlechtes Zeichen war –, kehrten Rhees Gedanken immer wieder zu Julian zurück. War er noch auf Nau Fruma? Ging es ihm gut? Wusste er, dass sie Veyron getötet hatte, und würde er in dem Glauben sterben, sie habe ihn verraten? Sie konnte den Blick nicht vom Bildschirm losreißen.

Rhee ging im Geiste bereits die verschiedenen Möglichkeiten durch. Der Orden würde sicher helfen. Vielleicht war das ja Neros Ziel – sie näher an Fontis heranzurücken, sie als abgehoben und bürgerfern darzustellen, als Verräterin. Aber darüber durfte sie nicht nachdenken, während Menschen starben. Sie würde auch eine Botschaft an die kalusianischen Territorien ausstrahlen und die Bewohner auffordern, sich zu organisieren und Vorräte anzulegen. Sämtliches medizinisches Personal in der Nähe würde sich für einen Einsatz auf dem Mond zur Verfügung halten müssen. Vielleicht könnte sie selbst hinfliegen …

»Wenn wir nicht zur UniForce durchkommen, müssen wir Hilfe schicken.«

»Hilfe, *ahn ouck?*«, fragte die Tai. Sie ließ sich auf einen Stuhl fallen. Ihr Kopftuch löste sich und eine ergrauende schwarze Haarsträhne fiel ihr ins Gesicht.

Rhee hatte den Ausdruck früher nie gemocht. Er bedeutete *Kind*, und wenn sie ihn hörte, wurde sie wieder zu dem Kind, das sie mit sechs Jahren gewesen war. Ein einsames Waisenkind, ein Balg, ein Mädchen, das seines Namens nicht würdig war. Aber jetzt erinnerte er Rhee an ihre Familie und verband sie enger mit der Tai.

»*Wir* brauchen Hilfe, Rhiannon«, seufzte sie. »Wir sind einem Wahnsinnigen ausgeliefert.«

»Ich bin niemandem ausgeliefert«, beharrte Rhee und begann, auf dem kleinen Fransenteppich auf und ab zu gehen. Sie hatte alle Versuche Neros, sich mit ihr in Verbindung zu setzen, abgelehnt; es hatte eine wahre Komm-Flut gegeben. »Und wenn ich Frieden und Vertrauen wiederherstellen will, werde ich die Bedrohung auf Nau Fruma neutralisieren müssen.«

»Wie wollt Ihr einen neutralen Mond neutralisieren? Noch mehr Streitkräfte werden nur zu größeren Spannungen und zu noch mehr Gewalt führen. Außerdem ist der Luftreiseverkehr eingeschränkt worden …«

»Dann hebe ich die Einschränkung eben auf.« Rhees Stimme schwoll zu einem Schrei an. Sie war nahezu ohnmächtig vor Wut. »Dieser Mond war für viele Jahre unser Zuhause. Seine Bewohner haben fast zur Familie gehört …«

»Haltet mir keinen Vortrag über Familie.« Die Tai sah sie mit einem Ausdruck in den Augen an, der Rhee wie angewurzelt stehen bleiben ließ. »Und überlegt es Euch gut, bevor Ihr mich anbrüllt.«

Rhee senkte den Kopf. »Tai Reyanna …« Ihre Stimme verlor sich, denn sie war sich nicht sicher, wie sie eine Entschuldigung formulieren sollte, wenn ihr so vieles leidtat. Ihr Ausbruch war nicht nur peinlich, er war einer Kaiserin nicht angemessen. »Ich bringe mir selbst Schande. Ich nehme Eure Leitung als selbstverständlich.«

Tai Reyanna ergriff Rhees Hände. »Ich weiß, dass Ihr über die Menschen auf Nau Fruma in Sorge seid. Und über Julian. Aber wir sind uns noch nicht sicher, ob man ihm trauen kann …«

Es war ein Thema, das sie bisher vermieden hatten. Tai Reyanna hatte es nicht gutgeheißen, dass Rhee sich überhaupt an Julian gewandt hatte. Sie hatte ihre Missbilligung nicht begründet, und das brauchte sie auch nicht. Rhee hatte die Möglichkeit erwogen und verworfen, dass Julian die ganze Zeit über mit seinem Vater zusammengearbeitet hatte, dass auch er vielleicht ein Verräter war.

Eine heiße Welle durchströmte Rhee und sie schüttelte den Kopf. »Es geht nicht nur um ihn. Die Nau Frumaner müssen wissen, dass ich sie beschützen werde.«

Auf den Holos erschütterte eine weitere Explosion Nau Fruma, und das bisschen Ruhe, das Rhee gerade erst gefunden hatte, verflog. Auf dem projizierten Bild sah man die Gewalt, die Nero geerntet hatte. Genoss er seine Grausamkeit? Bereitete es ihm Vergnügen, mit Menschenleben umzugehen, als seien sie vollkommen wertlos?

Rhee entzog der Tai ihre Hände und versuchte, die Panik niederzukämpfen, von der ihr schwindlig war und die ihre Ohren brennen ließ. »Weiß Dahlen Bescheid?«

Sie würde ihn in diesem riesigen Palast suchen müssen. Er war mit dem Fischer losgegangen, um das Gebäude auszukundschaften und über sein neues Lieblingsthema, den Einsatz der Sicherheitskräfte, zu sprechen. Es war ein Schock gewesen festzustellen, dass alle Diener, die für ihre Familie gearbeitet hatten und während Seotras Regentschaft geblieben waren, den Palast verlassen hatten. Sie waren entweder verjagt oder bezahlt worden, vielleicht auch fortgelockt von Neros Versprechungen – aber es war ein Schlag ins Gesicht und eine weitere Erinnerung daran, dass die Rose der Galaxie nicht mehr so kostbar war wie einst.

Rhee stieß hastig erst einen und dann den anderen Fuß in die Stiefel. »Ich gehe Dahlen suchen.« Sie brauchten einen Plan. Sie würde nicht hier herumsitzen, Trübsal blasen und sich in Selbstmitleid ergehen.

Rhee rannte durch den Palast, während Tai Reyanna hinter ihr herrief. Die vertrauten Biegungen und Kurven, der kunstvolle Webteppich unter ihren Füßen, selbst der Geruch des Palastes erinnerte sie an ihre Kindheit. Doch statt der geschäftigen Eile, der Wärme und der interplanetarischen Würdenträger, die den Palast mit Musik und Gesellschaft erfüllt hatten, herrschte auf den Fluren nur eine unheimliche Stille. Eine organische Erinnerung stieg auf, und Rhee hörte Joss' Stimme, die sie mit ihrem Echo verspottete.

Komm und such mich, hatte Joss einmal gerufen, als Rhee hinter ihr hergejagt war. So viele Jahre hatte sie damit verbracht, der Schwester nachzulaufen, die nichts mit ihr zu tun haben wollte. Die sie ein Baby nannte, sie verhöhnte. Selbst jetzt strömte die Stimme ihrer Schwester aus allen Richtungen auf sie ein und trieb sie in den Wahnsinn. Sie war unfähig; sie würde nie gut genug sein; sie würde sie nie finden. Damals hatte sie nicht mit Joss mithalten können, und jetzt konnte sie nicht mit Nero mithalten.

Sie war nicht zum Herrschen erzogen worden. Sie war

nicht dazu bestimmt. Das war Josselyns Rolle. Aber genau der Mensch, den Rhee am dringendsten brauchte, den sie öffentlich angefleht hatte, nach Hause zu kommen, war nicht erschienen. Hatte sie sich verirrt oder war sie in Gefahr? Oder wollte Joss sich nicht melden? Vielleicht war sie klug genug, um zu wissen, was Rhee gerade erst klar wurde: Kaiserin zu sein war eine undankbare und hoffnungslose Aufgabe. Am besten, man hörte auf, bevor man überhaupt damit begonnen hatte.

Rhee bekam sofort ein schlechtes Gewissen. Ihrer Schwester Feigheit zu unterstellen und vor ihrer Rolle als Kaiserin zu kneifen, entehrte das Vermächtnis ihres Vaters. Rhee spürte, wie ihr Gesicht vor Scham brannte. Jeder würde es sehen können. Vielleicht sah man es jetzt schon.

Als der Gang sich gabelte und Rhee sich nach rechts wandte, schnalzte hinter ihr jemand mit der Zunge. Es war nah. Zu nah. Rhee wirbelte erschrocken mit einem Roundhouse-Kick herum – aber eine junge fontisianische Frau wich außer Reichweite zurück. Rhee erkannte sie sofort: Sie hatte bei Rhees Ankunft auf der Treppe gestanden – das Mädchen mit den orangegelben Augen.

Jetzt trug es wie viele andere Mitglieder des fontisianischen Ordens eine dunkle Robe mit gepolsterten Schultern. Ihr blonder Zopf war nun zu einem Knoten gebunden.

»Wer seid Ihr? Warum folgt Ihr mir?« Rhee feuerte die Fragen in schneller Folge ab, um ihre Verlegenheit zu verbergen: Das Mädchen war Teil der Wache, die Dahlen beaufsichtigte.

»Ich wollte Euch nicht erschrecken.« Sie trug Pfeil und Bogen auf den Rücken gegürtet. Ihre Ohren liefen leicht spitz zu, wie die von Dahlen. »Ich bin Lahna.«

Rhee richtete sich auf, strich ihr Kleid glatt und versuchte, einen Hauch von Würde auszustrahlen. »Ihr gehört zu den Bogenschützen?«

Das Mädchen zog die Brauen hoch, die so hell waren, dass sie beinahe weiß wirkten. Es deutete nach hinten auf den Bogen. »Sieht man das nicht?«

Die Geste kam ihr bekannt vor. Dann erinnerte Rhee sich daran, dass sie Lahna auch auf Erawae gesehen hatte: Sie hatte im Innenhof einen Übungskampf absolviert, als Rhee sich mit dem fontisianischen Ältesten Escov getroffen hatte. Er hatte ihr offenbart, dass Josselyn noch lebte und dass der Orden geholfen hatte, sie zu verstecken – so gründlich, dass nicht einmal er wusste, wo Joss geblieben war.

»Wo ist Dahlen? Wir werden Hilfe nach Nau Fruma schicken müssen. Es hat …«

»… eine Bombardierung gegeben. Ich weiß.« Das Mädchen drehte sich auf dem Absatz um und ging davon. »Ich darf nicht zu spät kommen.« Falls es eine Einladung war, dann war sie wohl kaum zwingend. Trotzdem folgte Rhee ihr.

»Wohin gehen wir?«, fragte sie und schloss eilig zu dem Mädchen auf. Natürlich wusste Dahlen bereits Bescheid. Er wusste immer Bescheid. *Es gibt Dinge, die er weiß, und Dinge, von denen er nicht weiß, dass er sie weiß.* Das hatte der Älteste Escov Rhee auf Erawae gesagt – dass Dahlen entscheidende Informationen besaß und tief in seinem Innern verbarg, sogar vor sich selbst.

»Zum Arbeitszimmer im Nordflügel, aus dem Dahlen einen Taktikraum gemacht hat. Er organisiert Hilfe für den Mond. Als wir von den Bombardierungen erfahren haben, hat er sofort eine Lagebesprechung anberaumt«, erklärte sie und schaute nach links und rechts, während sie eilig den Flur entlangschritten.

»Gut«, antwortete Rhee. Dahlen verstand sie. Bewegung, Aktion, Strategie. Aber irgendetwas ärgerte sie, zupfte an ihren Nerven. »Und wie lange ist es her, dass der Taktikraum und Dahlens Strategie zusammenkamen?«

»Ich verstehe Eure Frage nicht, Kaiserin. Habt bitte die Güte, ganz offen zu fragen, was Ihr wirklich wissen wollt.«

»Ihr seid genauso charmant wie Dahlen«, schoss Rhee zurück, »nämlich gar nicht.« Sie bedauerte ihre schnippische Retourkutsche sofort, wenn auch nur deshalb, weil ihre Verlegenheit nicht zu übersehen war.

Lahna lächelte, als hätte sie mit Rhees Reaktion gerechnet. *Ahnen.* Wen interessierte es, was dieses Mädchen dachte? Es stimmte, dass es eine tiefere, verschleierte Frage gab. Sie war Kaiserin geworden, um ihr Schicksal und das ihres Planeten in die Hand zu nehmen. Und doch wurde ihr von dem Moment an, in dem sie die Aufgabe angetreten hatte, ständig alles aus der Hand genommen – ohne sie um ihre Meinung zu fragen. Sie war genauso machtlos wie eh und je.

»Was ich eigentlich fragen wollte«, sagte Rhee ruhig mit ihrer besten Diplomatenstimme, »ist, ob Dahlen nach mir geschickt hat. Ob er überhaupt vorhatte, mich zurate zu ziehen.«

Lahna blieb unvermittelt stehen und legte den Kopf schräg. Ihre Augen wurden schmal und ihr linker Mundwinkel zuckte ein ganz klein wenig in die Höhe. »Riecht Ihr die Rosen nicht?«, fragte sie.

Der abrupte Themenwechsel des Mädchens ärgerte Rhee. »Was?«

»Rosen«, wiederholte Lahna stirnrunzelnd. Offenbar hatte sie nicht vor, lockerzulassen.

Rhee sah sich um und stellte fest, dass sie im Ostflügel

waren. »Da draußen ist der Garten meiner Mom. Man kann ihn vom Fenster aus sehen.« Sie ging in ein Gästezimmer. Die Vorhänge flatterten im Wind, es war kühl für die Jahreszeit. Bald würde es regnen. Rhee hatte die heißen Gewitter als Kind geliebt. Sie trat ans Fenster, aber Lahna fasste sie am Unterarm und zog sie auf die Knie. Für einen Moment stockte Rhee der Atem: Sie waren sich so nah, dass sie Lahnas Wimpern sehen konnte, die weichen Linien ihres Mundes …

Sie riss sich energisch los. »Seid Ihr von Sinnen?«

Doch bevor sie aufstehen konnte, stieß Lahna sie grob zurück. Ein Pfeil segelte durchs Fenster und durchbohrte die Luft genau an der Stelle, wo Rhiannon eben noch gestanden hatte.

Rhee lehnte sich keuchend an die Wand. »Woher habt Ihr das gewusst?«

»Das Fenster hätte geschlossen bleiben sollen«, antwortete Lahna knapp.

Drei weitere Pfeile sirrten durch die Luft, und Lahna zog das Schwert mit einer Geschwindigkeit, wie Rhee sie noch nie gesehen hatte. Das Metall blitzte wieder und wieder im Licht auf, als sie damit einen Pfeil nach dem anderen durchschlug. Dann ließ sie sich wieder auf die Knie fallen und rollte sich an die Wand unter dem Fenster, Schulter an Schulter mit Rhee.

Weitere Pfeile schwebten herein. Ein Dutzend. Zwei Dutzend. An den Schäften hingen weiße Bänder. Es sah beinahe schön aus, wie sie flatternd durch die Luft wehten. Bei dem Lärm der Pfeile, die in die Wände und Möbel einschlugen, konnte Rhee kaum einen klaren Gedanken fassen. Ein Schneesturm von Federn stob aus den Kissen, Baumwollflusen und Sägespäne flirrten in der Luft. Die beiden Mädchen saßen Seite an Seite und verfolgten das Spektakel.

Und dann war es plötzlich still. Es kamen keine Pfeile mehr, und in der Leere konnte Rhee ihren eigenen Herzschlag hören. Sie stieß einen flachen Atemzug aus.

Im Flur war das Trommeln von Schritten zu hören und kurz darauf Dahlens Stimme, die sich von den Korridoren des großen Palastes entfernte. Jetzt war er draußen und durchkämmte mit seinen Wachen die Gärten. Der Geruch von Rosen wurde stärker; sie hieben mit den Klingen auf die Sträucher ihrer Mutter ein und hackten sich durch die Beete. Rhee zwang sich, nicht zu weinen.

Plötzlich war der Raum voller Wachen: Sie zogen sie auf die Füße, fragten sie, ob es ihr gut gehe, sprachen murmelnd in einem Code. Der Fischer drängte sich vorsichtig in den Raum. Seine blaue Haut hatte einen Purpurton angenommen, als sei er vor Zorn errötet, und seine Züge, die sich im unteren Bereich seines Gesichts drängten, wirkten vor Wut verzerrt. Er war ein untypischer Verbündeter, der aus dem äußeren Gürtel stammte und Rhee auf Tinoppa geholfen hatte, sich als gezeichnetes Kind zu tarnen, indem er den Octoerces an ihr Gesicht heftete. Er hatte auch ihr und Dahlen das Leben gerettet, indem er die Decke der Einrichtung auf Houl mit einem Harpunengewehr niedergerissen und sie in Sicherheit gebracht hatte.

»Wer hat das Fenster offen gelassen?«, drang Dahlens Ruf von unten herauf.

Der Fischer ließ einen geringschätzigen Blick durch den Raum schweifen. Hundert Bänder zitterten an hundert Pfeilen, die in der Tür steckten.

»Ein Mann, der bald tot sein wird«, antwortete der Fischer.

»Ich werde den Verräter entfernen.« Sein Blick begegnete kurz dem von Rhee, und er nickte, bevor er ohne noch etwas zu sagen ging.

Rhee rückte von ihren Wachen ab und zog das Band von einem nahen Pfeil. »Dieser Hund«, sagte sie.

Tai Reyanna drängte sich in den Raum. Die braune Haut um ihre Augen war voller Sorgenfalten, als sie eine Handvoll Bänder packte. »Es steht überall das Gleiche drauf.«

Willkommen zurück, Kaiserin. Ich lasse mich nicht ignorieren.

Es wird untertänigst um Eure Anwesenheit in den Türmen des Long Now gebeten.

Neros Residenz.

Lahna bahnte sich einen Weg durch das Labyrinth von Pfeilen, die sich in einem Muster in den Boden gebohrt hatten. »Er geht nicht gerade feinfühlig vor, oder?«

»Nein«, sagte Rhee. »Das tun Wahnsinnige selten.«

6

Alyosha

Er versuchte zu rufen, doch der Druck auf seiner Brust war zu groß. Das Letzte, woran er sich erinnerte, war, dass er und Kara Zuflucht hinter einer Sanddüne gesucht hatten. Er musste bei der Explosion fortgeschleudert worden sein.

Kara. Wo war sie? Er hoffte, dass es Magie auf der Welt gab. Er würde nicht sterben. Sie auch nicht.

Der Schmerz war unerträglich. Blöd. Er verlor immer wieder das Bewusstsein und hörte Heulen und Rufe, leichte Vibrationen in den Trümmern ringsum.

Er kämpfte sich zurück ins Bewusstsein. *Hier, hier, hier,* versuchte er zu rufen. Stattdessen dachte er es nur. *Kara. Ich bin hier. Es tut mir leid.* Dann überkam ihn wieder die Dunkelheit.

Er hörte einen Motor, das vertraute Geräusch von Geländefahrzeugen, deren Räder sich durch den Sand mahlten. Weit weg? Vielleicht nicht. Er war immer noch halb taub von der Explosion, doch zumindest hob sich der Mantel der Dunkelheit. Das Licht tat ihm in den Augen weh. Er blinzelte, aber alles, was er sehen konnte, war blendende Helligkeit.

»Alyosha!« Pavels Stimme. »Ich habe Euch stundenlang gesucht.« Pavels lächerliche Roboterstimme, die er niemals ändern würde, damit sie menschlicher klang. Pavel hatte überlebt. Er hatte ihn gefunden.

Aly versuchte zu antworten, hustete jedoch stattdessen. Seine Augen schmerzten von dem Licht.

»Wo ist Kara?«, gelang es ihm zu flüstern.

»Ich habe sie nicht gefunden«, antwortete Pavel. »Ich bin an die Datenbank der Überlebenden angeschlossen und überwache die Beschreibungen. Ich bin zuerst zu Euch gekommen.«

»Was ist passiert?« Sein Kopf pochte. Alles tat weh. Er drückte sich auf den Ellbogen hoch, brach jedoch wieder zusammen. Zumindest war er noch ganz; er ging einen Körperteil nach dem anderen durch und kam zu dem Schluss, dass er jeden bewegen konnte, wenn es nötig war. Das war immerhin etwas.

Er hob den Kopf und sah, dass Soldaten die Überreste des Lagers durchkämmten. Die Trümmer waren bis in die dreißig Meter entfernten Dünen geschleudert worden.

»Was ist passiert?«

»Die WFK hat eine EMP-Bombe abgeworfen, vermutlich, um die Gefangenen zu befreien.«

Aly nickte. Das war die erste Bombe gewesen, als er und Kara auf die Dünen zugelaufen waren. »Aber es hat noch eine zweite gegeben«, sagte er. Die Explosion war das Letzte, woran er sich erinnern konnte, bevor er und Kara auseinandergerissen worden waren.

»Die UniForce hat eine zweite Bombe über dem Zentrum Nau Frumas gezündet, und nun tobt auf dem Marktplatz ein Gefecht.«

»Wer hat Bodentruppen vor Ort?«

»Anscheinend jeder«, antwortete Pavel.

Nach und nach konnte man etwas erkennen: Umrisse, Farben, sich bewegende Gestalten traten aus dem weißen Staubschleier hervor. Ein Frachtflieger hob über dem Lager vom Boden ab, so vollgepackt mit Menschen, dass sie hinauszufallen drohten. Es waren Wraetaner und Fontisianer, Alys Mitgefangene. Sie entkamen, Vodhan sei Dank.

Es war derselbe Typ Frachtschiff, den er als Kind während der Evakuierung von Wraeta bestiegen hatte, ein Fahrzeug der WFK. Viele Kinder aus Wray waren damals zu den Soldaten gegangen. Er erinnerte sich, wie er ihnen nachgeschaut hatte, neidisch, dass jemand Wray einfach hinter sich lassen konnte. Aly hatte ebenfalls fortgehen wollen, hatte diese elende kleine Stadt und alles und jeden darin verlassen wollen, vor allem seinen Dad.

Aber er hatte sich der WFK nicht angeschlossen. Schon in dem Alter hatte er von Wraetanern und Fontisianern die Nase voll gehabt und davon, nach Vodhans Regeln zu leben und jedes Mal ein schlechtes Gewissen zu haben, wenn ihm etwas Spaß machte. Also hatte er sich als Kalusianer ausgegeben und war stattdessen der UniForce beigetreten.

Und jetzt war ihm eben jene WFK, die ihm damals nicht gut genug gewesen war, zu Hilfe geeilt und hatte ihn gerettet. Es war ein Zeichen, vielleicht von Vodhan, möglicherweise war es auch nur ein dicker, fetter Zufall, aber es spielte keine Rolle. Er würde sie annehmen.

»Wir müssen Kara finden.« Aly zog sich auf die Füße, klopfte sich den Staub ab und suchte sich dann einen Weg über die Dünen. Der Sand unter seinen Füßen war eindeutig in Bewegung, aber er hatte das Gefühl, als würde sich alles drehen; ihm war schwindlig und er kämpfte sich nach oben, um eine bessere Sicht auf das Lager zu erhalten.

Pavel folgte ihm. »Es kommen jetzt Helfer an«, fuhr der Droide fort. Er hätte vielleicht noch mehr gesagt, aber sie erreichten den Gipfel der Düne und sahen sich um. Hinter dem Lager befand sich die Stadt Nau Fruma, in der es jetzt nur so wimmelte vor schreienden Zivilisten. Aly sah Leute, die sich aneinanderklammerten, einige mit blutigen Gliedern, andere mit abgerissenen Antennen, zerschundenen Gesichtern oder blutenden Kiemen. Aber keine Kara.

Nau Fruma war schon immer ein vielfältiges Zentrum des Handels und der Diplomatie gewesen, aber jetzt kam der Marktplatz Aly vor wie der erschütterte Mikrokosmos des gesamten Universums, das durcheinandergeworfen und auf den Kopf gestellt worden war, und niemand wusste, wem er vertrauen oder wohin er fliehen sollte. Es war immer noch Nacht, aber auf Nau Fruma wurde es nie ganz dunkel, es herrschte nur ein mildes Grau. Durch die Massenhysterie auf den Straßen sah es für einen Moment so aus, als sei die mit Rauch und Staub erfüllte Luft des Mondes mit rudernden Tentakeln schreiend zum Leben erwacht.

Kara. In diesem Wahnsinn konnte sie überall sein. Festgenommen von einem Soldaten der UniForce, kämpfend gegen die WFK oder einfach fortgerissen von der Massenflucht panischer Nau Frumaner und befreiter Gefangener.

Warum hatte er sie so bedrängt? Ihr diesen ganzen *Taejis* über ihre Rückkehr erzählt und ihr gesagt, was sie tun soll? Aly wusste so gut wie jeder andere, wie es sich anfühlte, wenn andere Leute einem sagten, was man zu tun und wer man zu sein habe, wenn man sich so verbog, dass die eigene Seele nicht mehr zu erkennen war.

Die Kämpfe hatten sich wie ein Sturm vom Marktplatz in die anderen Viertel verbreitet. Dann lichtete sich die Menge, als die Leute die medizinischen Versorgungsstationen aufsuchten, die überall eingerichtet wurden, oder flohen. Als Soldaten fielen und die erste Welle der WFK abflog, begleitet von Fluchtkapseln mit Wraetanern und Fontisianern, die hier wider ihren Willen festgehalten worden waren. Konnte Kara in einer dieser Kapseln sein?

Aly war verflucht. Nein, nein – er war einfach bloß unglaublich dumm. Nur er hatte es so vermasseln können. Es war das zweite Mal, dass sie ihn gerettet hatte, und er hatte sie weggestoßen.

Wenn er nur die Augen schloss, konnte er vielleicht fühlen, wo sie war. Vielleicht würden sie irgendwie zusammenfinden, durch einen Magnetismus, den er nicht erklären oder beschreiben konnte. Eine Hitze, ein Verlangen, eine Sehnsucht.

Er hätte ihr sagen sollen, wie wichtig sie für ihn war, wie viel sie ihm bedeutete – anstatt ihr die Ohren vollzuquatschen. Es gab tausend andere Dinge, die er hätte sagen sollen. *Ich werde nicht fortgehen. Ich werde nicht aufgeben. Ich werde nicht zulassen, dass man dir etwas antut.* Es waren so viele *nichts,* dass sein Herz und seine Lungen unter ihrem Gewicht zu platzen drohten.

Es funktionierte nicht. Vin hätte ihm geraten, es sich bildlich vorzustellen, aber mit jeder Sekunde krallte sich das Grauen mehr in ihm fest.

Er drängte sich durch die sich verlaufende Menge, konnte sie jedoch nirgendwo finden.

»Ihr habt vielleicht eine Gehirnerschütterung«, bemerkte Pavel gerade. Aly wusste nicht, wie lange der Droide schon zu ihm sprach, hatte überhaupt nicht mitbekommen, dass P noch an seiner Seite war. »Falls Ihr nicht zum Arzt wollt, kann ich meine begrenzte medizinische Datenbank konsultiiiiiii…« Der Droide wurde abgewürgt.

Aly drehte sich gerade rechtzeitig um, um einen Soldaten der UniForce zu sehen, der Pavel packte und versuchte, ihn auszuschalten.

Ohne nachzudenken stürzte er sich auf den Mann.

Bis dahin unbekannte Muskeln schrien auf, als der Soldat Aly mit dem Taser einen Hieb auf die Schulter versetzte und ihn rückwärts zu Boden stieß, bevor er sich wehren konnte.

»Keine Bewegung.« Der Mann hatte sich über Aly aufgebaut und zielte jetzt mit dem Taser auf seine Brust. Als Aly zu ihm hochschaute, meinte er, dass er wie einer der Gefängniswärter aussah, und vielleicht war er es auch.

»Verzeihung«, meldete Pavel sich mit einer Höflichkeit zu Wort, die der Mann keineswegs verdiente. Seine Augenlichter blinkten immer noch wie verrückt. »Es ist nicht nötig, so grob …«

Zur Antwort trat der Soldat Pavel mit einem Fußtritt um. Der Roboter kippte mit rot flackernden Augen und rudernden Greifarmen seitwärts zu Boden. Als Aly Anstalten machte, ihm zu helfen, stieß der Soldat ihm dem Knauf seines Tasers in die Rippen.

»Ich sagte: Keine Bewegung.«

Als er die Waffe zurückzog, spürte Aly immer noch die Stelle, wo sie ihn getroffen hatte.

Aly krümmte sich und versuchte, trotz des Schmerzes zu atmen. Er lag mit dem Gesicht halb im Sand. Seine Augen hatten sich inzwischen an das Licht gewöhnt und er konnte dieses Stück *Taejis* sehen. Er wollte auf ihn losgehen, wollte ihm die gottverdammte Kehle aufreißen, aber der Taser war genau auf ihn gerichtet.

Und dann sah er es.

Sie.

Alles, was er sehen konnte, waren ein Arm, eine Hand und ein Körper, der unter einer umgestürzten Säule eingeklemmt war. Eine Tasche. Ihre Tasche.

»Kara!«, schrie er und wollte sich aufrichten, aber der UniForce-Soldat stieß ihn sofort wieder zurück. Aly war schwach vor Entsetzen. Sie bewegte sich nicht. Sie konnte es nicht sein. Sie war es nicht. Es war nicht Kara.

Nein. Sie war es nicht.

Aly kroch auf sie zu. Sie lag nur wenige Meter von der Stelle entfernt, an der sie gerade noch gestanden hatten.

Der Soldat folgte ihm und trat ihn mit dem Stiefel wieder in den Schutt. Der Trümmerstaub, der in der Luft hing, blendete Aly.

»Geh runter von mir, du Arsch!« Aly holte aus und schlug nach dem Kerl, dann spürte er eine kurze Benommenheit. Der Soldat hatte ihm mit dem Taser in den Arm geschossen. Wo war Pavel? Er hatte ihn aus den Augen verloren. Aber er schleppte sich immer noch auf den Schutthaufen zu, auf den Rucksack, die Leiche des Mädchens, den Arm …

Sie war es nicht. Sie konnte es nicht sein. Kara war am

Leben, irgendwo. Dieser schlaffe Arm, dieser zerschmetterte Körper gehörten ihr nicht.

Doch als er näher kam, keuchte er auf, würgte an dem brennend heißen Staub. In der Hand, um die Finger geschlungen, hielt sie die Gebetskette umklammert.

»Pavel, sag mir, dass sie es nicht ist.«

Der Droide richtete sich mit flackernden Augenlichtern auf. Er steckte einen dünnen Greifarm mit einem Thermometer in den Boden. »Ich stelle Spuren ihrer DNA fest ...«

Da war eine verschwommene Bewegung, ein Geräusch, als sich ihm ein Schrei entriss, ein Schrei, der Zeit und Raum durchdrang, sodass der Schrei und der Schmerz überall gleichzeitig waren. Aly brüllte Karas Namen, während er den Schutt von ihr wegschaufelte.

»Leg die Hände auf den Boden, wo ich sie sehen kann«, befahl der Soldat hinter ihm. Er drückte Aly das kalte Metall des Tasers grob gegen die Schläfe. Aly hob die Hände; von einem Kopfschuss würde er sich nicht mehr erholen. In Wray hatte er Männer gesehen, die nach einem Zusammenstoß mit der UniForce gebraten worden waren: Wahnausbrüche. Orientierungslosigkeit. Unkontrollierte Wut.

»Keine Bewegung«, befahl der Soldat und zog ihm eine Hand auf den Rücken. Alys Blick war immer noch starr auf Karas Hand gerichtet, die unter einer Tonne Beton begraben lag. Er wehrte sich nicht, als der Soldat die andere Hand packte, um ihn zu fesseln. Wenn er den richtigen Zeitpunkt abpasste, konnte er herumwirbeln. Der Mann trug wahrscheinlich den gleichen Holster, den Aly früher bei der UniForce getragen hatte. Er war mit einem Standardmesser ausgestattet ... konnte er rechtzeitig darankommen?

»Vielleicht kann ich behilflich sein«, meldete sich Pavel

zu Wort, als der Soldat sich anschickte, Aly die Hände zusammenzubinden. »Er wurde erst vor zwei Tagen im Lager abgefertigt und …«

Der Soldat nahm den Taser von Alys Kopf und versetzte Pavel damit einen elektrischen Schlag. Blaue Stromblitze krochen an ihm empor. Seine Augen flackerten und erloschen. Aly wusste, dass Pavel keinen Schmerz spüren konnte, nicht so wie ein Mensch, aber es sah verdammt schmerzhaft aus.

Aly nutzte die Gelegenheit, sich loszureißen und umzudrehen. Er schnellte hoch und trat instinktiv nach dem Soldaten, rammte ihm die Ferse so fest er konnte seitlich gegen das Knie. Es bog sich genau in die Richtung, in die es sich nicht biegen sollte, und der Soldat schrie vor Schmerz auf und ging zu Boden. Aly sprang auf, und alles drehte sich. Sie hatten jetzt die Plätze getauscht. Der Soldat fummelte an dem Taser herum, aber Aly trat ihn ihm aus der Hand, dann stieß er dem Mann den Fuß zwischen die Rippen. Das war die Rache für vorhin – und für Pavel.

Er trat noch einmal zu. Noch mehr Rache. Er genoss es, einen Mann sich winden zu sehen, der die Uniform trug, auf die er früher selbst so stolz gewesen war. Plötzlich war es kein Fremder, auf den Aly mit voller Wucht eintrat. Das auf dem Boden war er selbst, das dumme Kind aus Wray, das von zu Hause weggelaufen und der UniForce beigetreten war, zu schwach, um zu sich selbst zu stehen, überzeugt davon, dass Anpassen die einzige Möglichkeit war, um dazuzugehören. Alles, was Aly getan hatte, hatte ihn hierher, in diesen Augenblick geführt – und er wollte sich, die UniForce und die Erinnerung an alle, die seinetwegen oder trotz seiner gestorben waren, auslöschen. Die Erinnerungen. Die Gräuel. Die Ungerechtigkeit. Alles.

Aber vor allem wollte er Kara auslöschen – nicht die echte Kara, sie nicht, aber den Gedanken an sie. Wenn er den Kopf nur ein ganz klein wenig drehte, würde er einen Blick auf die Gebetsperlen erhaschen …

Aly tat es. Er sah hin. Die Trauer verging, wurde weniger, bis nichts mehr übrig war als Zorn. Jetzt konnte er vor Wut, die ihn und seine Umgebung erfasst hatte, kaum noch etwas sehen.

Er blickte wieder zu dem Soldaten am Boden und trat zu. Es spielte keine Rolle, für wessen Armee man kämpfte, weil diese *Choirtoi* alle gleich waren, Bodentruppen in neutralem Gebiet – Tritt –, nur um die Leute einzuschüchtern, um sie fertigzumachen, nur um sich selbst groß zu fühlen. Tritt. Überall fielen sie ein, selbst im Namen des Friedens. Nach diesem neu entfachten Krieg würde nichts mehr so sein wie früher.

Blut spritzte auf Alys Stiefel. Der Soldat hob die Hand und bat stumm um Gnade. Aly zog das Bein zurück, um noch einmal zuzutreten.

»Alyosha!«, sagte Pavel – er hatte sich zum zweiten Mal aufgerichtet, aber etwas stimmte nicht mit den Bewegungen des Droiden. Er wackelte, und seine Roboterstimme klang wie aus weiter Ferne, als rufe er per Holo von einem anderen Planeten nach ihm. »Genug.«

Nichts würde jemals genug sein. Aber Aly nickte trotzdem und hörte auf, wie P es ihm gesagt hatte. Er verließ den Soldaten und kniete sich vor Kara hin. Er versuchte wieder, sie auszugraben, zerrte an Betonplatten. Schweiß vermischte sich mit Tränen und rann ihm übers Gesicht, sodass er das Salz schmeckte.

Eine organische Erinnerung bestürmte ihn: wie er Steine

in den flachen Fluss warf, als er hörte, dass Ma und Alina gestorben waren. Der Strom riss die Steine mit sich fort, um die Biegung und außer Sicht. Er konnte nichts festhalten.

In dem Moment landete ein weiteres Schiff. Aly spürte es an der Vibration der Luft, an der seltsamen elektrischen Stille, an den hellen Strahlen des Schiffes. Es war kein Frachtschiff. Es gehörte zur Ashbuli-Klasse. Es war ein Angriffsschiff.

Er wandte sich zu Pavel um, aber der Droide war erstarrt, seine Augenlichter dunkel. Er war gebraten worden. Die Strahlen erhellten die staubige Dunkelheit und ließen alles wie in einem Nebel erscheinen. Aly spähte angestrengt in alle Richtungen, um etwas zu sehen.

Vor seinen Augen verließ ein Trupp Soldaten den Ashbuli – wraetanische Soldaten, die zur WFK gehörten – und schwärmte in einer zweiten Welle aus. Er dachte an die Aufstände, von denen man ihm als Kind erzählt hatte. Diese Männer waren Helden. Aber sie kamen zu spät. Zu spät, um ihn oder irgendetwas zu retten, das ihm wichtig war.

Eine Soldatin kam langsam auf ihn zu. »Geht es Euch gut?«, fragte sie auf Wraetanisch. Sie hielt den Taser mit beiden Händen fest, aber sie richtete ihn auf den Boden, weg von ihm. Als Aly den Kopf schüttelte, sagte sie: »Wenn der UniForce eine zweite Welle gelingt, wird sie diesen Mond dem Erdboden gleichmachen.«

Feuer. Es war das übliche Vorgehen der UniForce, wenn ein Gebiet nicht mehr zu retten war. Es tötete feindliche Kämpfer, aber es tötete auch ihre eigenen Überlebenden, damit ihre Technik nicht gegen sie eingesetzt werden konnte – und damit sie keine Möglichkeit hatten, sensible Informationen weiterzugeben.

Aly sah noch einmal zu Karas schlaffer Hand. Die Kalusianer begruben ihre Toten nicht – sie verbrannten sie.

»Es ist hier nicht sicher«, erklärte ihm die Soldatin. »Wenn Ihr mit uns kommt, wird man Euch Flüchtlingsstatus gewähren.«

Aly lachte. Schmerz durchzuckte seine Lungen. »Das habe ich alles schon mal erlebt«, antwortete er. »Ich werde nicht Euer Flüchtling sein. Ich werde Euer nächster Rekrut.«

7

Rhiannon

Rhees Zorn war wie ein tobender Waldbrand. Sie wagte es nicht, dieses Feuer zu löschen, sondern stellte sich stattdessen vor, wie es immer kleiner und kleiner zu einer dichten Kugel zusammenschrumpfte, die sie in die Hand nehmen und verstecken konnte – für den Moment. Sie würde diese Wut später wieder heraufbeschwören müssen. Sie verschaffte ihr in Zeiten, in denen sie die Motivation am dringendsten brauchte, ein Ziel und eine Klarheit, die sie antrieben. Nun hingegen war die Zeit für Diplomatie und Strategie. Sie musste nicht nur die Schlacht gewinnen, sondern den ganzen Krieg.

Jetzt ging sie zwischen Dahlen und Lahna auf die Türme des Long Now zu. Die Türme waren bedrückend und extravagant zugleich, das scheinbar perfekte Zuhause, wie für Nero gemacht.

»Was wir hier tun, ist unklug«, warnte Dahlen. Er hatte seine Haltung bereits klargemacht, bevor sie losgegangen waren, dann wieder unterwegs und noch einmal, als er neben ihr am Eingang der Türme stand. »Man kann sich nicht darauf verlassen, dass Nero Euch nicht sofort töten wird.«

»Das stimmt«, pflichtete Rhee ihm bei, während sie weitergingen. »Aber er hätte mich längst töten können. Er weiß, dass es politischer Selbstmord wäre.«

»Hat er Euch nicht als Zielscheibe benutzt, als er die Tasinn Dutzende von Hochgeschwindigkeitspfeilen abfeuern ließ?«, fragte Lahna.

»Reine Angeberei«, meinte Rhee. »Er hat seine Botschaft auf die denkbar auffälligste Art übermittelt.«

»Oder auf die denkbar gefährlichste Art.« Lahna zuckte die Achseln.

»Und hatte er nicht die Absicht, Euch zu töten, als wir auf Houl waren?« Dahlen hatte den Satz noch nicht halb zu Ende gesprochen, als er schon das Gesicht verzog – vor Abscheu oder vor Schmerz oder beidem. Tatsächlich hatte Nero die Absicht gehabt, sie beide zu töten.

»Damals herrschten andere Spielregeln. Ich bin hier, auf Kalu, und das Universum ist mein Zeuge.« Rhee streckte beide Arme aus, um die Ausmaße der Galaxie zu demonstrieren. »Er kann mich nicht einfach verschwinden lassen.«

»Und wer sagt, dass die Regeln sich nicht wieder ändern?«, gab Dahlen zu bedenken. »Nero verbiegt die Regeln, wenn es ihm gefällt.«

»Meint Ihr nicht, sie weiß das?«, fragte Lahna, bevor Rhee antworten konnte. Lahna war noch kleiner als Rhee, was bedeutete, dass sie viel kleiner war als Dahlen. Aber es gelang ihr, von oben herab zu ihm zu sprechen. Sie war die Einzige, die das tat. »Wenn die Einladung heute Morgen ein Vorgeschmack war, begeben wir uns in eine tödliche Falle.«

Rhiannon sah sie argwöhnisch an. »Warum lächelt Ihr dann?«, fragte sie. Lahnas Züge hatten die Zartheit einer Porzellanpuppe, die in völligem Widerspruch zu dem stand, was Rhee vor wenigen Stunden gesehen hatte – ihre Kraft und Geschicklichkeit im Umgang mit dem Schwert.

Lahna zuckte die Achseln und warf den Zopf zurück, während sie mit kurzen Schritten weiterging. »Weil ich sehen möchte, wie wir lebend da rauskommen.«

Rhee presste die Lippen aufeinander und hoffte, dass ihr Schweigen dem Gespräch ein Ende bereiten würde. Vielleicht hatte Dahlen recht. Vielleicht war es Wahnsinn, die Einladung zu einem Treffen mit dem Mann anzunehmen, der Rhees Familie getötet hatte, der ihren treuen Trainer gegen sie aufgebracht und versucht hatte, sie ermorden zu lassen – aber sie brauchte einen Waffenstillstand. Er musste die UniForce aus Nau Fruma abziehen und sich dazu bereit erklären, in Zukunft nicht mehr in neutrale Gebiete einzufallen.

Sie schob die Hand in die Tasche und spürte das vertraute Gewicht der Münze, drehte sie in den Fingern hin und her und strich mit dem Daumen über die Rille in der Mitte. Die Münze war zwar nur ein Souvenir gewesen, aber für Rhee war sie viel mehr – ein Zeugnis der Diplomatie ihres Vaters und seiner Fähigkeit, Gebiete zusammenzubringen.

Dahlen hatte ihr versichert, dass auf Nau Fruma Hilfe eingetroffen sei; Notärzte waren von neuen Sanitätern abgelöst worden und hatten die Verletzten in der Nähe in Sicherheit gebracht. Rhee wusste immer noch nicht, was mit Julian geschehen war, ob er überlebt hatte, und wenn ja, wo er sich befand. Tai Reyanna hatte erfolglos versucht, ihn zu erreichen, was bedeutete, dass sein Würfel ausgeschaltet war. Und er hasste es, den Würfel auszuschalten.

Julian war ein Besserwisser, der alles nachschlagen musste. Manchmal konnte sein eigener Würfel nicht mit seiner Neugier Schritt halten, weil er Dutzende von Suchläufen gleichzeitig durchführte. Für Julian gab es immer etwas zu erforschen und zu lernen. Wenn sein Würfel ausgeschaltet war, musste man sich ernsthaft Gedanken darüber machen, ob es ihm gut ging.

»Rhiannon«, sagte Dahlen, als sie am Fuß des Westturms ankamen. »Sollte Euer einziges Ziel nicht darin bestehen, ihn sofort zu töten, kann ich mir nicht vorstellen, was Ihr zu gewinnen erwartet.«

Sie spiegelten sich in den geschlossenen Chromtüren des Aufzugs. Rhee kam der Gedanke, was für ein seltsames Trio sie abgaben. Und dass der Junge, dem sie ihr Leben anvertraut hatte, immer noch an ihrer Seite stand und ihr den Turm hinauf folgen würde, um dem Mann gegenüberzutreten, der sie beinahe zugrunde gerichtet hätte.

Wieder dachte sie daran, wie Nero Dahlen gezwungen hatte, seinen Würfel einzuschalten und damit sein Ordensgelübde zu brechen. Etwas in ihm hatte sich seitdem verändert. Sie stellte sich sein Herz wie einen Flussstein vor – Wasser sickerte in die Sprünge, gefror mit dem Wechsel der Jahreszeit und sprengte den Stein von innen her. Das hatte Nero getan. Rhee musste es ungeschehen machen.

Die Doppeltür glitt auf und drei Tagsterne surrten ihnen entgegen. Dahlen schlug nach den Kameras von DroneVision und hielt den Kopf gesenkt, während Lahna die Zähne bleckte, worauf die Tagsterne zurückhuschten.

Die Fahrt verlief in angespanntem Schweigen. Der Aufzug bestand aus Glas, und sie konnten den komplizierten Mechanismus sehen, der sie die siebzig Stockwerke hinaufzog. Gewaltige Zahnräder. Seile und Flaschenzüge. Eine empfindliche Maschine; sie konnte auf tausend verschiedene Arten zerbrechen. Was Rhee Dahlen sagen wollte, war, dass sie Angst hatte und ihn brauchte – sie brauchte sein Vertrauen und seine Gefolgschaft, weil das, was sie hier taten, so verwegen war. Er war ihr Anker, der sie davon abhielt, sich im Sog von Neros Täuschungen zu verlieren.

Aber jetzt, während zwei Tagsterne über ihnen schwebten, wollte Dahlen ihr nicht in die Augen sehen. Lahna schien nichts davon zu bemerken; sie drückte die Stirn an die Scheibe und sah zu, wie die Stadt immer kleiner wurde. Sie schossen nach oben. Rhee spürte, wie sich ihr Magen hob. Sie holte tief Luft und versuchte, sich zu beruhigen, sich darauf vorzubereiten, Nero einmal mehr von Angesicht zu Angesicht gegenüberzustehen.

Als sie den siebzigsten Stock erreichten, glitt die Tür auf. Vor ihnen lag ein moderner Raum mit einem lichtüberfluteten Holzboden und glänzenden, scharfkantigen Möbeln. Rhee rief die tief in ihr schlummernde Herrscherin wach, ihr Vermächtnis, und schritt voran. Lahna folgte ihr dicht auf dem Fuß und nach kurzem Zögern ging Dahlen ihnen nach. Die Tagsterne schwirrten hinterher.

Glas und leise Zimmerspringbrunnen prägten den Raum, alles war glatt. *Ganz zweite Welle,* hätte Tai Reyanna gesagt. Es war völlig anders als der Palast, der immer noch den Geschmack der Dynastie widerspiegelte. Ihre lange, reiche Geschichte war in Schnitzereien, Porzellan und Wandteppichen festgehalten – Gegenständen, die vor vielen Hundert Jahren von Hand gemacht, weitergegeben und bewahrt worden waren, damit die Ta'an wussten, woher sie kamen. Es war die alte Art. Die Art ihres Vaters.

Eine üppige Pflanze, die die Wände bedeckte, fiel heraus. Ihre Ranken reichten bis auf den Boden und die wächsernen Blätter fächerten sich zu beiden Seiten auf. Sie waren von einem tiefen Grün, wie Rhee es seit Dahlens Holzschiff nicht mehr gesehen hatte. Lahna trat neben sie und berührte ein Blatt; ein weißer Belag löste sich und hinterließ Fingerabdrücke, wo ihre Hand gewesen war.

Sie hörten leichte Schritte vom Ende des langen Flurs und drehten sich um. Immer auf einen dramatischen Auftritt bedacht, kam Nero mit ausgestreckten Armen in den Raum geweht. Links und rechts wurde er von Tasinn flankiert und eine Handvoll Tagsterne scharte sich um ihn. Wahrscheinlich sah er später die Aufnahmen durch und sortierte aus, damit er auf dem gesendeten Material nur von seiner Schokoladenseite zu sehen war.

Der Mann zu Neros Linken trug eine Augenklappe. Rhee erkannte in ihm sofort den Wächter, der sie zu der medizinischen Einrichtung geführt hatte, wo man Dahlen Wochen zuvor unter Drogen gesetzt und gezwungen hatte, seinen Würfel einzuschalten.

Nero verneigte sich so tief, dass Rhee dachte, gleich müsse er vornüberkippen. Sie zwang sich, ihren Abscheu zu verbergen, und versuchte, so etwas wie ein Lächeln aufzusetzen. Sie kniff die Lippen fest aufeinander und zog die Mundwinkel hoch. Ihr Gesicht fühlte sich steif an, wie Eis. Besser bekam sie es nicht hin.

»Kaiserin«, flötete er, »endlich in Sicherheit.« Seine blauen Augen wurden groß und sein Gesicht trug einen Ausdruck von Sorge und Erleichterung. *Er kann sich viel besser verstellen als ich,* dachte Rhee voller Verbitterung. Er deutete mit einer trägen Handbewegung auf ein Sofa. »Nehmt Platz.«

»Ich stehe lieber«, entgegnete Rhee, aber Lahna ließ sich auf das weiße Sofa plumpsen und wippte auf und ab.

»Bitte«, sagte Nero, »ich bestehe darauf.«

Rhee warf einen verstohlenen Blick zu Dahlen, der wachsam hinter dem Sofa stand. Sein Gesicht war ausdruckslos, doch sie wusste, dass er sie alle aus dem Augenwinkel im Blick behielt. Sie kam Neros Wunsch nach. Das Sofa stellte sich trotz seiner kantigen Form als erstaunlich bequem heraus. Dann schimpfte sie mit sich, dass sie sich so leicht ablenken ließ. Sie versteifte sich und setzte sich aufrecht hin, entschlossen, bei der Sache zu bleiben und sich zu konzentrieren. Nero hatte sie aus einem ganz bestimmten Grund hergebeten. Er wollte etwas. Sie hörte Veyrons Stimme, seine Weisheit, ihr von den Toten zuflüstern. *Ihr müsst Eurem Gegner immer drei Schritte voraus sein,* hatte er während ihres letzten Kampfes gesagt, kurz bevor er versucht hatte, sie umzubringen. Kurz bevor er starb.

Dahlen räusperte sich lautstark und riss sie aus ihrer Erinnerung. Tagsterne zischten auf sie zu, und sie hielt vollkommen still, als er ihr einen fragenden Blick zuwarf. Irgendetwas war ihr entgangen.

Nero beäugte sie argwöhnisch. »Ich sagte gerade – oder vielmehr staunte darüber –, dass Ihr die Explosion der *Eliedio* überlebt habt …«

Das war also der Grund, warum sie hier war. Um ausgefragt zu werden, um ihre Geschichte zu erzählen – damit diese Geschichte zerpflückt werden konnte, damit Nero sie bei einer Lüge ertappte und dies vor den Augen der ganzen Galaxie gegen sie verwenden konnte.

»Die zwei Wochen auf der Flucht waren nicht leicht«, sagte sie langsam und wählte jedes Wort mit Bedacht. »Aber das eigentliche Kunststück bestand darin, heute Morgen einen Hagel von Pfeilen zu überleben.«

Nero tippte an seinen Würfel und die Tagsterne gingen aus. Rhee hatte keine Ahnung gehabt, dass sein Würfel dazu in der Lage war, und versuchte, sich den Schreck nicht anmerken zu lassen. Sie musste wieder an sein Ziel denken, den Überschreiber zu finden, und unterdrückte ein Frösteln.

»Ihr seid ein fabelhafter Schauspieler«, erklärte sie kühl.

»Das ist der Grund, warum die Leute mich mögen.« Er richtete sich auf, ein schiefes Lächeln im Gesicht. Seine große, gerade geschnittene Nase wirkte widerwärtig perfekt, als seien die anderen Gesichtszüge nur dazu da, ihr einen Rahmen zu geben. Sein makelloses Aussehen hatte Rhee immer nervös gemacht, aber jetzt kam ihr an seinem Gesicht etwas seltsam vor – ein Zucken der Lippen, ein Schielen des linken Auges, das sie noch nie zuvor bemerkt hatte. Seine Energie war verschwunden.

»*Ich* mag Euch nicht«, bemerkte Lahna beiläufig und brach damit das Schweigen. Rhee hätte beinahe gelacht. Nero entlockte es zumindest ein Stirnrunzeln. Er war es wahrscheinlich nicht gewohnt, dass jemand so frei heraus die Wahrheit sagte. Der Wächter mit der Augenklappe, der hinter Nero stand, verlagerte das Gewicht auf den anderen Fuß, sodass der Taser an seinem Gürtel sichtbar wurde. Er lieferte sich mit Dahlen ein Blickduell.

Nero verzog das Gesicht zu einer Grimasse, als habe er etwas Faules gerochen. »Um der Ahnen willen, entspann dich, Yendit!«, brüllte er seinen Wächter an. »Das Gleiche gilt für alle, besonders für die Kaiserin.« Er musterte Rhee von Kopf bis Fuß. »Aus Eurem Kinn, aus Eurer ganzen Haltung spricht Feindseligkeit.«

»Soll ich ein liebenswürdigeres Gesicht aufsetzen?«

»Dieser finstere Blick passt nicht zu Euren zarten Zügen.« Nero feixte. »Ihr seid die Rose der Galaxie. Denkt an die Unterstützung, die Ihr längst hättet gewinnen können, wenn Ihr nur etwas mehr gelächelt hättet.«

Rhee verstand die unterschwellige Botschaft. Wenn sie nichts weiter war als eine Ansammlung zarter Züge und Rosenblätter, dann war es ihre Aufgabe, ein freundliches Gesicht zu machen und die Leute zu beruhigen. Als würde ihr Gesicht nicht ihr gehören, als wäre es nicht mit ihren Gefühlen verbunden – der Trauer und dem Aufruhr, die in ihr tobten.

Sie hasste diesen Mann und seine abscheulichen Taten. Sein ganzes Leben war auf den Gewinn von Macht ausgerichtet – und wozu? Noch mehr hasste sie es, wie er seine Verderbtheit mit einem oberflächlichen Lächeln und einem gut geschnittenen Anzug verbergen konnte.

Jetzt lächelte sie und drückte die Münze fest mit dem Daumen an den Knöchel ihres Zeigefingers. »Ich war wohl zu sehr darin vertieft, mir auszumalen, wie ich Euch möglichst schmerzhaft umbringen kann.«

In gewisser Weise entsprach das der Wahrheit. Während all dieser Jahre hatte sie ihren Geist und ihre Kampftechnik in Hinblick auf die endgültige Rache kultiviert, obwohl sie sich an dem falschen Mann gerächt hatte. Bis jetzt.

»Aber ich habe trotz meines vollen Terminplans Zeit gefunden, mir *Euren* Tod auszumalen, um die Öffentlichkeit auf meine Seite zu ziehen.« Er wirkte so gefasst. Er hatte Jahre vor den Kameras verbracht, und das merkte man. Rhee, die vor ihm saß, wurde sich ihrer Unerfahrenheit bewusst. »Ihr solltet Euch wirklich mehr Gedanken um Euer Bild in der Öffentlichkeit machen«, fuhr er fort. »Wenn die Leute annehmen, Ihr wäret einfach nur Papas Töchterchen, das seine weiche Politik fortführen will, werdet Ihr genauso schwach erscheinen wie er.«

»Wenn seine Politik irgendjemandem schwach vorgekommen ist, dann den Schwachköpfen, die glauben, Gewalt und Krieg seien die einzige Lösung«, feuerte Rhee zurück. »Ihr kennt nicht zufällig jemanden, auf den diese Beschreibung passt?«

Sie beugte sich vor, die Ellbogen auf den Knien, um möglichst viel Raum einzunehmen, wie sie es oft bei Männern beobachtet hatte. Trotz ihrer scharfen Worte sammelte sich Schweiß in ihrem Nacken. Der Ausdruck, den er benutzt hatte, ließ bei ihr die Alarmglocken schrillen. *Papas Töchterchen.*

»Doch, durchaus.« Nero beugte sich ebenfalls vor. »Nur etwa auf die halbe Galaxie.«

Papas Töchterchen. Sie konnte sich nicht konzentrieren oder mit diesem elenden Kerl anständig Beleidigungen austauschen – ihr einziges Vergnügen als sein Gegenüber. *Papas Töchterchen. Papas Töchterchen. Papas Töchterchen.* Die Worte wiederholten sich in ihrem Kopf. Genau das Gleiche hatte ihr am Tag ihrer Ankunft in Sibu der Mann in der Menge vor dem Palast zugeflüstert. Der Demonstrant war sicher nicht der Erste gewesen, der sie so genannt hatte, und er würde auch nicht der Letzte sein, aber das Timing machte sie nervös.

»Wollt Ihr nicht endlich erklären, warum Ihr gestern diese Angriffe auf die Prozession der Kaiserin inszeniert habt?« Dahlen war es müde geworden, zuzuhören.

»Ich?«, fragte er und zog die Augenbrauen hoch. »Als ob ich es nötig hätte, so tief zu sinken.« Er wirkte ehrlich gekränkt. War es möglich, dass er die Wahrheit sagte? »Ich habe Eure Heimkehr nicht verdorben, meine Liebe. Das hat die Geschichte getan. Ihr habt es getan. Wer jahrelang die Herrschaft der Ta'an abgelehnt hat, wird nicht über Nacht vom Gegner zum Anhänger. Ich habe Euch hierhergebeten, damit wir vielleicht wie kultivierte Leute ein Abkommen schließen können – ein Abkommen über Zusammenarbeit zur Erfüllung unserer gegenseitigen Verpflichtungen. Schließlich sind zwei Köpfe besser als einer, Kaiserin.«

»Sie würde niemals mit Euch zusammenarbeiten«, sagte Dahlen. Er sprach die Worte aus, von denen Rhee wünschte, sie wären wahr.

»Rhiannon, werdet Ihr es Euch zur Gewohnheit machen, einen Fontisianer für die Krone sprechen zu lassen?« Nero schüttelte den Kopf. Er trug das dichte dunkelblonde Haar mit Seitenscheitel – die neue Mode in der Hauptstadt.

Rhee ging nicht auf die Frage ein. Sie hatte ihre eigenen Absichten, und sie würde dieses Gespräch so lange mitmachen, wie sie es ertragen konnte. »Welchen Vorteil habe ich davon, wenn ich mit einem Lügner wie Euch zusammenarbeite?«

Aber Nero fiel ihr ins Wort, bevor sie weitersprechen konnte. »Ich bin kein Lügner, Kaiserin. Ich habe die Wahrheit lediglich ausgeschmückt.«

»Ihr habt die Öffentlichkeit an erfundene Drohungen glauben lassen, nur damit sie sich in diesem Krieg auf Eure Seite stellt. Ihr steigt täglich mehr in ihrer Gunst!« Rhee spürte, dass Dahlen sie jetzt unverhohlen anstarrte, aber sie vermied es, ihn anzusehen. Sie dachte über die schreckliche Wahrheit ihrer Situation nach: Er kontrollierte ihr öffentliches Bild. Die UniForce war ihm treu ergeben. Im Palast gab es Spione. Rhee schnürte sich die Kehle zu, als würde er sie würgen und ersticken, so, wie er die Rechtmäßigkeit ihrer Herrschaft und ihre Fähigkeit zu herrschen erstickt hatte.

»Dann sagt mir, was an einem sterbenden Planeten erfunden ist? An einem Mangel an Rohstoffen? Und daran, dass man diese kostbaren Rohstoffe mit Leuten teilen muss, die nicht mal von hier sind!« Als er sein letztes Argument vorbrachte, kam sein nördlicher Akzent durch und machte seine sorgfältig geschaffenen Bilder zunichte. Er war erregt. Sein Haar fiel ihm ins Gesicht.

»*Ahnen!*«, fluchte Rhee. »Ihr glaubt wirklich an diesen Blödsinn.«

Adern traten an seinem Hals hervor und Rhee erhaschte einen Blick auf eine dunkle, dreieckige Stelle direkt hinter seinem Ohr. Diese Unvollkommenheit bei einem Mann, der stets so perfekt gepflegt war, verwirrte sie. »Ist es wirklich zu viel verlangt, Euch zu bitten, diese Sichtweise zu verstehen?«

»Ja, wenn die Sichtweise engstirnig ist«, gab sie zurück.

»Ich kann nichts dafür, dass es ihnen gefällt«, erklärte er und zeigte auf sein Gesicht. »Zwölf Generationen lang immer dasselbe, da halten die Leute es langsam für unfair, dass ihr Ta'an in eure Machtposition hineingeboren …«

»Genug.« Rhee erhob sich. Yendit trat vor, worauf Lahna aufsprang und sich schützend vor Rhee stellte. Nero hatte nicht unrecht – sie war in die Machtposition hineingeboren worden, und für lange Zeit hatte sie diese Macht als selbstverständlich angesehen, als ein Recht. Aber wie konnte sie Ungerechtigkeit unter einem Wahnsinnigen angehen?

Rhee wünschte sich verzweifelt, mit ihm zu kämpfen, es auf die einzige Art zu versuchen, die sie kannte. Sie war nicht für die Diplomatie geschaffen. Aber sie fragte mit zusammengebissenen Zähnen: »Was wollt Ihr wirklich von mir?«

Nero runzelte die Stirn und fuhr sich mit den Fingern durchs Haar. »Es ist Euch nicht zufällig in den Sinn gekommen, dass ich Euch möglicherweise helfen will?«

»Nein«, erwiderte sie. »Ist es nicht. Ihr seid ein zwanghafter Lügner und ein Soziopath.«

»Na schön.« Er warf die Hände in die Luft. »Hört zu, es gibt noch immer viele Kaisertreue in der Bevölkerung, die einen Ta'an auf dem Thron sehen wollen«, erklärte er mit einer Handbewegung. »Wir sollten uns einfach zusammentun, anstatt eine quälende politische Auseinandersetzung oder einen Machtkampf zu führen, bei dem Ihr versucht, meine Anhänger der zweiten Welle davon zu überzeugen, die Seiten zu wechseln, und ich versuche, Eure Anhänger davon zu überzeugen, zu mir umzuschwenken.«

Es war lächerlich, dass er dachte, sie würde darauf hereinfallen. Er verkörperte das Gegenteil von dem, was die Dynastie der Ta'an über viele Generationen vertreten hatte und immer noch vertrat. *Ehre, Tapferkeit, Loyalität.* Und sie würde nie vergessen, wie er in dem Auditorium davon gesprochen hatte, den Menschen durch ihre Würfel etwas zuzuflüstern.

Dies war so offensichtlich eine Falle, dass sie am liebsten laut aufgelacht hätte. Nero wollte sie in seiner Nähe wissen, damit er ein Auge auf sie haben und sie daran hindern konnte, die Wahrheit über ihn herauszufinden und sie preiszugeben. Er wollte sie kontrollieren und manipulieren und ihr unter die Haut gehen, so, wie er es mit allen anderen in der verdammten Galaxie gemacht hatte.

Es gab keinen besseren Weg, die Wahrheit herauszufinden, als von innen. Er wollte sie in seiner Nähe haben.

Aber vielleicht würde sie ja diejenige sein, die ihn im Auge behielt, die ihn kontrollierte und Möglichkeiten fand, seine Herrschaft zu unterlaufen?

»Angenommen, ich stimme zu … Wie geht es dann weiter?« Rhee fühlte sich nach dieser Frage wie in einer Druckkammer, als würde sie an Ort und Stelle zerquetscht. Dahlen und Lahna hinter ihr schwiegen, aber sie spürte ihren Zorn und ihre Anspannung.

Nero lehnte sich unerträglich selbstgefällig zurück. »Ich erhalte Zugang zum Palast und zu Euch. Nur die eine oder andere Besprechung. Ein DroneVision-Spot vielleicht. Und Ihr bekommt die Tasinn zurück, zumindest für Eure Auftritte. Im Gegenzug werdet Ihr vielleicht feststellen, dass die Leute anfangen, auf Eure Komms zu antworten, Kaiserin.«

Sie fragte sich, wie lange die Tasinn wohl brauchen würden, um sie zu töten, falls sie Nero angriff. »Ich gehe davon aus, dass diese Vereinbarung den Abzug der UniForce-Truppen von Nau Fruma beinhaltet.«

»Mit sofortiger Wirkung.«

»Und unser oberstes Ziel wäre es, uns in Richtung Frieden zu bewegen?«

»Ich denke, es würde uns in eine Richtung bewegen, die für beide Seiten von Vorteil ist«, antwortete Nero.

Nach einer Pause sagte Rhee: »Ich werde darüber nachdenken.«

»Wartet nicht zu lange mit Eurer Entscheidung.« Nero lächelte – ein echtes, aufrichtiges, strahlendes Lächeln, das zufriedene Lächeln eines Raubtiers, bei dem Rhee sich der Magen umdrehte. Er hielt inne und beäugte wieder ihre beiden Wachen. Aus dem Augenwinkel sah sie, wie sich jeder Muskel in Dahlens Körper versteifte. Sein Zorn drang ihm aus allen Poren – sie spürte, wie er in heißen Wellen auf sie zurollte –, aber sie widerstand der Versuchung, sich umzudrehen. »Schließlich würde ich nicht wollen, dass Euch etwas Schreckliches zustößt, Kaiserin.«

Ihr war plötzlich kalt; sie bemerkte, dass sie unbewusst die Fäuste geballt hatte. Er wusste wahrscheinlich, dass ihr Tod zu diesem Zeitpunkt für schlechte Presse sorgen würde, selbst für ihn. Aber sie kannten beide die Wahrheit: Sie war eine Zielscheibe. Die Kaiserin war immer noch weit davon entfernt, unberührbar zu sein, und Nero gewann mit jedem verstreichenden Tag mehr Unterstützung. Es gab Leute, die ein junges Mädchen nicht auf dem Thron sehen wollten – ein Mädchen, das vorhatte, Entscheidungen zu treffen und die bestehende Ordnung infrage zu stellen. Die Vorstellung, sie als Kaiserin zu haben, war viel reizvoller gewesen, als sie noch eine verwelkende Rose auf einem fernen Mond gewesen war und darauf gewartet hatte, gepflückt und gerettet zu werden.

Sie schob Dahlen und Lahna schnell zurück in Richtung Fahrstuhl. Die Tagsterne erwachten plötzlich zum Leben und schwebten über ihnen, als sie vorbeigingen.

»Meine nächste Sendung ist in zwei Tagen«, erklärte Nero hinter ihnen. Rhee hielt an der Türschwelle inne. »Ich wäre Euch sehr verbunden, wenn Ihr mein Gast wäret.«

Dahlen schaute zornig aus dem Fenster über die Stadt. Es war Lahna, die sie am Arm fasste und in den Aufzug zog.

»Wir sollten nicht trödeln, Kaiserin«, sagte sie. »Es gibt viel zu tun.«

TEIL 2

Die Verlassenen

»Die Ehrenhaften transzendieren; die reinen Herzens sind, müssen sich von allen Wünschen frei machen, die ihrem Ziel nicht dienen.«

– Die Lehren des Vodhan

8

Kara

Das Sanitätsschiff der Notärzte war eine so gewaltige und so alte Maschine, dass Kara kaum glauben konnte, dass die künstliche Schwerkraft an Bord noch funktionierte. Es war vor zwei Tagen von Nau Fruma gestartet, und Kara hatte dafür gesorgt, dass sie mitflog – und so viel Abstand wie möglich zwischen sich und den Ort legte, an dem Aly sie verlassen hatte.

In einem anderen Raum berichtete ein Sprecher von DroneVision über Rhiannons erneut dramatisch gesunkene Umfragewerte. Kara war dankbar, als jemand das Gerät ausschaltete. Sie fragte sich, ob die Kaiserin beliebter wäre, wenn sie nicht öffentlich nach Josselyn hätte suchen lassen. Die Bürger der zweiten Welle nutzten es als Gelegenheit, ihre Krönung zu hinterfragen und ihre Herrschaft zu unterminieren.

Jetzt holte Kara den Zylinder, den sie im Dojo des Lanciers gefunden hatte, aus der Tasche. Er wäre bei der Explosion fast kaputtgegangen, und sie hatte ihn aus dem Schutt ausgraben müssen.

Es war für sie zu einer Gewohnheit geworden, beinahe zu einem Reflex, ihn zu berühren, ihn zu betasten und zuzusehen, wie er sein Holo entfaltete. Wie oft hatte Kara seine Nachricht projiziert, die sich nur für sie öffnete? Die Koordinaten führten nach Ralire, wo anscheinend der Überschreiber versteckt war. Kara war auf dem Weg dorthin; das Schiff, das sie gewählt hatte, legte auf dem Zwergplaneten einen Zwischenstopp ein, und jetzt konnte sie nichts anderes tun als warten.

Als Kara auf Nau Fruma das Bewusstsein wiedererlangt hatte, hatte sie festgestellt, dass die Explosion sie hinter eine Betonmauer geschleudert hatte, wo sie auf wundersame Weise geschützt gewesen und unversehrt geblieben war. Als sie sich aus dem Schutt herausgegraben hatte, sah sie, dass der Marktplatz zerstört war. Der Boden, die Trümmer, ihre Kleidung und ihre Haut – alles war grau, und sie spürte, wie es ihr in die Windungen des Gehirns einsickerte. Asche verdeckte den Himmel, und sie atmete sie ein, hustete sie aus, würgte daran wie alle anderen, die auf dem Platz herumliefen. Die Explosion hatte ihr das Bewusstsein geraubt. Ihre Kleider waren zerfetzt, und die Gebetskette, die Aly ihr geschenkt hatte, war verschwunden. Irgendwo hatte sie auch ihren Rucksack verloren, der ihre letzten Medikamente enthielt. Sie hatte nach Aly gesucht und gerätselt, wie sie sich bei den Kämpfen so weit voneinander hatten entfernen können. In der Ferne erblickte sie jemanden, der genauso aussah wie er und ohne sie an Bord eines Schiffes ging.

Kara hatte nicht einmal nach ihm gerufen; sie war sich ganz sicher, dass er es nicht war und dass er sie nicht verlassen würde. Aber als sie die blinkenden Lichter des Droiden sah, den er neben sich herzerrte, wusste sie es mit Bestimmtheit – und da konnte sie nicht mehr nach ihm rufen. Ihre Kehle hatte sich zugeschnürt und sie war wie gelähmt gewesen vor Schreck und Demütigung. Aly hatte sie zurückgelassen. Keiner von beiden hatte hinter sich geschaut, nicht ein einziges Mal. Obwohl sie alles riskiert hatte, um ihn zu retten.

Zumindest war auf dem Ärzteschiff kein Raum für Kummer – jedenfalls nicht für ihren. Es kam ihr so vor, als hätte sie während der vergangenen zwei Tage jeden Leidenslaut gehört, den ein Mensch nur ausstoßen konnte. Es ließ sie ihre eigenen Kopfschmerzen, ihr verspanntes Kinn, ihre Albträume vergessen. Auf dem Krankendeck wurden unablässig Verwundete begutachtet und nach der Schwere ihrer Verletzungen eingeteilt. Karas vorrangige Pflicht bestand darin, Essen und Decken zu verteilen und zu übersetzen, falls notwendig. Niemand benutzte hier seinen Würfel, auch Kara nicht. In manchen Fällen waren die Würfel zerstört worden, unter der Haut zerfetzt. Aber Kara war einfach nur paranoid und fühlte sich sicherer, wenn der Würfel ausgeschaltet war.

Sie wusste, dass das Militär Übersetzungsnetze besaß, die man in einem Raum auswerfen konnte, aber Notärzte konnten sich so etwas nicht leisten, und es war in absehbarer Zeit nicht damit zu rechnen, dass das Militär eins spenden würde. Droiden konnten wörtliche Übersetzungen einer einfachen Sprache vornehmen, aber Kara beherrschte eine Handvoll Fremdsprachen und konnte sich darin unterhalten. Lydia hatte darauf bestanden, dass sie sie lernte, und war oft mitten im Satz vom Derkatzianischen ins Wraetanische übergegangen, nur um zu sehen, ob Kara Schritt hielt. Rückblickend ließ sich schwer sagen, ob Lydia so unbarmherzig und anspruchsvoll gewesen war, weil sie damit gerechnet hatte, dass Kara eines Tages eine Prinzessin oder ein Flüchtling sein würde. Und es ließ sich schwer sagen, ob Kara dankbar für dieses Können oder ob sie immer noch sauer war, weil man sie belogen und ihr Gedächtnis gelöscht hatte.

Jedenfalls hatte dieser Schmerz etwas Nützliches. Es war ein Gefühl, das sie heraufbeschwören konnte, wenn sie für die Patienten übersetzte. Kara war da, um die Worte abzufangen, mit denen die Leute Schmerz und Leid beschrieben, um die Redewendungen zu analysieren und sich durch die regionalen Dialekte und poetischen Ausdrücke zu arbeiten – um an jeder Beschreibung zu feilen, bis die Botschaft klar und präzise war. Die Sanitäter konnten erst dann eine Diagnose stellen, wenn sie wussten, was wie wann wehtat. Also ließ Kara die Patienten ihre Geschichten erzählen und gab nur das weiter, was nötig war. Den Rest nahm sie in sich auf, jede Erzählung ein Tropfen im Meer.

Das Anhören der traumatischen Erlebnisse forderte natürlich seinen Tribut, aber die organische Übersetzung stellte eine noch größere Belastung dar. Da ihr Würfel ausgeschaltet war, musste Karas Verstand Überstunden machen – und selbst wenn sie sich anstrengte, konnte sie kaum mithalten. Während der letzten Wochen hatte sie sich oft Gedanken darüber gemacht, wie anders ihr Leben ohne den Würfel war – vor allem härter. Sie hatte sich daran gewöhnt, dass er nicht mehr vor sich hin rechnete, während sie selbst mit etwas anderem beschäftigt war. Und nachts genoss sie beinahe das Gefühl, dass ihr der Kopf qualmte; sie empfand eine geistige Erschöpfung, die sie daran hinderte, allzu lange an einem Gedanken festzuhalten. Es war das perfekte Gegenmittel, wenn man vergessen wollte, dass man belogen und im Stich gelassen worden war.

Wahrscheinlich ging es allen so. Die Ärzte waren zu beschäftigt damit, in verschiedene Kriegsgebiete runterzugehen – überwiegend schutzlose fontisianische Territorien, die von Kalus Truppen in Schutt und Asche gebombt wurden –, um zu fragen, warum sie überhaupt da war. Der Bumerang-Effekt des Konflikts auf Nau Fruma, für den die UniForce Fontis die Schuld gab, obwohl es ein Widerstandskampf der WFK gewesen war, überschattete alles andere außer dem Überleben. Die Ärzte waren dankbar für zusätzliche Freiwillige. Sie brauchten jede Hilfe, die sie bekommen konnten.

Auf eine grausame, praktische Weise waren die Ablenkungen ein Segen. Wenn es Kara gelang, das Pulsieren hinter ihrem Auge beiseitezuschieben, ging sie in Gedanken die Informationen durch, die Pavel gefunden hatte: dass der Überschreiber für eine gezielte Massenlöschung von Erinnerungen eingesetzt werden konnte und dass Kaiser Ta'an die Forschungen persönlich genehmigt hatte. War denn niemand über Korruption erhaben? Kara verstand jetzt mehr denn je, wie entscheidend es war, den Überschreiber zu finden, bevor er Nero in die Hände fiel.

Sie war dicht dran. Sie näherten sich Ralire, einem Zwergplaneten und wichtigen Zwischenstopp vor dem gewaltigen toten Raum zwischen hier und Fontis. Kara hatte herausgefunden, dass Ralire nicht neutral, sondern vollkommen gesetzlos war: Es wurde von der illegalen und legalen Handelswirtschaft beherrscht, die dort blühte. Die Ärzte planten eine baldige Landung, um sich mit dringend benötigtem medizinischem Material zu versorgen. Kara sagte sich, dass die Aufnahme von Nachschub die perfekte Gelegenheit war, um ein paar Kopfschmerztabletten mitgehen zu lassen.

Kara erreichte eine schmale Treppe, die eher wie eine Leiter war – sie führte fast senkrecht nach unten. Sie packte das kalte Metallgeländer und stieg hinab. Es war so eng, dass Kara sich nicht vorstellen konnte, wie jemand mit fontisianischem oder wraetanischem Körperbau die Schultern hindurchzuzwängen vermochte. Kara war an enge Räume gewöhnt. Sie hatte viel Zeit in der Luft verbracht und die Zeit totgeschlagen, während sie auf Zeppelinen der Kalu-Navrum-Linie festsaß und auf Lydia wartete, die in einem der illegalen Reiselaboratorien arbeitete.

Auf der Medistation herrschte wie immer reger Betrieb. Krankenschwestern und Sanitäter, die Arme voll beladen, gingen zügigen Schrittes vorbei und wichen einander aus, steuerten Tragen durch die engen Gänge und riefen Befehle. Kara nutzte das Chaos und tat ebenfalls beschäftigt, indem sie schnell und zielstrebig durch den Raum ging. Glasfenster boten Einblick in die Operationssäle. Die ersten drei waren mit Patienten und den Sanitätern und Ärzten besetzt, die sie behandelten. Wenn sie einen leeren OP fand, konnte sie das Schloss an dem Schrank darin knacken und sich bedienen. Kara erhaschte in der dicken verschmierten Scheibe einen Blick auf ihr Spiegelbild: ihre zweifarbigen Augen, eins leuchtend grün und das andere haselnussbraun, ein paar dunkle Sommersprossen auf den Wangen und der Nase …

Der Beweis war da, und sie konnte nicht leugnen, dass sie auch wegen der DNA-Medikamente hier war. Es war ein allerletzter Versuch zu verhindern, dass irgendwer ihre wahren Gesichtszüge bemerkte, Josselyns Gesichtszüge, die immer mehr hervortraten. Es waren nicht mehr nur ihre Augen. Selbst ihre gebräunten Wangen wurden breiter, und da ihre Lippen voller wurden, veränderte sich auch die Form ihres Mundes. Man konnte fast schon erkennen, dass sie Rhiannons Schwester war, und wenn sie nicht bald etwas einnahm, würde sich die Ähnlichkeit noch verstärken.

Kara war nicht nur auf der Flucht, sie wurde auch zu jemandem, den sie nicht kannte.

Zum Glück waren alle Schränke mit »Flicktabletten« bestückt, die man den Patienten gab, um ihre DNA zu manipulieren und die Heilung zu beschleunigen. Sie würden für den Moment genügen müssen.

Genau wie sie es sich erhofft hatte, schaute sie in einen leeren Operationssaal. Aber gerade als sie die Doppeltür aufdrücken wollte, hörte sie ein wildes Piepen.

»CODE ROT!« Ein Droide rollte an ihr vorbei in den OP und plärrte mit seiner Roboterstimme immer wieder die gleiche Botschaft, während eine Krankenschwester eine Patientin an ihr vorbeischob. Ihre WFK-Uniform war blutgetränkt.

Nicola, die Oberärztin, folgte der Schwester in den Raum. »Was ist los?«, fragte Kara und lief hinter ihr her.

»Sie ist aufgewacht und hat versucht, sich den Würfel rauszureißen.«

»Was?« Übelkeit stieg in Kara auf. Sie bekam eine Gänsehaut.

»Was habt Ihr hier drin zu suchen?«, fragte Nicola, aber die Patientin begann auf Wraetanisch zu schreien.

»Du Idiot!« Das Mädchen schlug um sich. Es hatte ein blutiges Handtuch um den Hals, und ein Sanitäter, der über ihm stand, übte Druck aus. Das Blut und die Sehnen boten einen verstörenden Anblick, aber das war jetzt Karas Welt.

»Ich habe keine Ahnung, warum sie das getan hat«, sagte Russev, der Sanitäter, zu jedem, der es hören wollte. »Sie führt sich auf wie eine Wildkatze.«

Das Mädchen zischte: »Nehmt ihn *raus*. Nehmt ihn …« Die wraetanischen Worte verloren sich in einem schauerlichen Gurgeln.

»Ich brauche einen Übersetzer!«

Kara schob sich an Nicola vorbei in den Raum. Als sie die Türschwelle überquerte, schlug ihr ein Nebel von Sterilisationsdämpfen entgegen. Sie trat an die Bahre und stieß eine Krankenschwester beiseite, dann warf sie einen Blick auf die metallene Erkennungsmarke am Handgelenk des Mädchens. Es hieß Issa.

Issa brüllte weiter, während Nicola und die beiden anderen Sanitäter ihre Zöpfe hochlegten und sich daranmachten, das Blut, das aus ihrer Wunde strömte und bereits den Tisch tränkte, zu stillen. Als sie zu würgen begann, stieß Nicola zwei Finger in das zerfetzte Hautloch, während Russev versuchte, es mit einem Silikonfaden zu schließen. »Er ist aktualisiert! Sie werden mich holen kommen. Ich muss ihn ausschalten …«

»Wer kommt Euch holen?«, fragte Kara sie auf Wraetanisch. »Was ist aktualisiert?« Ihr wurde bewusst, dass ihre Hände zitterten; sie hatte keine Ahnung, was sie dagegen tun konnte. Issa zog den Kopf weg, und Nicola fluchte, als ihre Hand abrutschte und Blut auf ihre OP-Maske spritzte.

»Wir werden ein Betäubungsmittel injizieren«, entschied

Russev und hielt eine Nadel hoch. »Und dann starten wir den Würfel neu. Sagt ihr, dass sie einfach einen Moment stillhalten …«

»Nein!«, schrie das Mädchen auf Wraetanisch. Die Bezeichnung für *Würfel* war in den meisten Sprachen fast gleich – ein kalusianisches Lehnwort. Issa ergriff Karas Hand und sah sie erschrocken an. »Ihr dürft ihn nicht wieder hochfahren! Sie werden ihn orten!«

Karas Auge begann erneut zu pochen. Sie dachte daran, dass Nero versuchte, sie aufzuspüren, dass er sie alle aufspüren wollte. Sie erinnerte sich, wie er Aly den angeblichen Mord an ihrer Schwester angehängt hatte und dass er die Würfel der Patienten auf dem Zeppelin entfernt hatte.

»Sie hat Angst«, übersetzte Kara für Russev. »Sie will nicht, dass Ihr es tut.«

»Wenn wir den Würfel so lassen, wie er ist, besteht die Gefahr einer Infektion. Wenn Faserverbindungen operational sind, werden Antikörper aktiviert. Sie hat bereits zu viel Blut verloren.« Kara schaute nach unten und sah, dass es von der Trage tropfte und sich in einer Lache auf dem Boden sammelte. Ihr war schlecht. Schwindlig. Wie war es gewesen, als Lydia bei ihr den Überschreiber angewandt hatte?

Issas Zustand verschlechterte sich. »Lasst mich sterben. Sonst sind wir alle so gut wie tot«, murmelte sie undeutlich.

»Was zum Teufel sagt sie?«, wollte Nicola wissen.

Kara kämpfte gegen die Übelkeit an, die in ihr heraufkroch, gegen ihr verschwommenes Gesichtsfeld, gegen ihren schweren Kopf. Sie wusste nicht, was richtig war. Das Mädchen retten oder auf seine Warnung hören?

»Stopp«, platzte sie heraus, ohne das Mädchen von der WFK auch nur eine Sekunde aus den Augen zu lassen. Sie mochte paranoid und verwirrt sein – wie konnte man sie orten, wenn der Würfel ausgeschaltet war? –, aber vielleicht hatte sie doch recht.

Der zweite Sanitäter schnaubte: »Wir können nicht aufhören, sie wird …«

»Die Patientin hat gesagt, dass sie einen Anfall hat«, log Kara und riss den Blick von dem Mädchen los, um Nicola anzusehen. Sie erinnerte sich undeutlich, dass Lydia die Wirkung des Würfels auf Menschen mit epileptischen Anfällen erforscht hatte. »Sie hat gesagt, dass ihr das wissen müsst. Wenn ihr den Würfel jetzt wieder einschaltet, könnte das einen tödlichen Anfall auslösen.«

Nicola und die beiden anderen Sanitäter tauschten einen Blick.

Einer von ihnen murmelte: »Die Neuroelektrizität wäre vielleicht zu viel für sie …«

Endlich nickte Nicola. »Dann müssen wir ihn eben deaktivieren.«

»Ihr meint, ihn zerstören?«, fragte einer der Anwesenden mit gläsernem Blick. »Das könnte sie umbringen!«

»Möglicherweise«, pflichtete Nicola ihm bei. »Aber wenn sie einen Anfall hat, wird sie mit Sicherheit sterben. Bleibt der Würfel, wo er ist, wird sie nicht überleben.«

Was hatte Kara getan?

Der Sanitäter gab nach. Er führte eine zierliche Zange an Issas Hals und zerknackte den Würfel einfach in zwei Hälften. Es war ein viel gröberes Vorgehen, als Kara erwartet hatte.

»Das war es also?«, fragte Kara leise.

»Das war es. Der Würfel wird nie wieder funktionieren. Er ist nur noch ein nutzloses Stück Biotechnologie in ihrem

Hals«, bestätigte der Sanitäter und reinigte kopfschüttelnd die Wunde.

Issas Lider schlossen sich flatternd, und Kara fragte sich, ob sie jetzt starb und ob es ihre Schuld war – ein weiteres Leben auf der Liste ihrer Verluste.

Doch das wraetanische Mädchen starb nicht.

Die Wunde war genäht worden, aber Issa hatte schreckliche Prellungen, und die Stiche hoben sich schwarz glänzend von ihrer dunklen Haut ab. Issa war eins der Mädchen, die hübsch aussahen, wenn sie schliefen; ihre hohen, schrägen Wangenknochen strahlten etwas Dramatisches aus, und sie hatte einen natürlichen Schmollmund.

Kara wartete in einem Stuhl neben Issas Pritsche darauf, dass das bewusstlose Mädchen wieder zu sich kam. Sie saß ganz still in der Dunkelheit, während das Pulsieren in ihrem Kopf verstummte und der Schmerz in ihren Armen und Beinen dumpfer wurde. Sie war verloren in ihrem eigenen Nebel aus Trauer und Schock. Issas Operation ließ sie an ihren eigenen Eingriff denken, als Lydia ihre Erinnerungen überschrieben hatte. Ihre Vergangenheit, der Josselyn-Teil von ihr, war so gut wie fort. Ihr wurde weiß vor Augen, wie die Gischt einer Welle, die über ihr brach.

Manchmal hatte sie das Gefühl, als sei der Verlust der Erinnerungen aus ihrem anderen Leben nichts im Vergleich dazu, belogen zu werden. Kara hatte Lydia für ihre Mutter gehalten. Wenn sie bis spätnachts im Labor gearbeitet hatte und geistesabwesend nach Hause gekommen war, ganz versunken in ihre Arbeit, wenn Kara sich selbst etwas zum Abendessen machen musste, ohne dass Lydia auch nur anrief – dann hatte Kara gedacht, dass sie vielleicht Lydias Erwartungen nicht entsprach und dass, wenn sie anders geraten wäre, Lydia sich mütterlicher verhalten hätte und zugänglicher gewesen wäre, so wie andere Moms.

Wenn Kara nicht über Lydia nachdachte, dann war da noch all das andere, was sie beschäftigte. Alyosha hatte sie verlassen. Ihr waren die Medikamente ausgegangen, und sie benutzte diese dämlichen DNA-Flicker als Ersatz, die ihr nur begrenzt helfen würden. Ralire – und was immer sie dort erwartete – kam ihr immer noch unerreichbar weit entfernt vor. Es war, als würde ein gewaltiger Abgrund zwischen dem Leben, das sie bisher geführt hatte, und dem Leben, das sie hätte führen sollen, klaffen – und der Schwester, die sie hätte kennen sollen und die in diesem Moment auf dem Thron von Kalu saß. Kara hatte nichts. Nichts als eine bewusstlose Fremde, diese WFK-Soldatin, die ihr Leben riskiert hatte, um dafür zu sorgen, dass es ihnen allen gut ging.

Stunden verstrichen. Sie nickte immer wieder ein und dachte an Luris. Wie sie in Wasser watete, das so kalt war, dass ihre Füße taub wurden. Glatte, glitschige Steine unter den Füßen. Ein dichter Wald, in dem sie verschwinden konnte, und das Salz, das schwer in der Luft lag und im Nebel hing. In Luris gab es keine Flucht, kein Training, keine Sorge über ihren nächsten Schritt oder darüber, dass ihr Gesicht sich veränderte. Kara konnte die kalte Luft praktisch fühlen, das Bedürfnis, die Arme vor der Brust zu verschränken, als die Kälte durch die Wolle ihres Pullovers drang. Sie sah hinab und entdeckte etwas im Moos – ihre Familienmünze. Und plötzlich kam ihr der Ort nicht mehr so sicher oder abgelegen vor und das Zwitschern der Vögel und das ferne Tosen des Meeres brachen ab. Dieses alte Leben würde ihr überallhin folgen …

Dann hörte sie ein Husten.

Kara öffnete die Augen und sah, dass Issa an die Decke starrte. Die verrostete Münze lag in Karas Hand. Als Issa wieder hustete, steckte Kara die Münze ein und trat an die Pritsche.

»Geht es Euch gut?« Es war eine lahme Bemerkung, aber ihr fiel nichts Besseres ein.

Issas Augen wurden groß. Alles, was sie sagte, war: »Ist er tot?«

»Tot?«, wiederholte Kara, dann wurde ihr klar, dass Issa von ihrem Würfel sprach. Sie bekam eine Gänsehaut auf den Armen, bis hinauf in den Nacken. Jeder wusste, dass ein Würfel ein organisches Gegenstück brauchte, um zu funktionieren – um zu leben, wie Issa angedeutet hatte –, aber sie hatte den Würfel nie als etwas Lebendiges betrachtet. Es war ihr ein bisschen unheimlich, aber sie antwortete: »Ja, er ist aus. Tot.«

»Irgendwer hat sie gehackt. Die Würfel.« Issa sprach mit rauer Stimme, als würde ihr das Sprechen Schmerzen bereiten. »Selbst wenn sie abgeschaltet sind. Darum musste er sterben.« Ihre Augen wurden glasig und Kara warf einen Blick auf die Infusion. Sie hatten ihr eine ordentliche Dosis Schmerzmittel verabreicht.

»Wie kann das gehen?«, fragte Kara. »Wie hacken sie sie?« Man hatte Kara zwar ermahnt, nicht mit dem Mädchen zu sprechen – Issa klang tatsächlich benommen, wie betäubt –, aber Kara spürte den Ernst in ihren Worten. Sie wusste, dass das, was Issa sagte, möglich war. Nach allem, was sie über Nero, über ihre Mutter und über ihre biologischen Experimente mit dem Würfel erfahren hatte, überraschten sie Issas Worte nicht. Sie war selbst paranoid genug gewesen, ihren eigenen Würfel ausgeschaltet zu lassen, noch bevor sie an Bord des Arztschiffes gegangen war, wo man dazu verpflichtet war, offline zu sein. Solange er ausgeschaltet war, war man angeblich nicht in Gefahr.

Issa schüttelte den Kopf. Schweißperlen bildeten sich an ihren Schläfen. Sie sah aus, als sei sie in einem Fiebertraum gefangen. »Das Update.«

Kara wurde kalt; sie dachte an das, was sie aus Pavels Nachforschungen über den Überschreiber erfahren hatte. Der Überschreiber konnte bei der ganzen Bevölkerung eingesetzt werden, wenn deren Würfel gleichzeitig über dasselbe Netzwerk zugänglich waren …

Sie suchte in einem nahen Schrank nach einem kleinen Handtuch und atmete tief durch, damit sie aufhörte zu zittern. Als sie sich wieder gefasst hatte, drehte sie sich um und hielt Issa das Handtuch ans Gesicht, während ihr wilder Blick durch den Raum huschte.

»Was ist mit dem Update?«, fragte Kara. Sie verspürte einen Anflug von Schuldgefühl, weil sie das Mädchen aushorchte, während es halb bewusstlos war. Doch hier ging es um mehr als um sie. Um mehr als um sie alle.

»Gefährlich«, antwortete Issa, dann schauderte sie. »Es hieß, unser Einsatz auf Nau Fruma würde schnell und einfach sein. Minimale Opferzahlen. Ich bin Sanitäterin – das Kriegshandwerk ist nicht gerade meine Spezialität. Wir sollten nur eine EMP-Bombe abwerfen, das Lager evakuieren und dann wieder verschwinden. Aber ich bin weiter – ich habe mich dem Befehl meines Vorgesetzten widersetzt.« Sie schaute zur Decke empor. Kara verlor sie wieder. *Das Update. Das Update.*

»Was wollt Ihr mir damit sagen?« Kara versuchte verzweifelt, das Mädchen am Reden zu halten.

»Dass ich der Grund bin, warum die Hälfte meiner Einheit tot ist …« Issa lachte, und ihr Gesicht, das abwechselnd ernst und wild war, erhellte sich für einen kurzen Moment. Sie wirkte verletzlich. »Da war jemand, den ich töten wollte.«

Kara zog scharf die Luft ein.

Issa schloss die Augen. »Haltet Ihr mich für einen bösen Menschen?«

»Nein. Ganz und gar nicht«, entgegnete Kara aufrichtig. »Im Krieg geht es um Abrechnung.« Sie verstummten. Aber Kara konnte das Gespräch nicht dort enden lassen, denn es war klar, dass Issa weiterreden, von ihrer Tat losgesprochen werden wollte. Kara umfasste Issas Gesicht mit beiden Händen und drehte es behutsam, sodass sie einander jetzt in die Augen schauten.

»Was ist mit dem Update?«, bohrte sie sanft weiter. Sie kam sich wie ein Jäger vor, als sie das Mädchen so aushorchte, aber sie sehnte sich nach der Wahrheit, nach jeder Version davon, die sie bekommen konnte. Dafür wollte sie alles und jeden umkrempeln. Weil sie geglaubt hatte, Aly zu kennen, und dann hatte er sie verlassen. Sie hatte geglaubt, Lydia zu kennen, aber sie hatte gelogen. Und sie hatte geglaubt, sich selbst zu kennen – doch jede Erinnerung, jeder Aspekt ihrer Identität, den sie für wahr gehalten hatte, war der Prinzessin, die sie wirklich war, diametral entgegengesetzt. Das Einzige, was ihr blieb, war der Überschreiber.

»Das Update soll die Menschen für irgendetwas bereit machen. Ihre Würfel sollen danach leichter zu hacken sein. Deshalb haben wir die EMP-Bombe abgeworfen, um das Update zu stoppen. Und ich hatte Angst, dass sie alles sehen würden, wenn ich meinen Würfel behalten hätte. Ihn herauszureißen war die einzige Möglichkeit, um sicher zu sein.«

»Aber Ihr hättet es nicht überlebt.« Kara dachte an die Leute auf dem Zeppelin, die mit leeren Gesichtern wieder und wieder Dreiecke zeichneten. »Und wenn doch, wäre Euer Leben nicht mehr lebenswert gewesen.«

»Ich weiß. Ich konnte nicht klar denken. Aber ein Ausbrennen erschien mir sicherer, als alle hier in Gefahr zu bringen …« Bei der Erwähnung einer Ausbrennung überlief Kara wieder eine Gänsehaut. So hatte Aly es auch genannt. Es war in Vodhans Lehren angedeutet worden.

»Aber dann seid Ihr gekommen, und stattdessen haben sie ihn zerbrochen«, fuhr Issa fort. »Und ich bin noch da.« Sie blickte auf ihre Hände hinab, als sei es ihr gerade erst klar geworden: Ich bin da. Sie machte ein Gesicht, als würde sie gleich in Tränen ausbrechen. »Ihr habt sie dazu gebracht, das für mich zu tun. Wegen Euch bin ich noch am Leben …«

Kara hatte nichts weiter getan, als spontan, aus dem Instinkt heraus zu lügen. Das konnte sie gut, so füllte sie die Lücken einer Geschichte, die gelöscht worden war. Aber auf Tränen fühlte sie sich gänzlich unvorbereitet. Sie hatte Lydia nur einmal weinen sehen. Es war unmittelbar vor ihrem Tod gewesen, als sie gestanden hatte, dass sie Kara belogen hatte, seit sie sich erinnern konnte …

»Nicht weinen.« Kara zwang sich, unbeschwert zu klingen, als sie das Handtuch wegnahm und es ohne Grund neu faltete. Sie drückte es Issa wieder an den Kopf. *Sachte,* musste sie sich ins Gedächtnis rufen. »Ihr seid jetzt in Sicherheit.«

Sie verfielen in Schweigen, nachdem Kara dem Mädchen zugeflüstert hatte, es solle sagen, es habe Krampfanfälle, falls jemand kam. Issa sah sie fragend an, hakte aber nicht nach. Sie lag wahrscheinlich im Delirium – und überhaupt, was gab es noch hinzuzufügen? Kara tupfte ihr die Wunde ab und verband sie neu, und schließlich schlief Issa wieder ein.

Kara bekam Issas Geschichte nicht aus dem Kopf. Bestand zwischen dem Update und dem Überschreiber eine Verbindung? Der Zeitpunkt schien zu passen. Sie musste an Lydia denken, eine Frau, die logisch und kritisch gedacht hatte und die immer den gleichen Spruch draufhatte: Es gibt keine Zufälle.

Kara erfasste allmählich das volle Grauen, das Ausmaß der Verletzung der Privatsphäre der Nutzer. Kara wusste, dass sie den Überschreiber zerstören musste, dass es von entscheidender Wichtigkeit war, ihn zu finden, bevor er in falsche Hände geriet. Unwillkürlich gingen ihre Gedanken auf Wanderschaft. Konnte ein solches Gerät auch zu einem guten Zweck benutzt werden? Konnte es befreien, statt zu versklaven?

Was, wenn sie den Überschreiber benutzen konnte, um Josselyn Ta'an auszulöschen?

Flüchtig fragte sie sich, ob Aly recht gehabt hatte, als er sie mehr oder weniger als Feigling bezeichnet hatte. Aber wie konnte sie Josselyn sein, wenn diese Identität ihrem Herzen und ihrem Verstand nicht innewohnte? Früher hatte es sie neidisch gemacht, dass da nur eine Leere war, wo jeder andere auf eine Fülle hochauflösender Erinnerungen zugreifen konnte. Sie konnte bestenfalls nach Schatten ihres alten Lebens haschen, dunklen, bedrohlichen, leisen Dingen, die tief in ihrem Verstand lauerten. Es waren intensive Gefühle, wie die Reste eines Traums. Und immer wieder dieser Albtraum – oder die Erinnerung? –, im freien Fall in die Dunkelheit zu stürzen, während sie ins Leere griff und der Wind ihr die Stimme nahm.

Alles, was von Josselyn übrig war, steckte in ihrer Biologie und drängte darauf, sich in ihr Gesicht einzuschreiben. Kara berührte sich am Kinn. Die Wirkung der DNA-Unterdrücker war nur vorübergehend, und wenn sie jetzt schon schwer zu kriegen waren, wie würde es erst sein, wenn der Krieg die gesamte Galaxie erfasste? Sie würde nicht verhindern können, dass sie sich endgültig zurückverwandelte. Die beständige Angst, dass jemand Josselyn Ta'an sah, würde kein Ende nehmen. Sie würde immer auf der Flucht sein, eine einzige, ausgedehnte Lüge leben. Sie würde nie frei sein.

Es sei denn …

Es sei denn, sie könnte alle anderen verwandeln, damit sie sich nicht an ihr Gesicht erinnerten. Auf einen Schlag Josselyn Ta'an für immer aus dem Gedächtnis der Menschen löschen.

Sie rief sich die offizielle kalusianische Mitteilung ins Gedächtnis, die an ihren Vater, den letzten Kaiser, gerichtet war, eine Mitteilung, die Pavel ihr gezeigt hatte, während sie das Internierungslager ausgekundschaftet hatten: *Die Erinnerung an den Großen Krieg zum Wohle der Völker und zum Fortschritt der Galaxie aus dem kollektiven Gedächtnis zu löschen …*

Der Kaiser hatte den Großen Krieg aus dem Gedächtnis löschen wollen, damit die Galaxie sich erholen und die politische Spaltung, die der Krieg verursacht hatte, überwunden werden konnte. So erschreckend eine solche Macht auch war, er hatte edle Gründe dafür gehabt. Oder etwa nicht?

Und dann erinnerte sie sich an das Letzte, was Aly zu ihr gesagt hatte – dass es an einem selbst sei, die Wahrheit zu verändern, wenn man keine Lüge leben wollte.

Das Ausmaß dieser Idee ließ den Raum vor Karas Augen verschwimmen. Wenn sie tatsächlich den Überschreiber benutzen sollte, würde sie ihn sofort danach zerstören. Die Welt brauchte Josselyn ohnehin nicht. Sie hatte Rhiannon, die einen Mordanschlag überlebt und sich ihren Weg zurück in die Hauptstadt erkämpft hatte, um die Rolle einer widerspenstigen Opposition einzunehmen. Wahrscheinlich wäre auch ihre Schwester ohne sie besser dran, obwohl sie Josselyn gebeten hatte, nach Kalu zurückzukehren.

Rhiannon wäre besser dran ohne eine verlorene Schwester, die ihre Rechtmäßigkeit und ihren Anspruch auf den Thron infrage stellte und sie in den Augen und Herzen der Menschen schwächte.

Josselyn Ta'an war so gut wie ein Geist.

Und nun würde Kara bald das Mittel haben, um dafür zu sorgen, dass sich niemand mehr an sie erinnerte.

9

Rhiannon

Auf dem Weg zu Dahlens Unterkunft versuchte Rhee, den Geschmack von Asche herunterzuschlucken. Es war, als hätten ihr die beiden Worte, die sie gesprochen hatte, die Zunge verbrannt.

Ich akzeptiere.

Sie hatte sich gerade offiziell bereit erklärt, sich mit dem Mann zu verbünden, der ihre Familie getötet hatte, der für alles stand, was sie hasste – seine Eitelkeit, seine Neigung, immer dann plötzlich Interesse zu zeigen, wenn er vor der Kamera stand. Und am schlimmsten war, dass er die ganze Zeit über gewusst hatte, dass sie Ja sagen würde. Sie brauchte ihn. Sie wusste auch, dass Dahlen außer sich vor Zorn sein würde, aber irgendwann würde er ihre Entscheidung verstehen.

Rhee mochte zwar auf Holos launisch und ungeschliffen rübergekommen sein, Interviews aus dem Weg gegangen sein und allgemein unsympathisch gewirkt haben, genau wie Nero es angedeutet hatte – schön. Aber ihr lag das am Herzen, was wichtig war. Sie wollte nicht, dass der Krieg weiterging. Zu viele Menschen hatten sinnlos ihr Leben verloren.

Nero legte noch eine Schippe drauf. Die UniForce blieb nicht nur auf Nau Fruma, sondern es hatte auch drei neue Angriffe auf neutrale Gebiete in der Galaxie gegeben. Alles wirbelte kopfüber in Richtung Chaos und Gewalt, und Rhee konnte nicht einfach dasitzen und es zulassen.

Sie musste etwas dagegen unternehmen, aber sie wusste nicht, wie. Nicht, solange die Bewohner Kalus Vergeltung für den Angriff auf neutralem Boden forderten. Nicht, solange Fontis sich für einen Gegenschlag rüstete.

Es war eine gewaltige Unternehmung und sie konnte es einfach nicht allein schaffen. Sie brauchte Neros Unterstützung. Seine Anhänger mussten auch ihr folgen. Und Nero hatte sich bereits einverstanden erklärt, sich mit den Vereinten Planeten zu treffen und die Bedingungen für einen Waffenstillstand auszuhandeln, was ihr bemerkenswert erschien – ein großes Zeichen für Fortschritt.

Aber jetzt ging Dahlen ihr aus dem Weg, und sie brauchte seine Hilfe, damit auch die Fontisianer an den Verhandlungen teilnahmen. Es war wichtig, der Galaxie zu zeigen, dass auch die Fontisianer Frieden wollten.

Dahlen hatte im Ostflügel des Palastes eine Behelfskaserne eingerichtet, wo er mit Dutzenden anderen fontisianischen Kämpfern übernachtete. Aber der Palast war riesig – der Sommerpalast auf Nau Fruma maß kaum ein Zehntel dieses Palastes – und hinter jeder Ecke öffnete sich ein Teil ihrer Vergangenheit. Nach und nach hatte sie Bruchstücke ihrer Kindheit wiederentdeckt, und in ihrem Bewusstsein vermischte sich Neu und Alt, während sie die eindringlichen organischen Erinnerungen steuerte, die an die Oberfläche kamen und sie beinahe zu ersticken drohten.

»Kaiserin.«

Rhee machte einen Satz. Sie wirbelte auf dem kalten Marmorboden zu Lahna herum. Heute trug sie ihr Haar im Stil einer alten fontisianischen Kriegerin und hatte die Hälfte zu einem Dutzend kunstvoll eingerollter Zöpfe aufgesteckt.

»Es wäre mir lieber, wenn Ihr Euch nicht so anschleichen würdet«, bemerkte Rhee gereizt. Es gefiel ihr nicht, wie sie sich in Lahnas Gegenwart fühlte – nervös, als stünde sie auf dem Prüfstand.

»Mir wäre es lieber, wenn ich Euch nicht holen müsste. Aber wir bekommen nicht alle das, was wir wollen.« Sie stemmte die Hände in die schmalen Hüften.

»Ich bin kein Ding, das man holt«, sagte Rhee – eine reflexartige Reaktion, obwohl sie in Wahrheit erleichtert war. Das war Dahlens Art, sie zu sich zu rufen, und das hieß, dass er wieder mit ihr sprach. »Er erwartet, dass ich auf seinen Befehl hin erscheine?«

»Er erwartet gar nichts«, widersprach Lahna. »Wir brechen auf, sobald er seine Sachen zusammenhat. Ich dachte, Ihr wolltet Euch vielleicht verabschieden.«

»Moment mal, *was?*« Rhee schlug das Herz plötzlich bis zum Hals. Für einen Augenblick dachte sie, sie hätte sich verhört. »Was meint Ihr mit aufbrechen?«

»Er kann nicht antworten, wenn Ihr nicht gefragt habt.«

Rhees Verwirrung und Zorn wuchsen mit jedem Schritt. Als sie in der Kaserne ankamen, lagen Dahlens Sachen säuberlich gepackt neben ihm, während er seine Klinge an einem Wetzstein schärfte. Sein schulterlanges blondes Haar verbarg sein Gesicht. Rhee wurde flau im Magen. Dahlen neigte nicht zu Dramen. Er hatte gepackt. Er hatte wirklich vor, zu gehen.

»Das könnt Ihr nicht tun«, platzte sie heraus. Sie wünschte, ihr würde eine geistreiche Beleidigung einfallen oder eine demütigende Standpauke, die ihn zwang, es sich noch einmal zu überlegen, aber alles, was sie denken konnte, war: *Das kann kein Abschied sein.*

Sie hatte das Gefühl, als würde ihr das Herz brechen. »Hört«, sagte sie und mühte sich, ihre Stimme zu beherrschen, »ich weiß, dass Ihr meine Zusammenarbeit mit Nero nicht gutheißt.«

»Ich heiße sie nicht *gut?*« Er beugte sich über den Wetzstein und wollte nicht aufschauen. »Als könnte ich eine so heimtückische Verbindung gutheißen. Als wäret Ihr bereit, zuzuhören.«

»Ihr seid derjenige, der nicht bereit ist zuzuhören!«

Er sah hoch. Sein Blick brannte ihr auf der Haut. Sie erwiderte ihn, ohne wegzuschauen, aber es fiel ihr schwer zu atmen, zu schlucken. »Das hier ist keine bloße Meinungsverschiedenheit«, sagte er. »Es ist ein fundamentaler Bruch.«

Er hielt die Klinge ins Licht, untersuchte sie und steckte sie, anscheinend zufrieden, in die Scheide. »Nero ist ein verabscheuenswürdiger Mann.«

Warum verstand er nicht? Sie musste Neros Vorschlag annehmen – anderenfalls konnte sie ihm genauso gut den Krieg erklären und Gefahr laufen, seine Anhänger und die Menschen gegen sich aufzubringen, die er unter seiner Knute hatte – sie würde alle gegen sich aufbringen.

»Ihr denkt, das weiß ich nicht? Ich bin nicht so dumm

oder so jung, dass ich seinen Plan nicht durchschaue. Aber das ist Politik. Ich bin Kaiserin der kalusianischen Gebiete, Staatsfeind Nummer eins in den Augen jeder anderen Regierung. Kalus Treue wird langsam von dem verabscheuenswürdigen Mann gestohlen, von dem Ihr sprecht – ausgerechnet von einem Holovisions-Star mit einem hübschen Gesicht. Und Joss ist irgendwo da draußen und versteckt sich, während ihr echtes Leben hier auf sie wartet …« Rhee schnürte sich bei dem Gedanken an ihre ältere Schwester die Kehle zu. »Außerdem ist es nur ein vorübergehendes Bündnis.«

»Man kann seine Seele nicht ›vorübergehend‹ verderben.«

»Ich habe keine andere Wahl, und das wisst Ihr!« Rhees Zorn loderte auf. »Ihr seid stur aus Prinzip! Ihr seid selbstgerecht, fanatisch …«

»Vorsicht, Kaiserin«, fiel Lahna ihr ins Wort. »Sagt nichts, was Ihr später bereuen werdet.«

Rhee holte tief Luft und sammelte sich. Lahna hatte recht. »Dahlen, wir wollen dasselbe: Frieden. Es stehen zu viele Leben auf dem Spiel …«

Er stieß ein hohles Lachen aus, das sie überraschte, sogar frösteln ließ. Es war vielleicht das erste Mal, dass sie ihn hatte lachen hören. »Leben müssen im Namen des Richtigen aufs Spiel gesetzt werden. Wir müssen uns für den schwierigeren Weg entscheiden, wenn es der rechte Weg ist.«

»Kommt mir nicht mit Eurer heiligen Schrift. Ihr seid genau wie jeder andere. Ihr traut mir nicht zu, zu wissen, was das Beste für mein Volk ist. Ihr glaubt Eurem Ältesten, doch er lässt Euch im Dunkeln.«

»Ich verstehe nicht«, sagte er. »Worüber reden wir?«

Rhee biss sich auf die Unterlippe. »Euer Ältester hat mir sinngemäß gesagt: *›Es gibt Dinge, die man weiß, und Dinge, von* *denen man nicht weiß, dass man sie weiß …«*. Sie verstand immer noch nicht, was Escov, der Älteste, gemeint hatte, als er diese Worte in Erawae gesprochen hatte, aber jetzt schienen sie voller Bedeutung zu sein.

»Das habt Ihr missverstanden.« Dahlen fiel wieder das blonde Haar in die Augen und er strich es sich hinter eins seiner spitzen Ohren. »Diese Worte sind eine Meditation über Glauben und Vertrauen in das Wort Vodhans.«

Er hatte ihr gegenüber seine Verärgerung noch nie so deutlich gezeigt, und sie fühlte sich noch mehr gedemütigt – eine schöne Kaiserin war sie, so zu lächeln und zu betteln. Sie konnte sich kaum selbst ertragen.

»Euer Glaube«, sagte Rhee. »Euer blinder Glaube. Er hält Euch gefangen. Ihr seid so verhaftet in dieser Vorstellung von richtig und falsch, dass Ihr nicht einmal aufschauen und die Welt so sehen könnt, wie sie ist.«

»Könnten wir nicht das Gleiche über Eure Art von Glauben sagen?«, gab er zurück. »Was ist Euer *ma'tan sarili*, Kaiserin?« Wie die meisten Bewohner der Galaxie wusste Dahlen, dass es eine alltägliche Begrüßung war – aber er wusste auch, wie persönlich sie war, kannte ihre tiefere Bedeutung, das Gelübde, das eigene höchste Ich zu sein.

Ehre. Tapferkeit. Loyalität.

Hatte sie diese Ideale verraten?

Dahlen sah sie an und Rhee fand die Antwort in dem enttäuschten Ausdruck in seinen Augen. Er schulterte seine Sachen.

»Es ist falsch, dass Ihr geht.«

»Es war falsch, von Euch zu verlangen, Euer höchstes Selbst zu sein«, entgegnete er und ging zur Tür.

Sie unterdrückte ein Schaudern. Die Hoffnung – und Enttäuschung – in seinen Worten erschütterten sie. Sie wollte die Anführerin sein, von der er sprach, die Anführerin, die er sich erhoffte. Aber das war sie nicht. Jedenfalls noch nicht.

»Dann geht!«, rief sie. »Ich brauche Euch nicht. Ich brauche einen Partner, der mir hilft, diesen Scheißkrieg zu beenden, keinen Fanatiker, der vor lauter Schriften die Wirklichkeit nicht mehr sieht. Die Wirklichkeit sieht so aus, dass wir strategisch vorgehen müssen.«

»Bei allem Respekt, Kaiserin.« Dahlen drehte sich um. »Nero wird nicht einfach klein beigeben. Ihr denkt, er sei bereit, ohne einen profitablen Kompromiss Truppen aus den Territorien abzuziehen? Er wird nicht zur Besinnung kommen oder sich der Situation gewachsen zeigen. Der Mann ist Gift. Seine Versprechen sind eine Falle, und ich hätte nicht gedacht, dass Ihr so dumm seid, ihm zu glauben.«

»Was, wenn ich Euch sage, dass er hinter einer mächtigen Würfeltechnologie her ist?« Sie verlagerte das Gewicht auf den anderen Fuß. »Er hat auf Houl etwas in die Richtung gesagt. Er sei auf der Suche nach einer Technologie, die die Erinnerung verändert.«

»Selbst wenn das stimmt, werdet Ihr der Wahrheit nicht näher kommen, indem Ihr Euch mit ihm verbündet.«

»*Ahnen!* Hört Ihr Euch eigentlich selbst zu? Ihr denkt doch nur so, weil er Euren Würfel eingeschaltet hat«, feuerte sie zurück. Sie war jetzt verzweifelt. Ohne ihn hatte sie außerhalb des Palastes keine Verbündeten, dafür hatte Nero gesorgt. »Weil Euer kostbares Gelübde dem Orden gegenüber gebrochen wurde? Es gibt Wichtigeres als Euren Glauben«, rief sie ihm ins Gedächtnis. »Es stehen Leben auf dem Spiel, und ich fürchte, dass wir mit jedem Tag, den wir zögern, weitere verlieren werden.« Sie mühte sich verzweifelt, ihn zu treffen, ihn zu einer Reaktion, zum Bleiben zu bewegen.

Und doch sah Dahlen sie immer noch so eisig an, dass ihr fast die Lungen gefroren. »Ihr denkt, ich hätte keine Angst?«, fragte er. »Denn auch ich fürchte – um Kalu und um uns alle.« Seine Stimme versetzte ihr einen Stich, zwang sie beinahe in die Knie, aber sein Gesicht mit dem scharfen Profil war wieder teilnahmslos.

Eine Welle der Panik überrollte sie. Natürlich hatte er recht, was Nero betraf. Aber die einzige Möglichkeit, Frieden zu erlangen, war die Zusammenarbeit mit ihm, selbst wenn es bedeutete, sich einen Weg durch ein Labyrinth aus Lügen zu bahnen. Warum konnte Dahlen das nicht einsehen?

Wenn es ihr nicht einmal gelang, sich die Loyalität ihres letzten Freundes zu bewahren, wie sollte sie sich die Loyalität ihres Volkes verdienen? Ohne Dahlen war sie verloren. Sie hatte ihn auf dem Zeppelin im Stich gelassen, und doch war er zu ihr zurückgekehrt, hatte trotzdem noch zu ihr gestanden.

Aber jetzt war sie zu weit gegangen.

Sie gab es nur äußerst ungern zu, doch es war die Wahrheit: Sie brauchte ihn. Eben weil er so unbeugsam war. Er war der moralische Kompass, auf den sie sich in dieser richtungslosen Welt, in der sie erwacht war, stützte.

»Ich muss meinem eigenen Weg folgen und Ihr Eurem«, sagte Dahlen und trat über die Türschwelle. »Ich kann mit einem Volksverhetzer keine Geschäfte machen.«

»Das war es dann also?«, fragte Rhee und gab ihrer Stimme einen festen Klang. Sie wünschte sich mehr als alles andere, dass er mit den Füßen aufstampfte und mit Sachen um sich warf, dass er einen bunten Strom fontisianischer Flüche ausstieß. Oder dass er schmollte oder weinte oder sie an den Schultern packte und schüttelte. Sie wünschte, er würde ihr zeigen, was er wirklich empfand – nicht nur seine moralischen Instinkte, sondern das, was er in seinem Herzen fühlte. Sie musste wissen, dass er sie nicht hasste.

In kurzer Zeit war er zu dem Menschen geworden, dessen Meinung ihr am wichtigsten war.

Wortlos wandte er sich von ihr ab, und Lahna machte Anstalten, ihm zu folgen. Rhee wusste nicht, was über sie kam. Sie konnte nicht einfach dastehen und ihn ziehen lassen. Sie brauchte ein letztes Wort, einen letzten Blick, irgendein Zeichen, dass sie ihm nicht gleichgültig war, dass er sie nicht vollkommen aufgegeben hatte. Ohne nachzudenken, zog sie Veyrons Messer aus dem Gürtel, wo sie es nun immer dicht an der Hüfte trug, selbst im Schlaf.

»Wenn Ihr nicht mehr mein Freund seid«, stieß sie hervor, »macht Euch das zu meinem Feind.« So weit war es gekommen – sie drohte dem Jungen, der ihr das Leben gerettet hatte, mit der Spitze des Messers, mit dem Veyron beinahe sie getötet hätte. Sie konnte kaum die Tränen zurückhalten.

»Das ist nicht die Lösung«, sagte Dahlen leise. »Mit Euch habe ich keine Fehde.« Wieder flackerte kurz Hoffnung in ihr auf. »Ihr kennt meine Forderung dafür, dass ich an Eurer Seite bleibe.«

Er stellte ihr ein Ultimatum. Er wollte, dass sie ihre Waffenruhe mit Nero brach. Ihr Herz klopfte. Sie konnte es immer noch ungeschehen machen.

Aber dann dachte sie über den Grund nach, warum sie getan hatte, was sie getan hatte. Sie dachte an die Bombenangriffe, die den Ereignissen auf Nau Fruma gefolgt waren. Sie dachte an Julian. Sie dachte an Joss, die irgendwo da draußen in der Galaxie auf sie wartete und wahrscheinlich in Gefahr war.

Sie schüttelte den Kopf. Dahlen musste tun, was er für richtig hielt – genau wie sie.

Er seufzte, einen sanften Ausdruck in den Augen.

»Geht nicht«, flehte Rhee, obwohl sie das Messer nicht hatte sinken lassen. »Ihr habt mich hergebracht. Ihr habt für mich gekämpft.« *Ihr habt an mich geglaubt.*

»Damals wart Ihr kompromisslos.« Er sagte es, als wäre es ein ganzes Leben her.

»Da war ich auch noch nicht für ein Reich verantwortlich«, entgegnete sie. Aber sie wusste, dass es nichts nutzen würde. »Wohin werdet Ihr gehen? Was werdet Ihr tun?«

Er legte den Kopf schräg und schaute sie an, als würde er sie bereits aus weiter Ferne sehen. »Ihn töten natürlich.«

»Wenn Ihr das tut, wird man mir die Schuld geben.«

»Ihr denkt jetzt bereits darüber nach, wie es aussehen wird«, sagte Dahlen mit unendlicher Traurigkeit. Behutsam schob er das Messer weg. Sie ließ es fallen und hatte das Gefühl, dass alles in ihr mit ihm fiel. Es landete klirrend auf dem Boden. »Ihr werdet trotzdem eine gute Politikerin werden.«

Sie blinzelte heftig und wandte sich ab, damit er ihre Tränen nicht sehen konnte.

»Ihr werdet nicht allein sein«, fügte er sanfter hinzu. »Lahna und der Orden werden bei Euch bleiben.«

»Wie bitte?« Damit hatte Lahna offensichtlich nicht gerechnet.

Er antwortete nicht, sondern hob nur die Hand zum Abschied. Dann drehte er sich um und glitt aus dem Raum.

Rhee zwang sich, ihm nicht nachzulaufen. Aber nach einer Minute konnte sie es nicht mehr aushalten. Sie rannte zum Balkon.

»Ihr sollt Euch von den Fenstern fernhalten«, ermahnte Lahna sie kalt.

Rhee ignorierte die Warnung und trat auf den Balkon, um einen letzten Blick auf ihn zu erhaschen.

»Kaiserin …«, versuchte Lahna es noch einmal.

Rhee ließ sich nicht beirren und reckte das Kinn hoch, während sie wartete. Vielleicht würde er sich umdrehen und zurückkommen. Er würde zu ihr hochrufen, um ihr zu sagen, dass er bleiben würde. Dass sie ihm wichtig war. Dass er immer noch an sie glaubte.

Aber dann hörte sie das Rasseln eines Tores auf der Ostseite des Palastes und ihr wurde klar, dass er nicht durch das Hauptportal gehen würde. Es gab ein Dutzend anderer Ausgänge.

Rhee sah nicht, wie Dahlen ihr Leben verließ. Aber sie spürte seine Abwesenheit sofort.

Sie ging wieder hinein. Lahna schloss die Tür hinter ihr. Für einen Moment kam es Rhee so vor, als seien Gefühle Vögel, die in ihrer Brust wild mit den Flügeln schlugen. Julian war fort. Josselyn war fort. Und jetzt auch noch Dahlen.

Würde sie immer jeden verlieren, der ihr wichtig war?

»Es tut mir leid«, murmelte Lahna. Rhee wandte sich ab, als ihr bewusst wurde, dass Lahna sie beobachtet hatte.

»Habt Ihr ihn geliebt?«, fragte Rhee, um das Schweigen zu füllen und um sich dem Jungen, der fortgegangen war, irgendwie näher zu fühlen.

Vielleicht, um so zu tun, als hätte sie sich die Frage nicht schon oft selbst gestellt.

Lahna legte den Kopf schief. »Ich diene ihm.« Sie wandte den Blick ab und Rhee sah, dass ihre Züge für einen kurzen, untypischen Moment weicher wurden, aber sie hatte sich schnell wieder im Griff. »Kommt mit. Ich werde Euch zurück in Euer Zimmer begleiten.«

Es gab nichts mehr zu sagen, daher traten sie den langen Weg zurück zu den Kaisergemächern an, ohne ein Wort zu wechseln.

Sie würde sich bald wieder mit Nero treffen, damit sie ihre Ankündigung machen konnten, und Rhee würde vorbereitet sein müssen. Sie würde sich stählen müssen für das, was kam.

10

Alyosha

Aly stand in einer dicht gedrängten Schar von Kämpfern auf dem Schiff und wurde wieder Soldat.

Aber er war nicht mehr der zugeknöpfte, uniformierte Soldat von früher, der in geordneten kleinen Reihen stand. Kein »Ja, Sir!« oder »Nein, Sir!«, keine fünfzig Liegestütze, zu denen der Sarge ihn verdonnerte. Er war auch nicht mehr der Marionettensoldat, der für *Die Revolutionäre* in die Kameras lächelte – der grüne Junge an Vins Seite, der als Vorzeigesoldat für die UniForce durchs All gondelte, während sich die Welt ringsum in *Taejis* verwandelte.

Er wurde auch wieder zum Wraetaner. Oder zumindest erinnerte er sich daran, dass er einer war. Wenn man zu viel Zeit nur mit Kalusianern verbrachte, lief man Gefahr, zu vergessen, woher man kam, und die Erinnerung an Wray so tief zu begraben, dass man sie nie wieder aufrufen musste. Aber jetzt, da er von Wraetanern umgeben war, verspürte er einen Anflug innerer Ruhe. Er hörte den Dialekt, mit dem er aufgewachsen war, sah die Eigentümlichkeiten der Bewegungen, wie er sie von seiner Ma und seinem Dad kannte, fühlte beim Sprechen, wie der harte Akzent mit der betonten Vorsilbe hinten in der Kehle zurückkehrte. Er ließ es auch zu, wie ein Wraetaner auszusehen, merkte, dass seine Haut dunkler geworden war, da er nicht mehr bei jedem Aufenthalt im Freien in den Schatten lief. Seine Finger verhedderten sich in seinem Haar; es wurde jetzt lockig, da er es nicht mehr jede Woche – manchmal sogar zweimal – kahl schor, damit man die Krause nicht sah.

Er fühlte sich wohl in seiner Haut, fühlte sich auf eine Art heimisch, die er lange Zeit vermisst hatte.

Auch bei Kara hatte er sich wie zu Hause gefühlt. Er hätte es ihr nicht sagen können, aber er hätte ihr zeigen können, wer er war, wer er sein konnte.

Aber dann hatte er alles vermasselt. Und sie war gestorben.

Er schob den Gedanken an sie beiseite; sie war tot, wie alle, die er geliebt hatte. Vor zwei Tagen hatte er noch Karas Hand gehalten und jetzt gehörte er zur neuesten Gruppe von Freiheitskämpfern der WFK. Was sollte er sonst tun? Niemand wollte ihn, und er wollte die Welt nicht. Das Einzige, worauf er hoffte, war Rache. Er würde Mann gegen Mann mit der UniForce kämpfen. Niemand durfte Aly und Vin ausnutzen und einfach ungestraft davonkommen.

Das hier war besser, kam ihm richtig vor. Der Einsatzbefehl lautete, einen gewaltigen Satelliten auf Uustral, einem traditionellen Zufluchtsplaneten, zurückzuerobern. Versteckt hinter einem riesigen medizinischen Komplex, waren der Satellit und der Sendeturm jahrzehntelang genutzt worden, um Informationen über neue medizinische Techniken und Technologien bis in die entferntesten Winkel der Galaxie auszustrahlen – selbst in den äußeren Gürtel, wo medizinisches Verständnis magischem Denken näherkam – und auch, um mit Medistationen zu kommunizieren, die Hilfseinsätze im gesamten System leisteten.

Das hieß, bis die UniForce den Satelliten in ihre Gewalt gebracht und zur Verbreitung von Kriegspropaganda genutzt hatte. Die WFK würde ihn abreißen – mit allen erforderlichen Mitteln.

Sie waren jetzt in den uustralischen Luftraum runtergegangen. Aly hatte in der UniForce einige uustralitische Soldaten gekannt, und er fragte sich, was aus ihnen geworden war. Würde er auf ihre Häuser abspringen, um ihre südliche Hemisphäre in Brand zu stecken?

Er dachte auch vage an Jeth. Nachdem er ihnen auf Resto geholfen hatte, die Wiedergabe von Alys Würfel zu senden, und sie festgenommen hatte, hatte Aly ihn nicht mehr gesehen. Er wusste nicht, was los war, ob Jeth überhaupt noch lebte. Pavel war praktisch gebraten worden. Aly hatte ihn bei der nächsten WFK-Station zur Reparatur abgegeben, hatte aber keine Ahnung, ob er es schaffen würde. Vin war tot. Kara war tot.

»Sichert die medizinische Einrichtung«, sagte der befehlshabende Offizier, während er sich durch die dichten Reihen drängte. »Sobald wir sie haben, wird die Einnahme des Turms ein Kinderspiel.«

Ein leichtes Kribbeln der Aufregung durchlief Aly, als sie alle zustimmend grunzten. Er bereitete sich auf den Absprung vor, prüfte noch einmal seine Fallschirmriemen und rückte sein drittes Auge zurecht. Das war jedoch nicht der richtige Name; eigentlich wurde das Gerät, das der Würfeltechnologie um etwa dreißig Jahre vorausging, als I-3 bezeichnet. Die Soldaten waren mit vorsintflutlichen Komm-Einheiten ausgerüstet, deren Reichweite nur etwa hundert Meter betrug, da ihre Würfel ausgeschaltet waren. Keiner von ihnen hatte sich je ohne Direktverbindungssystem in einen Kampfeinsatz begeben, und jetzt würden sie es auf die altmodische Art tun. Aly juckte es in den Fingern, endlich loszulegen. Er wollte kämpfen. Etwas in die Luft sprengen. Leute büßen lassen.

Die WFK hatte auf ihren Schiffen zwar eine Firewall, aber die Soldaten hatten darüber hinaus die Anweisung erhalten, die Würfel vor dem Kampf auszuschalten. Und wenn sie erwischt oder gescannt wurden, tja … sie konnten nicht erwischt oder gescannt werden. Es ging das Gerücht, dass die UniForce sich selbst bei ausgeschalteten Würfeln in die Feeds einhacken konnte, und Aly fragte sich, ob es das war, was die Kalusianer in den Laboratorien auf dem Zeppelin trieben.

Aly nickte einer Fontisianerin neben sich zu, groß und prachtvoll wie eine Marmorstatue; ihre zarten, spitzen Ohren wirkten im Vergleich dazu beinahe komisch. Aly bedauerte jeden, der es mit ihr aufnehmen musste. Dann nickte er auf seiner anderen Seite dem untersetzten Chram namens Hesi zu, der ihn an Jeth erinnerte – albinoweißes Fleisch und Schultern so breit wie ein Scheunentor.

»Wenn man euch etwas genommen hat …«, sagte der befehlshabende Offizier.

»… folgt die Strafe auf dem Fuß«, riefen die Soldaten wie aus einem Mund zurück. Es war das WFK-Gelübde, und Aly mochte es – das Ethos, etwas richtig zu machen und es schnell zu machen.

Der Pilot zählte die Sekunden bis zum Absprung runter. »Sprung in zehn, neun, acht ...«

Langsam öffnete sich die Luke. Die Nachtluft rauschte herein; fette Regentropfen klatschten auf sie herab. Der Wind heulte lauter.

Vincent hätte an seiner Seite sein sollen. In einem solchen Moment hätte er den Kopf schräg gelegt und Aly sein Holostar-Lächeln geschenkt.

»... drei, zwei, eins ...«

Aly stürzte in die Tiefe und wurde in die Dunkelheit gerissen, überschlug sich im Regen, vernahm in Kopf und Ohren nur gedämpfte Stille und ringsum das Funkeln der Sterne.

Daheim auf Wraeta, vor dem Bürgerkrieg, hatte sein Dad monatelang gespart, um eine mickrige Feuerwerksrakete zu kaufen, die sie am Jahrestag des Kriegsendes gemeinsam gezündet hatten. Sie hatten zugeschaut, wie sie immer höher und höher stieg, bis sie in einem Lichtregen explodierte. Als Aly nun auf Uustral zuschoss, war er sekundenlang diese Feuerwerksrakete aus seiner Kindheit und kein Soldat, nur dass er in die andere Richtung flog. Ein feuriges Symbol zur Feier eines befreiten Planeten.

Wie viele Sekunden waren verstrichen? Er hatte nicht mitgezählt. Seine Uniform flatterte. Sein Mund verzog sich im Wind zu einem Grinsen und die Luft wurde ihm in die Kehle gedrückt. Es war nicht sein erster Sprung, aber vorher hatte er die richtige Ausrüstung und einen Ausbilder gehabt, der ihm bis nach unten am Rücken geklebt hatte.

Das hier war keine Übung.

Stabilisieren. Er breitete Arme und Beine zu einem Stern aus. Die dunkle Oberfläche des Planeten raste auf ihn zu, und er dachte an die Menschen, die er verloren hatte und die dort unten in der Leere auf ihn warteten. Er konnte in die äußere Oberfläche des Planeten stürzen, dann wäre er ebenfalls tot. In der Kirche hatte man ihm beigebracht, dass es einen Ort gibt, wohin die Toten gingen, um mit Vodhan zusammen zu sein, ein Leben nach dem Tod, das sie alle führen würden, als sei es eine große, ewige Party ohne Angst und Schmerz. Aly wollte es gern glauben. Er mochte die Vorstellung nicht, dass alle, die er geliebt hatte, nicht mehr da waren. Nicht nur, dass sie körperlich weg waren, sondern dass ihre Hoffnungen und Ängste und Gefühle in Rauch aufgegangen waren, bis von ihnen im Universum buchstäblich nichts mehr übrig war …

Sein Helmvisier registrierte das Medizentrum und den Satellitenturm und strahlte es in der Ferne an. Überall um ihn herum gingen blaue LED-Lichter an, und um ein Haar wäre er mit einer Soldatin zusammengeknallt, die in die Tiefe schoss – und aus Leibeskräften schrie. Es war ein Schlachtruf.

Aly spürte, wie sich ihm sämtliche Organe verkrampften wie eine Faust.

Der Höhenmesser an seinem Visier sagte ihm, dass es knapp wurde. Aly bemerkte, dass er an schwebenden blauen Lichtern vorbeiflog. Die anderen Soldaten hatten ihre Fallschirme bereits geöffnet. Er tastete nach der Reißleine und fand sie nicht. Er dachte an Kara, an die Scheiße, die er gelabert hatte, an die freundlichen Dinge, die er hätte sagen sollen. Das Bild ihres schlaffen Handgelenks, das aus einem Meer von Schutt ragte, als ob sie versucht hätte, aufzutauchen, um Luft zu holen, aber das Einzige, was die Oberfläche durchbrochen hatte, war ihre Hand gewesen

Aly griff nach seinem Holsterriemen und sah im Geiste

immer noch die Gebetskette zwischen Karas Fingern. Ihre Hände waren ihm damals aufgefallen, elegant und gepflegt wie die einer Kaiserin, die sie in dem prachtvollen Salon des Palastes über die Tasten fliegen lässt.

Lass sie los, sagte er sich.

Aly beruhigte sich, holte tief Luft und versuchte es noch einmal, langsamer, nicht so hektisch. Er tastete hinter sich, und da fühlte er sie – eingeklemmt unter dem Holsterriemen. Er zog die Leine mit der freien Hand und der Fallschirm öffnete sich. Der Wind fuhr hinein und blähte ihn auf. Die Seidenkappe erhob sich über ihm und riss ihn mit einem Ruck zurück; seine Gurte schnitten ihm in die Schultern ein. Er schwankte am Himmel wie die anderen Soldaten. Sie glühten wie Leuchtalgen, die im Meer trieben – Vin hatte ihn einmal zum kalusianischen Meer mitgenommen, während des Urlaubs im letzten Jahr. Es schien ihm eine Ewigkeit her zu sein.

Aly ergriff die Steuerleinen zu beiden Seiten. Er konzentrierte sich auf das Ziel und konnte nun den Landepunkt sehen. Den Blaupausen zufolge war der Satellitenturm nur über das Medizentrum zugänglich. Aber Nero ließ fast tausend Droiden um den Turm auf Patrouille gehen – eine nahezu unüberwindliche Verteidigung, es sei denn, man könnte sie alle abschalten.

Aber dazu bestand mit knapp vierzig unerfahrenen Rekruten und einer Handvoll Offizieren nur eine geringe Chance.

Aly zog an den Leinen des Fallschirms, um zu lenken. In einem irrsinnigen Tempo schoss er auf den Boden zu – viel schneller, als er wollte. Er zog die Knie bis fast an die Brust. Er musste bereit sein, abzurollen, wenn er landete.

Als seine Stiefel den Boden berührten, spürte er den Aufprall bis in die Knochen. Der Regen prasselte so heftig vom Himmel, dass die Tropfen von der Erde abprallten. Er kam von allen Seiten; er tropfte Aly hinter die Ohren und lief ihm übers Kinn. Aly verlor den Halt und fiel auf den Hintern.

In der Ferne sah er den Metallturm aufragen. Die Spitze verschwand in den dunklen Wolken.

»Alpha-Führer, ich habe Sichtkontakt mit dem Turm«, sagte er in sein drittes Auge. Es war ein biegsames Metallstück, das ihm um den Hals lief. Man drückte auf einen Knopf und sprach rechts hinein, während man links auf eine Antwort lauschte. Es kam nichts als Rauschen. Toll.

Die medizinische Einrichtung erhob sich halb von dem Sockel. Im Kopf hörte Aly, wie der Pilot immer wieder ihr Einsatzziel wiederholte: *Sichert die medizinische Einrichtung. Nehmt den Turm ein.*

Er war genau da gelandet, wo er landen wollte: vor dem Tunnel, der in die Müllkorridore führte.

Davor stand jedoch ein Droide, der ihn bewachte. Der Droide war mindestens einen Kopf größer als Aly. Er kam steifbeinig auf ihn zu und scannte ihn in der Dunkelheit mit einem roten Licht. Aly drückte auf einen Handsignalstörer, der zur WFK-Ausrüstung gehörte.

»Erkennungsscan unvollständig.«

Der Droide wollte Aly am Hals packen, aber er duckte sich und wich aus. »Ich könnte hier Hilfe brauchen«, rief er in das dritte Auge und drückte hektisch auf den Knopf. Es war nutzlos.

Er drehte sich auf dem Fuß, verlagerte das Gewicht und schattenboxte, während er das Ding nach Schwächen oder empfindlichen Drähten absuchte. Es war ein Modell, das er nicht kannte, und er bedauerte, dass man ihm in der UniForce nicht beigebracht hatte, hoch entwickelte Armee-Droiden anzugreifen.

Damals in der UniForce hatten er und die Droiden natürlich auf derselben Seite gestanden.

Er rammte dem Droiden den Handballen genau in den visuellen Scanner und hoffte, das Gerät auf diese Weise auszuschalten, dann platzierte er einen abgewandelten Uppercut mitten auf ein Bedienfeld. Eine schwindelerregende Ansammlung von Lichtern blitzte auf dem Modul auf, und während es sich neu einstellte, verpasste Aly dem Droiden einen festen Tritt auf das stählerne Knie.

Anfängerfehler beim Droidenkampf Mann gegen Mann.

Während der Tritt das Knie eines Menschen überstreckt hätte, ließ er beim Droiden lediglich das Bein einrasten. Der Droide packte Alys Fuß und stieß ihn zurück. Aly wirbelte herum und landete auf dem Bauch im Schlamm. Schmerz schoss ihm durch die Rippen und er schmeckte Blut. Er kroch auf dem regenglatten Boden auf einen faustgroßen Stein zu, der einige Fuß außer Reichweite lag. Er hörte, wie der Droide sich in Position brachte. Ein Henker, bereit, die Axt niedersausen zu lassen. Sein Arm schmerzte, als er ihn ausstreckte. Sein Ellbogen brannte. Gebrochen oder angeknackst, so viel stand fest. Als er mit den Fingern den Stein streifte, erlebte er ein Déjà-vu – er erinnerte sich, wie er im Kesselraum der *Revolution* seinen Lieblingsschraubenschlüssel verloren und versucht hatte, an ihn heranzukommen. Das war der Tag gewesen, an dem alles angefangen hatte. Der Tag, an dem Kronprinzessin Rhiannon angeblich ermordet worden war. Es war nur wenige Tage vor Vins Tod gewesen. Ein UniForce-Droide wie dieser hatte ihn umgebracht.

Seine Finger schlossen sich um den Stein. Er drehte sich

auf den Rücken, berechnete blitzschnell die Flugbahn und schleuderte den Stein. Er schoss durch die Luft und schlug in der Komm-Einheit zwischen den Schulterblättern des Droiden ein. Der Droide taumelte, und Aly wusste, dass er sein Ziel getroffen hatte: das Gyroskop. Die Anatomie der Robodroiden war Teil des Crashkurses der WFK gewesen.

Seine Lämpchen spielten verrückt. Er taumelte im Halbkreis, als sei er betrunken. Aly dachte an eine Baumfällung, die er als Junge im Wald von Ernew mit angesehen hatte – und an die atemlose, schwerelose Sekunde, bevor der Baum umgestürzt und krachend auf dem Boden aufgeschlagen war.

Aly hakte den Fuß um den Knöchel des Droiden und zog. Er fiel mit einem lauten Knall um. Aly kam wieder auf die Füße und zuckte vor Schmerz zusammen. Er versetzte dem Kopf des Droiden einen Tritt, aber nur einen, weil er an Pavel denken musste. Nicht alle Droiden waren Kriegsmaschinen. Sie wurden dazu gemacht.

Aly drehte den Droiden ächzend und keuchend um, während der Droide wie ein hilfloses Insekt mit den Armen ruderte. Aly biss die Zähne zusammen und ignorierte den Schmerz in seinem Ellbogen. Er schaltete die Taschenlampe ein und leuchtete damit den Droiden an. Er war sich nicht sicher, wonach er suchte, bis er es fand: den Ausgang im Nacken, genau an der Stelle, wo beim Menschen das Rückenmark war. Es war unheimlich, wie viel Wert die Hersteller auf eine menschenähnliche Anatomie gelegt hatten. Planlos riss Aly die ganze Komm-Einheit heraus. Er war erschöpft und sauer und hasste dieses Ding im Augenblick mehr als alles andere im Universum. Der Regen ließ die Komm-Einheit in seiner Hand glitzern. Es war glatter Stahl, kaltes Metall, und sah völlig anders aus als sein Würfel, dessen

Technik in den Wurzeln steckte und der lebendig pulsierte. Aly fragte sich, welche Geheimnisse diese kalte, glänzende Kommunikationseinheit gesehen hatte, welche Daten sie enthielt …

Und wie er sie nutzen konnte.

Als Aly Pavel programmiert hatte, hatte er eine Probe seiner eigenen DNA in den Server gegeben, damit Pavel Alys Vitalfunktionen besser lesen und vergleichen konnte. Es war ein Standardverfahren, vor allem bei Droiden, die als einfache Gefährten dienten. Aber konnte es auch umgekehrt durchgeführt werden? Pavel hatte einmal gesagt, dass Übertragungen von Würfel zu Würfel theoretisch »weiterentwickelt« werden konnten und dass neutrale Pfade Informationen senden und empfangen konnten, ohne »überhaupt vorbereitet worden zu sein« – was immer das bedeutete. Aber was war mit Übertragungen von Droiden auf Menschen? Er brauchte einen Arzt, am besten einen Würfelchirurgen …

Gut, dass er ein Krankenhaus stürmen wollte.

Er hielt sich den Ellbogen und lief zu dem Mülltunnel. Sobald er in der Einrichtung war, stürmte er durch drei Doppeltüren zum Haupteingang, wo ein Dutzend WFK-Soldaten darauf warteten, hineinzudrängen. Aly lief wegen ihnen nicht langsamer, sondern rannte weiter.

Zwei andere Soldaten suchten sich durch die verschachtelten Gänge einen Weg – Hesi, der auf dem Herflug neben ihm gestanden hatte, und ein Uustralite, der ein digitales Schild mit der Aufschrift *Darris* trug. Gemeinsam brachen sie durch eine weitere Tür in ein Wartezimmer. Dutzende verblüffter uustralitischer Patienten schauten auf, ohne zu ahnen, dass eine Übernahme stattfand. Aly überließ die Leute den anderen. Er folgte einer Blutspur auf dem Boden und stieß die Tür eines Operationssaals auf. Eine Ärztin, die gerade vorsichtig ein benutztes Skalpell in die Desinfektionslösung legte, sah überrascht auf.

»Was hat das zu bedeuten?«, fragte die Ärztin und trat nervös einen Schritt zurück. Darris' Übersetzungsnetz übertrug ihre Worte ins Wraetanische, aber Aly kannte die Originalsprache nicht. Er richtete den Taser mit seinem verletzten Arm auf die Frau; als er ihn ausstreckte, fühlte sein Gelenk sich so an, als würde zerstoßenes Glas aneinanderreiben. Sie hob alle sechs Hände zum Zeichen der Kapitulation.

»Ich – ich habe nichts getan«, stotterte sie. »Was – was wollt Ihr?«

»Ich bin Euer nächster Patient«, antwortete Aly.

Mit seiner freien Hand warf er die Komm-Einheit des Robodroiden auf den Metalltisch, auf den die Ärztin ihre Skalpelle gelegt hatte. Sie flogen vom Tisch und Hesi musste ihnen ausweichen. »Könnt Ihr das hier per Fernsteuerung freischalten?« Er nahm den Taser in die unversehrte Hand, und ein neuer Schmerz, ein stechendes Kribbeln, explodierte jetzt, da sein Arm herabhing, in seinem Ellbogen. Aber er würde kein Wort darüber verlieren, wie sehr ihm alles wehtat. Er atmete durch den Schmerz.

Die Ärztin nahm das Teil zitternd in die Hände. »Wie habt Ihr es herausbekommen?«

»Ich stelle hier die Fragen«, sagte Aly. Die Antwort war ohnehin offensichtlich – er hatte es herausgerissen –, und er vermutete, dass die Ärztin auf Zeit spielte. Er hielt immer noch den Taser auf sie gerichtet. »Könnt Ihr es per Fernsteuerung freischalten oder nicht?« Die UniForce würde ihnen inzwischen dicht auf den Fersen sein, vor allem, wenn die

Vermutung der WFK richtig war und sie sie selbst mit abgeschalteten Würfeln orten konnte.

»Ja, ich kann es per Fernsteuerung freischalten«, sagte die Ärztin. »Nur bitte, tut mir nichts.«

Aly sah die Furcht in ihren Augen und für den Bruchteil einer Sekunde fühlte er sich mies deswegen. Er hatte immer der Gute sein wollen, der Held, um Wraeta anständig zu vertreten. Man sah ja, wohin ihn das geführt hatte.

»Und Ihr überspult die Information auf meinen Würfel?«

»Theoretisch, ja. Aber die Forschung ist noch ganz am Anfang. Die Daten militärischer Droiden werden anders chiffriert. Wenn ich sie auf Euren Würfel hochlade, könnte das abträgliche Auswirkungen auf das menschliche Nervensystem haben.«

»Geht's vielleicht noch komplizierter, Doc?« Aly schaute zwischen ihr und Darris hin und her, der bei der Übersetzung improvisieren musste. »Ich bin kein Arzt.«

»Die NX-Daten werden anders verschlüsselt. Das könnte gefährliche Folgen für das organische Material haben, das mit Eurem Würfel verbunden ist. Euer Gehirn könnte irreparabel geschädigt werden …«

Aly dachte an die Menschen, die er und Kara in dem unheimlichen Labor auf dem Zeppelin gesehen hatten, an die leeren Blicke und an die Frau, die unablässig Dreiecke zeichnete wie eine Getriebene, als hätten sie eine Bedeutung …

Doch ihnen lief die Zeit davon, und ohne Würfel, ohne kanalübergreifende Kommunikation, konnten sie sich nicht absprechen. Sie mussten den Turm erobern. Das bedeutete, dass er das Risiko eingehen musste. Vermutlich war er ohnehin der Einzige, der nichts zu verlieren hatte.

»Findet eine Möglichkeit«, befahl Aly und zog einen Rollhocker heran. »Der Droide wird Informationen darüber haben, wie man den Turm kapern kann.«

Die Ärztin runzelte die Stirn. »Es ist äußerst gefährlich ...«

»Tut es«, befahl Aly – mit jeder verschwendeten Sekunde sank die Wahrscheinlichkeit, dass ihr Einsatz Erfolg hatte. Sie brauchten den Satelliten – er war der Schlüssel zu Neros wachsendem Einfluss.

»Was machst du da, Mann?«, flüsterte Hesi. Darris hatte die Augen weit aufgerissen.

Es spielte keine Rolle, was sie dachten oder ob er überlebte. *Sichert die medizinische Einrichtung und nehmt den Turm ein. Mit allen erforderlichen Mitteln.*

Die Ärztin arbeitete fieberhaft, sterilisierte und griff nach dem Operationsbesteck. Dann führte sie mit ruhiger Hand eine feine Nadel in das Gerät ein, zog eine Substanz aus dem Rückgrat des Roboters und hielt sie ins Licht. »Ich habe kein Schmerzmittel, das Euch bei Bewusstsein lässt«, warnte sie ihn. »Und es könnte ziemlich schmerzhaft werden, Euch einen Fremdkörper einzupflanzen.«

Er würde es unter keinen Umständen riskieren, das Bewusstsein zu verlieren. Und als er das letzte Mal eine chemische Verbindung gespritzt bekommen musste, hatte er sich die Injektion selbst verpasst – das Tauri, das seine Körpertemperatur gesenkt hatte und ihn fast umgebracht hätte, damit die Hitzesensoren der Militärroboter ihn nicht aufspüren konnten. »Ich komme schon klar«, sagte er.

Im letzten Moment fragte er sich, was mit seinen Erinnerungen passieren würde. Würden sie beschädigt werden oder verloren gehen? Er war immer so eine harte Socke gewesen, hatte sich nie an Wray erinnert, hatte nicht an seinen Dad denken wollen. Aber er hatte sich immer vorgestellt, dass er eines Tages, wenn er bereit dazu war, wenn er klüger und weiser und weniger zornig war, diese Erinnerungen wieder aufrufen und noch einmal durchleben würde.

Und dann fragte er sich, ob er Augenblicke mit seiner Ma, mit Alina und Vin vergessen würde. Mit *Kara*, dachte er.

»Wartet …«, sagte er, gerade als er den Stich der Nadel spürte. Und dann …

Eine gewaltige Flutwelle von Informationen spülte in sein Gehirn und erstickte seine Synapsen. Alles ging unter. Der Droide übernahm seinen Verstand – aber es war kein Verstand mehr. Es war eine Ansammlung von Befehlen, nach Wichtigkeit sortiert. Mechanische, schwarz-weiße, glasklare Anweisungen, die ausgeführt werden mussten, was auch geschah.

Jeder Gedanke und jeder Impuls, den Aly hatte, wurde unter den Daten, Blaupausen, Namen und Programmen begraben, die ihn überschwemmten.

Sein Gehirn blähte sich auf; es drohte zu platzen wie ein Ballon. Es fühlte sich an wie das Schwellen einer Prellung, nur eine Million, eine Milliarde Mal stärker. Es würde sein Gehirn, dann seinen Schädel und schließlich seine Haut sprengen, bis er nur noch Licht war und brannte wie die Sonne.

In seinem Kopf war nicht genug Platz.

Atme. Inmitten des Ansturms von Geräuschen und Erinnerungen und Gedanken vernahm er seine eigene Stimme. *Atme. Es geht vorbei.*

Er schwebte über die Schwelle des Schmerzes hinweg und im Nu war die Information belebend. Dann brach der Datenstrom unvermittelt ab. Aly stolperte vom Hocker, ihm war schwindlig von den Daten, die ihm im Kopf herumschwirrten, und von der neu gefundenen Macht. Er atmete tief ein und schloss die Augen. Nichts tat mehr weh. Sein Schmerz war ersetzt worden durch ein überwältigendes Gefühl der Zielstrebigkeit. *Nehmt den Turm ein.* Er wusste genau, was er tun und wie er vorgehen würde. Er spürte, wie die Netzwerkkanäle von tausend anderen Droiden seinen Geist streiften, so wie Ranken, die ihn in einem tiefen Teich von den Beinen rissen.

»Gebt neue Befehle aus«, sagte er. »Alle Droiden im Umkreis von fünfhundert Metern sollen sich ausschalten.«

Er merkte sofort, dass sein Befehl an die anderen Droiden weitergegeben wurde. Er spürte es an dem Puls von tausend Bestätigungen, die ihm antworteten, an dem plötzlichen Gefühl von Abgeschnittensein, als so viele miteinander verbundene Gehirne ausgingen und verstummten. Ihre Gedanken, wenn man sie so nennen konnte, fielen weg und wurden durch nichts ersetzt – nur durch eine Leere, wo Erinnerungen und Informationen gewesen waren.

Erschöpft von dieser einfachen Leistung und von der plötzlichen Stille, wo nur eine Sekunde zuvor Systemdaten geflossen waren, taumelte er aus dem OP-Saal zurück in das Krankenhaus.

»Wo willst du hin?«, rief Hesi von hinten.

Aly achtete nicht auf ihn und schlurfte an verdutzten und verängstigten Patienten vorbei, während neben ihm Soldaten im Laufschritt auf den Eingang des Turms im Zentrum der medizinischen Einrichtung zurannten. Er würde sich ihnen nicht anschließen. Alle Robodroiden waren seinem Befehl gefolgt und hatten sich ausgeschaltet.

Der Satellit gehörte jetzt ihnen. Er hatte es geschafft. Es

war sein erster Einsatz für die WFK, und er war ein Erfolg gewesen.

Draußen peitschte immer noch der Regen. Aly suchte hektisch wie ein Süchtiger nach seinen Erinnerungen und sah tausend verschiedene Bilder von Kara gleichzeitig, wie Patchwork – die Art, wie sie ging, den Scheitel in ihrem Haar, die Linie ihres Halses, wenn sie den Kopf in den Nacken legte und in die Sonne sah. Ein Schauer durchströmte ihn, obwohl ein Teil von ihm sie unbedingt loswerden wollte. Er würde dieser Schwäche immer nachgeben, würde immer wehmütig in den Schatten nach Kara suchen, sich ausmalen, was hätte sein können.

Zumindest lebte sie da noch.

Er stürmte in den Turm und rannte in den Kontrollraum, wo bereits mehrere andere Soldaten der WFK die Kommunikationsserver abbauten. *Zum Teufel mit dir, Nero,* dachte er, als er an Kabeln riss und Bildschirme einschlug. Er spürte seinen Ellbogen jetzt kaum noch. Neros Lügen waren wie ein Gift, das die ganze Galaxie verseuchte, und Aly war der Antikörper, der es abwehrte.

»Stopp«, erklang eine Stimme. Ein Fontisianer hatte den Raum betreten, der Aly vage bekannt vorkam, aber er war sich nicht sicher, woher. Aly war ziemlich groß – mindestens zwanzig Hände –, doch dieser Mann war noch größer. Er trug keine WFK-Uniform, aber sein Hals war mit Tätowierungen des Ordens des Lichtes übersät. Er bewegte sich weniger wie ein Wesen aus Fleisch und Blut, sondern mehr wie eine Waffe. War er einer ihrer Kommandanten? Aly wusste, dass der Orden hinter der WFK stand, aber darauf war er nicht vorbereitet gewesen. Die anderen WFK-Soldaten hielten automatisch in ihrem Tun inne und warteten auf Anweisungen des Fontisianers. Also hörte Aly auch auf, stand aber noch mit angespannten Muskeln da – er war noch nicht fertig mit Kämpfen, war noch nicht bereit, still zu sitzen.

»Wir dürfen ihn nicht zerstören«, sagte der fontisianische Anführer.

»Aber deswegen sind wir hier«, protestierte Hesi. Die Chrams waren loyale Leute.

»Wir sind nur gekommen, um ihn zu sichern.« Der Fontisianer hob eine große Hand. »Findet ihr es nicht merkwürdig, dass ein Sendeturm über so gut wie gar keine Sendetechnik verfügt? Hier sind nur Monitore.«

»Und?«

Der Fontisianer sah sich im Raum um. »Versteht ihr nicht? Die Information fließt herein. Nicht hinaus. Baut alles ab, aber packt so viel als Beweismaterial ein, wie ihr könnt. Nero hat Zugang zu persönlichen Würfeln in der ganzen Galaxie.«

Aly hatte sich immer für einen passablen Menschenkenner gehalten, aber der Fontisianer hatte ein absolutes Pokerface: ausdruckslos, wenn auch ein klein wenig hochnäsig, so, als würde er einen entweder beurteilen oder keinen *Taejis* darauf geben, sich ein Urteil über einen zu bilden.

Als er den Blick auf Aly richtete, waren seine grauen Augen genauso undurchdringlich. Schließlich steckte der Fontisianer sein Schwert in die Scheide. »Nicht unbeeindruckend, wie es Euch gelungen ist, die Droiden auszuschalten«, stellte er fest.

Aly war sich nicht sicher, woher der Typ wusste, dass er dafür verantwortlich war. Er zuckte nur die Achseln.

Der Fontisianer betrachtete die Trümmer der zerstörten Geräte, die den Boden übersäten. »Ihr habt Euch als recht …

zerstörungswütig erwiesen. Mir scheint, Euer Freispruch hat Eurem Wunsch nach Rache keinen Abbruch getan.«

»Toller Freispruch«, antwortete Aly verbittert. Er fragte sich, ob der Fontisianer die Serie *Die Revolutionäre* gesehen hatte oder nur die Fahndungsaufrufe in den Holos, die Aly verfolgt hatten, nachdem man ihm den Mord an Kaiserin Rhiannon in die Schuhe geschoben hatte. »Ich bin nur hier, um mir zu holen, was mir gehört.«

»Und das wäre?«

Mein Land. Meine Unschuld. Meinen Körper. »Gerechtigkeit«, sagte Aly. War das nicht der Sinn der WFK? Nero zu unterminieren und um Gerechtigkeit für diejenigen zu kämpfen, die sie verdienten? Es war einfach nur ein zusätzlicher Vorteil, dass er dabei die wilde Sau spielen konnte. »Ich bin hier, um diesen Krieg zu beenden.«

»Mit einem Angriff wird es nicht getan sein«, antwortete der Fontisianer. Aly hatte vergessen, dass das ihr Ding war – für Fontisianer war das Glas immer halb leer. »Ich bin Dahlen. Und ich suche Rekruten für eine Sondermission. Ihr solltet Euch mir anschließen.«

»Ist das ein Befehl?«

»Es ist eine Einladung.« Dahlen lächelte. Aly mochte sein Lächeln nicht besonders.

»Eine Einladung, weiterzukämpfen«, stellte Aly trocken fest. »Ich fühle mich geschmeichelt. Und darf ich fragen, worin diese Sondermission besteht?«

Dahlen blinzelte nicht. Er hörte auch nicht auf zu lächeln. »Wir werden Nero ausschalten.«

Aly sah sofort, dass er es ernst meinte. Er war sich nicht einmal sicher, ob Fontisianer überhaupt lügen konnten.

Aly dachte daran, wie Karas Augen im Licht die Farbe

wechselten. Wie sie mit ihrem Haar spielte, wenn sie nachdachte, und auf der Unterlippe kaute, wenn sie nervös war, und strahlte, wenn sie überhaupt einmal lächelte.

Kara: Das Mädchen, zu dem er nie *Es tut mir leid* gesagt hatte.

Das Mädchen, das wegen des Krieges gestorben war, den Nero angezettelt hatte.

»Dann nehme ich die Einladung an«, antwortete er. »Solange ich derjenige sein darf, der das Messer führt.«

11

Kara

Ralire wäre ein schöner Planet gewesen, wenn die Wildblumen nicht voller Blut gewesen wären. Wenn nicht überall Gefechte ausgebrochen wären. Trotz der Gefahr herrschte in der Hauptstadt Ralires reges Treiben. Die Menschen gingen ihren Geschäften nach, als würde kein Krieg vor der Tür stehen.

Kara zog sich einen *Duhatj* über den Kopf und hob die Hand, um eine Kapsel anzuhalten, die sich ihr auf der unbefestigten Straße zur Stadt näherte. Kara war noch befangener als sonst. Sie hatte ihr Gesicht nie wirklich gemocht, aber wer mochte sein Gesicht schon? Jetzt veränderte es sich. Erst heute Morgen hatte sie gesehen, dass ihre Wangenknochen breiter geworden waren und tiefer lagen. Ihr Gesicht war ihr fremd geworden. Alles war wild und neu, und sie wurde vorwärtsgetrieben von den Koordinaten, die sie zum Überschreiber führen sollten.

Sobald sie ihn gefunden hatte, konnte sie damit die Erinnerung an Josselyn Ta'an endgültig löschen. Nicht dass sie gewusst hätte, wie man den Überschreiber bediente oder auch nur, wie er aussah, aber das würde sie schon herausfinden – das gelang ihr immer. Es war wahrscheinlich ein kleines Gerät, so ähnlich wie ein Würfel. Sie wollte nicht darüber nachdenken, was passieren würde, falls sie sich irrte oder die Information sich nicht bestätigte oder die Spur kalt war.

Der Überschreiber musste hier sein – sie würde keine andere Möglichkeit akzeptieren.

Lydia hatte gewollt, dass sie ihn fand, der Lancier ebenfalls. Warum sollte die Nachricht sich sonst nur unter ihrer Berührung öffnen? Sie hatte ihre DNA gelesen. Wenn Lydia wollte, dass Kara den Überschreiber zerstörte, dann hatte sie dafür gesorgt, dass Kara ihn finden konnte.

Denn sie würde ihn zerstören. Gleich nachdem sie ihn benutzt hatte, um ihre Vergangenheit zu zerstören.

Der eisige Wind schnitt ihr ins Gesicht, der Schnee auf ihren Lippen war ein seltsamer Trost. Das, dachte Kara, als sie an Bord der Kapsel ging, war die erste Entscheidung, die sie je für sich selbst getroffen hatte. Hinter ihr wurde das Ärzteschiff zu einem kleinen weißen Leuchtfleck auf der grünen Fläche.

Die Kapsel erhob sich in den Himmel, und links von Kara erschien das Meer. Zusammen mit einigen anderen Passagieren, deren Namen sie nie erfahren würde, schoss sie auf das Zentrum der Stadt zu. Am Horizont tauchte ein Turm auf, er sah aus, als hätte ein Riese ein Messer in den Boden gerammt. Aus der Ferne sah sie die dunkle Ader von Kraftstoff, die in der Mitte emporlief, und darum herum ragten in verschiedenen Höhen Andockstationen heraus, die in der Sonne glänzten.

Ralires Lage im Orbit und die Lage der Hauptstadt auf dem Wasser hatten an der Basis der Tankstation eine ganze Wirtschaft geprägt und eine kompakte Stadt geschaffen, wo man von seltenen Pflanzen bis hin zu gestohlenen Motorteilen alles kaufen konnte. Einige der Ärzte hatten beiläufig die Idee lanciert, es sich mal anzusehen – die Vorräte neigten sich dem Ende zu, und als der Krieg sich in der Galaxie ausbreitete, gingen ständig die Notsender los. Sie kamen mit der Hilfe nicht mehr nach. Es gab nicht genug Leute, um auf jeden Notruf zu reagieren, sodass die freiwilligen Helfer sich nach einer Pause sehnten – nach einer Ablenkung von Tod und Zerstörung.

Nicola hatte sie jedoch alle davor gewarnt – das Letzte, was sie brauchten, war ein Herumtreiber, der ihnen für eine Zuckerpille die Taschen ausräumte oder schlimmer noch, sie mit Drogen fütterte, die sie von innen her verschlingen würden. *Auf Ralire wird alles verkauft*, hatte sie gesagt, und sie würde niemanden retten, der sich selbst in Schwierigkeiten brachte.

Aber Kara hatte keine Wahl. Sie wusste, dass die anderen nicht bemerken würden, dass sie fort war, vor allem nach der jüngsten Überraschung: Rhiannon hatte sich mit Nero verbündet. Die Schlagzeile war auf jedem Holokanal zu sehen und hatte die Leute in Aufruhr versetzt.

Kara würde nicht versuchen zu verstehen, was das bedeutete. Sie wollte auch gar nicht wissen, was es für Rhiannon hieß. Die Hälfte der Holosendungen taten nichts weiter, als Josselyn dazu zu drängen, an die Öffentlichkeit zu treten und zu retten, was man bereits als das Scheitern ihrer Schwester als Kaiserin bezeichnete.

Es war ein Grund mehr, warum Kara bei ihrer Mission Erfolg haben musste, und das schnell. Je eher sie die Erinnerung an Josselyn zerstörte, desto eher konnte ihre Schwester in Frieden regieren.

Die Kapsel setzte sie am Fuß des Tankturms ab. Die Koordinaten führten sie tiefer in die Stadt hinein, in den Lagerhausbezirk, wo früher für den äußeren Gürtel produziert wurde.

Sie schlang sich die Arme um den Leib und wünschte, sie hätte sich besser auf die Atmosphäre vorbereitet. Die frische Luft hatte für einen klaren Kopf gesorgt, aber der Lärm verwirrte sie wieder; Schiffe und Kapseln dröhnten über ihr, während ringsum ein unaufhörliches Stimmengewirr von Menschen aus dem ganzen System auf sie eindrang. Die beständige Reizflut machte es nicht besser. Neue Kopfschmerzen bahnten sich an. Der stechende Schmerz hinter ihren Augen bohrte sich immer tiefer in ihre grauen Zellen hinein.

Sie hatte aus der Medistation ein tragbares Positioniersystem mitgehen lassen. Es klickte leise in ihrer Hand und wärmte ihr mit seiner elektrischen Hitze die Finger.

Wolkenkratzer wichen niedrigen Ziegelbauten. Hier, im Lagerhausbezirk, waren die schmalen Gehwege von Verkaufsbuden gesäumt, und die aufdringlichen Straßenhändler drehten sie nach links und rechts und wieder nach links, um ihr Pflanzen, Tabletten und Ersatzteile für Motoren anzupreisen. Auf der Straße flogen Kapseln vorbei.

Für einen Moment wünschte Kara sich, Aly wäre bei ihr.

Als er sie auf dem Zeppelin gefunden hatte, war sie nicht mehr so einsam gewesen, als gebe jemand auf sie acht – und als hätte auch sie jemanden, auf den sie achtgeben konnte. Aber das war dumm von ihr gewesen, als könnte etwas Gutes geschehen, als könnte irgendetwas Gutes von Dauer sein.

Sie entfernte sich von den Hauptverkehrsstraßen und bahnte sich ihren Weg zu den Koordinaten durch eine klaustrophobisch enge Gasse, die ohne Vorwarnung auf einen belebten kleinen Platz führte. Er wimmelte von Händlern, die Schwarzmarktwaren verkauften, für die man auf jedem anderen Planeten verhaftet werden konnte. Verkäufer versprachen einem das High des Lebens und priesen lauthals Wundertechnologien an, die nur Fälschungen sein konnten. In der Ferne hörte Kara Livemusik, gebrüllte Rufe, pharmazeutisch verstärktes Geplapper. Die maroden Steingebäude, die den Platz umgaben, einst prachtvolle Fabrikanlagen, schienen jetzt Verzweiflung zu verströmen – zerschlagene Fenster, unaufdringliche Andeutungen käuflicher Gefälligkeiten im Inneren, von schwarzem Schimmel überzogenes Mauerwerk.

Kara hatte eine Gänsehaut von der Kälte, doch ihr Unbehagen ging tiefer. Hier sollte der Überschreiber sein?

Sie blieb stehen, als ein Mann mit einem Schlauch zwischen den Zähnen sie beinahe angerempelt hätte. Ein Benzinschlucker – er zapfte Treibstoff von einem angedockten Schiff ab und verkaufte ihn an Leute, die ein paar Credits sparen wollten.

»He, aufpassen!«, rief sie ihm nach.

Ein Kind, eine kleine Miseu mit gelber Haut und schmalem Oberkörper, streifte sie und lief wackelig davon. Sie hatte ein Bündel Taschen mit leuchtend bunten Pulvern unter den Arm geklemmt.

»Nicht so stürmisch, Kleine«, sagte Kara, obwohl das Mädchen längst fort war und sie nicht mehr hören konnte. Sie wollte sich gerade das Puder abwischen, das auf ihren Arm gelangt war, als jemand sie am Handgelenk packte und grob zurückriss.

Sie hatte kaum Zeit, die WFK-Uniform zu bemerken, als Issa sie auch schon an die Wand presste.

»Wollt Ihr Euch umbringen lassen?«, fragte Issa.

»Ich könnte Euch das Gleiche fragen.« Kara deutete mit dem Kopf auf die Stiche an Issas Hals und schob ihre Hände weg. Die Soldatin lockerte den Griff. »Freut mich, Euch gesund und munter zu sehen«, sagte Kara nicht besonders liebenswürdig, obwohl sie wirklich froh war, Issa wiederzusehen. Die Leute drängten sich an ihnen vorbei, ohne sie zu beachten oder sich auch nur für sie zu interessieren. »Seid Ihr mir hierher gefolgt?«

»Vielleicht war ich in derselben Kapsel wie Ihr.« Ein verletzlicher Ausdruck huschte über Issas Gesicht und verschwand wieder. »Ich meine, ja.« Kara wedelte mit der Hand, damit sie weitersprach. »Was ist letzte Nacht passiert? Nach der Operation. Haben wir … geredet?«

Jetzt verstand Kara: Issa machte sich nur Sorgen über das, was sie enthüllt hatte. »Eigentlich nicht«, antwortete sie. Es war nicht nötig, Issa zu zwingen, ihr Geständnis noch einmal zu durchleben. Kara wertete ohnehin nicht.

Issa wirkte erleichtert. Sie wandte den Blick ab und blinzelte in die untergehende Sonne. Kara drehte sich der Magen um, als sie die immer noch frische Wunde an ihrem Hals sah, dort, wo Issa versucht hatte, sich den Würfel herauszureißen.

»Ihr habt etwas über Anfälle gesagt, oder dass ich behaupten solle, welche zu haben.«

»Hat jemand danach gefragt?« Panik durchzuckte Kara.

»Nein. Ich habe mich rausgeschlichen, bevor jemand gemerkt hat, dass ich wach war.« Issa sah sie an. »Was habt Ihr ihnen erzählt?«

»Dass Ihr einen tödlichen Krampfanfall erleiden würdet, wenn sie den Würfel wieder einschalten.«

»Dann haben sie den Würfel Euretwegen abgeschaltet?«, fragte Issa. Kara zuckte die Achseln. »Woher habt Ihr überhaupt gewusst, dass das funktionieren würde?«

»Meine Mom ist …« Kara unterbrach sich und schluckte hörbar. »Meine Mom war Neurowissenschaftlerin.«

»Und Ihr habt von ihr einfach so ein bisschen Fachwissen aufgeschnappt?«, entgegnete Issa. Sie sah sich um, und für einen Augenblick schwiegen sie. »Na jedenfalls, danke. Dass Ihr den Ärzten gesagt habt, was sie tun sollen. Und dafür, dass Ihr da wart.« Sie drehte sich wieder zu Kara um und deutete auf ihren leuchtend weißen Ärztekittel. »Niemand sollte hier allein reisen, erst recht kein kalusianisches Mädchen.«

»Sehe ich so aus, als würde ich einen Babysitter brauchen?« Aus irgendeinem Grund fühlte Kara sich angegriffen, obwohl Issa erst am Tag zuvor eine Patientin in ihrer Obhut gewesen war, schwach und halb tot.

»He, ist ja gut. Ich sage doch nur, dass manche Leute nicht gerade begeistert davon sind, dass Kalu einen Krieg beginnt und Soldaten über jedem Stück Land abspringen lässt, das sie erreichen können«, erwiderte Issa. »Und überhaupt, betrachtet es nicht als Babysitter. Seht es eher so, dass ich Euch Rückendeckung gebe. Es ist das Mindeste, was ich tun kann, da Ihr mir das Leben gerettet habt.«

»Um ehrlich zu sein, hätte ich Euch beinahe umgebracht«, gestand Kara.

»Aber Ihr habt es nicht.« Issas Augen brannten sich mit einer eigenartigen Intensität in ihre. Kara fragte sich, wie es wäre, sich der Selbstjustiz zu verschreiben – ständig nach Möglichkeiten zu suchen, Bedürftigen zu helfen, bereit zu sein, das eigene Leben für die Sicherheit anderer zu opfern. Ein solcher Mut schien ihre Vorstellungskraft zu übersteigen, und das beschämte sie.

Issas Gesichtsausdruck verwandelte sich in ein Lächeln, dann in ein ausgewachsenes Grinsen. »Außerdem war ich selbst hierhin unterwegs. Jetzt, da mein Würfel tot ist, brauche ich etwas Altmodischeres, um mit dem Rest der Mannschaft zu kommunizieren. Etwas, das die Uni nicht aufspüren kann. Ich dachte an ein drittes Auge.«

Kara kannte die Geräte; sie wurden I-3er genannt, Lydia hatte eins besessen. *Aus sentimentalen Gründen,* hatte sie immer gesagt. Man trug das klobige Ding um den Hals. Es lag bei ihnen im Regal und setzte Staub an, und Kara wollte es immer verstecken, wenn Besuch kam. Es hatte nicht cool und retro ausgesehen, sondern einfach nur veraltet und peinlich. Aber jetzt fragte sie sich, ob Lydia das Teil nicht vielleicht für irgendetwas benutzt hatte, ob es Geheimnisse gab, die sie mit den anderen G-1T-Wissenschaftlern ausgetauscht hatte …

Kara wurde von dem plötzlichen Drang überwältigt, Issas Hilfe, ihr Lächeln und ihre Freundlichkeit anzunehmen. Sie wollte alles gestehen: wonach sie suchte, was es bedeutete, was sie auf ihrem Weg verloren hatte. Aber sie wusste nicht, ob sie Issa trauen konnte oder nicht. Und außerdem würde sie sie verlassen, genau wie alle anderen.

»Ich komme gut allein zurecht«, erklärte Kara.

Issa zuckte die Achseln. »Wie Ihr meint«, antwortete sie, als zweifle sie an jedem Wort, das Kara gesagt hatte. »Dann sehe ich Euch auf dem Schiff wieder?«

Kara nickte. Sie konnte nicht sprechen – sie hatte Angst, dass sie Issa sonst bitten würde zu bleiben, nur damit sie nicht so allein war. Sie sah Issa nach, wie sie in der Menge verschwand, und unterdrückte den Impuls, sie zurückzurufen. Sie musste allein sein. Die Nachricht war nur für sie bestimmt.

Kara griff in die Tasche nach dem Zylinder und verspürte einen Stich der Panik. Er war weg.

Sie schluckte ihre Nervosität herunter und ließ den Blick über den kleinen Platz schweifen. Wie hatte sie so unvorsichtig sein können? Hatte sie ihn fallen lassen? Hatte ihn jemand gestohlen? Wenn Lydia für ihre Forschung Pflanzen durchsah, suchte sie nach Anomalien. Kara entspannte sich und die vielen einzelnen Menschen und die bunten Buden lösten sich in bloße Umrisse auf. Dann lösten sich auch diese Umrisse in Muster auf.

Und schließlich stieß sie auf eine Seele, die angespannt wirkte. Die sie zu beobachten schien. Es war die kleine Miseu. Für den Bruchteil einer Sekunde trafen sich ihre Blicke. Dann drehte das Mädchen sich um und rannte davon.

Mit klopfendem Herzen drängte Kara sich zwischen den Menschen vor den Verkaufsständen hindurch und erhaschte einen Blick auf das kleine Mädchen, nur um es wieder zu verlieren. Es überquerte die Straße, und Kara stieß einen Schrei aus, als die Miseu einer vorbeischießenden Kapsel aus dem Weg sprang. Kara wollte ihr folgen, aber mehrere Kapseln zischten dicht hintereinander an ihr vorbei. Sie teilte ihre Aufmerksamkeit zwischen dem herannahenden Verkehr und dem Mädchen auf, das in einem Haus auf der anderen Straßenseite verschwand. Als Kara freie Bahn hatte, lief sie hinter ihm her.

Dem Gebäude, das die Miseu betreten hatte, war nicht anzusehen, welchem Zweck es diente; es wirkte nicht einmal bewohnt. Kara ging durch einen einstmals prachtvollen Ziegelbogen und stieß eine schwere Tür auf.

Drinnen war es kälter als draußen. Als Kara den Blick durch das Gebäude schweifen ließ, tat sich ihr eine völlig andere Welt auf. Vor ihr lag eine Fabrik mit laufendem Betrieb. In der spärlich beleuchteten Fertigungshalle saßen Hunderte vornübergebeugte Arbeiter in mehr Reihen, als Kara zählen konnte. Sie blickten nur kurz zu ihr auf und wandten sich dann wieder der winzigen Einzelheit zu, für die sie zuständig waren. Fließbänder zogen sich durch das gewaltige Erdgeschoss und in regelmäßigem Abstand war das Zischen entweichender Druckluft zu hören.

Kara trat an einen der Arbeiter heran, um einen näheren Blick auf sein Werkstück zu werfen. Sie sah sofort, dass er ein drittes Auge fertigte. Hier wurde Kommunikationstechnologie hergestellt für Leute, die keine Würfel hatten oder sich keine leisten konnten.

Die kleine Miseu rannte eine Wendeltreppe in der hinteren Ecke hoch und Kara folgte ihr.

Das obere Stockwerk war ein Labyrinth. Vorhänge teilten private Nischen ab; Kara begriff zu spät, dass sie durch die Schlafstätten der Arbeiter trampelte. Sie hüpfte weiter, blieb immer wieder stehen und versuchte, die Leute nicht zu stören. Aber sie verhedderte sich in den Vorhängen und weckte viele Seelen auf. Sie konnte keine Logik hinter der Anlage des Flurs erkennen, er schien sein eigenes System zu haben. Kara jagte weiter dem kleinen Mädchen nach. Sie sah, dass die Miseu um eine Ecke bog, und folgte ihr, bis sie am Ende eines langen, dunklen Ganges stehen blieb.

Das Mädchen trat durch eine Tür, die mit lautem Knall hinter ihm zuschlug. Kara stand am anderen Ende des Flurs und ein Frösteln überlief sie. Sie kämpfte gegen den Instinkt an, sich umzudrehen. Sie musste ihren Zylinder wiederhaben. Sie brauchte den Code, um sich Zugang zum Überschreiber zu verschaffen.

Was, wenn der Überschreiber hier war?

Der Türklopfer fehlte – wahrscheinlich gestohlen. Kara pochte stattdessen leicht mit dem Fingerknöchel an. Einen Augenblick später tat sich ein kleines, verborgenes Fenster auf, und ein Paar leuchtende graue Augen spähten zu ihr heraus.

»Kalusianisches Mädchen«, sagte der Mann anstelle einer Begrüßung. »Du siehst aus, als ob du Hilfe bräuchtest.«

»Nein.« Oder war es ein *Ja?* Sie schaute den Flur hinter sich entlang. Da war nichts. Allerdings kam er ihr jetzt länger vor. Normalerweise war sie eine gute Blufferin und Lügnerin, aber ihr Selbstbewusstsein war im Keller. Ihr schwirrte der Kopf. Sie drehte sich um und wusste nicht, was sie sagen sollte außer der Wahrheit. »Der Lancier hat mich geschickt.«

Ohne ein weiteres Wort schob der Mann das Guckloch mit einem endgültig klingenden Klicken zu.

Kara taumelte zurück und zog ihre Jacke fester um sich. Plötzlich war ihr kalt, und sie fühlte sich nackt und verletzlich. Am anderen Ende des Flurs schaute ein Derkatzianer in einem übergroßen Mantel in ihre Richtung. Seine gelben

Augen leuchteten im Licht auf. Sie wandte sich in die andere Richtung. Ein Chram, der an der Wand lehnte, senkte schnell den Blick – aber nicht so schnell, dass ihr nicht klar wurde, dass er sie beobachtet hatte.

Kara hatte plötzlich das drängende Gefühl, einen Fehler gemacht zu haben.

Sie sollte nicht hier sein. Sie sollte gehen, verschwinden, mit der Dunkelheit hinter sich verschmelzen. Sie floh aus dem Korridor, schoss zwischen Räumen hindurch, während der Chram ihr zu folgen schien, bis sie schließlich auf den Platz hinausstürzte. Ihr blieb das Herz stehen, als sie keine zwei Meter entfernt Issa erblickte – sie trug jetzt ein drittes Auge, fast genau wie das, an das sie sich aus ihrer Kindheit erinnerte.

»Habt Ihr gefunden, was …?« Issa unterdrückte einen überraschten Aufschrei, als Kara sie grob am Arm packte. Ihr Herz setzte einen Schlag aus – ein Mann in einer weißen Robe starrte sie an. Kara sah sich verstohlen um. Auf der anderen Seite des Platzes beobachtete sie ein zweiter Mann. Wie viele waren es?

»Ich glaube, ich habe einen Fehler gemacht.« Panik übermannte sie. Dann erspähte sie eine schmale Straße zwischen den Gebäuden. Sie betete, dass sie sie zu einer Kapsel führen würde, die sie zum Schiff zurückbrachte, und zerrte Issa in ihre Richtung.

»Was zum *Choirtoi* ist hier los?«, zischte Issa mit leiser Stimme. Aber Kara spürte, dass sie keine Antwort erwartete. Auch Issa hatte die Gefahr gespürt.

Sie schossen um die Ecke, nur um festzustellen, dass sie in eine Sackgasse geraten waren, aus der sie nicht mehr herauskamen. Am Ende der Gasse war bereits eine Silhouette aufgetaucht und wartete. Sie hatten per Würfel kommuniziert. Einem vernetzten Feind konnte Kara nicht davonlaufen.

Sie wirbelten herum und versuchten, sich zum Eingang der Gasse zurückzuziehen, die hinaus auf den Platz führte. Sie waren ganz nah; sie rannten an Fenstern entlang und sahen, dass die Menge auf dem Platz sich verlief, während die Sonne sich dem Horizont näherte. Kara konnte ihre Verfolger jetzt leichter erkennen, viele von ihnen lungerten immer noch an den Ständen herum und taten so, als seien sie Kunden.

»Hier lang«, drängte Issa leise. Sie verstand, sie hatte sie auch gesehen. Es war also keine Einbildung.

Issa zog Kara zu einer weiteren Gasse, die hinter einem Vorhang verborgen lag, und stürzte hinein. Kara kämpfte kurz mit dem schweren Stoff, dann folgte sie ihr.

Das Erste, was sie sah, war Issa, die mit einem Kerl rang, der fast doppelt so groß war wie sie. Karas Herz tat einen Satz, als Issa einen schweren Schlag auf den Kopf bekam. Sie taumelte zur Seite, hustete und hielt sich die Brust, als hätte sie dort Schmerzen.

»Lauft!«, keuchte Issa.

Aber stattdessen eilte Kara auf Issa zu. Jemand trat ihr von hinten in die Kniekehlen, und als sie fiel, bekam sie einen groben Sack über den Kopf gestülpt. Ein beißender, synthetischer Geruch drang ihr in die Nase.

Kara kämpfte wie wild. Ihr Fuß traf Fleisch, aber anstatt sie loszulassen, packte ein weiteres Paar Hände sie an den Handgelenken und fesselte sie. Kara dachte an Aly – was hätte er getan, wenn er hier gewesen wäre? Aber er war nicht da, rief sie sich ins Gedächtnis. Er war nicht da.

»Lasst das«, zischte jemand. Eine Frauenstimme.

Kara wollte schreien, doch als sie den Mund aufmachte, stieß man ihr einen Knebel in den Hals.

»Wir werden Euch nichts tun«, flüsterte ihr eine andere Stimme ins Ohr. *»Prinzessin Josselyn.«*

12

Rhiannon

Es war eine Woche vergangen, seit Dahlen Rhee verlassen hatte, eine Woche, seit sie sich öffentlich mit Nero verbündet hatte. In dieser Zeit waren sie und Nero zu verschiedenen Übereinkünften gekommen, die sie später am Tag in einer gemeinsamen Sendung verkünden wollten: Sowohl Kalu als auch Fontis würden sich aus neutralen Gebieten zurückziehen, der Luftverkehr im Relia-Quadranten würde wiederaufgenommen werden, und beide Kriegsparteien hatten eine Feuerpause über wraetanischem Luftraum vereinbart.

Für den Moment wahrte Rhee die Fassade einer geeinten Front.

Und bis jetzt hatte es funktioniert.

Wie bei allem, was Nero anfasste, schnellte ihre Popularität in die Höhe.

Nun, sie schnellte nicht gerade in den Himmel, doch die

Holos hatten wohlwollend über sie berichtet. Ihre Beliebtheit stieg. Und obwohl Rhee es nicht ertragen konnte, in den Holos ihr eigenes starres Lächeln zu sehen und endlose Wiederholungen steif formulierter Stellungnahmen zu hören, war sie mit der Zeit immer mehr davon überzeugt, dass die Entscheidung – ihre Entscheidung – notwendig gewesen war.

Zum ersten Mal seit Beginn des Krieges hatten sich die Vereinten Planeten bereit erklärt, in Sibu zusammenzukommen, um über die Bedingungen für ein intergalaktisches Abkommen zu sprechen. Auch das war ein Ergebnis von Neros Diplomatie, vor allem von seiner Ankündigung, seine Truppen aus dem Gebiet um Wraeta abzuziehen. Schon bald, so hoffte Rhee, würde sie genug Frieden und genug Vertrauen in die Ta'an-Dynastie wiederhergestellt haben, dass sie Nero für immer loswerden konnte.

Für den Moment tobte der Krieg noch und verwüstete kleine Teile des Systems, die mit jedem Tag größer und unberechenbarer wurden. Die Explosion auf Nau Fruma. Zahlreiche weitere Explosionen im äußeren Gürtel. Ein paar Gefechte, die irgendwie immer in der Nähe von Friedenstruppen der UniForce ausbrachen. Rhee schauderte und fragte sich, wo sich der Stachel der Gewalt sonst noch hineingebohrt hatte.

Genauso langsam und unerwartet hatte sie die Einsamkeit beschlichen. Sie ertappte sich dabei, wie sie die Münze zwischen den Knöcheln balancierte und sie wie Dahlen vom Zeigefinger bis zum kleinen Finger wandern ließ. Sein Weggang war wie ein plötzlicher Stich. Am Anfang war es leicht gewesen, nicht auf den Schmerz zu achten, doch als er sich wie eine Infektion in ihr ausgebreitet hatte, war es zu spät gewesen.

Es war ein anderer Schmerz als die Trauer um ihre Eltern. Diese Wunde war unleugbar groß, aber Rhee hatte ihre Blutung gleichsam mit dem Versprechen auf Rache stillen können. Wie sie jedoch den Trennungsschmerz von Dahlen überwinden konnte, wusste sie nicht. Sie hatte ihn schließlich selbst herbeigeführt.

Rhee schaltete das Holo aus. Sie hatte darauf bestanden, dass die Wachen Abstand hielten. Sie konnte die Vorstellung nicht ertragen, dass ein Fremder Dahlens Platz einnahm; es machte seine Abwesenheit nur noch spürbarer.

Schweigen, so dick wie Rauch von einem Feuer, erfüllte den Raum. Dann verspürte sie ein kurzes Unbehagen: das Gefühl, beobachtet zu werden.

Sei nicht so ein Angsthase. Doch bei allem, was passiert war, war ihre Nervosität durchaus angebracht. Obwohl Nero scheinbar Maßnahmen zu ihrem Schutz ergriff, traute sie ihm so ziemlich alles zu. Er konnte sie immer noch ermorden lassen und die Schuld einfach jemand anderem in die Schuhe schieben, wie er es schon einmal getan hatte. Vielleicht waren die Verhandlungen ja nur ein Spiel. Rhee tröstete sich damit, dass Lahna draußen vor ihrer Tür postiert war.

Während sie allein dagesessen und sich die Holos angeschaut hatte, war die Sonne untergegangen. Mondlicht von Nau Fruma lugte durch die Lamellen der Balkontür und überzog den dunkel gefliesten Boden mit Lichtstreifen.

Wieder bekam sie von dem Gefühl, beobachtet zu werden, eine Gänsehaut. Sie durfte der Paranoia nicht nachgeben. Durfte nicht schwach wirken.

Rhee ging zur Balkontür und sehnte sich nach etwas, das sie nicht benennen konnte. Obwohl man ihr davon abriet, nach draußen zu gehen – die Zahl der Drohungen gegen ihr

Leben war nicht gering, wie Dahlen gesagt hätte –, tippte sie einen Code in das Tastenfeld neben der Tür. Gehorsam ging sie auf. Mondlicht strömte herein. Kalte Luft umhüllte sie, und der Duft der Rosen im Garten – dem Garten ihrer Mutter – wehte in den Raum.

Aus dem Augenwinkel sah sie das Huschen eines Schattens. Sofort übermannte sie ihre Angst. Sie wich von der Balkontür zurück und schloss sie mit einem Schlag auf den Knopf. Angestrengt spähte sie in die dunklen Ecken ihres Gemachs. Wie ein Angsthase, dachte sie wieder, wie ein kleines Mädchen, das Angst im Dunkeln hat. Aber jetzt hatte sie Veyrons Messer in den Falten ihrer Robe.

Dann, sobald sie ihren Griff um den Dolch gelockert hatte, glitt die Balkontür ein zweites Mal auf.

Ein Schatten schwebte über den Boden und Rhee stürzte sich auf ihn. Sie schwang das Messer, aber nicht schnell genug. Der Angreifer schlug es ihr aus der Hand. Die Abwehrbewegung war ihr vertraut, die Art, wie der Eindringling zurückwich, wie er mit der linken Hand in weitem Bogen zum Schlag ausholte. Plötzlich blieb ihr der Atem weg.

»Julian?«, rief Rhee dem Schatten zu.

Er trat ins Licht und zog die Kapuze zurück. Sein sandfarbenes Haar war jetzt länger, und obwohl nur wenige Wochen seit der Nacht unter dem Meteoritenschauer vergangen waren, sah er älter aus. Der Schnitt seines Kinns, der Schwung seiner Brauen, irgendetwas war anders. Ihr wurde warm ums Herz. Jede Angst schmolz dahin. Ihr Puls beschleunigte sich vor Aufregung, vor Erwartung. Er war endlich gekommen.

Bis ich dich das nächste Mal sehe, hatte er an dem Tag auf Nau Fruma gesagt, als sie sich getrennt hatten. Damals waren die Sterne auf sie herabgeregnet.

»Du hast meine Nachrichten erhalten …« Rhee trat unwillkürlich auf ihn zu und bekam die Quittung. Jetzt war es an ihm, loszustürzen und sie gegen die Kommode zu drücken. Sie versuchte, um Hilfe zu rufen, aber er dämpfte ihren Schrei grob mit der Hand.

Sie drehte sich nach rechts, aber er sah es voraus und fing sie ab, hielt sie an den Unterarmen fest. *Er weiß es,* dachte Rhee. Er wusste über Veyrons Tod Bescheid. Sie entwand ihm den linken Ellbogen, aber wieder fing er ihn geschickt; es war ohnehin eine Finte, um ihm die Beine um den Leib zu schlingen, aber er packte ihre Beine mühelos und drehte Rhee auf die Seite, als habe er gewusst, was kam – denn so war es.

Er hob sie hoch, drückte ihr den linken Unterarm an den Hals und knallte sie gegen den Kleiderschrank. Mit dem rechten Arm hielt er ihr linkes Handgelenk fest.

Rhee kannte diesen Tanz. Sie beherrschte ihn im Schlaf, hatte ihn schon tausendmal getanzt. Sie konnte kaum atmen, obwohl das wenig mit dem Arm an ihrem Hals zu tun hatte.

Der Größenunterschied war ungewohnt – war Julian in der kurzen Zeit zwischen Nau Fruma und jetzt gewachsen? Wenigstens hatte sich nicht alles verändert; es war klar, dass er immer noch Linksausleger war. Bei ihrem letzten Übungskampf hatte er sie in dem gleichen Griff gehalten. Damals hatte Rhee nicht aufgeschaut – sie hatte Angst gehabt, dass er sie küssen würde.

Jetzt hatte sie Angst, dass er etwas viel Schlimmeres tat. Diesmal schaute sie auf, aber die Dunkelheit verbarg Julians klare blaue Augen – die Augen, die ihr früher alles gesagt hatten, was sie wissen musste, noch bevor er sprach. Sie spürte seine Wärme. Es war neu, unergründlich und beängstigend, wie er über ihr stand. Ihr bester Freund. Der Junge, mit dem sie auf Nau Fruma durch die Sanddünen gerannt war, von dem sie sich verabschiedet hatte, als es vom Himmel Steine und Feuer geregnet hatte.

»Hast du gedacht, ich würde es nicht herausfinden?« Seine Lippen streiften ihr Ohr.

Rhee kniff die Augen zusammen. Er war gekommen, um sie für das büßen zu lassen, was sie getan hatte. Ein Bild blitzte in ihrer Erinnerung auf, körperlich und organisch: Julians Vater, Veyron, blutend von ihrer Hand.

Er weiß es nicht, dachte sie.

Er wusste nicht, dass Veyron vorher versucht hatte, sie zu töten.

Julian drückte ihr den Unterarm fester an die Kehle und quetschte ihr die Luftröhre zusammen. Da, wo sie sich berührten, wurde ihr warm, sammelte sich der Schweiß: Handgelenk, Arm, Oberschenkel. Sie begriff, dass er wirklich da war, um sie zu töten, dass die vielen gemeinsamen Momente angesichts von Veyrons Tod bedeutungslos waren. Hielt sie ihre Freundschaft für so stark, dass sie sie immun machte? *Hältst du dich für was Besonderes?*, hatte jemand in der Menge auf Tinoppa geflüstert, als sie sich auf Seotra gestürzt hatte in dem unüberlegten Versuch, ihn zu töten.

»Weißt du noch, was er immer gesagt hat?«, fragte Julian. »Dass du nicht taktisch denkst. Du reagierst. Im Kampf hast du nie die Nase vorn.«

»Halt den Mund.« Rhee schob die freie Hand in die Falten ihrer Robe, bis ihr einfiel, dass er ihr das Messer aus der Hand getreten hatte. War sie bereit, ihn zu erdolchen, so wie seinen Vater? *Wir sind Freunde.* Der Gedanke raste durch die Windungen ihres Gehirns. Julian wollte, dass sie starb. Warum machte sie das so fertig, obwohl sie nur zu gut wusste, dass der Wunsch nach Rache mächtiger war als Freundschaft, Vernunft und Liebe? Hatte sie nicht das Gleiche getan und einen Mann für die Taten eines anderen verantwortlich gemacht? Rhee sammelte sich. Dieser Kampf musste wie eine Schlacht ausgefochten werden.

»Er hat auch gesagt, ich sei anmutig, während du unbeholfen seist«, antwortete sie Julian jetzt. »Wie hat er dich noch gleich genannt? Uninspiriert.«

Julian verstärkte den Druck. »Weißt du, was uninspiriert ist? Diese Scharade, deinen Thron zurückzugewinnen, ist uninspiriert. Ihn zu töten, war uninspiriert. Sich mit Nero zusammentun? Uninspiriert.«

Tränen schossen ihr in die Augen, obwohl sie sich nicht sicher war, ob sie vom Schmerz herrührten oder von Julians Worten. Aber es war alles wahr, oder etwa nicht?

»Hast du deshalb meinen Vater getötet?«, flüsterte er. »Weil er dich durchschaut hat? Weil er wusste, wie machthungrig du in Wirklichkeit warst?«

»Nein.« Sie war beinahe froh darüber, dass sie nicht mehr herausbrachte – ihre Würde und ihre Entschlossenheit schwanden mit jeder Sekunde, die sie ihn anschaute. Denn sie konnte den Hass in seinen Augen sehen und in ihrer Erinnerung sah sie auch Veyrons Blut, das über ihr Messer, ihre Hände und ihren Umhang floss. Hätte sie längst auf den Knien um Vergebung gefleht, wenn Julian sie nicht gegen den Schrank drücken würde?

Aber nein – sein Vater hatte versucht, sie zu töten.

»Warum dann?«, zischte er.

Er wusste nicht, dass Veyron derjenige gewesen war, der

sie verraten und vor ihr ein Abkommen mit Nero getroffen hatte – ein Abkommen, Rhee zu vernichten und ihre Übernahme des Throns zu verhindern. Sie konnte es ihm jetzt sagen, es richtigstellen. Aber wozu? Um ihren Namen reinzuwaschen für den unwahrscheinlichen Fall, dass Julian sie verschonte? Es würde nur seine Erinnerung an Veyron beschmutzen und sie in etwas Unehrenhaftes und Finsteres verwandeln. Der Vater, der Trainer, der Loyalist – er würde verschwinden.

Rhee hatte bereits Julians Vater getötet. Sie konnte nicht auch noch die Erinnerung an ihn töten.

Stattdessen rammte sie Julian mit der Hüfte. Er hatte nur ganz leicht nachgegeben und überraschend den Griff um ihr Handgelenk gelockert. Sie riss die rechte Hand aus seinen verschwitzten Fingern und stieß ihm schmerzhaft den Ellbogen in den Hals. Keuchend stolperte er zurück. Rhee hob das Messer vom Boden auf und richtete es auf ihn. Julian kochte vor Wut und konzentrierte sich auf alles, was er zu wissen glaubte.

Sie standen jetzt einen Meter voneinander entfernt. Er zog seine eigene Waffe hinten aus dem Hosenbund. Es war ein Beil, klein und kompakt. Sie durchforstete ihre Erinnerung. Er hatte es früher im Gewächshaus benutzt oder im Garten, um Steine auszugraben. Ihr schwirrte der Kopf von dem Drang, sich an diese vollkommen unwichtige Einzelheit zu erinnern, als wünsche sie sich verzweifelt, weit, weit zurückzugehen.

»Dieses Messer gehört dir nicht«, sagte er und deutete mit dem Beil auf Veyrons Klinge. Was er sagen wollte, war: *Es gehört mir.*

Sie drehte es in der Hand hin und her. Eine angeberische,

dickköpfige Geste, obwohl ihr das Herz brach. »Komm doch und hol es dir«, sagte Rhee. Plötzlich stieg eine weitere organische Erinnerung in ihr auf. Am Ufer hatte sie einen Krabbenpanzer gefunden, vollkommen unversehrt. Rhee hatte ihn in die Sonne gehalten und bewundert, als Julian ihn ihr aus der Hand gerissen hatte und in den Fluss gesprungen war. *Komm doch und hol ihn dir,* hatte er ihr zugebrüllt, während sie sich aus dem Zeremonialkleid geschält hatte, um ihm nachzuspringen.

Sie durfte nicht an so etwas denken, nicht an Julian, ihren Julian. Im Dojo hatten sie sich nie zurückgehalten. Je mehr Können und Ausdauer man mitbrachte, desto mehr Respekt zeigte man seinem Gegner. Beide Kämpfer mussten sich gegenseitig wirklich herausfordern, um besser zu werden. Aber ihre Übungskämpfe waren nie in Gewalt ausgeartet. Es war nie ums Siegen gegangen und darum, dem anderen wehzutun.

Aber heute Nacht war es anders.

Wenn Julian hier war, um seinen Vater zu rächen, würde er kämpfen bis auf den Tod. Und Rhee würde ihm diese Ehre nicht nehmen. Sie hatte nur eine Möglichkeit. Sie konnte es sich nicht leisten zu sterben – nicht jetzt, nicht mit der Bedrohung, die Nero darstellte. Sie war die Kaiserin. Sie war zurückgekehrt, um zu herrschen, um die Verantwortung zu übernehmen und das Vermächtnis zu leben, in das sie hineingeboren worden war.

Und das bedeutete, dass Julian in dieser Nacht sterben würde.

Ohne sie aus den Augen zu lassen, kam er näher und wich aus, als Rhee zustach. Sie verfehlte ihn nur knapp. Er war bloß ein Schatten, sagte sie sich. Ein Gegner. Sie umkreisten ihr Bett. Er schwang die Axt, Rhee wich zur Seite aus, und das Beil grub sich in den Holzpfosten hinter ihr. Das Geräusch von berstendem Holz erschreckte sie; ihr war nicht bewusst gewesen, dass sie wie im Dojo in fast vollkommener Stille gekämpft hatten. Rhee huschte zurück, und Julian zerrte an der Axt, er bekam sie nicht frei.

Rhee meinte, Schritte im Flur zu vernehmen. Jemand hatte sie gehört. *Lahna,* dachte sie. *Lahna und ihr Bogen.*

»Julian«, versuchte Rhee es, aber er ließ mit dem geschützten Arm die Faust vorschnellen; Rhee stach wild auf ihn ein. Sie wusste nicht, ob sie ihn verletzt hatte. Er rammte ihr den Unterarm in den Ellbogen, um sie zu entwaffnen, und das Messer fiel klappernd zu Boden.

Sie stürzten sich beide hinterher. Rhee landete auf ihm. Als er endlich das Messer zu fassen bekam, schlug sie ihm in die Rippen. Dann prallte sie zurück, als er das Messer mit voller Wucht auf sie zusausen ließ, und wehrte sein Handgelenk mit dem Unterarm ab. Die Klinge war so nah, dass sie von ihrem Atem beschlug.

Er war stärker als noch vor wenigen Monaten. Früher hatte sie ihn oft im Kampf besiegt.

Plötzlich kam ihr der Gedanke, dass er sie vielleicht die ganze Zeit über hatte gewinnen lassen.

Julian. Ihr Julian. Mit einem Mal schien sein Gesicht sich in der Dunkelheit zu verfestigen. Sie hatte es so oft in ein breites Lachen ausbrechen sehen, doch nun war der Mund grimmig verzogen. Die Nase, die sie ihm gebrochen hatte, als sie sieben Jahre alt gewesen waren und sie ihren ersten Treffer gelandet hatte, nachdem er sie geneckt hatte, dass sie nicht boxen könne.

Rhee schwang sich seitlich von ihm weg und brachte ihn

aus dem Gleichgewicht. Sie schnappte sich das Messer und hielt ihn unter sich fest. Dann setzte sie ihm die Klinge an den Hals.

Sie keuchten. Das Mondlicht drang in den Raum, und sie sah, wie sehr er sich in den wenigen Wochen verändert hatte. Sein Kinn war im Zorn kantiger geworden. Sein verwuscheltes blondes Haar war nass und klebte ihm an der Stirn.

Rhee konnte nicht anders; sie strich es ihm aus dem Gesicht. Und da war das Blau in seinen Iris. Elektrisch. Die Farbe des Himmels, von dem sie geträumt hatte.

Julian. Ihre Freundschaft hatte ihr das Leben gerettet. Er war der einzige Mensch, der ihr jemals wie eine Erweiterung ihrer selbst vorgekommen war. Wenn Julian da war, war sie nie einsam gewesen. In Wahrheit war er der Einzige, der sie ertragen konnte. Jetzt spürte sie nur die Wärme seines Körpers, den Hass in seinem Blick. Er wollte, dass sie starb.

Nein, er wollte sie bestrafen.

»Was ist?«, fragte er. Die Klinge zitterte in ihrer Hand. »Tu es.«

»Sei still«, flüsterte sie. Sie erinnerte sich daran, wie er sie früher angefeuert hatte – wie er von vorn nach ihr gerufen hatte, damit sie schneller schwamm oder lief. Er erwartete von ihr, dass sie ihr Bestes gab, dass sie ihm ebenbürtig war. Rhee dachte an den Sommer, in dem sie die Nachmittage damit zugebracht hatte, einen Handstand zu üben. Er war da gewesen und hatte irgendwelche Fakten heruntergerasselt, damit sie abgelenkt war und leichter das Gleichgewicht behielt.

»Das ist dein Vermächtnis, Rhiannon«, sagte er. Die Tonlosigkeit in seiner Stimme traf sie mehr als jede Beleidigung.

»Krieg. Tod. Treulosigkeit. Wären die Ahnen nicht stolz auf dich?«

»Ich sagte, *sei still.*« Als man sie nach dem Tod ihrer Eltern nach Nau Fruma geschickt hatte, hatte er sie in die Dünen gejagt. Als sie geschrien hatte, hatte er auch geschrien. Sie waren so jung gewesen und hatten gebrüllt, bis sie heiser waren, hatten die Ungerechtigkeit des Ganzen herausgeschrien. Tränen strömten Rhee aus den Augen. Sand klebte ihr im Haar und im Gesicht. Und Julian tat nichts weiter, als neben ihr zu sitzen und auf den Horizont zu starren. Er sagte nichts, während sie weinte. Das brauchte er nicht.

In einer plötzlichen Bewegung warf sie das Messer auf den Boden.

Für einen kurzen Moment sah er sie an. Seine Augen veränderten sich. Das Blau wurde dunkler. Mit einem plötzlichen Wutschrei schob er sie von sich und stürzte sich auf das Messer. Sie kniete nur benommen da und schwieg, selbst als er sie umstieß.

Ihr Kopf schlug auf dem Boden auf, doch sie spürte es nicht. Sie wollte nichts spüren. Er setzte sich rittlings auf sie und hielt ihr die Klinge an den Hals. Er war schwer und nahm sie mit den Oberschenkeln in die Zange. Er zitterte.

»Warum?«, fragte er. Die Grausamkeit war von ihm abgefallen, und er war wieder der kleine Junge, der sich verzweifelt wünschte, es zu verstehen. Er fasste sie am Kinn und zwang sie, ihn anzuschauen. Sie sah die Narbe unter seinem Kinn von dem Sturz von der Palastmauer. Sie sah alles gleichzeitig, die Liebe, die sich in Schrecken verwandelt hatte, den Jungen, den sie verraten hatte.

»Wie konntest du nur?«, fragte er, und seine Stimme brach. »Wie konntest du nur?«, wiederholte er.

Sie blinzelte gegen die Tränen an. »Ich wollte es nicht«, antwortete sie. Das Messer drückte sich in ihren Hals, das kalte Metall, die scharfe Klinge. Er würde sie wirklich töten. Rhee würde alle enttäuschen, aber sie würde ihm nicht die Schuld daran geben. »Glaub mir.«

Was sonst konnte sie zu dem Jungen sagen, der auf ihr kniete und um seinen Vater trauerte, den er geliebt hatte? Nichts würde Veyron zurückbringen, ganz sicher nicht die Wahrheit. Nichts würde irgendeinen von ihnen zurückbringen. Ihre Eltern waren tot und ihre Schwester hatte sie nicht gefunden. Und war Dahlen nicht fortgegangen, weil sie sich als unwürdig erwiesen hatte?

»Messer fallen lassen.«

Lahnas Stimme war leise, ruhig und tödlich. Julian erstarrte. Lahnas Silhouette zeichnete sich im Türrahmen ab. Ihr geladener Bogen zielte direkt auf seinen Kopf.

»Lahna«, rief Rhee. »Nicht. Er ist ...« *Mein Freund.* »Er ist der Sohn von Lancier Veyron und Marguerite Zolana.« Sie zählte seine Vorfahren auf, ein alter Mondbrauch, der Kriegern vor einer Schlacht vorbehalten war. Ihre Stimme war rau, verzweifelt. »Ihr werdet ihn nicht töten. Das hier ist unser Kampf.«

Rhee wusste nicht, wie Lahna reagieren würde, aber dass sie den Bogen fallen lassen und sich die Zeigefinger in die Augen drücken würde, hatte sie nicht erwartet. Rhee wusste, dass es eine religiöse Respektbezeugung war, mit der die Anhänger Vodhans die Toten ehrten.

Mit einer stillen Bewegung kniete Lahna sich hin.

»Was tut Ihr da?«, fragte Rhee.

»Ich ehre das Andenken an einen Helden«, sagte sie und senkte den Kopf. »Lancier Veyron hat große Opfer für den Widerstand gebracht.«

Rhee schüttelte den Kopf. *Nein,* dachte sie. *Es konnte nicht wahr sein.* Wenn der Lancier ein Held war, dann bedeutete das …

»Euer Vater«, fuhr Lahna an Julian gewandt fort, »hat seine Loyalität mit dem höchsten Preis bezahlt.«

13

Alyosha

Während die WFK nach Süden zog, verwandelte sich der Regen auf Uustral in Schnee. Er roch frisch, metallisch und landete überall – auf Alys Wimpern, auf seinen Lippen und draußen auf dem offenen Feld. Dahlen hatte ihn bei dem Satelliten-Einsatz rekrutiert und bereitete ihn jetzt in der behelfsmäßigen Umkleidekabine auf die Nachbesprechung vor. Die Umkleide war nicht mehr als ein isoliertes Zelt, das sie kaum vor der Kälte schützte. Für den Moment.

Es waren fünf Tage vergangen, seit sie den Turm gestürmt hatten, und die WFK hatte fast jede Stunde damit verbracht, Strategien zu entwerfen, Waffen zu reparieren und vor allem zu versuchen, das Material zu analysieren, das sie aus dem Satelliten-Kontrollzentrum gestohlen hatten. Aly konnte sich kaum konzentrieren. Er durchlebte ein Auf und Ab der Gefühle zwischen brennendem Zorn und Momenten einer tiefen, stillen Melancholie – und er hatte das Gefühl, als ob sein Herz mit Eiswasser geflutet worden wäre. Er war immer so gut darin gewesen, lässig und cool zu sein, mit dem Strom zu schwimmen – und jetzt ertappte er sich dabei, wie er wütend zum Himmel emporschaute, als würde Vodhan ihn in diesem Moment beobachten, als würde der Schöpfer selbst tatenlos zusehen, wie die Welt brannte.

Sie hatten Zuflucht bei der uustralitischen Armee gefunden, die jüngst Fontis die Treue geschworen hatte – und das, obwohl das nördliche Uustral, wo sich der Satellit befand, den sie ausgeschaltet hatten, jetzt Nero Gefolgschaft gelobt hatte.

Das war keine Überraschung: Nero hatte dem Norden Uustrals eine hübsche Summe für die Benutzung seines gewaltigen Satelliten bezahlt. Aber Dahlens Vermutung hatte sich als richtig erwiesen. Die hoch entwickelten Kommunikationsgeräte, die sie aus dem Kontrollzentrum gerissen hatten, hatten sich als leicht veraltete Festplatten herausgestellt, die dazu bestimmt waren, Informationen zu *lagern*, nicht, sie weiterzugeben. Informationen kamen über den Satelliten *herein* – und zwar aus der ganzen Galaxie. Die Festplatten waren verschlüsselt und schwer zu knacken, aber die wenigen Daten, die der Geheimdienst der WFK bisher abgerufen hatte, hatten eine erinnerungsartige Qualität.

Eine *persönliche* Qualität.

Die WFK hatte schon lange den Verdacht, dass Nero die Würfel der Nutzer ausspionierte, selbst wenn sie ausgeschaltet waren – aber sie hätten nie gedacht, dass selbst er so tief sinken würde, Daten von gewöhnlichen Zivilisten zu stehlen, geschweige denn von Zivilisten im gesamten Einzugsgebiet des Satelliten.

Und Aly dachte, er hätte Probleme? Die ganze Galaxie zerbrach. Sein eigenes kümmerliches Leben war bestenfalls ein chaotischer Mikrokosmos der Wahrheit.

Am Ende ging immer alles in die Binsen.

Aly drehte den Hahn auf, legte die Hände zu einer Schale zusammen und ließ das eisige Wasser hineinlaufen. Er klatschte es sich ins Gesicht und spürte, wie es ihm kalt die Wirbelsäule hinunterschoss. Er ging zu der Bank, auf die sie alle ihre Sachen geworfen hatten, und schlüpfte in sein Hemd. Als er es zuknöpfte, hörte er entfernt die blecherne Stimme eines Nachrichtensprechers, die aus einem Holoprojektor kam und immer dieselbe endlos analysierte Nachricht von Rhiannons und Neros diplomatischem Schachzug abspielte. Aly fragte sich, was Kara von Rhiannons neuem Bündnis mit Nero halten würde.

Und dann fiel ihm wieder ein, dass Kara keine Meinung hatte und nie wieder eine haben würde. Die plötzliche Trauer war so tief, dass er wie betäubt war, und er schloss die Augen.

»Ihr seht nicht gut aus«, bemerkte Dahlen, als er ein WFK-Shirt anzog. »Habt Ihr Schmerzen?«

Ein echter Sonnenschein, dieser Dahlen. Viele Soldaten alberten herum und ließen Dampf ab, aber nicht Dahlen. Schlank und durchtrainiert, bleicher als ein Gespenst, mit blonden Augenbrauen, die so hell waren, dass man sie kaum erkennen konnte. Dahlen bewegte sich, als durchschneide er die Luft und vertreibe mit seinem grimmigen Gesicht Dämonen.

Aber was Aly am meisten stutzen ließ, war eine lange, scharfe Narbe links oben auf der Brust, als hätte jemand versucht, ihm das Herz herauszuschneiden. Die Narbe runzelte sich, wo sie genäht worden war. Aly fragte ihn gar nicht erst nach der Geschichte; dies war ein Mann, der nur dann die Nähe anderer Menschen suchte, wenn es ums Töten ging.

Ihm war jedoch wieder eingefallen, woher er Dahlen kannte: aus Holovisionssendungen von Kaiserin Rhiannons Rückkehr nach Sibu. Er war der fontisianische Wächter, der Rhiannon in einer Straßenschlägerei vor den Palastmauern wie eine Puppe hochgehoben und sich über die Schulter geworfen hatte.

Nur dass die Kaiserin jetzt gemeinsame Sache mit Nero machte und Dahlen nicht mehr bei ihr in Sibu war, sondern hier und einen Mord plante.

»Es geht mir gut.« Es war das erste Mal, dass er mit Dahlen allein war, seit sie nach Süden aufgebrochen waren. Er deutete mit dem Kopf auf Dahlens Brust. »Ich wette, das hat wehgetan.«

Dahlen zuckte die Achseln. »Ich kann nicht behaupten, dass die Genesung besonders angenehm war.«

Aly wandte sich ab und schlüpfte in seinen Kampfanzug. »Ein bizarres Aufnahmeritual in den Orden?« Er versuchte, lässig zu klingen.

»Ich bin nicht mehr Mitglied des Ordens«, antwortete Dahlen schlicht. Aly vermeinte kurz, einen Anflug von Schmerz über seine Züge gleiten zu sehen, aber es war so schnell wieder verschwunden, dass er sich nicht sicher war.

Dahlen drehte sich auf dem Absatz um und verließ das Zelt. Aly folgte ihm, halb erheitert, halb verärgert über Dahlens offenkundigen Widerstand gegen jedes Gespräch, in dem es nicht um Taktik ging.

»Ich dachte, diese Gelübde gelten ein Leben lang«, sagte Aly. Die kalte Luft traf ihn wie ein Schlag, vor allem an seinem Ellbogen, der im Medizentrum des Lagers mit einer Stammzellen-Pistole geheilt worden war. Schmerz schoss ihm bei diesem Wetter den Knochen hinauf, aber Aly zwang sich, ihn zu ignorieren.

»Das tun sie auch«, bestätigte Dahlen, während sie nebeneinander zu dem Vorposten der Kriegszelte gingen. »Es sei denn, eins der Gebote ist verletzt worden.«

Aly zog eine Augenbraue hoch. »Ihr seht nicht gerade wie ein Regelbrecher aus.« Er wusste nicht viel über die Gelübde des Ordens, vermutete aber, dass dazu auch Keuschheit zählte. Es gab immer ein Keuschheitsgelübde. »Ging es um ein Mädchen?« Er dachte an die Kaiserin.

»Macht Euch nicht lächerlich«, erwiderte Dahlen gelangweilt. »Wir sind keine Freunde. Es besteht kein Grund, über Privates zu reden.«

Da hatte Dahlen wohl recht: nur weil sie zusammen Nero ermorden würden, hieß das noch lange nicht, dass sie Freunde waren. Aly bezweifelte, dass Dahlen je Freunde gehabt hatte. Nicht, dass Aly noch Freunde hätte. Er dachte an Vin und an den Hammer, den er ihm auf Naidoz aufs Grab gelegt hatte. An Jeth, wo immer er auch war. An Kara und daran, wie sie sich manchmal klein zusammengerollt und das Kinn auf die Knie gestützt hatte. Wie sie beide die Hände durch den Maschendrahtzaun hindurch verschränkt hatten. Wie sie schlaff dagelegen hatte, begraben unter Schutt, dahingerafft von einem sinnlosen Krieg.

Aly schob die organischen Erinnerungen so weit weg, wie es nur ging. Aber der Rest seiner Vergangenheit stieg um sie herum wieder auf.

Alina, Mom, Dad: tot. Manchmal dachte er an Alina und ihre Zeit in Wray zurück.

»Was geht, kleiner Bruder?«, hatte sie ihm von der anderen Straßenseite aus zugerufen. Immer hatte sie nach ihm gesehen, meistens, um ihn in Verlegenheit zu bringen. Aber er vermisste es. Er vermisste es, dass jemand auf ihn aufpasste.

Aly blinzelte auch diese Gedanken an zu Hause weg. Er betrachtete die verschneite Landschaft. Frisch und klar. Kara hätte den Schnee geliebt. Sie hätte etwas über seine reinigende Kraft gesagt, dass er alles sauber und richtig aussehen ließ …

»Ich bin zu dem Schluss gekommen, dass ich Schnee hasse«, sagte Aly laut. Er war kurz davor, in seinem WFK-Kampfanzug zu vereisen und auseinanderzubrechen. Dahlen hingegen trug nur ein leichtes schwarzes T-Shirt, als könne ihm die Kälte nichts anhaben. Auf seinen bleichen Armen traten dunkle Adern hervor und am Hals stellte er irre Tattoos zur Schau. Aly hatte eine Menge verrückten *Taejis* über Mitglieder des Ordens und ihre legendäre Stärke und ihre Kräfte gehört. Aber ob das alles stimmte? Je länger er darüber nachdachte, desto unglaubwürdiger erschien es ihm, dass der Orden, eine alte Organisation, die sich auf Gebet und Frieden gründete, eine Widerstandsgruppe wie die WFK bildete und finanzierte. Klar, die Soldaten der WFK hatten sich einst friedlichen Einsätzen verschrieben, aber sie waren zu Freiheitskämpfern geworden, mit der Betonung auf Kämpfern. Hinter der härtesten Bürgerwehr der Galaxie verbarg sich ein Haufen stoischer Vodaken.

Aber Aly hatte den Gedanken aufgegeben, dass es einen klaren Unterschied zwischen Richtig und Falsch oder zwischen Gerechtigkeit und Leid gab. Das eine gab es nicht ohne das andere. Das wusste er. Ihn sollte eigentlich nichts mehr überraschen und doch war es so.

»Man kann Schnee nicht nicht mögen«, antwortete Dahlen. Typisch. Fontisianer und ihre doppelten Verneinungen. »Er ist ein notwendiger Bestandteil der Natur. Wenn er schmilzt, fließt er von den Berggipfeln in die Täler und versorgt sie so mit Wasser.«

Aly sah den Mann an – ein echter Utilitarier, der in allem nur den Nutzen sah. Kein Fünkchen Poesie im Leib. Sie mochten zwar zu demselben Gott gebetet haben, aber die Leute vom Orden des Lichts hatten für alles eine wörtliche Erklärung.

Na, das konnte Aly auch.

»Soll ich mal sagen, was ich über Schnee denke?«, fragte er. Er bückte sich, hob eine Handvoll auf und ließ ihn an seiner Haut schmelzen. »Kaum fasst man ihn an, ist er weg.«

Pavel wartete gleich hinter dem militärischen Außenposten auf Aly: Dutzende verstreuter Zelte, die in einem traditionellen Schneckenmuster angeordnet waren. Pavel war erst vor zwei Tagen aus der Reparatur gekommen, und Aly verspürte eine große Welle der Dankbarkeit in sich aufsteigen, als er den kleinen zylindrischen Körper dort im Schnee glänzen sah.

»Es sind siebenunddreißig Grad Celsius unter der humanoiden Körpertemperatur.«

»Du klingst irgendwie froh darüber.«

»Ich bin gespannt, wie es sich auf Eure Biochemie auswirkt. Ich hatte noch nie Gelegenheit, Eure Reaktion auf eine so lebensfeindliche Temperatur aus erster Hand zu dokumentieren!«

»Das ist ja eine tolle Begrüßung, kleiner Mann.« Aly nickte Pavel grüßend zu, der bereits seine Luke öffnete und einen orangefarbenen Heizstab ausfuhr, damit Aly sich die Hände wärmen konnte. Aly schüttelte den Kopf und blies stattdessen warmen Atem in seine hohlen Hände. Seit seiner Rückkehr hatte Pavel Aly verfolgt, um ihm seine neuen Komfortfunktionen vorzuführen.

»Den habt Ihr nicht programmiert, oder?«, fragte Dahlen, als Pavel ihm den Heizstab anbot.

»Wieso?«, schoss Aly zurück. »Traut Ihr mir das nicht zu?«

»Nein«, sagte der Fontisianer ausdruckslos. Er hielt die Hände an das Gerät, obwohl er nicht zu frieren schien – er war nur neugierig. »Nicht, weil es Euch an Intelligenz mangelt, sondern an Charme. Der Droide scheint etwas … fröhlicher zu sein, als ich Euch zugestanden hätte.«

Das musste der gerade sagen.

»Ach wirklich?«, sagte Aly. »Ich habe heute auch einen meiner guten Tage.«

Während Pavel jetzt auf seinen Ketten hinter ihnen herrollte, betraten Aly und Dahlen das Labyrinth der Zelte. Während sie Seite an Seite den verschneiten Pfad zu dem größten Zelt in der Mitte des Lagers entlangstapften, machten die Leute, dass sie ihnen schleunigst aus dem Weg kamen. Aly wusste nicht, wie er reagieren sollte; er wusste nur, dass er so tun musste, als würde er sich nicht den Arsch abfrieren. Und wichtiger noch, als wüsste er, was zum Teufel sie vorhatten.

Aly schob sich an Dahlen vorbei in das größte Zelt. Es war von uustralischer Bauart – er musste sich seitwärts drehen, um durch die Öffnung zu passen. Die einheimischen Uustraliten waren kleiner gebaut, viel kleiner, mit gestreiften Muskeln und flachen Schädeln. Aber was ihnen an Größe fehlte, machten sie mit einer hochkomplexen Hirnrinde in ihrem stumpf geformten Kopf wieder wett. Die Uustraliten hatten Technik entwickelt, die ihresgleichen suchte.

Im Innern des Zeltes nahmen sie an einem kleinen Tisch Platz, um den eine Handvoll hochrangiger WFK-Kämpfer versammelt war. Pavel stellte sich rechts hinter Aly. Aly fühlte sich gehemmt, so wie früher zu Drehbeginn von *Die Revolutionäre.* Er wusste nie, wie er sich bewegen oder was er mit seinen Händen anstellen sollte. Jetzt nickte der uustralitische General ihnen zu und ergriff das Wort. Für Aly hörte es sich so an, als würde er unter Wasser eine Melodie summen. Zum Glück war das Zelt mit einem Übersetzungsnetz ausgestattet, das den Schall einer Stimme auffing und in der eigenen Muttersprache zurückwarf.

»Willkommen«, sagte er an Dahlen und Aly gewandt. »Wir sind hier versammelt, um über die Operation Versengter Adler zu sprechen.«

Aly hustete, um ein Schnauben zu überspielen. Pavel versetzte ihm einen leichten Stoß gegen das Bein. Aly zwang sich, ein gleichmütiges Gesicht zu machen. Er hatte wirklich völlig vergessen, dass jede militärische Gruppierung einen Hang zum Dramatischen hatte.

Aber Dahlen hatte es bemerkt und funkelte ihn vom übernächsten Stuhl aus an.

»Ich verstehe nicht, was daran lustig sein soll«, sagte Dahlen. »Wollt Ihr es nicht erklären?«

Aly hatte es langsam satt, dass dieser Kerl nicht normal reden konnte. Ihn nervte seine stoische Art und sein leeres Gesicht, das nie einen Ausdruck zeigte, abgesehen von sauer. »Ich meine, Operation Versengter Adler? Das ist der Teil, an dem wir abspringen und Nero töten, richtig?«

Der Uustralite nickte. »Ja, natürlich«, bestätigte er, ohne

zu merken, wie lächerlich und angeberisch diese Decknamen waren. »Wir werden Euch, Alyosha, über dem Zentrum von Verdal abwerfen, wo Ihr darauf warten werdet, dass die UniForce Euch abfängt …«

»Moment!« Aly stand auf. Er stieß mit dem Kopf an die Zeltdecke und schob sie ärgerlich nach oben. »Wovon zum Teufel redet Ihr?«

Dahlen sah ihn von oben bis unten an und schob sich den blonden Haarvorhang aus dem Gesicht. »Ist das immer noch nicht klar? Ihr seid berüchtigt, Alyosha.«

»Weil?«

»Die Galaxie konnte für Euch in der Serie keine restlose Begeisterung aufbringen. Das Publikum hat Euch gemocht, aber nur lauwarm.«

Als ob Aly das nicht wüsste. Dennoch traf ihn die Erinnerung wie ein harter linker Haken in die Rippen. Vin war immer der liebenswürdige Star der *Revolutionäre* gewesen. Aly war bestenfalls der stille Gefährte. Aber nachdem herausgekommen war, dass er Wraetaner war, wurde Aly mit seiner dunklen Haut und den dunklen Augen zu dem sprunghaften Kriegsflüchtling, den die Zuschauer gespannt beobachteten, während sie sich fragten, wann er wie eine Bombe in die Luft gehen würde.

»Also schön, hört zu, Dahlen. Da Ihr nicht viel über die Welt wisst, erlaubt mir, Euch die Sache mit dem zwischenmenschlichen Umgang zu erklären«, sagte Aly. Pavel rollte langsam zwischen sie und hatte sich zu seiner vollen Höhe ausgefahren, sodass seine Kuppel ihnen den Blick auf den anderen versperrte. Das hatte er immer getan, wenn Aly und Vin sich gestritten hatten. Aly stieß ihn mit dem Ellbogen zurück. »Buchstäblich jedes Mal, wenn Ihr etwas sagen wollt«, erklärte er Dahlen, »haltet den Mund und *lasst es sein.*«

»Ich wollte Euch nicht kränken«, entgegnete Dahlen im Ton eines Menschen, der keinen *Taejis* darauf gab, ob er jemanden kränkte oder nicht. Pavel rollte langsam wieder herbei, doch diesmal schob Dahlen ihn zurück. »Aber ist es nicht wahr, dass die Zuschauer nur auf einen Grund gewartet haben, Euch zu hassen? Nero hat ein untrügliches Gespür für den richtigen Zeitpunkt. Er hat diese Spannung genutzt. Er hat Euch hereingelegt.«

»Danke für die Zusammenfassung, aber ich hätte auch einfach die Wiederholungen streamen können.« Es spielte keine Rolle, dass sein Name reingewaschen worden war oder dass Rhiannon noch lebte; der Schaden war da. Es gab Leute, die ihm nie vertraut hatten und ihm nie vertrauen würden. Aly spürte, wie der Ärger in ihm hochstieg.

»Ich kann mir nicht vorstellen, wie sehr es Nero missfallen würde, wenn er wüsste, dass Ihr die UniForce verlassen habt, nur um dann für die WFK zu kämpfen.« Falls Dahlen Alys Zorn spürte, ließ er ihn sich nicht anmerken. Er blieb hart. »Nach Neros Auffassung ist das Hochverrat.«

Es *war* Hochverrat, nach jedermanns Auffassung. Ein Verdacht überkam ihn. »Ist das eine Drohung?« Er richtete sich auf.

»Nein. Stellt Euch die Einschaltquoten vor, wenn Nero Euch fasst: berüchtigter Verbrecher, Verräter an der UniForce.«

Plötzlich verstand Aly. Was war er doch für ein Idiot – zu denken, Dahlen hätte ihn wegen seiner Leistung rekrutiert. »Dann liefert Ihr mich aus?«

»Nein.« Dahlen wirkte ruhig – nicht, dass er sonst anders

wirken würde, was Aly tierisch ärgerte. Er versuchte vergeblich, seine Wut in den Griff zu bekommen. »Aber wir wollen, dass Nero das denkt. Wir gehen folgendermaßen vor: Wir stellen ihm eine Falle. Ihr braucht sein Blut nicht zu vergießen, Alyosha. Ihr müsst nur der …«

»… Köder sein«, beendete Alyosha den Satz verbittert. »Ich verstehe.«

Und doch – es war ein guter Plan. Er machte sich Neros Schwäche für Spektakel, Heldentum und Publicity zunutze. Der Mann war ein menschlicher Pfau.

»Habe ich Eure Einwilligung?«, fragte Dahlen.

Seine Einwilligung, als lebender Köder benutzt zu werden. Aly gefiel der Plan überhaupt nicht. Aber wenn es Neros Tod bedeutete … »Ich schätze, ich habe keine Wahl.«

In dem Moment kam ein Soldat ins Zelt geplatzt. Seine bleiche Haut und seine spitzen Ohren wiesen ihn als waschechten Fontisianer aus. Der Schweiß stand ihm in großen Perlen auf der Stirn und er schaute sich gehetzt um, wahrscheinlich war er nicht an so viele hochrangige Offiziere in einem Raum gewöhnt. Er verbeugte sich.

»Ihr habt uns nicht zu stören, es sei denn, es muss eine Nachricht überbracht werden«, sagte der fontisianische Offizier. Der Junge nickte und führte die Hand von seinem Würfel auf die gläserne Halbkugel in der Mitte des Tisches. Sie projizierte eine holografische Karte von Wraeta oder von den Teilen, die davon übrig waren und von dem großen elektromagnetischen Netz zusammengehalten wurden.

»Nero und Kaiserin Ta'an haben sich bereit erklärt, von der geplanten militärischen Offensive auf Uustral sowie auf Nau Fruma und Gebieten im Relia-Quadranten Abstand zu nehmen. Es ist bereits eine Ratsversammlung der Vereinten

Planeten anberaumt worden, um das Abkommen zu besprechen. Sie werden es später am heutigen Tag bekannt geben, 1800 kalusianischer Zeit.«

Dahlen runzelte die Stirn. »Ich vermute, dass er dieses Versprechen nicht ohne Bedingungen gegeben hat.«

Der General nickte nach uustralitischer Art; sein großer Kopf zeichnete Kreise in die Luft. »Seltsam: Es scheint, dass Nero bereit ist, sich zurückzuziehen, falls Kalu alleiniger Zugang zu Wraeta gewährt wird.«

»Wahrscheinlich will er Zugang zu Mineralien, die den Treibstoff für seine Armada liefern.«

»Es würde eine Ewigkeit dauern, das Rohmaterial umzuwandeln«, warf ein uustralitischer Offizier ein.

»Nun, vielleicht hat er vor, diesen Krieg ewig in die Länge zu ziehen …«, murmelte ein anderer.

Die Haut in Alys Nacken kribbelte. Lydia, Karas Mutter, hatte angedeutet, dass der Überschreiber – eine Technologie mit genug Macht, um nicht nur sämtliche Kindheitserinnerungen Karas zu löschen, sondern sie auch zu verändern – auf Wraeta versteckt war.

Aly hatte nicht glauben wollen, dass er existierte. Aber was, wenn doch? Nero versuchte, Leute auszuspionieren, so viel war klar, und er verfügte bereits über eine ziemlich ausgeklügelte Technologie. Aber er hatte gewusst, dass die Wissenschaftler des G-1T-Gipfels etwas noch Besseres erschaffen hatten: den Überschreiber. Das musste es sein. Das war der Grund, warum Lydia ihn hatte verstecken wollen.

»Der Überschreiber«, platzte Aly heraus. Er war wieder aufgestanden und alle Blicke waren auf ihn gerichtet.

»Der was?«, fragte ein wraetanischer General.

Aly leckte sich die Lippen. Seine Kehle fühlte sich trocken an; er konnte nicht reden.

»Nero will den Überschreiber.« Er hätte nicht sagen können, was ihn so sicher machte, aber allmählich fügte sich alles zu einem Bild von Neros Absichten zusammen: der riesige Satellit, der mehr als Empfänger denn als Sender fungierte, die Geschichten, die Lydia ihnen über die Wissenschaftler des G-1T-Gipfels erzählt hatte, und das Grusellabor mit den Patienten, die einer Lobotomie unterzogen worden waren, das er mit Kara auf dem Zeppelin gesehen hatte.

Dieses bahnbrechende Gerät, das Ergebnis wissenschaftlicher Forschung, das Kara die Erinnerungen genommen hatte. Sie hatte es aufspüren und zerstören wollen, genau aus diesem Grund. In den falschen Händen würde es eine tödliche Waffe sein.

Alle am Tisch fingen sofort an, durcheinanderzureden – verlangten zu erfahren, woher er von diesem Überschreiber wusste, ob er wirklich existieren könne und warum sie Aly glauben sollten, dem *Revolutionär,* der erst zum Gesetzlosen, dann zum Bürgerwehrler und nun zu Dahlens Köder geworden war. Der Übersetzer spielte bei der Akustik verrückt. Das ohrenbetäubende Kreischen der Rückkopplung drang Aly bis ins Gehirn. Ein hochrangiger Fontisianer mit einem elektrischen Ring sandte ein Signal aus, um das Übersetzungsnetz zu blockieren, und es fiel herab. Jetzt herrschte ein Gewirr verschiedener Sprachen, aber alle in dem gleichen zornigen Ton.

»Genug!«, rief Dahlen auf Fontisianisch, und sofort verstummte jeder im Zelt. Die Fontisianer sahen aus, als seien sie geohrfeigt worden. Aly hätte gewettet, dass Dahlen noch nie zuvor die Stimme erhoben hatte.

In der vollkommenen Stille drehte Dahlen sich zu Aly um. Ein leises Summen bedeutete, dass das Übersetzungsnetz wieder funktionierte. »Wo habt Ihr vom Überschreiber gehört?«, fragte er.

»Ihr habt also auch davon gehört?«

»Es gibt nur sehr wenig, wovon der Orden nichts gehört hat. Er wusste von seiner Konstruktion, hat jahrelang versucht …«

Es war ungewöhnlich, dass Dahlen mitten im Satz abbrach. »Hat was versucht?«, hakte Aly nach.

»Ihn zu neutralisieren.« Dahlen schwieg. Auf seinem Gesicht lag ein seltsamer Ausdruck, als versuche er, etwas Scharfes zu verdauen.

»Ihn zu neutralisieren?«, wiederholte Aly. »Warum nicht einfach zerstören?«

»Ihr versteht nicht.« Dahlen schüttelte den Kopf. »Er enthält ein lebendiges Element.«

»Und?«

»Wir dürfen harmlosen Wesen keinen Schaden zufügen.«

Aly erwartete halb, dass Dahlen lachen würde oder dass irgendjemand zugab, dass es ein Witz war. Aber nach einem weiteren langen Schweigen räusperte er sich. »Ihr seid ein Kriegermönch, der … ich weiß nicht, wie viele Menschen abgeschlachtet hat. Möchte jemand raten? Na?« Er sah sich um. »Ihr wollt mir weismachen, dass Ihr eine Waffe, die zur Massenvernichtung eingesetzt werden kann, nicht zerstören dürft, weil sie ein paar unschuldige lebende Zellen enthält?«

Dahlen sah ihn kalt an. »Ihr würdet das nicht verstehen, und ich gehe nicht davon aus, dass Ihr es jemals verstehen werdet. In jedem Fall lautet die Anweisung, ihn zu neutralisieren, also werden wir das tun. Wenn der Überschreiber auf Wraeta versteckt ist und Nero sich auf dem Weg dorthin befindet, um nach ihm zu suchen, müssen wir Euch vorher dorthin bringen.«

»Dann lasst uns die Truppen sammeln.« Aly stand auf und klopfte sich übertrieben den Kampfanzug ab, damit sie nicht sahen, wie seine Hände zitterten. »Wir wollen Nero doch nicht warten lassen.«

TEIL 3

Die Gefährdeten

»Beim Ahnenkult wird nicht nur der leibliche Körper des Verstorbenen geehrt, sondern auch das geistige Erbe, das man empfängt. Das Gebet dient der Erinnerung an die Vorfahren, deren Lehren tagtäglich Anwendung finden. Erst wenn die Lehren ihre Bedeutung verlieren, so der Volksglaube, ist man unwiederbringlich tot.«

– Auszug aus
Die Sitten und Gebräuche der Kalusianer: Ein umfassender Leitfaden

14
Kara

Kara stolperte wieder, als der Mann, der sie hinter sich herschleifte, dem Seil, mit dem ihre Handgelenke gefesselt waren, einen scharfen Ruck gab. Der Lärm des Marktes war verebbt und sie hatte jedes Zeitgefühl verloren. Wie weit hatten sie sich von dem Lagerhaus, von dem Medischiff entfernt? Würden die anderen Sanitäter sie jetzt noch finden? Würden sie sich überhaupt die Mühe machen, nach ihnen zu suchen?

Sie hoffte, dass zumindest Issa es geschafft hatte, zu entkommen. Aber sie war klug genug, sich nicht darauf zu verlassen.

Sie schauderte. Nebel hatte sich gebildet – Kara spürte ihn auf der nackten Haut.

Prinzessin Josselyn. Wer immer sie waren, sie wussten, wer sie war. Sie hatten sie erkannt. Hatte sie die ganze weite Reise auf sich genommen, nur um auf einem Felsen mitten im Nirgendwo zu sterben, bevor sie den Überschreiber gefunden hatte?

Bevor sie ihre Schwester wiedersah?

Dieser letzte Gedanke überraschte sie. Sie hatte gar nicht an Rhiannon gedacht – an Rhee. Hatte bewusst versucht, es zu vermeiden. Weil Rhee nicht wirklich ihre Schwester war, und wenn Kara die Sache mit dem Überschreiber durchziehen konnte, würde Rhee niemals ihre Schwester sein – aber Kara war immer noch diese gespaltene Persönlichkeit, leer, gefangen in zwei Identitäten.

Und jetzt war sie buchstäblich gefangen.

Kara biss die Zähne zusammen und schmeckte Staub. Ihr ganzer Körper verkrampfte sich.

Man führte sie über eine Türschwelle in ein kleines Gebäude. Die Wände schienen eng zu sein; der Raum roch schwach nach etwas Scharfem und Süßem. Es erinnerte Kara an den Gemüseeintopf, den sie zu kochen gelernt hatte, als Lydia bis spät in die Nacht arbeitete. Trauer wallte in ihr auf.

Dann zog ihr jemand den Sack vom Kopf. Das Haar schwebte ihr ums Gesicht, in der geringen Schwerkraft noch mehr als sonst. Der Raum – ein kleiner Raum, leer bis auf einige Stühle und einen alten Holztisch – war so still, dass sie das statische Knistern ihrer Haarsträhnen hören konnte.

Die vier Leute, die sie gefangen hatten, waren halb verborgen durch die schweren Schatten. Aber einer von ihnen trat vor ins Licht. Ein Lächeln verzerrte seine Züge und ließ die Narbe auf seiner Wange weiß hervortreten. Kara mochte ihn nicht. Sie freute sich, als sie den Schmutzfleck auf seiner Robe sah – er musste derjenige gewesen sein, den sie getreten hatte. Er packte sie mit seiner behandschuhten Hand am Kinn.

»Sie hat mich auf dem Weg hierher gebissen«, beschwerte er sich und drehte sich wieder zu seinen Gefährten um. »Das sollte ich ihr heimzahlen …«

Kara stieß den Kopf in Richtung seiner Nase, aber er konnte zurückweichen und schlug sie mit der Rückhand nieder, bevor sie das Gleichgewicht wiederfand. Mit dem Gesicht voran krachte sie auf den Lehmboden und der Schmerz brachte sie fast um. Da war ein metallischer Geschmack in ihrem Mund – sie hatte sich auf die Zunge gebissen. Blut schäumte auf ihren Lippen. Alles verschwamm vor ihren Augen, als der Schmerz in ihrem Kopf ins Unermessliche wuchs …

Einer der anderen zerrte Kara auf die Füße, dann stieß er sie grob auf einen Stuhl. Ihr Herz schlug wie wild.

»Wir werden Euch nichts tun«, sagte der Mann. Sein Atem roch nach Holunderbeersaft. Kara erkannte seine Stimme: Er war derjenige, der sie *Prinzessin* genannt hatte.

»Ihr habt eine ernsthaft gestörte Art, das zu zeigen.« Ihr Herz sprang ihr beinahe aus der Brust. Sie kämpfte gegen ihre Übelkeit an, um sich gerade hinsetzen zu können.

Sie spürte den Atem des Mannes im Nacken, als er sich zu ihr herabbeugte, um sie zu foltern. Langsam zog er ihr die Handgelenke nach oben und ihre Muskeln schrien.

Sie brüllte. Fast sofort gab er leicht nach, doch bevor sie sich über seinen plötzlichen Sinneswandel wundern konnte, hörte sie ein schwirrendes Geräusch, gefolgt von einem dumpfen Aufprall, als der Mann umfiel und sie losließ.

Eben war er noch da, im nächsten Augenblick lag er flach auf dem Boden.

»Was ist los, Imogen?« Einer der anderen Wächter richtete

die Frage an die einzige Frau in der Gruppe. Kara sah eine silbrige Schlaufe in ihrer Hand.

»Er sagte: Keine unnötige Gewalt, Kai«, rief sie dem Mann am Boden zu. Er richtete sich langsam auf, eine Hand im Nacken. »Ich finde es wirklich nicht nötig, dass du die Prinzessin von hinten anatmest.«

Wieder kam das Geräusch, ein schrilles Zischen, und ein schmales silbernes Kabel löste sich von Kais Knöchel. Kara konnte kaum einen Blick auf die zarte Silberschlange erhaschen, bevor sie sich wieder in das Teil in Imogens Hand zurückzog.

Sie sah Kara in die Augen. »Mach nicht so ein finsteres Gesicht, Schätzchen. Er tut dir nichts.«

»Nennt mich nicht so«, feuerte Kara zurück. Diese Imogen war höchstens ein paar Jahre älter als sie.

Imogen lächelte. Sie hatte zarte Züge, die bei jedem anderen zerbrechlich gewirkt hätten, aber in ihrem beigefarbenen Overall und den dunklen Lederstiefeln wirkte sie einfach nur scharf, als würde man sich verletzen, wenn man sie berührte. »Was immer du sagst, Prinzessin.«

Kara hätte schreien mögen. Es war dumm gewesen, sich zu wehren, das sah sie jetzt ein. Sie hob das Kinn. »Was wollt Ihr?«

»Was denkt Ihr denn, was sie wollen?«

Überrascht drehte Kara sich um – die Stimme, heiser vor Altersschwäche und Erschöpfung, kam von einem Haufen Müll in der Ecke. Aber dann wackelte der Haufen und nahm die Gestalt eines alten Mannes an. Als er den Kopf hob, sah sie, dass sein Gesicht voller Prellungen war.

»Credits«, beendete er den Satz voller Bitterkeit. »Läuft es nicht immer auf Credits hinaus?«

»Und ob es das tut, Diac«, meinte Imogen gedehnt. »Bei dir ist es doch auch auf Credits hinausgelaufen. Zumindest früher.«

Diac. Er war der ursprüngliche Schöpfer des Überschreibers; er hatte ihn mit Lydias Hilfe gebaut. Angeblich war er tot. Für einen Moment war Kara sich sicher, dass das der Grund war, warum man sie nach Ralire geschickt hatte – um ihn zu finden.

Aber auch Diac wurde hier festgehalten. Seine Hände waren fest zusammengebunden, sein Gesicht zu Brei geschlagen.

Eine Falle.

»Wer bezahlt Euch?« Kara richtete die Frage an Imogen. Einen Moment lang fragte sie sich entsetzt, ob ihre eigene Schwester hinter dem Angriff steckte.

»Weiß ich nicht, juckt mich auch nicht.« Kai war aufgestanden, und sein Lächeln war noch gemeiner als vorher. »Aber wir kriegen dafür mehr Kohle, als Kalus Kaiserin geboten hat.«

»In diesem Sinne«, sagte Imogen, »behalt sie im Auge.«

Kai nickte, blieb aber neben der Tür stehen und steckte alle paar Sekunden den Kopf hinaus. Er wirkte ängstlich, und Kara vermutete, dass Imogen und die anderen hinausgegangen waren, um ihr Lösegeld auszuhandeln. Sie durfte nicht einmal mehr Angst haben. Ihre Kopfschmerzen nahm sie kaum wahr. Jetzt konnte sie sich nur auf den tiefen, dumpfen Schmerz konzentrieren – einen leeren Hohlraum in ihrer Brust.

Sie hatte versagt.

»Es tut mir leid, dass ich Euch hierhergebracht habe«, murmelte Diac nach einem langen Schweigen. »Ich habe es nicht mit Absicht getan.«

Kara hätte ihm fast geantwortet, dass es jetzt keine Rolle mehr spielte.

Doch er fuhr fort: »Ich habe die Nachricht so verschlüsselt, dass sie sich für Euch öffnet, und nur für Euch – es gibt große Bereiche Eurer DNA, die sich trotz des Scramblers nicht verändert haben –, und habe sie dem Lancier gegeben. Ich wusste oder hoffte, dass Lydia Euch eines Tages losschicken würde, um nach ihm zu suchen. Die holografische Botschaft war so kodiert, dass sie Euch an den Ort führte, wo ich gerade war. In diesem Fall« – er hob die Hände, um seine Fesseln zu zeigen – »im Gefängnis.«

»Lydia dachte, Ihr wäret tot.«

Diac seufzte. »Ich weiß. Es war einfacher so.«

»Ihr meint, es war sicherer – für Euch«, sagte Kara.

»Es war alles umsonst«, erwiderte er. Scham schwang in seiner Stimme mit. »Ich habe meinen Zweck erfüllt. Sie werden mich hier nicht lebend herauslassen.«

Kara wusste, dass das wahrscheinlich der Wahrheit entsprach. Sie schwieg. Dann: »Der Überschreiber war also gar nicht hier auf Ralire? Er war die ganze Zeit über auf Wraeta?«

»Soweit ich weiß, ja«, bestätigte er. »Die Hauptstadt wird inzwischen dem Erdboden gleichgemacht worden sein. Eure Mutter hatte dort ein Gewächshaus … wenn man im Frühjahr auf dem Südpol stand, stand es mit Etra, dem Wolf, mit Rilirinas, dem Wächter, und mit Samba, der Matrone, in einer Reihe.« Er lächelte, und Kara wusste, warum – es war eine Botschaft. Er nannte ihr Sternkoordinaten, die dauerhafter waren als Straßennamen.

Lydia hatte Kara beigebracht, wie man die Planetenkonstellation berechnete, wie man im dreidimensionalen Raum den Lotpunkt fand, der dem Mittelpunkt der Hypotenuse entsprach. Sie erinnerte sich jetzt lebhaft an den Unterricht, an die akute Langeweile und dass sie nicht gedacht hatte, irgendetwas davon jemals zu brauchen. Wie hatte sie sich geirrt.

»Eure Mutter war brillant«, fuhr er fort, als habe er gerade ihre Gedanken gelesen.

Eine frische Welle der Trauer schlug über ihr zusammen. »Sie war nicht meine Mutter.« Kara schloss fest die Augen, als könnte sie mit Gewalt Lydias Tod aus ihrem Gedächtnis löschen, aber er stieg trotzdem an die Oberfläche. Was hatte sie vorgehabt, als sie sie zum Lancier geschickt hatte? Je mehr Kara über Lydia herausfand, desto unsicherer wurde sie sich, was die Absichten ihrer Adoptivmutter betraf. Was hatte sie für Kara gewollt? *Dein Blut ist der Schlüssel zu allem.*

»Habt Ihr gewusst, dass Lydia und ich Eurer Mutter einmal begegnet sind? Der Kaiserin?« Seine Stimme war jetzt sanfter.

Kara schüttelte den Kopf, voller Angst, dass sie in Tränen ausbrechen würde, wenn sie sprach.

»Lydia war schwer beeindruckt. Die Eleganz, die diese Frau besaß!« Er wandte den Blick ab, als könne er durch die Wände hindurch in die Ferne blicken. »Wisst Ihr, worüber sie gesprochen haben?«, fragte er und sah sie wieder an. Er wartete nicht auf eine Antwort. »Gartenarbeit …«

»Natürlich«, brachte Kara heraus und lachte, obwohl sich ihr die Kehle zuschnürte und das Pochen hinter ihrem Auge stärker wurde.

»Der Zyklus von Leben und Tod, von Wachsen und Nachwachsen hatte es ihr angetan. Die Natur hat kein Gedächtnis. Es gibt keine Vergangenheit oder Gegenwart oder Zukunft – nur den Instinkt, der Sonne entgegenzuwachsen.«

War das Lydias Ziel gewesen, als sie bei der Erschaffung des Überschreibers half? Die Vergangenheit und die Zukunft in einem einzelnen Willensimpuls, in einem einzigen Moment zu verbinden, wenn die Geschichte neu geschrieben wurde?

»*Erzel*. Kennt Ihr dieses Wort?«, fragte er und wechselte ins Fontisianische. Seine Aussprache war perfekt, und er musste die Überraschung auf ihrem Gesicht bemerkt haben. »Oh ja. Ich bin zur Hälfte Fontisianer. Meine Mutter hat das Geheimnis um die wahre Identität meines Vaters viele, viele Jahre gehütet. Ich mache ihr keinen Vorwurf. Es gibt viele, die sie dafür gehasst hätten – und mich.«

Das Alter hatte ihn so stark gezeichnet, dass die typische fontisianische Knochenstruktur nicht mehr zu erkennen war. Aber seine Augen waren, wie Kara bemerkte, eisblau. »›Erzel‹ bedeutet Wurzel.«

»Es bedeutet auch Herz«, sagte er. Sein Mund lächelte, doch seine Augen sahen dumpf aus, traurig. »Es ist eine Vorstellung, die von Vodhan selbst stammt. Ich war mein Leben lang Wissenschaftler, aber jetzt, hier, begreife ich, dass sie die ganze Zeit über recht hatten. Das Herz ist die Wurzel. Unsere Erinnerungen, unsere Gedanken, unsere Ideen – sie alle blühen, welken, sterben und bilden sich neu. Aber der Funke des Lebens ist tiefer vergraben. Der Zugang zu ihm ist nur über das Herz möglich.«

Kara dachte, dass Diac ihr eine weitere verborgene Botschaft übermitteln wollte. Sie begriff schnell, dass sie zum Teil recht hatte – dies musste seine Art sein, ihr zu sagen, dass Lydia sie geliebt hatte. Aber was spielte es für eine Rolle, jetzt, da Lydia tot war?

»Ihr romantisiert, was Ihr getan habt«, flüsterte sie heftig. »Ihr habt den Überschreiber gebaut, weil Ihr es konntet.«

»Wir haben ihn gebaut, damit die Menschen die Gräuel des Krieges mit der Kostbarkeit des Lebens versöhnen konnten … wir haben ihn für die Überlebenden gemacht. Wenn man ihn für einen verdorbenen Zweck einsetzt, dann deshalb, weil der Mensch verdorben ist.«

Kara verkrampfte sich vor Trauer – und vor Scham. Sie hatte bereits verstanden, warum der Überschreiber einen solchen Reiz ausgeübt hatte, als Diac und Lydia ihn damals erfunden hatten: Die Vergangenheit war zu schmerzhaft, um sie mit sich herumzutragen. Vielleicht sah der Kaiser das auch so und zog die unfassbare Entscheidung in Betracht, den Großen Krieg aus dem Gedächtnis zu löschen.

Aber er hatte es nicht getan. Hatte er seine Meinung geändert, oder war er gestorben, bevor er den Überschreiber hatte anwenden können?

Wir haben ihn für die Überlebenden gemacht. Sie war eine Überlebende, nicht wahr? Hatte sie überzeugende Gründe, um Josselyn auszulöschen?

Gedämpfte Rufe weiter innen im Haus kündigten die Rückkehr der anderen Peiniger an. Kai, der die ganze Zeit über an der Tür gestanden hatte, schlüpfte hinaus, um sie zu begrüßen, und ließ Kara und Diac zum ersten Mal allein.

»Wie funktioniert er?«, fragte Kara schnell. »Wie hat Lydia es gemacht?«

Er beugte sich zu ihr vor. »Jeder Würfel, von dem man etwas löschen will, muss vorbereitet werden.«

Ihr Puls begann zu rasen. »Oder aktualisiert? Wie das Würfel-Update, das vor ein paar Tagen geschaltet worden ist?«

»Ja.« Diac warf einen Blick zum Ausgang und sprach noch leiser. »Zweitens, der Überschreiber selbst braucht einen Wirt. Einen lebenden Wirt, der einen freien Willen hat, eine Absicht. In einem Baum würde er nicht funktionieren – aber er kann dort aufbewahrt werden.«

»Dann war Lydia der Wirt? Als sie ihn bei mir angewendet hat?«

Er nickte und beugte sich noch weiter vor. Ein fahler Lichtstreifen fiel über die Täler seines Gesichts. »Aber eins müsst Ihr wissen: Um Eure Erinnerungen zu löschen, musste Lydia auch ihre eigenen Erinnerungen löschen. Das war das Opfer, das sie für Euch gebracht hat. Für Eure Sicherheit.«

»Nein.« Kara prallte zurück. Ihre Kopfschmerzen kehrten zurück, als sickerten sie durch das weiche Gewebe ihres Gehirns.

»Ihr wart jung. Sie konnte es nicht riskieren, dass Ihr Euch verratet. Und wir brauchten Euch lebend, für den Fall, dass die jüngere …«

»Für den Fall, dass sie *starb*«, beendete Kara seinen Satz. Es war ein Plan, der darauf abzielte, dass eine Ta'an den Thron übernehmen würde. Andere Leute spielten Spielchen und schlossen Wetten auf ihr Leben ab.

»Das heißt also, wenn ich ihn benutzen will, muss ich meine Erinnerungen aufgeben?«

»Wofür wollt Ihr ihn denn benutzen?«, fragte er heiser und mit veränderter Stimme: angespannt, drängend. »Hört mir zu. Was immer Ihr denkt, was immer für ein unausgegorener Plan besteht, er ist gefährlich. Selbst wenn er intakt ist, muss er zerstört werden.«

»Warum habt Ihr es dann nicht getan?«

»Ich …« Diac griff in seine Hemdtasche und tastete nach etwas, sah ihr aber nicht in die Augen. »Ich war ein Feigling.«

»Willkommen im Club«, erwiderte Kara verbittert.

Er legte eine Tablette zwischen sie auf den Tisch. »Neuroblocker«, sagte er schnell. »Falls jemand versucht, Euren Würfel zu aktualisieren, wird er es verhindern.«

In dem Moment flog die Tür hinter ihnen auf, und Kara nahm schnell die Pille und verbarg sie in ihrer Faust. Mit einer geschmeidigen Bewegung trat Imogen ein und ließ ihr silbernes Peitschenkabel vorschnellen. Es wand sich mehrmals um Diacs Hals, bis es seinen Ausruf zu einem langen Keuchen und sein Keuchen zu einem lautlosen Schrei erstickte.

Kara vergaß, dass ihre Hände gefesselt waren, und sprang auf, konnte aber nur hilflos vor ihm auf die Knie fallen und zusehen, wie seine panischen Augen plötzlich trüb wurden. Seine Seele war von ihm gewichen.

Ihr Magen krampfte sich vor Übelkeit zusammen. Als sie sich umdrehte, sah sie, dass Imogen sie mit einem Gesichtsausdruck betrachtete, den sie nicht deuten konnte.

Es war Kai, der vortrat.

»Los, mitkommen«, sagte er und zog Kara wieder den Sack über den Kopf, bevor er ihn mit der Kordel um den Hals festzog. »Zeit zu hören, was die UniForce für die Rückgabe einer Prinzessin abdrücken will.«

15

Rhiannon

Ganz gleich, in welchem Teil des Palastes sie sich aufhielt – stets hatte Rhee das Gefühl, als sei sie an Julian gekettet. Es war ein verwirrendes Bewusstsein, das jeden ihrer Gedanken beherrschte, jede ihrer Entscheidungen vorschrieb. Ungeachtet der Tatsache, dass er versucht hatte, sie zu töten, und sie vielleicht immer noch töten wollte, versteckte er sich im Keller tief unter ihr. Es war beinahe so, als hätte sie Dahlen gegen Julian eingetauscht, da sie sich nach ihrer Freundschaft sehnte und sie beide sie hassten.

Und warum sollte Julian sie nicht hassen? Rhee zerstörte alles, was sie berührte.

Lahna hatte ihr erklärt, dass Veyron die ganze Zeit über gegen Nero gearbeitet hatte. Er war das einzige Mitglied des Widerstands in Neros innerem Kreis gewesen. Mit seinem Tod hatte der Widerstand sich langsam aufgelöst.

Wieder und wieder fühlte Rhee sich in den Moment zurückversetzt. Da ihr Würfel ausgeschaltet war, war die organische Erinnerung greifbarer denn je. Sie konnte praktisch Veyrons Hand um ihre Kehle spüren und den Weihrauch riechen, der im Tempel verbrannte.

Und dann – Dahlens plötzliche Ankunft.

Veyron hatte dafür gesorgt, dass Rhee gerettet werden würde. Er hatte Neros Befehle befolgt, damit seine eigene Familie, sein Volk, nicht zur Zielscheibe wurde, und damit der Widerstand seine Arbeit fortsetzen konnte. Aber er hatte auch dafür gesorgt, dass der Fontisianer eingriff.

Er war die ganze Zeit über auf ihrer Seite gewesen.

Und sie hatte ihn getötet.

»Hier werdet Ihr herauskommen«, riss der Fischer Rhee glücklicherweise aus ihren Gedanken. Er zeigte auf das Holobild des Westflügels des Palastes. Er hatte riesige Hände und entsprechend dicke Finger und stieß wiederholt auf das Bild. Es zitterte, wo er es berührte. »Zoom hierhin. *Hierhin.*«

Der Droide war fast so groß wie Rhee. Er hatte die Form eines Zylinders mit glänzendem Chrom-Finish und vier kleinen Rädern. Das projizierte Bild zoomte so schnell und so weit heran, dass Rhee schwindlig wurde und sie das Gefühl hatte, als würde sie in das Holo hineinstürzen. Dann sah man nur noch weißes Rauschen.

»Ist dieser Droide auch zu etwas Nützlichem fähig?«, polterte der Fischer.

»75-Prozent-Zoom«, erklärte Rhee dem Droiden. »Du bist zu weit reingegangen.«

»Welchen Zweck hat eine Maschine«, sagte der Fischer, dem tabakgetränkter Speichel aus den Mundwinkeln flog, »der man alles auseinanderklamüsern muss?« Die Augen des

Fischers neigten sich im Fünfundvierzig-Grad-Winkel nach unten, und wenn er wütend war – was oft vorkam –, schlossen sie sich zu Schlitzen und gaben ihm etwas Amphibienhaftes.

»Es ist kein Militärdroide«, schaltete Tai Reyanna sich ein. »Ihm fehlt die Ausbildung.«

Lahna schenkte Rhee ein kleines Lächeln, wie über einen Witz, den nur sie beide verstanden. Die Tai und der Fischer lagen sich ständig in den Haaren.

Der Fischer hockte sich hin und brüllte dem Droiden ins Gesicht, oder was man dafür halten konnte. »Vielleicht hätte der Droide ja die Güte, sich aus seinem vollen Putzplan ein paar Minuten freizuschaufeln, um sich neu programmieren zu lassen!« Der Droide rollte wie erschrocken zurück und fuhr über Rhees Kleid.

»Pass doch auf«, fuhr Tai Reyanna ihn scharf an. Der geschliffene kalusianische Akzent trat jetzt, da sie in den Palast zurückgekehrt waren, stärker hervor denn je.

»Nur die Ruhe«, konterte der Fischer. »Die Kleine ist einmal quer durch die halbe Galaxie; da macht ihr ein bisschen Dreck auf dem Kleid nichts aus.«

Die Tai funkelte ihn unter ihrem *Duhajt* hervor an. Sie beförderte den Droiden mit einem höchst undamenhaften Tritt von Rhees Kleid. Lahna stieß einen Laut aus, der als Husten hätte durchgehen können, aber mit Sicherheit ein Schnauben war.

Behütend war Tai Reyannas Normalzustand geworden, während der des Fischers *verärgert* war. Rhee tolerierte das Verhalten der beiden und war sogar froh, dass sie da waren, vor allem, da die Tai ein großes Risiko auf sich genommen hatte, um mit ihr zurückzukehren, und der Fischer sich bereit erklärt hatte, nach Dahlens Fortgang die Aufsicht über die Sicherheitskräfte zu übernehmen.

Ich werde Euch am Leben halten, aber ich muss dabei nicht nett sein, hatte er mit seinem gurgelnden Akzent gesagt. Tai Reyanna hatte glücklich genickt. Sie schienen sich nur dann zu verbünden, wenn es um Rhees Sicherheit ging.

Der Droide stellte das Bild ein, diesmal korrekt. Rhee ging um das Hologramm herum und sah sich den Balkon gut an, auf dem sie bald stehen würde.

»Ich habe Bogenschützen entlang des gesamten Westturms postiert, die sich zu Euch hin und von Euch weg in Richtung der umliegenden Gebäude wenden. Den Ostturm werden wir im Auge behalten müssen; in den obersten Stockwerken wimmelt es nur so von Neros Sicherheitsleuten. Da drin ist es enger als in einem derkatzianischen Ihr-wisst-schon-Was.«

»Und hier?«, fragte Lahna und zeigte auf eine Gruppe von Symbolen am Fuß des Palastes.

»Die Tasinn sind draußen vor dem Palast«, berichtete der Fischer über ihre kaiserliche Garde, die jetzt vermutlich Nero treu ergeben war, »und wenn sie Dummheiten machen – was sie nicht tun werden, keine Bange –, werden wir sofort zur Stelle sein, uns formieren, runterfeuern, Euch über diese Himmelsbrücke hier rausholen …«

Rhee konnte sich kaum konzentrieren, obwohl sie selbst das Treffen anberaumt hatte, um sich einweisen zu lassen. Ihr Gewand, eigens für diesen Auftritt in der Öffentlichkeit geschneidert, hatte ein Stäbchenkorsett im Stil der zweiten Welle. Es schnitt ihr in die Rippen und schnürte ihre Taille unnatürlich schmal zusammen. Der kratzige Stoff bedeckte ihre Schultern und ging dann in einen bodenlangen Rock in

A-Linie über. Rhee hielt die Münze schon den ganzen Morgen in der Hand umklammert, weil ihr Kleid so schlecht geschnitten war. Wie konnte man nur ein Gewand ohne Taschen entwerfen?

Tai Reyanna hatte mit Argusaugen danebengestanden, als die Schneiderin die letzten Stiche anbrachte – Rhee war in das Kleid hineingenäht worden und würde später wieder hinausgeschnitten werden müssen. Es schien wie eine Metapher zu sein.

Joss hätte gewusst, was zu tun war. Sie war anmutig und geistig flink. Doch das Mädchen, das Kaiserin sein sollte, war verloren in der Galaxie, während Rhee in dem Gewand dastand und einer Anführerin und einer Kaiserin nicht einmal ansatzweise nahekam.

In knapp einer Stunde würden sie und Nero Seite an Seite erscheinen, um live auf DroneVision die neuesten Bedingungen des Waffenstillstands bekannt zu geben. Es war genau das, was Rhee gewollt hatte, und der Grund, warum sie ein so widerliches Bündnis eingegangen war. Aber Nero hatte ihr eine zusätzliche Bedingung abgerungen – dass Fontis die Reisebeschränkungen auf den schwer bewachten Überresten von Wraeta aufhob.

Dafür konnte es nur einen Grund geben: Das Waffenstillstandsabkommen war ein Mittel zum Zweck. Nero hatte gar kein Interesse daran, seine Glaubwürdigkeit bei den Vereinten Planeten wiederherzustellen, wie alle vermuteten.

Er war hinter dem Überschreiber her.

Rhee hatte nie so richtig geglaubt, dass das Gerät überhaupt existierte. Aber Nero hatte auf Houl mit solcher Überzeugung gesprochen, als er sagte, der Überschreiber besitze Fähigkeiten, die alles übertrafen, was Rhee sich vorstellen könne. Er hatte gesagt, dass er mit dem Überschreiber den Leuten etwas zuflüstern könne, *nicht durch ihre Ohren, sondern durch ihren Geist* …

Ob es nun stimmte oder nicht: Nero war entweder davon überzeugt, dass es der Wahrheit entsprach, oder er war verzweifelt – und beides machte ihn sehr, sehr gefährlich.

Rhee musste wissen, was er vorhatte.

Aber wie sollte sie das herausfinden? Sie verstand ihn immer noch genauso wenig wie vor ihrem Bündnis.

Wie zur Antwort auf ihre Zweifel hallte Neros Stimme durch den Raum. Es schien, dass man ihm nicht entgehen konnte. Ein Schauer rieselte ihr über den Rücken.

»Alle sind herzlich eingeladen, zuzuschalten, wenn Kaiserin Rhiannon Ta'an in einer Stunde eine wichtige Mitteilung macht …«

Sofort plapperte der Droide die Worte wie ein Papagei nach.

»Dieses nutzlose Stück Schrott!«, rief der Fischer und versetzte dem Droiden einen heftigen Tritt. Die Holo-Projektion war nur noch ein Schillern und gab ein so schwaches Licht von sich, dass es für humanoide Augen kaum zu erkennen war. Dem Fischer ging es wahrscheinlich genauso.

Rhee seufzte. »Ihr wisst, dass er nichts dafür kann.«

Es stimmte – der Droide war ein eigens für die Bedürfnisse der Derkatzianer geschaffenes Modell. Ihre Netzhäute waren anders geformt, sodass ihre Augen siebenmal so viel Licht wahrnahmen wie Rhee oder der Fischer. Die Projektion konnte auf Humanoid oder Derkatzianisch eingestellt werden und hatte vermutlich eine Störung, bei der sie von selbst zwischen beidem wechselte.

Der Fischer murrte weiter vor sich hin. Rhees Kopf schmerzte.

»Bitte«, sagte sie. »Ich versuche nachzudenken.«

Was nützte ihnen der Sicherheitsplan des Fischers, wenn sie nicht in Neros Kopf gelangen und verstehen konnte, was er vorhatte? Trotz ihrer geheuchelten Höflichkeit und der Zeit, die sie jüngst seine Gegenwart hatte ertragen müssen, war sie dem Verständnis seiner Ziele keinen Schritt näher gekommen.

Der Droide hatte zu reden begonnen – derkatzianisch diesmal. Der Fischer hatte versehentlich die Sprache verstellt und fluchte, was das Zeug hielt.

Und da kam ihr schlagartig die Lösung. Humanoid oder Derkatzianisch. *Zweigesichtig.*

Rhee brauchte einen Doppelagenten.

Und sie wusste auch, wen sie fragen würde: Julian.

Lahna hatte dafür gesorgt, dass er in den Tiefen des Palastes blieb. Obwohl Nero darauf bestand, dass die Tagsterne Rhee auf Schritt und Tritt folgten – eine Entwicklung, die Rhees Misstrauen und Unbehagen schürte –, hatte die Kaiserin verlangt, dass der Kern des Palastes als Ort der Andacht dafür tabu sein sollte, dass er also frei von Kameras blieb. Für den Moment war er heilig und bot die Ungestörtheit, nach der sie sich sehnte – obwohl Ungestörtheit von Tai Reyanna eine ganz andere Herausforderung war. Bei ihrer Rückkehr hatte die Tai darauf bestanden, so viel wie möglich mit ihr zusammen zu sein. Sie wirkte netter, weniger streng. Die Wärme war untypisch und brachte Rhee weniger Trost, als Tai Reyanna es sich möglicherweise erhofft hatte. Sie erinnerte Rhee nur daran, dass sich alles verändert hatte, dass man heimkehren konnte und diese Heimat nicht wiederzuerkennen war – dass die Erinnerung, die man in sich trug, nur ein geistiges Konstrukt war und dass nichts jemals unverändert blieb.

Rhee ging nach unten, wo ihre Ahnen per Holo auf die vier Wände des Raumes projiziert wurden. Opfergaben drängten sich unter jedem Bild auf niedrigen Tischen, die als kleine Altäre dienten. Es waren die typischen Gaben: Getreide, Früchte, Süßigkeiten.

Als sie in den schwach beleuchteten Raum trat, fiel ihr das Atmen sofort leichter.

Julian hatte seit der Nacht, in der er in ihr Gemach eingebrochen war, immer noch nicht mit ihr gesprochen. Sie besuchte ihn jedoch jeden Tag und wappnete sich gegen seinen zornigen Blick. Er wollte nicht hier sein, aber er konnte auch nicht fort. Wo sollte er sonst hin?

Als Rhee und Lahna eintraten, wandte Julian sich angewidert von ihr ab. Er hatte das Haar im Stil der neuen Welle kurz geschoren und sah älter aus.

»Wünschst du dir immer noch, du hättest mich getötet?«, fragte Rhee. Sie zwang ihre Hände, nicht zu zittern, und als sie sich weigerten, verschränkte sie sie fest ineinander.

»Wünschst du dir immer noch, du hättest meinen Vater nicht ermordet?«, gab er zurück. Er blickte sie von der Seite an, das Kinn gesenkt, das Blau seiner Augen noch intensiver, durchdringender. Sie sah, wie sehr er sie hasste.

Sie antwortete nicht – das brauchte sie nicht. Sie wusste jetzt, dass es kein Verrat gewesen war. Sie hatte sich geirrt. In Veyron. In fast allem.

Aber sosehr sie sich auch bemühte, Rhee konnte ihre alte Freundschaft nicht vergessen. Am ersten Abend, als sie nach dem Tod ihrer Familie endgültig nach Nau Fruma zurückgekehrt war, hatte Julian ihr die abgestreifte Haut einer Schlange auf das Fensterbrett gelegt, damit sie sie am nächsten Morgen fand. Und am Tag darauf war es ein Stein in Form eines Herzens. Ein Stück roten Stoffs, eine Scherbe Buntglas, ein Zweig getrockneter Lavendel. Diese kleinen Gegenstände waren ihre Rettungsleine zu der Welt außerhalb des Palastes.

Jetzt hatten sie die Rollen getauscht; er war der Gefangene innerhalb der Palastmauern. Rhee spürte, dass er innerlich vor Zorn kochte, dass er nach allem ihren Schutz brauchte – den sie ihm in der geringen Hoffnung auf Vergebung und Erlösung gern gewährte.

»Ich bin gekommen, um dich um Hilfe zu bitten«, eröffnete Rhee ihm. Aus dem Augenwinkel sah sie, dass Lahna von einem Fuß auf den anderen trat.

Julian schnaubte. »Du glaubst, dass ich dir helfe?«

»Wenn es in unser beider Interesse ist.« In diesem Moment traf sie eine Entscheidung: ihm zu vertrauen. Zu hoffen. »Nero sucht nach dem Überschreiber.«

Lahna zog eine Augenbraue hoch. »Was?«

Also hatte Dahlen es ihr nicht gesagt. Rhee schaute von Julian zu Lahna und wieder zurück. »Ich bin mir nicht einmal sicher, ob er existiert. Aber Nero sucht ihn.«

»*Choirtoi*«, hauchte Julian.

»Wir müssen wissen, was er im Schilde führt.« Sie holte tief Luft. »Was ich getan habe, war unverzeihlich. Das weiß ich. Aber die Schuld liegt bei Nero.« Sie erwartete halb, dass Julian Einwände erheben würde, aber er tat es nicht, daher sprach sie weiter. »Veyron wusste, dass er aufgehalten werden musste. Dafür ist er gestorben. Ich bin mir sicher, dass Nero nie an seiner Loyalität gezweifelt hat. Ist das richtig?«

Julian nickte. Sein Gesicht war unbewegt.

Lahna starrte sie an. »Ihr wollt doch nicht etwa andeuten …?«

Rhee holte tief Luft. »Dass Julian den Platz seines Vaters einnimmt. Biete dich Nero an. Deine Loyalität.« Sie hielt inne. »Wenn wir herausfinden, was er tut, und es verhindern können – gemeinsam –, dann steht es dir frei, dich an mir zu rächen.« Sie konzentrierte sich darauf, keinen Muskel zu bewegen; nur so konnte sie ihre Tränen zurückhalten.

»Ihr vertraut einem Jungen, der Euch töten wollte?« Lahnas Stimme war scharf vor Ungläubigkeit. »Er könnte Euch hintergehen und Euch restlos fertigmachen.«

»Und doch habt selbst Ihr Euch vor ihm verneigt«, sagte Rhee.

Julian kam näher und verströmte die gleiche mörderische Hitze wie zuvor; für einen Moment dachte Rhee, dass er sie an Ort und Stelle umbringen würde. Lahnas Hand zuckte, aber sie griff nicht nach dem Bogen.

»Ich werde dir helfen«, sagte er leise. Er schwieg, und er war ihr so nahe, dass sie seinen Atem auf der Stirn und auf der Wange spürte. »Aber dann werde ich dir das Leben nehmen.«

»Es sei denn, ich nehme dir deins«, entgegnete Rhee. Ihre Trauer fühlte sich an wie Ertrinken.

Für einen Moment standen sie nur da und sahen sich an. Seine blauen Augen wirkten dunkel in dem fahlen Licht, beinahe schwarz. Dann nickte er schließlich.

»Und noch etwas«, sagte sie, bevor er sich abwenden konnte. »Wie bist du an meiner Wache vorbeigekommen?«

Es war eine Frage, die sie seit Tagen umtrieb. Selbst ohne Dahlen hatte sie eine starke Wache von Fontisianern aus dem Orden, zusammen mit einigen treuen kalusianischen Palastdienern, die die Flure, die Gärten und sämtliche Eingänge bemannten.

Julian verdrehte die Augen. »Ich habe eine Uniform gestohlen und geraten, wie die Codeworte lauteten. Ehre. Loyalität. Tapferkeit.«

Ihr stockte der Atem. Die geheimen Passworte, die ihre Wachen aufforderten, sich zurückzuziehen – sie ergaben ihr *ma'tan sarili,* ausgewählt in einem privaten Familienritual. Niemand außer ihren Eltern hatte die Worte gekannt. Und Julian natürlich. Er hatte alles über sie gewusst.

Die Vergangenheit starb nicht nur, sie tötete auch.

In der ganzen Stadt erklangen tausend Glocken, um die Aufmerksamkeit der Leute zu erregen. Selbst zwei Stockwerke unter der Straße bebten die Mauern von dem Lärm.

Julian sah sie an. »Ich schätze, das ist Euer Stichwort, Kaiserin.«

Nero wartete bereits auf sie, und Rhee war dankbar, dass außer seiner besonderen Wache auch Tai Reyanna sich einen Platz neben dem Podium verdient oder darauf bestanden hatte. Als Rhee in das grelle Tageslicht hinaustrat, wurde sie von dem Wind und dem Gebrüll der Menge beinahe umgeworfen, und Tai Reyanna streckte die Hand aus, um ihr Halt zu geben.

Nero stand am Rand des Balkons und lehnte sich an das Geländer. Er winkte mit erhobenem Arm und stellte sich der unten johlenden Menge von Nationalisten zur Schau. Rhee blieb drei Meter vor der Brüstung stehen, außerhalb von Neros Hörweite. Die Menge war ungeduldig, ungebärdig und bereit, ihn sprechen zu hören. Wegen ihr waren sie nicht da.

Das wusste sie bereits, aber die unausgesprochene Erinnerung daran, wie sehr sie Nero brauchte, um die ganze Sache durchzuziehen, jagte ihr dennoch neue Angst ein.

Rhee versuchte zu lächeln, obwohl es wahrscheinlich nutzlos war. So viele Seelen hatten ihr Urteil über sie gefällt. Sie war jung, unerfahren und bedeutungslos. Und das Schlimmste von allem: Sie war ein Mädchen.

»Durch dieses Herz fließt kaiserliches Blut«, sagte Tai Reyanna und tippte Rhee auf die Brust. Rhee verspürte Dankbarkeit in sich aufwallen. Sie drehte sich zur Seite und schaute ihrer Gouvernante in die Augen. »Aber wichtiger noch, es fließt auch Freundlichkeit hindurch. Gerechtigkeit.«

Wie konnte sie gerecht sein, wenn sie einen Mann getötet und einem anderen durch Dahlen den Tod gebracht hatte? Sie konnte ihren eigenen Instinkten nicht trauen. Sie war nicht ihr Vater. »Ich weiß nicht, was ich tue«, sagte Rhee leise und aufrichtig.

»Wir lernen ständig dazu.« Es war Tai Reyannas Spruch gewesen, wenn Rhee während des Unterrichts die Konzentration verloren hatte. Damals war es frustrierend und ärgerlich gewesen. Aber wenn Rhee es jetzt hörte, wenn sie ihrer Tai in die Augen schaute, sah sie jemanden, der an sie glaubte.

Sie wollte die Arme um ihre Tai legen, drückte ihr aber stattdessen die Hand. *»Ma'tan sarili«*, sagte Rhee. Die Geste war kurz und flüchtig und wurde vom Klang von Neros Stimme zerstört.

»Was für ein liebevoller Moment«, bemerkte Nero und trat vom Rand des Balkons auf sie zu. »Das ist genau der Grund, warum ich darauf bestehe, dass die Tagsterne Euch folgen. Ihr seht einfach nicht ein, wie sehr die Menschen sich nach Verbundenheit sehnen.« Nero lächelte. Sie bemerkte, dass das dreieckige Zeichen an seinem Hals jetzt von hautfarbenem Make-up überdeckt wurde. »Wenn man einen Moment wie diesen einfängt, erfindet das Publikum sofort eine Geschichte dazu. Es will sehen, dass Ihr auch ein Mensch seid, genau wie sie.«

Die Ironie des Ganzen widerte sie an – dass die Leute glaubten, Nero sei der mit der fantastischen Persönlichkeit, obwohl alles nur vorgetäuscht, alles Fassade war, eine Strategie, um sie zu manipulieren.

»Ich kann meine eigene Geschichte erfinden«, sagte Rhee ruhig.

»Ja – die Geschichte einer friedlichen Galaxie. Ihr macht Eure Sache großartig.« Es war herablassend, aber ohne Bosheit. Seine Hand zitterte, doch es schien keine Nervosität zu sein. Rhee war überrascht; sie hatte ihn immer nur vollkommen ruhig und ausgeglichen erlebt.

»Falls ihr nichts dagegen habt, hätte ich gern einen Augenblick allein mit Nero.« Lahna und ihre Tai schienen bereits widersprechen zu wollen, aber Rhee kam ihnen zuvor. »Mir passiert schon nichts«, sagte sie.

Die Tai wirkte entrüstet, als sie ging, und funkelte Nero an, bevor sie Rhee zunickte. Lahna machte sich nicht einmal die Mühe, sie anzusehen. Stattdessen drehte sie lässig den Bogen und rief über die Schulter: »Ich bin gleich hier drüben, falls Ihr Hilfe braucht …«

Rhee sah Nero an und zischte in dem Lärm der Menge: »Ihr seid in den letzten Tagen viel zu liebenswürdig.«

»Ist das nicht genau das, was Ihr von mir verlangt, Kaiserin?«, fragte er. Nero strich die schwarze Seide seines maßgeschneiderten Hemdes glatt. Er trug nie eine andere Farbe, aber immer ein Accessoire, das den Blick auf sich zog. Heute war es ein kleiner Messingknopf am Hals, genau in der Mitte des runden Kragens. Seine Präzision machte ihr Angst.

»Ich gebe zu, es beeindruckt mich, dass Ihr überlebt habt«, sagte er. »Aber das heißt nicht, dass Ihr auch nur annähernd in der gleichen Liga spielt wie ich. Wir werden sehen, ob Kalu Euch als Herrscherin akzeptiert, Euch und Eure Geschichte vom Frieden.«

»Also wartet Ihr darauf, dass ich scheitere?«

»Das war Seotras Fehler – auf Euch zu warten. Die Welt wartet auf niemanden; sie belohnt die, die handeln, ganz gleich, wie beispiellos oder unkonventionell dieses Handeln auch sein mag. Und sie will jemanden, der bereit ist …« Er hielt inne, als wählte er seine Worte mit Bedacht. Das machte Rhee nervös. »Die Leute wollen jemanden, der ihnen sagt, was sie glauben sollen … und der sie dazu bringt, es zu glauben.« Er lächelte.

»So, wie Ihr es getan habt«, sagte Rhee.

Nero zuckte die Achseln. »Noch nicht ganz.« Ein Frösteln überlief sie. »Sie konnten Eure Herrschaft kaum ertragen, als sie rechtmäßig war. Und jetzt, da Ihr wieder aufgetaucht seid, machen Spekulationen die Runde, dass Ihr Eure eigene Entführung inszeniert hättet und dass Ihr Euch einen fontisianischen Liebhaber genommen habt.«

Rhee richtete sich auf. *Dahlen.* »Diese Spekulationen scheinen ein gezielter Versuch zu sein, mich zu verleumden.« Es war niederträchtig und trug eindeutig Neros Handschrift. Er streute Gerüchte über sie. Zumindest erinnerte er sie daran, dass er dazu in der Lage war.

»Ich? Aber nein«, erwiderte er lässig, obwohl das Lächeln, das seine Lippen umspielte, die Vermutung nahelegte, dass er sehr wohl dahintersteckte und sich hämisch darüber freute. »Und doch … wenn ich beschlossen hätte, dass es die Wahrheit ist, wäre es zur Wahrheit geworden. Das ist wahre Macht.« Nero ging auf und ab. »Rhiannon, wisst Ihr, wie ein Gerücht entsteht? Nicht durch das Aussprechen des Offensichtlichen, sondern durch ein winziges Saatkorn. Eine Ungewissheit. Eine Aufnahme von Euch und Dahlen aus dem falschen Winkel, gesendet auf den Holos. Die Lawine von Fragen! Man braucht den Leuten das Schlimmste gar nicht zu sagen; sie denken es sich selbst aus. Denn es gibt keine größere Macht als die Macht des Geistes, Kaiserin.«

Er warf ein Bild von Dahlen in die Luft zwischen sie. Dahlen hielt Rhees Hand – hatte sie aller Wahrscheinlichkeit nach ergriffen, um sie auf die Füße zu ziehen –, und sie sah ihn verärgert an. Aber irgendwie wirkte ihr Gesicht aus diesem Winkel, als würde es etwas ganz anderes sagen.

Nero trug noch immer das gelassene Lächeln im Gesicht. Mehr als irgendetwas sonst wünschte sie, sie könnte es ihm einfach herausschneiden. »Und nun kommt. Stellen wir uns der bewundernden Menge.«

Rhee raffte den steifen Saum ihres Kleides und rempelte ihn im Vorbeigehen so heftig an, wie sie konnte. Er stolperte, wirkte aber immer noch erheitert. Ein schäbiges Verhalten für eine Kaiserin, das wusste sie – aber es war ihr egal.

Mit so viel Selbstbewusstsein, wie sie aufzubringen vermochte, trat sie an den Rand des Balkons. Nero folgte ihr. Jede Seele war so klein, so unmöglich von einer anderen zu unterscheiden, dass die Menge wie ein einziger lebender Organismus erschien, pulsierend, als würde sie atmen. Unwillkürlich trat Rhee das Bild vor Augen, wie sie sich aufbäumte und sie bei lebendigem Leibe verschlang.

»Ich stelle Euch nun die außergewöhnliche Kaiserin Rhiannon Ta'an vor! Wir sorgen für eine neue, würdige Anführerin«, donnerte Nero. Rhee kam das bekannt vor. Es klang, als habe er Gefolgschaft gelobt, als verkünde er öffentlich in der ganzen Galaxie seine Loyalität – aber es strafte sein wahres Ziel Lügen. Nero hatte vor zehn Jahren das Gleiche zu Rhee gesagt, nachdem ihre Eltern gestorben waren. Auch damals hatte er von sich selbst gesprochen. Er fing Rhees Blick auf und grinste so breit, dass er in seinem Glück geradezu grotesk wirkte. Dann fügte er mit falschem Ernst hinzu: »Obwohl ich mich ihrem Gebet anschließe, dass Prinzessin Josselyn bald sicher zu uns zurückkehren möge.«

Abscheu erfasste sie. Hatte sie ihm in die Hand gespielt?

Rhee traute es Nero durchaus zu, sie als Köder für Josselyn zu benutzen, um ihre Ängste gegen Josselyns Sicherheit auszuspielen. Sie hatte schließlich eine Belohnung auf ihre Rückkehr ausgesetzt.

Sobald die kaiserlichen Schwestern wieder vereint waren, konnte er sie einfach beide töten.

Was machte es schließlich für einen Sinn, eine Ta'an aus dem Weg zu räumen, wenn es irgendwo da draußen noch eine gab? Es war die perfekte Erklärung, warum Nero Rhee noch nichts getan hatte.

Nero ergriff ihre Hand. Wieder durchfuhr sie ein Gefühl des Ekels. Er war der Mann, der ihre Familie getötet hatte. Was, wenn sie das jetzt sagen würde, dachte sie wild, sodass alle es hörten?

Sie wusste, wie es aussah, als Nero ihre verschränkten Hände hochhielt, als hätten sie gewonnen. Denn sie hatte gewonnen, oder nicht? Gleich würden sie einen Waffenstillstand verkünden. Nero traf sich morgen mit den Vereinten Planeten, und er hatte praktisch zugestimmt, dass Kalu die

UniForce-Truppen aus allen fontisianischen Gebieten abzog. Es war ein öffentliches Arrangement, um den Krieg einzudämmen.

Aber noch während Rhee diese Worte an die Öffentlichkeit richtete, wirbelten ihre Gedanken durcheinander. Seine Nähe widerte sie an. Das Korsett drückte ihr die Rippen zusammen wie ein Schraubstock. Die hoch stehende Sonne spiegelte sich in den Türmen des Long Now und blendete sie. Rhee schaute hinab und sah Diener, die sich auf den unteren Balkons des Palastes drängten und zu ihnen aufblickten, als seien sie Götter.

Als sie auf dem Balkon nur zwei Stockwerke tiefer eine Gestalt entdeckte, die sich mürrisch an eine Säule lehnte, setzte ihr Herz einen Schlag aus. *Ist das Dahlen?*, fragte sie sich. Aber nein, das Licht oder ihr Verstand spielte ihr einen Streich. Denn als sie einmal fest die Augen zusammenkniff und wieder aufmachte, sah sie, dass es Julian war. Er schüttelte den Kopf, und obwohl sie sein Gesicht nicht erkennen konnte, spürte sie seinen zornigen Blick. Und während die Menge brüllte und Nero ihre Hand viel zu fest gepackt hielt, sah sie, wie der Junge, der einmal ihr bester Freund gewesen war, sich zurückzog.

Ihr war übel, und sie war todunglücklich, als sie ihre Ansprache hielt. In was für eine Gefahr hatte sie ihn gebracht? Als sie geendet hatte, lief sie halb rennend, halb stolpernd wieder hinein. Sobald sie die Türschwelle überschritten hatte, fiel sie auf die Knie.

Nero trat hinter ihr ein. »Das habt Ihr sehr schön gemacht, bis auf das Missgeschick am Schluss. Aber das werden wir rausschneiden, wenn wir es auf den Holos senden.«

»Ihr habt gesagt, es wäre live.«

»Es ist nie live.« Er stieß einen kleinen Seufzer aus.

Rhee ballte die Fäuste. »Ihr sprecht davon, eine Persönlichkeit zu erschaffen, als wäre es das Natürlichste auf der Welt. Aber das ist nicht einmal annähernd nah an der Wahrheit. Ihr verzerrt und verdreht das echte Leben, damit … damit …«

Sprach sie über Nero oder über das, was sie Julian angetan hatte? Oder über beides?

Nero kniete sich vor sie hin, sodass sie auf dem Boden auf Augenhöhe miteinander waren. »Das echte Leben ist langweilig, Kaiserin. Wer will das schon?« Dann stand er wieder auf.

»Seht zu, dass Ihr für die nächsten Auftritte gut ausgeruht seid«, fügte Nero hinzu, als sie schwieg. Er verließ den Raum, und Rhee beugte sich vor, bis sie mit dem Kopf den Boden berührte.

Sie fühlte sich erstickt und versuchte, die äußere Schicht des kratzenden Stoffes von ihrem Kleid herunterzureißen. Er verhedderte sich um ihre Handgelenke. Sie hatte vergessen, dass sie nicht wieder herauskam – nicht aus eigener Kraft.

16
Kara

Kara schwamm hinter Lydia her, ihrer Mom, die vollständig bekleidet war und durch das blaugrüne Wasser schnitt … *Du hast auch deine Erinnerungen verloren*, wollte Kara sagen, doch ihr Mund füllte sich mit dem Geschmack von Salzwasser. Sie fiel zurück … ihre Hände waren zu fest gefesselt …

Sie schlug um sich und das Seil scheuerte ihr die Handgelenke auf. Sie keuchte, schluckte abgestandene Luft. Kara spürte eine schaukelnde Bewegung unter sich; sie krempelte ihr den Magen um. Da war eine vage Erinnerung daran, in einen alten Schiffscontainer gestoßen zu werden. Die Wände stanken nach Plastik und Öl und nach etwas anderem. Es war eindeutig ein menschlicher Geruch, doch sie wollte nicht über seinen Ursprung nachdenken. Vielleicht stammte er von ihr. Sie öffnete die Augen. Der Container war groß und rechteckig geformt. Die Realität traf sie wie ein Schlag. Sie würgte.

Sie rollte sich auf die Seite und übergab sich. Irgendjemand stöhnte. *Kai.*

Kara wischte sich übers Gesicht. Der säuerliche Geschmack von Galle beherrschte ihren Mund. Sie war der Wahrheit zu nahe gekommen, als dass sie hier enden durfte, auf dem Weg zu Nero – und plötzlich fragte Kara sich, wie Rhiannon die ganze Zeit über, während sie auf der Flucht war, überlebt hatte. Rhiannon Ta'an war dem Tod wieder und wieder entwischt, aber kaum ließ man Kara, die geringere Schwester – geringer in jeder Hinsicht –, allein, ließ sie sich in eine Falle locken. Sie stemmte sich in eine sitzende Position, aber der Container schwankte auf seinen Magnetgleisen hin und her und ihr Ellbogen rutschte weg. Vollkommen erschöpft krachte sie wieder auf den Boden.

»Ist sie es wirklich?«, fragte jemand. Kai. Er klang nicht überzeugt.

Kara merkte, dass ihr die Tablette, die Diac ihr gegeben hatte, aus der Tasche zu fallen drohte; sie nahm eine Haltung ein, als schäme sie sich, und schob die Tablette tiefer in die Tasche, ohne dass die anderen etwas bemerkten. Sie dachte über die DNA nach, die in ihr am Werk war. Ihr Kinn schmerzte und ihre Haut spannte. Wie sehr hatte sie sich bereits verändert?

»In diesem Licht sieht sie mehr aus wie eine Ta'an«, stellte Imogen fest. Kara hörte die Anspannung und die Zweifel in ihrer Stimme und das Bedürfnis des Mädchens, darauf zu bestehen.

»Was, wenn ich es nicht bin?«, hatte Kara zu ihrer eigenen Überraschung gesagt. Ihre Stimme war beinahe ein Flüstern. »Wäre es nicht eine Schande, wenn Ihr die Belohnung nicht bekommen würdet?«

»Klappe«, befahl Imogen. »Und du, ignorier sie. Soll Nero sich drum kümmern.«

Kara taten die Beine weh. Das Haar fiel ihr ins Gesicht und klebte ihr am verschwitzten Nacken. Es fühlte sich dicker an, sah dunkler aus.

»Ihr wollt mich bei ihm vor der Haustür absetzen? Ist das euer genialer Plan?«, fragte Kara. Sie schaute zwischen Imogen und Kai hin und her. Die anderen Peiniger waren fort, und sie vermutete, dass sie zurückgelassen worden waren.

»Bis jetzt hat der Plan funktioniert«, antwortete Imogen. »Wir haben Diac gefasst, haben dich angelockt, und nun …«

»Ihr habt den Mann getötet.«

»Ich habe eine Menge Leute getötet.«

Kara begriff plötzlich, dass das Salzwasser, von dem sie geträumt hatte, in Wirklichkeit nur Erbrochenes in ihrem Mund und auf ihrem Gesicht war. Ihr Plan, Josselyn mithilfe des Überschreibers aus dem Gedächtnis zu löschen, war noch heikler, noch komplizierter geworden. Um Josselyn aus dem Gedächtnis der Menschen zu löschen, würde Kara ihre eigenen Erinnerungen aufgeben müssen.

Sie schloss gedemütigt die Augen und fragte sich, wie sie sie Nero ausliefern würden. Ob er sie töten würde, oder schlimmer noch, ob er verlangen würde, dass sie ihm diente. *Etra, Rilirinas, Samba,* wiederholte sie. Der Wolf, der Wächter, die Matrone. Sie durfte diese Sternkoordinaten nicht vergessen oder die Hoffnung aufgeben, den Überschreiber zu finden. Lieber wäre sie niemand, als Josselyn Ta'an zu sein.

Dann ertönte über ihnen ein dumpfer Aufprall, und Kara hob den Blick, als könne die Decke ihr etwas verraten.

Auch Imogen schaute auf. Sie schwieg, dann nickte sie

Kai zu, damit er der Sache nachging. Kara kauerte sich zusammen. Es konnte jemand sein, der versuchte, sie zu retten. Oder es konnte jemand anders sein, der versuchte, Neros Lösegeld zu kassieren, und er konnte noch übler sein als ihre gegenwärtige Gesellschaft.

Kai ging an Imogen vorbei zum offenen Ende des Containers. Karas Herzschlag beschleunigte sich, als er mit einem Ruck die Abdeckung hob, aber es war niemand da. Hinter ihnen erstreckte sich nur eine Reihe von Schiffscontainern, die auf den Magnetgleisen schwebten. Kai spähte nach links und rechts, sah aber nichts – zumindest dem dümmlichen Grinsen auf seinem Gesicht nach zu urteilen, als er sich wieder umdrehte.

Dann schwangen sich zwei Beine über den Rand des Daches und versetzten Kai einen Tritt in die Brust. Die Wucht schleuderte ihn rückwärts in den Container und Kara und Imogen stoben auseinander. Issa landete in der Hocke auf dem Boden.

»Ich weiß, was Ihr denkt«, sagte Issa. »Ich lasse es einfach aussehen.«

Kai und Imogen stürzten sich auf sie. Sie wich Kai geschickt mit einer Drehung aus und stieß ihn mit einem Tritt in den Rücken aus dem Container. Sein Schrei ging im Wind unter.

Als Issa ihr den Rücken zukehrte, versuchte Imogen, sie aus dem Container zu werfen, aber Issa sprang zur Seite, und es entspann sich ein Kampf. Kara bot sich ein fast malerisches Bild. Die quadratische Öffnung des Containers bildete einen Rahmen, in dessen Mitte sich die beiden Kämpferinnen vor einer Landschaft grüner Wildblumenwiesen abhoben, die sich in rasendem Tempo entfernten. Ein falscher

Schritt, und eine von ihnen würde hinausfliegen und nicht überleben. Aus dem Augenwinkel sah Kara die silberne Peitsche am Boden schimmern, die Imogen fallen gelassen hatte.

Die beiden Mädchen kämpften, schlugen sich und rangen miteinander, aber Imogen war geschmeidiger, wand sich beinahe schlüpfrig aus jedem Griff. Sie warf Issa zu Boden, kniete sich auf sie und würgte sie mit bloßen Händen. Issa strampelte wild mit den Beinen.

Kara schlug das Herz bis zum Hals. Sie kroch von hinten heran und nahm die Peitsche so lautlos an sich, wie es ging. Wut und Angst ergriffen von ihr Besitz, von ihrer ganzen Welt. Kara hielt den Atem an. Ihre gefesselten Hände zitterten, als sie die Peitsche stramm zog und an beiden Seiten fest gepackt hielt. Als sie nah genug war, kam ihr ein Wort in den Sinn: *Schlagbereich*. Sie schwor, dass sie es noch nie zuvor gehört hatte, aber gleichzeitig wusste sie genau, was es bedeutete.

Furcht schoss ihr in die Brust und schnürte ihr die Luft ab. Es machte ihr Angst, dass sie nicht atmen konnte, aber etwas anderes machte ihr noch mehr Angst – dass Issa starb, weil sie zu feige war, um sie zu retten. *Tu es, tu es, tu es*, redete sie sich zu, während sie sich von hinten an Imogen heranschlich. Und dann tat sie es.

Kara schlang Imogen die Peitsche um den langen Hals und zog, so fest sie konnte – zog sie fest zusammen und dann noch fester, bis ihre Hände sich in Imogens Nacken trafen. Das Mädchen ruderte mit den Armen und versuchte unbeholfen, hinter sich nach Kara zu schlagen, aber Kara ließ sich nicht beirren und spürte die Hiebe kaum. Sie spürte ohnehin kaum etwas; das Einzige, was sie wahrnahm, war das Dröhnen ihres Pulsschlags in den Ohren.

Selbst als Imogen wild um sich tretend zurückrutschte und beinahe gefallen wäre, verhärtete Kara sich zu Stein. Es überraschte sie ein wenig, wie stark sie war. Issa setzte sich aufrecht hin und fing Karas Blick auf. Ihr Hals war rot und wund. Sie erhob sich, ging zu Kara, ergriff die Peitsche und bedeutete ihr mit einem Nicken, die Hände wegzunehmen.

Issa drückte fester zu, als Kara es gekonnt hätte. Jetzt hörte sie das Röcheln von Imogens Atem, und als ihr Körper schließlich erschlaffte, behielt Issa den Würgegriff bei, länger, noch länger, unerträglich lang. Kara verstand, dass sie keine Risiken eingehen konnten. Als genug Zeit verstrichen war, ließ Issa Imogens Leichnam sachte nach vorn fallen, bis sie nur noch ein Haufen hübscher Haut und Knochen auf dem Boden war.

Kara sah zu den Schiffscontainern hinter ihnen hinaus, zu den endlosen Wiesen aus hohen Gräsern und wilden Blumen, die sich vor ihnen auftaten. Sie waren immer noch auf Ralire.

»Wie seid Ihr hierhergekommen?« Kara schluckte. Sie hatte einen widerwärtigen Geschmack im Mund. »Was – was ist passiert?«

»Ich habe Euch bis zu der Einrichtung verfolgt, in der sie Euch festgehalten haben.« Issa zuckte die Achseln. »Als sie Euch wieder herausgezerrt haben, bin ich Euch zu den Schiffscontainern gefolgt und aufgesprungen, als niemand hingeschaut hat.«

Es war Nachmittag gewesen, als sie auf den Markt gegangen waren; dem Stand der Sonne nach zu urteilen, war es jetzt mitten am Vormittag. Zwölf Stunden waren vergangen, vielleicht mehr. Inzwischen war das Medischiff längst fort.

»Und wieder seid Ihr zu mir zurückgekommen«, murmelte sie. Irgendwie hatte sie sich Issas Treue verdient – sie würde es vielleicht nie verstehen, aber sie war dankbar dafür. Ihr Herz tat ihr weh vor Dankbarkeit, von dem Schmerz, wieder einen anderen Menschen gernzuhaben, obwohl sie sich so gewünscht hatte, dass es nie wieder so sein würde.

»Ich hatte gerade nichts Besseres vor«, versetzte Issa, aber Kara sah die Tapferkeit, die Entschlossenheit, die sich hinter dem Sarkasmus verbarg. »Hey, hey – geht es Euch gut?«

Issa reagierte auf Karas Gesichtsausdruck; sie war kurz davor zu weinen. Ihr Gesicht – ihr neues Gesicht – fühlte sich heiß und klebrig an. Ihr Kopf tat weh, und sie wusste, dass es wegen ihrer DNA war, die sich veränderte. Sie rieb sich wieder die Augen mit den Handballen. »Ich schätze, ich bin einfach nicht daran gewöhnt, dass jemand zu mir zurückkommt.« Der Schmerz in ihrer Stimme war nicht zu überhören, aber sie konnte nichts dagegen tun.

Issa berührte sie am Unterarm. »Wollt Ihr darüber reden?«

»Nicht jetzt«, antwortete Kara kopfschüttelnd. Sie war sich nicht sicher, ob sie jemals darüber reden wollte.

»Wenn Ihr so weit seid, bin ich ganz Ohr, ja?« Sie schaute sich um. »Wir sollten uns besser beeilen. Die UniForce wird sicher nicht begeistert davon sein, völlig umsonst anrücken zu müssen. Wir dürfen ihnen keine Zielscheibe bieten. Mit ein bisschen Glück können wir eine Mitfahrgelegenheit auf einem leichten Schiff ergattern und die Ärzte einholen …«

Kara holte tief Luft und schwankte. »Ich muss nach Wraeta«, sagte sie. Mit einem Mal hatte sie ein klares Ziel. Sie wusste, wo der Überschreiber war.

Issa starrte sie an. »Auf Wraeta gibt es nichts außer Asche.«

Kara schüttelte den Kopf. »Dort ist eine Waffe versteckt. Wir müssen sie finden, bevor die UniForce es tut.«

Issa sah sie aus schmalen Augen an. »Von was für einer Waffe reden wir hier?«

Kara zögerte, aber nur kurz. Issa hatte ihr gerade das Leben gerettet. Sie würde ihr vertrauen müssen. »Ihr habt mir erzählt, dass Ihr Angst habt, die UniForce wolle ein Update erzwingen, damit sie Euren Würfel aufspüren und Daten abziehen kann. Aber was ist, wenn sie einen Schritt weitergehen könnte? Was, wenn sie Euren Würfel nicht nur aufspüren, sondern auch verändern könnte?«

Für eine Sekunde schwieg Issa. Dann platzte sie heraus: »Ich hab's doch gewusst!« Sie stampfte mit dem Fuß auf dem Boden des Schiffscontainers auf. »Zumindest ein paar von uns. Die meisten hielten uns für paranoid. Ihr sagt, die Technologie sei auf Wraeta?«

Kara nickte. »Wir müssen einen Weg durch die militärische Absperrung finden.«

»Nicht mehr«, sagte Issa. »Prinzessin Rhiannon hat eine Waffenruhe verkündet. Ich habe das dritte Auge genutzt, um Holo-Übertragungen aufzufangen. Fontis musste die Schutzmaßnahmen auf Wraeta aufheben. Das bedeutet, dass wir hinfliegen können.«

»Genau wie Nero«, versetzte Kara. Issa nickte.

Es gab keine Zufälle. Es war, als wüsste Rhiannon, wo sie hinwollte, und machte ihr den Weg frei. Als könnte sie tief im Innern spüren, dass dies die einzige Möglichkeit war, sie beide für immer von Josselyn, der verlorenen Prinzessin, zu befreien.

Aber genauso wahrscheinlich war es, dass Rhee Nero half …

Nein. Kara weigerte sich, das zu glauben.

So oder so, sie musste den Überschreiber als Erste in die Hände bekommen.

»Wenn es irgendeine Möglichkeit gibt, Nero einen Strich durch die Rechnung zu machen, wird die WFK helfen wollen«, stellte Issa fest. »Ich kann ein Notsignal senden, sobald wir wieder in der Zivilisation sind.« Es tröstete Kara, dass Issa sie umarmte und fest an sich drückte. »Ich hoffe, Ihr seid bereit, aus einem fahrenden Container zu springen?«, fügte sie trocken hinzu.

Kara hatte Issa gesagt, dass sie den Überschreiber zerstören mussten, bevor Nero ihn in die Hände bekam, und das entsprach der Wahrheit. Was sie Issa jedoch nicht sagen konnte – was sie Issa niemals sagen würde –, war, dass sie ihn vorher benutzen wollte.

Dann würde Josselyn Ta'an für immer verschwinden. Karas Erinnerungen würden dann vielleicht auch verschwinden, aber sie würde von da an in der Lage sein, ihre eigenen Entscheidungen zu treffen. Sie konnte frei sein, und niemand würde ihr sagen, wer sie zu sein hatte.

17
Alyosha

Aly hatte das Gefühl, als hätte ihm jemand die Adern in Brand gesteckt: Sie würden Nero stürzen. Und er würde zu dem Schutt zurückkehren, der einst sein Zuhause gewesen war. Es hatte eine poetische Gerechtigkeit an sich, eine Ironie, oder was immer es war.

Sollte Nero doch nach dem Überschreiber suchen kommen. Aly würde warten.

Sie schossen in einem der unauffälligen kleinen WFK-Schiffe auf die Überreste von Alys Heimatplaneten zu, aber sie mussten sich beeilen. Da Wraetas Luftraum jetzt für den Verkehr freigegeben war, würden dort bald chaotische Zustände herrschen – und Nero konnte ihnen mühelos zuvorkommen.

Pavel stand unbeweglich da, während er von seinem Brustpanzer vorsichtig eine Holoprojektion ausstrahlte. Dahlen umkreiste das Bild und analysierte es eingehend. Das blaugrüne Licht, das von dem Bild ausging, hob seine hohlen Wangen und seine nachdenklich zusammengekniffenen Augen hervor.

Aly kämpfte gegen die kleine Stimme in sich an, die ihn warnte, dass er schon wieder zu einer Schachfigur werden würde, diesmal für die Fontisianer. Aber der Gedanke spann sich in ihm fort und verfestigte sich, als er an Karas Tod dachte. Diesmal würde er das Spiel gewinnen.

»Alyosha, Euer Blutdruck und Eure Körpertemperatur sind erhöht. Möchtet Ihr Meditationstechniken wiederholen?«

Aly beugte sich vor, die Handflächen auf das Kontrollpult gestützt. Vin hatte Pavel mit einem Wellness-Alarm programmiert, bevor er gestorben war. Aly spürte, wie ein Stück seines Herzens absplitterte und sich in der Leere verlor.

Er schüttelte den Kopf. »Es geht mir gut, P. Wie wär's mit einer Statusmeldung?«

Der Droide blinkte mit den Augenlichtern und zoomte aus dem Hologramm, bis die Flugwege von fünf verschiedenen Schiffen sichtbar wurden. Sie gehörten alle zur UniForce, also zu Nero, und es handelte sich um Bergbauschiffe. Das bedeutete, dass das, was Nero suchte, sich unter der Erde befinden musste.

Der Überschreiber war unter der Erde.

Eine gute Neuigkeit: Die Bergbauschiffe waren zu verschiedenen Orten auf dem zerstörten Planeten unterwegs. Aly war erleichtert. Anscheinend wusste Nero nicht, wo der Überschreiber war, jedenfalls nicht genau. Aber ebenso schnell flammte Angst in seiner Brust auf.

»Also, wie sollen wir uns Eurer Meinung nach an diesen

Schatzjägern vorbeimogeln?«, fragte Aly. »Wenn Ihr Unsichtbarkeitstechnologie besitzt, von der ich nichts weiß, dann bittet doch um Expressversand, dann haben wir sie vielleicht morgen.«

»Wir werden uns nicht an ihnen vorbeimogeln.« Dahlen ignorierte seinen Sarkasmus. »Wir werden eins ihrer Schiffe beschlagnahmen. Wir werden einer von ihnen werden.«

»Was?« Aber noch während Aly reagierte, begriff er. Also hatte Dahlen doch die *Revolutionäre* gesehen. »Ihr erwartet von mir, dass ich eins der Schiffe der UniForce beschlagnahme?«

»Genau«, sagte Dahlen neutral.

»Mir scheint, dass diese Idee mehr mit mir zu tun hat als mit Euch.« Doch Aly stellte bereits Berechnungen an, benutzte Teile seines Gehirns, die er längst für eingerostet gehalten hatte. Er vermisste Vins verrückten Flugstil, seine Konzentration und das Adrenalin. Er vermisste ihre gemeinsame Sprache, die militärischen Abkürzungen und ihre Insiderwitze. Und plötzlich war Aly wieder sauer. Weil nicht Vin neben ihm saß, sondern Dahlen.

Er warf einen Blick zu dem Fontisianer und überlegte. Sie würden es bald tun müssen, bevor sie dem elektromagnetischen Feld zu nahe kamen, das Wraeta zusammenhielt, und bevor die anderen die Entführung auf dem Radar hatten. Er sah sich das schwebende Bild näher an.

»Wenn man den Schub und die nahen Gravitationskörper berücksichtigt«, sagte Pavel, »ist es unwahrscheinlich, dass eins der Schiffe vor der Ankunft auf Wraeta eine Pause einlegen wird.«

Aly nickte. »Aber uns hindert nichts daran, zu ihnen zu fliegen«, stellte er fest.

Sie blieben die ganze Nacht auf und überarbeiteten ihren Plan. Die *Nanac* war ihr Zielschiff – ein Bergbauschiff, das unten mit zwei riesigen Bohrern ausgestattet war.

Sie schickten eine kleine Angriffstruppe los, um der Kraftstoffkammer der *Nanac* ein Leck zu verpassen, damit ihr der Treibstoff ausging. Als die Besatzung an Bord es schließlich bemerkte, tat sie genau das, was jeder tun würde: Sie rief ein Wartungsschiff.

An Bord dieses speziellen Wartungsschiffes befanden sich Aly und Dahlen mit einer Mannschaft, bestehend aus Pavel, Hesi, Darris und dem mageren fontisianischen Boten Rahmal. Aly musste zugeben, dass die WFK ganze Arbeit geleistet hatte. Ihr Wartungsschiff stammte von einem Überfall auf kalusianisches Gebiet während des Großen Krieges – neben der altersschwachen Tankrakete hätte die *Revolution* neu und glänzend ausgesehen, aber sie war fast unmöglich aufzuspüren –, und eine ihrer Quellen hatte ihnen einen Code besorgt, der nötig war, um mit dem Bergbauschiff zu kommunizieren.

Phase zwei. Sobald sie mit der *Nanac* verbunden waren, würden sie wie altmodische Piraten an Bord gehen und die Mannschaft als Geiseln nehmen.

Phase drei. Die *Nanac* landen und Nero am Boden abfangen.

Phase vier. Ihm das verdammte Genick brechen.

Es war verwegen, aber das war Aly egal. Ein mit Kalu verbündetes Schiff würde ihnen Waffen, Strom und Deckung geben, selbst in voller Sicht. Es würde ihnen einen Vorteil verschaffen.

Er klammerte sich an den Armstützen fest und spürte den Druck der Beschleunigung, als sie auf die *Nanac* zuschossen.

Er wollte sich selbst dazu bringen, sich gut zu fühlen, übermütig, wie in den alten Tagen mit Vin. Aber als sie sich der Atmosphäre näherten, vibrierte die Rakete; Aly konnte praktisch hören, wie sich die Bolzen lösten. Sein Magen ballte sich zusammen. Er dachte zurück an den Tag von Vins Tod, als der Zinnsoldat wie ein Ei zerbrochen war und sie über Naidoz hinausgeschleudert hatte. Das war seine Schuld gewesen – er war ein dummer Junge gewesen, der bei der Navigation nicht aufgepasst hatte. Vin hatte sich wegen Aly den Schädel gebrochen.

Dahlen beugte sich zu Aly vor, so weit sein Gurt es zuließ. »Ich hätte nicht gedacht, dass diese Soldaten Eure erste Wahl sein würden«, sagte er leichthin, als würden ihm die Lungen nicht in die Magengrube gedrückt werden. Angeber. Trotzdem war Aly dankbar für die Ablenkung. Hass auf Dahlen machte es leichter, Vin aus seinen Gedanken zu verdrängen.

Aly warf einen Blick zu Hesi und Darris, die beiden Soldaten, die er gebeten hatte, sich ihnen anzuschließen. Sie trugen identische Raumanzüge und waren an die fest montierten Sitze gegurtet, die im Kreis um die zentrale Konsole des Schiffes angeordnet waren. Hesi, der noch breiter war als Jeth, knirschte vor Schmerz mit den stumpfen, breiten Zähnen. Der Druck fühlte sich wahrscheinlich an wie eine Metallplatte, die den massigen Körper des Chrams niederdrückte. Doch neben Hesi sah Darris so aus, als würde er sich prächtig amüsieren. Pavel war zu seiner Kuppelform zusammengefahren, aber er hüpfte auf und ab; Aly war froh über die Hydraulik, die er installiert hatte.

Er drehte sich wieder zu Dahlen um und zuckte die Achseln. »Ich habe sie im Feld gesehen. Das ist mehr, als ich über

Eure Wahl sagen kann«, bemerkte er und deutete mit dem Kopf auf Rahmal, dessen Nase so aussah, als sei sie dauerhaft nach oben gedrückt.

»Es kam nicht infrage, ihn auszumustern«, entgegnete Dahlen, jedes Wort knochentrocken. In den vergangenen zwölf Stunden war Rahmal wie ein ergebenes Hündchen um Dahlen herumscharwenzelt – sein einziger Daseinszweck schien es zu sein, herumzulaufen und etwas für Dahlen zu holen. Offenbar hatten die fontisianischen Ältesten ihn als Dahlens Verstärkung mitgeschickt, was irgendwie zum Schreien war, da Dahlen diesem Jungen mit dem Finger das Rückgrat brechen könnte. Rahmal war hochgewachsen, aber unglaublich mager, und abgesehen von der Fähigkeit, Nachrichten in einer winselnden Tonart zu überbringen, wusste Aly nicht, was er zu bieten hatte.

Sie durchstießen die Atmosphäre und das Tempo des Schiffes verlangsamte sich. Der Druck auf Alys Brust und Gliedern ließ nach. Er atmete erleichtert auf. Darris, der Uustralite, gab ein lautes, kehliges Geräusch von sich, das irgendwo zwischen einem Knurren und einer Verdauungsstörung lag. Rahmal legte sich Zeige- und Mittelfinger an die Augen – eine Geste an Vodhan, um ihm für seine Barmherzigkeit zu danken. Aly hatte es tausendmal bei seinen Eltern gesehen, in einem anderen Leben, damals, bevor sie nach Wray gekommen waren.

Er konnte nicht umhin zu bemerken, dass Dahlen nur die Hände zu Fäusten ballte. Er hatte erwähnt, dass er nicht mehr dem Orden angehörte. Aly fragte sich, warum das so war und ob es seine Entscheidung gewesen war, seine Gelübde zu brechen.

»Wir haben Sichtkontakt«, sagte Hesi, die milchig weißen

Pupillen fest auf das Armaturenbrett geheftet. »Es sollte mit bloßem Auge sichtbar werden in zehn, neun, acht …«

Als die *Nanac* in Sicht kam, fand Aly, dass sie das hässlichste Schiff war, das er je gesehen hatte. Aber wer brauchte schon ein schönes Schiff, wenn es nur dazu da war, Fels aufzubrechen, tief zu graben und ganze Bahnen kostbarer Metalle abzubauen? Es war eine plumpe und gierige und ziemlich hassenswerte Arbeit.

Ein rotes Licht blinkte auf der Konsole.

»*Nanac*, hier ist *Yavou*«, sagte Hesi mit seinem stärksten, schärfsten Chram-Akzent. Sofort vermisste Aly Jeth. Hesi war die einzige Seele an Bord ihres Schiffes, die zu einem mit Kalu verbündeten Gebiet gehörte – Darris mochte zwar mit viel Glück als Nord-Uustralite durchgehen oder als Sympathisant, aber sie konnten kein Risiko eingehen. Dem Plan zufolge sollte Hesi die Mannschaft zuerst begrüßen und ihnen dadurch ein paar kostbare Sekunden verschaffen, um sich in Position zu bringen. »Wir sind bereit zum Andocken und Auftanken, wann immer Ihr es seid. Bitte kommen.«

»*Yavou*, hier ist *Nanac*. Den Ahnen sei gedankt, dass Ihr gekommen seid«, antwortete eine Männerstimme. »Wir sind bereit, Euch zu empfangen, sobald wir Euren Bestätigungscode haben. Bitte kommen.«

Aly wurde bewusst, dass er die Armlehne umklammert hatte; seine Knöchel waren bereits weiß.

»Die Bestätigung lautet ›Messers Schneide‹«, antwortete Hesi. »Bitte kommen.«

Fünf Sekunden verstrichen. Zehn. Dann fünfzehn.

»*Choirtoi*«, murmelte Aly leise. Was, wenn sie den falschen Code hatten? Ein kurzes Gespräch mit der UniForce, und sie konnten als Kämpfer bezeichnet und umstandslos vom Himmel geschossen werden.

Die Albino-Augen des Chrams wurden groß. »Was muss ich tun?«

»Ihr tut gar nichts«, sagte Dahlen. »Wir warten nur.«

»Woher genau habt Ihr diesen Code?« Aly sprach im Flüsterton, obwohl das Komm noch ausgeschaltet war.

»Wir haben ihn von einer verlässlichen Quelle«, sagte der Chram. »Von einem unserer verdeckten Späher.«

»Das gefällt mir nicht.« Rahmal richtete die Bemerkung ausdrücklich an Dahlen, mit einem Ausdruck unendlichen Leidens und Elends, als müsse er dringend zur Toilette.

Dahlen achtete nicht auf ihn. Niemand sonst brachte eine Antwort hervor. Aber es bestand die Möglichkeit, dass der Späher sie hintergangen hatte, und sie wussten es. Die Sekunden dehnten sich in die Länge, während sie schweigend dasaßen und die Konsole mit Todesblicken maßen, als könnten sie hineingreifen und den Mann würgen, bis er den Code akzeptierte.

Und dann: »Tut mir leid, *Yavou*. Code bestätigt. Ihr habt Freigabe zum Andocken und Auftanken. Ende.«

Aly atmete auf. Er sah die Mitglieder der Mannschaft einen nach dem anderen an und sein Blick landete auf Dahlen. »Phase zwei?«

»Phase zwei.« Dahlen nickte. »Zeit, uns reinzusteuern«, sagte er zu dem Uustraliten. Darris umfasste mit einem seiner Tentakel den Gashebel und begann zu lenken. Bald lagen sich die Luftschleusen der beiden Schiffe gegenüber.

»Das gefällt mir nicht«, wiederholte Rahmal.

Dahlen funkelte ihn an. »Ihr würdet einen direkten Befehl nicht kritisieren, oder?«

»Niemals«, sagte Rahmal und senkte einfältig den Blick. »Es ist nur so, dass wir Euch nicht in Gefahr bringen dürfen.«

Dahlens kalte Augen huschten zu Aly, aber er konzentrierte sich weiter auf Rahmal. »Mein Leben geht nur noch mich selbst etwas an und niemanden sonst. Es ist nicht wertvoller als das eines x-beliebigen WFK-Soldaten.«

»Was für ein Held«, murmelte Aly.

»Ich spiele nicht den Helden«, sagte Dahlen. »Das ist Eure Aufgabe.«

Aly biss sich innen auf die Wange und suchte nach einer schlagfertigen Erwiderung. Früher hatte er sich wirklich gewünscht, ein Held zu sein. Er hatte sich über seinen Flüchtlingsstatus hinaus erheben, Rhiannon finden und Kara helfen wollen – und sie vielleicht dazu bringen wollen, sich in ihn zu verlieben. Aber es war keine Zeit für Scham und Bedauern. All dieses Grübeln und Trübsalblasen, wenn sie kurz davor waren, den Mann zu fassen, der das Ganze begonnen hatte. Aly musste diese Mission erfolgreich beenden. Er brauchte seine Rache.

Er hatte keinen Orden oder einen Ältesten oder irgendjemanden, der ihn anflehen würde, sich nicht umbringen zu lassen. Er hatte sonst nichts.

Die Stille in der Kapsel war mit Händen zu greifen, als sie sich alle in Position brachten. Aly stand rechts neben der Tür, während Dahlen und sein Bote auf der linken Seite standen, gerade eben außer Sichtweite für die Besatzung der *Nanac*, die an der Türschwelle stehen würde. Hesi und Darris standen jeder mit einem Werkzeugkasten ganz vorn, um sie zu empfangen. Der Plan sah vor, die Mannschaft einen nach dem anderen zu überwältigen, die Kontrolle über das Schiff zu übernehmen und auf Wraeta zu landen, bevor irgendjemand den Unterschied bemerkte.

Obwohl sie schwer und verrostet war, ließ die Tür der *Nanac* sich schnell öffnen – und von einer Sekunde auf die andere hoben Alys Stiefel sich vom Boden ab und er schwebte, drehte sich in der Luft und griff nach der Wand. Den anderen ging es genauso. Gedämpfte Rufe erklangen. Ein Schauder überlief ihn.

Falsch. Alles falsch.

Hesi zog den Taser aus dem Gürtel, als ein Wachmann, der durch die Tür gestürmt kam, ihm ein gewaltiges Messer über den Bauch zog. Blut spritzte in einer perfekten Parabel durch den Raum. In dem fluoreszierenden Licht war es beinahe durchsichtig.

Und dann herrschte Chaos.

Aly hörte das Stakkato schwerer Schritte auf dem Boden. Magnetstiefel, um sie unten zu halten. Man hatte mit Aly, Dahlen und ihrer Mannschaft gespielt – es war die ganze Zeit über der Plan der UniForce gewesen, die künstliche Schwerkraft an Bord auszuschalten. Aly stieß sich mit den Füßen von der Wand ab und warf sich auf den UniForce-Mann, der Hesi aufgeschlitzt hatte. Die Wucht des Angriffs haute seine Magnetstiefel vom Gitterboden. Die beiden segelten quer durch das Schiff und durchbrachen einen in der Luft schwebenden Blutklumpen, während sie miteinander rangen. Aly nahm den Bergmann in den Schwitzkasten, aber er war stark und schaffte es, einen Stiefel wieder auf den Boden zu bekommen. Jetzt, da er stand, nutzte er Alys Schwung aus und wirbelte herum.

Aly fiel mit rudernden Armen zurück, ohne zu sehen, wohin. Aber Darris ließ blitzschnell einen Tentakel hervorschnellen und schlang ihn Aly um die Taille, um ihn zu bremsen. Dann wickelte der Uustralite dem anderen Mann einen dicken Tentakel um den Brustkorb und den Hals und drückte zu, bis das Leben aus ihm wich. Darris zog den Tentakel zurück und versetzte dem Leichnam einen Stoß. Der reglose Körper schwebte neben einen anderen Bergarbeiter, mit dem Darris das Gleiche gemacht haben musste.

Aly befreite sich aus Darris' Tentakel und ließ sich zu Hesi treiben. Er war in schlechter Verfassung – dunkles Blut sickerte ihm aus der Wunde und formte sich zu Tropfen. Aly wollte auf die Wunde drücken, aber Hesi schüttelte den Kopf. Darris gab ein leises Schnalzen von sich und nickte in Richtung Dahlen: zwei taumelnde Soldaten schlugen gleichzeitig nach ihm.

»Ihr müsst gehen«, sagte Darris und zwang seine Stimmbänder, die wraetanischen Worte zu bilden. Er presste einen Tentakel auf Hesis Wunde.

Aly schwang sich durchs Schiff, um Dahlen zu helfen, und vergewisserte sich mit einem Blick über die Schulter, dass es Darris gut ging. Dann hörte er Dahlen stöhnen und sah, dass ein Bergmann dem Fontisianer die Arme hinter den Rücken drückte. Ein anderer versetzte ihm einen so harten Schlag auf die Nase, dass sie hörbar brach.

Aly stieß sich von der Mittelkonsole ab und warf sich ins Getümmel. Als er zu dem Gerangel hinübersegelte, sah er, dass Dahlen *lächelte.* Das Blut aus seiner Nase lief ihm zwischen die Zähne und rann ihm das Kinn hinab.

Dahlen stieß den Kopf nach hinten, um den Mann hinter sich zu treffen, dann nach vorn, um dem Mann vor sich einen Kopfstoß zu versetzen. Aly ließ die Fäuste fliegen. Er war zwar von der UniForce ausgebildet worden, aber die Bergleute hatten mehr Erfahrung mit der Schwerelosigkeit und waren vorbereitet.

Einer von ihnen ging auf Aly los und zog ihm die Faust durchs Gesicht. Es fühlte sich an, als würde ein Teil seines Gehirns explodieren: ihre Handschuhe wurden durch spezielle eisenschwere Magneten verstärkt. Aly hob einen Arm, um das Gesicht zu beschirmen, aber der Mann nahm sich stattdessen seine Rippen vor – und Aly konnte nur blind mit Knien und Füßen um sich treten, während sie zu Boden sanken.

Ein weiterer Bergmann bedrohte Dahlen mit einem Messer und sie rangen um die Waffe. Der Arbeiter schaffte es, Dahlen an die Wand zu drücken und ihm das Messer in die Schulter zu rammen. Dahlen krümmte sich vor Schmerz.

»Nein!«, brüllte Aly. Er fand neue Kraft und rammte dem Kerl den Ellbogen ins Gesicht, dann trat er ihm voll in die Eier. Das war der Nachteil von Magnetstiefeln: Man stand wie angewurzelt da. Der Mann spürte den Tritt bis rauf in die Augäpfel, und dann wurde er von der Wucht quer durch das Schiff zu Dahlen geschleudert.

Der Bergmann hielt noch immer das Messer umklammert und grub es Dahlen in die Schulter. Dahlens Knöchel waren weiß und die Adern an seinem Hals traten hervor. Er zitterte so stark, dass ihm die Zähne klapperten.

Aber Aly war klar, dass er es nicht vor Angst oder sogar vor Schmerz tat. Er zitterte vor Zorn. Dahlen hatte den angestrengt konzentrierten Blick, den wahre Gläubige in der Kirche bekamen, wenn sie in Ekstase gerieten, wenn Vodhan sie anrief, wenn sie von etwas Größerem und Mächtigerem und Unerklärlichem getrieben wurden.

Dahlen stieß einen Schrei aus, als er das Messer herauszog und mit einer schnellen Bewegung in der Kehle des anderen Mannes versenkte.

Plötzlich hörten sie das Zischen einer sich schließenden Tür, als der Druckausgleich beendet war und alle, Lebende wie Tote, mit einem dumpfen Aufprall zu Boden fielen. Die Schwerkraft war wiederhergestellt worden. Als Aly sich umschaute, sah er Rahmal hinter der Glastür stehen. Er hatte ihnen den Zugang zum Bohrschiff versperrt.

»Nein!«, protestierte Aly und wollte sich erheben, geriet in der Schwerkraft jedoch ins Taumeln.

»Lasst uns durch«, knurrte Dahlen. Sein verletzter Arm hing schlaff herab. Die Wunde war feucht und glänzte, und Aly konnte nur ahnen, in welchem Zustand die Sehnen sein mussten.

»Nein«, sagte Rahmal mit zitternder Stimme. »Wir sind verraten worden. Sie könnten am Boden auf Euch warten.«

»Widersprecht mir nicht!«, brüllte Dahlen. Das Visier seines Helms beschlug. Aly hatte ihn noch nie so zornig erlebt. »Öffnet sofort diese Tür.«

»Ich habe ausdrückliche Anweisungen von dem Ältesten, dafür zu sorgen, dass Euch nichts geschieht«, wiederholte Rahmal. »Ihr dient einem höheren Zweck.«

Dahlen schlug mit beiden Händen auf die Glasscheibe. »Wenn ich nicht mit Ehre leben kann, dann werde ich für sie sterben!«

»Bitte«, sagte Aly zu Rahmal und wechselte die Taktik. Er schloss die Augen und konnte nur Kara sehen. »Wir werden zusammen am Leben bleiben.« Ihm war bis jetzt nicht klar gewesen, wie wild und verwegen Dahlen durch seinen Rauswurf geworden war. Aber er hatte keine Zeit, den Therapeuten zu spielen. Sie würden ihr Schiff bald abkoppeln müssen, da das zusätzliche Gewicht sie sonst verlangsamen würde, und sie würden alle in der Atmosphäre verbrennen.

Rahmal schüttelte nur unnachgiebig den Kopf.

»Darf ich?«, fragte Pavel Aly höflich und öffnete an seiner Seite eine Klappe, in der eine Reihe von Zusatzgeräten zum Vorschein kamen – Signalfänger, Drahtschneider, Spannungsverstärker –, die er zum Öffnen der Luftschleuse brauchte.

»Tu es«, sagte Aly.

»Es hat keinen Zweck«, wandte Rahmal ein. »Es tut mir leid.« Seine Hand schwebte über dem Knopf, der sie ins All wirbeln lassen würde, weit entfernt vom Kurs.

»Nicht!«, brüllte Aly.

Zu spät. Rahmal schlug mit der Hand auf den Knopf. Die Wucht der Trennung warf Aly zu Boden. Als er sich wieder aufrichtete, trudelte der Planet bereits davon.

18

Kara

Seit der Verkündung des Waffenstillstands herrschte außerhalb der wraetanischen Atmosphäre ein Gewimmel aller möglichen Fahrzeuge, die sich einen Weg bahnten durch die gewaltigen Bruchteile alter planetarischer Masse, die immer noch lose in einem elektromagnetischen Netz schwankten. Kara konnte die Schiffe vom Aussehen her nicht identifizieren, aber sie wusste, dass die meisten zur UniForce oder zu Kalu gehörten.

Es waren drei Stunden vergangen, seit Kara und Issa auf Wraeta gelandet waren, und das Tageslicht wurde knapp. Die wachsende Dunkelheit war hier ganz anders als alles, was Kara auf Sibu oder einem anderen Planeten erlebt hatte. Die Abwesenheit von Licht hatte etwas Gewaltiges, Totales und Beängstigendes an sich, alles war voller Staub und Trümmer. Kara spürte, wie die Finsternis ihr um die Knöchel strich, wie sie sich ihr um die Brust legte. Sie hatte Angst, dass sie zuschlagen würde.

Oder vielleicht war es ihre Zukunft, irgendwo versteckt auf diesem Felsen, die sich langsam erhob und darauf wartete, auf sie herabzustürzen.

Beim Anblick der wenigen Lebenszeichen – etwa einer halb geschmolzenen, weggeworfenen Puppe – wurde ihr übel. Bevor Wraeta bombardiert worden und seine Atmosphäre tödlich geworden war, hatte das Eisen in der Erde den Boden in feurigen Rot- und Orangetönen gefärbt. »Als sei die Sonne untergegangen und in das Land hineingeflossen«, hatte Aly einmal zu ihr bemerkt. Er hatte alles immer genau so gesagt, wie sie es hören wollte. Sie hätte die Versprechungen, den Charme, das Lächeln gleich durchschauen sollen. Aber so war Aly nun mal – ein Opportunist, ein Schauspieler.

Kara versuchte, es sich vorzustellen, als sie über den kalten, toten Felsen ging. Sie befanden sich auf einem der größten intakten Teile von Wraeta, und als sie zum dunklen Himmel aufschaute, sah sie die Überreste des zerstörten Planeten, Felsbrocken wie der, auf dem sie stand.

Issas Einheit hatte sie an einer nahen Raumstation abgesetzt. Dort hatten sie sich eine Kapsel genommen – mit der Begründung, sie müssten eine verlorene Agentin aus der Umlaufbahn bergen –, mit der Issa sie nach Wraeta geflogen hatte. Mit halb leerem Tank waren sie in einem kahlen Gebiet mit aufgewühltem Geröll gelandet, das einen Tagesmarsch von ihrem Ziel entfernt lag. Die WFK konnte keine zusätzlichen Soldaten für ihre Begleitung abstellen. Wenn die WFK den wahren Grund gekannt hätte, warum die Mädchen nach Wraeta gekommen waren, hätte sie die ganze Armee geschickt.

Die Lüge kam Kara sehr gelegen. Eine Zwei-Mann-Kapsel würde auf dem Radar der UniForce keine Aufmerksamkeit erregen – man konnte sie sogar irrtümlich für Teile des Planeten halten, die sich aus dem elektromagnetischen Gürtel gelöst hatten. Außerdem brauchte Kara kein zusätzliches Militär oder einen weiteren Beteiligten. Sie würde den Überschreiber finden und jede Erinnerung an Josselyn Ta'an auslöschen, die je existiert hatte. Es war nur eine Frage der Zeit, bevor jemand anders versuchte, sie zu entführen. Josselyns Existenz hatte bereits Rhees Herrschaft geschadet, was sie für Nero angreifbar machte. Von dieser Mission hing alles ab.

Um sich zu beruhigen, wiederholte Kara: Etra, Rilirinas, Samba. Der Wolf, der Wächter, die Matrone … Das waren die Sternkoordinaten, die sie zu dem Labor und dem alten Gewächshaus ihrer Mutter führen würden. Kara war sich sicher, dass sie dort den Überschreiber finden würden. Nach ihren Berechnungen trennten sie nur neunzig Kilometer von der Stelle. Aber es war zu weit, um sie vor Sonnenuntergang zu Fuß zu erreichen; sie würden Issas WFK-Zelt nehmen müssen, um für die Nacht ein Lager aufzuschlagen.

Die klobigen und altmodischen Raumanzüge, die sie trugen, waren etwa zwei Nummern zu groß und schlecht ausgestattet, abgesehen von einer einfachen Sichtanzeige für atembaren Sauerstoff und die Position der Sonne. Kara und Issa konnten nicht einmal miteinander reden; die Komm-Einheiten der Anzüge waren so alt, dass sie wahrscheinlich schon seit dem Großen Krieg nicht mehr funktionierten. Aber in jeder anderen Hinsicht erfüllten sie ihren Zweck: Die Mädchen konnten sich in einer ansonsten tödlichen Atmosphäre bewegen, und die Anzüge verdeckten ihre Hitzesignatur, daher konnten sie nicht aufgespürt werden, es sei denn, sie waren in Sichtweite. Auf dem Planeten wimmelte es zwar von Neros Soldaten, aber zumindest konnte man sie nicht aus der Ferne sehen.

Kara sollte ohnehin dankbar sein. Wenn der Schutt und die Trümmer auf Wraeta einen nicht umbrachten, dann würden die Temperaturen es tun. Nicht einmal Issa konnte sich auf ein Klima vorbereiten, das sich derart dramatisch verändert hatte. Der Boden war vereist, schlüpfrig wie ein Fisch, und es bestand die Gefahr, den Halt zu verlieren und in den Weltraum zu schweben. Und wenn man abtrieb, standen die Chancen nicht gut: entweder man verhungerte, oder man starb an einer Fehlfunktion des Anzugs – was auch immer als Erstes eintrat.

Ihr einziger Notfallplan war eine Harpune, die Issa bei sich trug. Wenn Issa den Halt verlor und davonschwebte, konnte sie den geladenen Pfeil in den Boden schießen und sich mit einem zehn Handspannen langen Seil an dem Planeten festmachen. Und wenn Kara davonschwebte, würde Issa ebenfalls die Harpune abschießen und nach ihr greifen. Zumindest war das der Plan. Es hing davon ab, dass alles so lief, wie es sollte, und von viel Vertrauen zu Issa.

Ich gehe nicht weg, hatte Aly gesagt, als sie auf Nau Fruma gelandet waren. Sie schüttelte den Gedanken ab. Erinnerungen waren wie Gift, das ihr in die Haut sickerte und ins Herz floss.

Die Vergangenheit war Gift. Und sie würde es herausbekommen, würde sich und alle anderen davon befreien.

Kara blieb dicht hinter Issa und trat in ihre Spuren. Sie gingen sehr vorsichtig und setzten die Füße so, dass sie mit der ganzen Sohle auftraten. Es war ein langsames und gefährliches Vorankommen, doch es lohnte sich. Kara wollte einfach nur dieses Gefühl loswerden – dass sie nutzlos war, dass sie die Hülle eines Menschen war, gekettet an ihre Vergangenheit. Welcher Zukunft konnte sie dienen, und was hatte sie Rhiannon überhaupt zu bieten, wenn man sie fand?

Keine Verantwortung, keine quälende Vergangenheit, keine verlorene Kaiserin, der sie gerecht werden musste. Kara konnte das alles austilgen und sie konnte wieder ganz sein. Sie konnte Rhiannon helfen, indem sie verschwand, und ihr den Titel der Kaiserin unbestritten überlassen. Zumindest würde sie dann etwas Gutes getan haben.

Als sie oben auf dem Hügel ankamen, sahen sie in der Ferne eine kleine weiße Kuppel. Soldaten der UniForce hatten ein Lager für die Nacht aufgeschlagen. Kara erstarrte. Die Raumanzüge verbargen sie, aber für wie lange? Issa ballte die Faust, das Signal für Kara, stehen zu bleiben und sich hinzuhocken. Sie tat es mit klopfendem Herzen. Issa ging ebenfalls in die Hocke und drehte sich zu Kara um. Ihre Augen, die durch die Schicht auf ihrem Visier blickten, leuchteten von Aufregung oder Furcht – Kara konnte nicht erkennen, welches von beidem.

In der Ferne schimmerte die Kuppel im Licht. Sie sah aus, als bestünde sie aus Metall. Die Bombe hatte alles andere zerstört – die Kuppel war eindeutig nach dem Großen Krieg errichtet worden. Es war das erste Gebäude, das sie gesehen hatten, seit sie losgegangen waren. Es hatte etwas Unheimliches, die UniForce hier auf diesem schrecklich verwundeten Planeten zu sehen. Es war, als würde man über eine Vision stolpern – nicht von der Vergangenheit, sondern von der Zukunft.

Issa zog ihren Holoprojektor hervor. Der Anzeige zufolge waren sie seit der Landung dreißig Kilometer gelaufen, und den Sternbildern nach zu urteilen, hatten sie die doppelte Strecke noch vor sich, bevor sie das Labor erreichten, in dem Kara den Überschreiber vermutete. Sie würden Abstand zwischen sich und das Lager der UniForce bringen müssen, damit sie am Morgen einen guten Vorsprung hatten.

Sie gingen weiter, trotteten in ihren unförmigen Anzügen vorwärts, jeder Schritt eine quälende Anstrengung. Schließlich, lange nachdem der Lichtschein des UniForce-Lagers erloschen war, konnte Kara keinen Schritt mehr vor den anderen setzen. Sie einigten sich auf vier Stunden Schlaf – lange genug, um neue Kraft zu tanken, aber kurz genug, dass sie sicher sein konnten, die UniForce hinter sich zu lassen, falls auch sie sich in Bewegung setzte.

Issa klopfte auf das tragbare Schutzzelt. Es hatte die Größe ihrer Faust, aber es öffnete sich mit einem solchen Ruck, dass die Druckwelle Kara von den Füßen riss. Das Zelt entfaltete sich um die Mädchen zu einer Kuppel und verankerte sich im Boden. Als normaler Luftdruck hergestellt war, piepten die Messgeräte am Handgelenk ihrer Anzüge in einem schwachen Grün: achtzig Prozent atembarer Sauerstoff für humanoide Spezies.

Kara fand, dass sie vorsichtig sein sollten, aber Issa riss sich den Helm herunter und holte einen tiefen Zug Luft. Einige Sekunden verstrichen, und als es sicher schien, dass Issa weder ersticken noch implodieren würde, fummelte Kara an dem schweren Reißverschluss, der den Helm mit dem Anzug verband, und setzte ihn ab.

Die Luft war so kalt, dass es sich anfühlte, als würde ihr bei jedem Einatmen die Lunge vereisen. Es machte ihr nichts aus. Kara holte tief Luft, und dann noch einmal. Ihr wurde schwindlig, aber sie fühlte sich wacher.

»Ich habe noch nie eine von diesen Kuppeln gesehen«, sagte Kara. Im Innern war es pechschwarz, bis auf die Anzeigen an ihren Handgelenken, aber selbst in dem fahlen grünen Licht sah sie, dass ihr Atem weiße Wölkchen bildete. Es hatte etwas Vertrautes an sich, ein unheimliches Gefühl, dass die Ereignisse sich wiederholten. In den letzten Tagen war das immer häufiger geschehen.

»Man hat sie hier vor den Evakuierungen eingesetzt, als der Staub sich in der Atmosphäre gesammelt hat«, erklärte Issa. »Bis nach Kalu haben sie es vermutlich nicht geschafft …«

Issas Ton war bissig. Und warum auch nicht? Kara fühlte sich schrecklich. Die ganze Zeit über war sie so mit ihrem eigenen Verlust beschäftigt gewesen, dass sie keine Sekunde lang an Issas Verluste denken konnte. Was hatte Issa noch gesehen, woran sie nicht gedacht hatte? Wie war es, hier aufzuwachsen, damals, als es noch anders war, als es schön war? Sie wollte Issa fragen, aber sie wusste nicht, wo sie anfangen sollte.

»Nein. Haben sie nicht.« Kara setzte sich Issa gegenüber im Schneidersitz auf den Boden, sagte jedoch nichts. So loyal Issa auch war, sie schien nicht der Typ zu sein, der sich öffnete. Kara merkte plötzlich, wie sehr sie sich wünschte, dieses Mädchen kennenzulernen, sie zu verstehen, ihre Geheimnisse zu erfahren. Issa hatte ihr Leben riskiert, um die WFK auf dem Medischiff und das Medischiff selbst zu beschützen, hatte wieder und wieder versucht, Kara zu beschützen, sogar vor sich selbst. »Möchtet Ihr darüber reden? Über die Evakuierung, meine ich …«

Issa seufzte, lehnte sich zurück und stützte sich auf den Handballen ab. Sie schaute sich um. »Ich bin nicht auf Wraeta aufgewachsen.«

Kara war überrascht; sie hatte einfach angenommen, Issa sei von hier.

»Mein Großvater ist in die nördliche Hemisphäre von Kalu eingewandert, als meine Mutter noch ein kleines Mädchen war«, erklärte sie. »Ich bin dort geboren worden, also bin ich eigentlich Kalusianerin.«

Sie schaltete das Gerät am Handgelenk ab, sodass Kara ihr Gesicht nicht mehr sehen konnte. Kara schaltete ihres auch aus und das Zelt lag plötzlich im Dunkeln. Wie zuvor schien die Dunkelheit lebendig zu sein. Kara wurde unbehaglich zumute – mehr als unbehaglich –, aber sie hatte den Eindruck, dass Issa ungesehen bleiben wollte. »Und?«

»Erst hatte er einen Gemüsestand, dann einen Lebensmittelladen und schließlich hat er die Frischwarenautomaten in jeder Stadt des Planeten bestückt«, berichtete Issa.

»Die haben deiner Familie gehört?« Kara schlang die Arme um die Brust und zitterte. So ein Automat hatte an der Hyperloop-Haltestelle an ihrem alten Modul mit Lydia gestanden, aber er hatte alt und verrostet ausgesehen und war immer leer gewesen.

»Sie haben uns nicht gehört, aber die Firma meiner Familie hat dafür gesorgt, dass sie regelmäßig gefüllt wurden. Meine Mom hat das Geschäft geerbt und es in ein großes Transportunternehmen verwandelt. Partnerschaften mit Farmen im Umkreis jeder wichtigen Stadt. Der Ertrag von jeder Ernte wurde verteilt. Das Geschäft lief gut, sehr sogar«, fügte sie hinzu, als sei es ihr peinlich. »Aber dann kam die Verfügung.«

Kara wiegte sich vor und zurück – zum Teil, um sich warm zu halten, zum Teil aber auch, weil sie nervös war. Natürlich wusste sie, was geschehen war, auch ohne dass Issa es auszusprechen brauchte. Es ging auf den Großen Krieg zu, und es gab einen Evakuierungsbefehl für alle Wraetaner auf kalusianischem Boden. Kara durchforstete ihr Gedächtnis nach einer organischen Erinnerung daran, obwohl ihr klar wurde, dass sie keine hatte. Ihre eigene Unwissenheit öffnete sich wie eine Kluft zwischen ihr und Issa.

Issa fuhr fort: »Na jedenfalls, ein Mann und eine Frau kamen zu uns nach Hause. Er war Kalusianer und trug einen zu großen Anzug, er sagte, er komme von der Bank. Sie trug eine Armeeuniform und ging, als hätte sie einen Stock im Arsch.« Kara hörte Issa ausspucken. »Er sagte, dass laut Verfügung 23–41B das Vermögen jeder Person wraetanischer oder fontisianischer Herkunft beschlagnahmt würde und dass sie in ein Lager umziehen müsste. ›Zu unserer Sicherheit.‹«

»Was für eine schwachsinnige Ausrede«, antwortete Kara. Sie hatte sie viel zu oft gehört, zur Rechtfertigung von Dingen, die man ihr angetan hatte, Dingen, die unentschuldbar waren. »Also seid ihr in das Lager gegangen?«

Sie war sich wegen der Dunkelheit, die sie umfing, nicht ganz sicher, aber sie meinte Issas Blick zu spüren. Karas Wangen brannten angesichts der Dummheit ihrer Frage. »Wir hatten keine andere Wahl. Sie haben uns an Fontis ausgeliefert und ich bin in Wray gelandet. Die meisten der anderen Wraetaner hassten alles an mir. Sie haben sich über meinen kalusianischen Akzent lustig gemacht. Sie nannten mich verwöhnt und sagten, ich hielte mich wohl für was Besseres und dass nicht mal die Kalusianer jetzt noch was mit mir zu tun haben wollten.«

»So etwas sollte niemand durchmachen müssen …« Karas Stimme verlor sich. Ein leichter Wind strich durch den Raum und durch ihr Haar, das jetzt glatt war.

»Ich hatte niemanden zum Reden. Es war furchtbar. Ich wäre gar nicht dort gelandet, wenn dieser Mann von der Bank nicht gewesen wäre. Jahre später habe ich herausgefunden, dass er unser beschlagnahmtes Vermögen selbst an sich genommen hat. Meine Familie hat so viel Arbeit und Herzblut in die Firma gesteckt, und er nimmt sie uns einfach weg und fährt alles an die Wand. Ich hatte heftige Fantasien, ihn aufzuspüren und dafür büßen zu lassen …«

»Wow«, flüsterte Kara. Sie schämte sich, wie unbedeutend ihr Schmerz neben dem von Issa schien. Sie hatte das Gefühl, als stünden sie auf einem Vorsprung, der gleich unter ihnen wegbrechen würde. »Habt Ihr ihn gefunden?«, fragte sie.

»In Nau Fruma, kurz bevor ich Euch begegnet bin. Der Mann war dort. Unser Kommandant hat uns angewiesen, unseren Eid zu ehren: *Wenn man euch etwas genommen hat, folgt die Strafe auf dem Fuß.*«

Issa war bei dem Sturm auf das Internierungslager dabei gewesen.

»›*Wenn man euch etwas genommen hat, folgt die Strafe auf dem Fuß*‹«, wiederholte Kara. Es kam ihr plötzlich so verwegen vor. Aber vielleicht war das der Grund, warum Kara keine Soldatin war. Sie konnte sich nicht darauf verlassen, zur richtigen Zeit die richtige Entscheidung zu treffen. »Habt Ihr ihn auffliegen lassen?« Sie fürchtete sich vor der Antwort, davor, wohin die Geschichte von Krieg und Ehre sie bringen könnte. Aber sie musste es wissen.

»Nein. Ich habe ihn verschont.«

Kara starrte Issa an. »Nach allem, was er Euch angetan hat?« Sie konnte nahezu spüren, wie Issa die Achseln zuckte.

»Was ändert es jetzt noch? Sein Tod würde meiner Familie nicht zurückgeben, was sie verloren hat. Er würde mir kein Ziel geben.«

»Ziel«, wiederholte Kara. Es schien Issa Trost zu spenden, doch Kara empfand nur ein wachsendes Gefühl des Grauens. Als wäre ihr eigenes Ziel – sich zu befreien, Rhiannon zu befreien, Josselyn verschwinden zu lassen – ein doppelter Boden, und als würde sie immer weiter und weiter fallen. Sie wusste nicht, wie sie Josselyn sein sollte. Was, wenn sie auch nicht wusste, wie sie Kara sein sollte, wenn sie sie nicht vollkommen auslöschte?

»Wisst Ihr, wie in den Meeren von Hesphion die Perlen entstehen?« Issa wartete Karas Antwort nicht ab. »Kleine Schmutzpartikel verfangen sich in einer Auster, und die Auster umschließt die Partikel mit Perlmutt, weil sie denkt, sie seien infiziert. Und die Perlmuttschicht wächst und wächst, bis aus den kleinen Schmutzpartikeln eine Perle wird.«

Kara schwieg und wartete.

»Wann war diese Perle ein Schmutzpartikel? Wo hörte das eine auf und fing das andere an? Wann ist das eine zum anderen geworden?«

Mächtige und unerklärliche Gefühle stiegen in Kara auf. »Vielleicht waren sie immer beides«, meinte sie, ihre Stimme ein raues Flüstern.

»Wie Ihr, Kara?«, gab Issa zurück.

Kara schüttelte den Kopf. War sie so durchschaubar?

»Denkt nicht, ich hätte es nicht gemerkt. Immer wenn ich Euch ansehe, schaut Ihr entweder total griesgrämig in die Ferne oder Ihr betrachtet diese Münze«, sagte Issa. »Ja, ich habe die Münze gesehen. So schlau seid Ihr nicht. Also, wer seid Ihr, Kara?«

Karas Lebensgeschichte war ein Stück in zwei Akten, einer vor dem Unfall und einer danach. Da war Rhiannon und da war Aly, und jeder band sie an ein anderes Leben, an eine andere Version ihrer selbst. Rhiannon hatte ihren Thron. Aly hatte seine Unschuld. Was nutzte Kara den beiden? Was nutzte sie überhaupt jemandem? Sie nahm die Münze aus der Tasche und schloss ihre Hand darum. »Ich kann mich nicht erinnern«, sagte sie zu Issa.

Karas Augen hatten sich an das bisschen Licht gewöhnt, das in das Zelt drang, und sie konnte Issa jetzt sehen. Sie lächelte, als sie die Münze von Kara entgegennahm. Bisher hatte sie die Zähne nur gezeigt, um sie zu fletschen, aber jetzt bemerkte Kara, wie gerade und weiß sie waren. Es war tröstlich, ihr Gesicht aufleuchten zu sehen, die Wärme ihrer Hand zu spüren. »Ich schätze, es spielt ohnehin keine Rolle.« Sie wog die Münze in der Hand, um ein Gefühl dafür zu bekommen, dann biss sie hinein – und verzog das Gesicht. »Die Vergangenheit ist eine Geschichte, ähnlich wie bei dieser verrosteten Münze. Niemand weiß, was darunter ist. Ihr könnt sie erfinden, wenn Ihr wollt.«

Aly hatte etwas Ähnliches gesagt. Wenn du keine Lüge leben willst, ist es an dir, die Wahrheit zu verändern.

»Ich mag gar keine Version meiner Vergangenheit«, antwortete Kara. »Nicht einmal die ausgedachten.«

Aber zum ersten Mal fragte sie sich, ob es reichen würde, Josselyn mithilfe des Überschreibers auszulöschen. Was, wenn sich herausstellte, dass sie – Kara, nicht Josselyn – das Problem war? Und wenn sie die Erinnerungen löschte, die sie noch hatte – würde ein weiteres leeres Gedächtnis tatsächlich ihre Probleme lösen, oder würde es neue schaffen?

Kara hatte mit einem beständigen Gefühl des Unbehagens gelebt – nicht nur, weil ihre Vergangenheit weg war, sondern weil die Zukunft so trostlos aussah, eine Zukunft, in der ihr jede Entscheidung abgenommen wurde und in der es keine Überraschungen oder Entdeckungen gab. Was, wenn sie sich irrte? Was, wenn sie in ihrer Familie eine größere Wahrheit fand, die den Schmerz und die Mühe, die sie verursacht hatte, wert war?

Issa drückte ihr die Hand, und Kara sah auf und wischte sich mit den Handballen die plötzliche Feuchtigkeit in den Augen weg.

»Ich verstehe Euch total, Kara.« Ihre Stimme war leise und heftig, und das Drängen darin erschütterte Kara, gab ihr das Gefühl, entblößt zu sein. Sie konnte nur hart schlucken. »Ihr seid das Mädchen, das den Chirurgen auf dem Medischiff gesagt hat, sie sollen sich verziehen und meine Wünsche respektieren. Ihr seid das Mädchen, das in mir mehr gesehen hat als eine Patientin, sogar mehr als eine WFK-Kämpferin. Ihr habt mich als Mensch gesehen.« Sie ließ Karas Arm los, und er wurde kalt, wo ihre warme Hand gelegen hatte.

»Ich versuche, das Richtige zu tun, und immer verlassen mich alle.«

Issa antwortete eine Weile nicht. Vielleicht wartete sie darauf, dass Kara weitersprach, aber das würde sie nicht tun. Sie konnte es nicht. Sie hatte nicht einmal die richtigen Worte, um über das Gefühl der Nutzlosigkeit zu sprechen und darüber, dass sie ständig Menschen von sich stieß. Sie konnte es unmöglich laut aussprechen.

Aber Issa ersparte es ihr, es sagen zu müssen.

»Es ist schrecklich, wenn Menschen gehen. Ich werde Euch nicht sagen, dass Ihr darüber hinwegkommen werdet, weil das dumm ist, denn wenn wir einfach über etwas hinwegkommen könnten, wenn wir es uns nur vornehmen, dann würden wir nicht weinen …« Sie seufzte. »Es ist nicht einfach, die richtigen Worte zu finden. Aber wenn Leute gehen, dann tun sie es manchmal, weil sie selbst Probleme haben. Es ist nicht Eure Schuld, und es ist nicht Eure Verantwortung – wenn Ihr gut zu jemandem seid und er geht, dann liegt es an ihm.« Issa richtete sich ein wenig höher auf. »Was ich sagen will, ist, dass Ihr viel zu geben habt. Ihr habt Eure eigene Art, es zu zeigen, aber Ihr habt noch viel Gutes zu tun. Die Welt braucht Euch, Josselyn Ta'an.«

Bei dem Namen durchlief sie ein Schauer. Natürlich wusste Issa Bescheid.

»Nicht einmal ich weiß, wer das ist«, versicherte Kara, so leise, dass sie ihre eigene Stimme kaum hören konnte.

Issa drückte Kara die Münze wieder in die Hand. »Sie ist die, die Ihr aus ihr macht.«

Kara erwachte einige Stunden vor Sonnenaufgang. Die Kälte war so heftig, dass sie ihr die Tränen in die Augen trieb. Sie hatten beide verschlafen, und jetzt zogen sie sich hastig an und überprüften sich gegenseitig. Kara nahm Issas Holoprojektor und rief die Karte auf. Sie übernahm die Führung und ging in Richtung Horizont, um sie beide näher an den Überschreiber zu bringen und weiter weg von dem Lager hinter ihnen.

Es war ein fieberhafter Marsch. In der Ferne sahen sie einen rosig weißen Lichtschein am Himmel und fragten sich, ob es ein weiteres Lager war, das sich näher an ihrem Ziel befand. Jetzt hatten sie Angst, die Dunkelheit und mit ihr ihre Koordinaten zu verlieren. Die Sternbilder verblassten im heraufdämmernden Tageslicht, und sie hatten nur ihre Holoprojektoren, nach denen sie sich richten konnten.

Als sie die Koordinaten erreichten, sah Kara, dass sie zu Ruinen geführt worden waren. Hatte Diac die Koordinaten verwechselt? Hatte er sie belogen? Es kostete sie ihre ganze Selbstbeherrschung, nicht darauf zuzurennen. Vorsichtig und quälend langsam näherten sie sich. Kara blieb stehen, als sie an die Überreste einer niedrigen geschwungenen Mauer kam. Sie erinnerte sich an eine leblose, verwitterte Riesenmuschel, die aus dem Sand ragte.

Es war das alte Gewächshaus, erkannte sie, als sie die geborstenen Glasscheiben sah. Und da, gleich daneben, waren die Überreste des Labors. Diac hatte sich also doch nicht geirrt.

Aber wohin sollten sie von hier aus gehen?

Je näher sie kam, umso deutlicher spürte sie die Leere. Das Gewächshaus kam ihr noch leerer vor als Wraeta selbst – der Boden war mit flachen Löchern und leeren Rohren übersät, als sei innen etwas Stück für Stück abgebaut und fortgeschafft worden.

»Kara.« Issa legte ihr grob eine Hand auf die Schulter. Sie war so vertieft in die Landschaft gewesen, dass sie die summende Vibration in der Luft nicht bemerkt hatte. Sie drehte sich um und sah am Horizont vor der aufgehenden Sonne ein Schiff aufsteigen. Groß und unheimlich lautlos nahm es den Himmel ein und sah aus, als würde es die ganze Landschaft verschlingen. Als es herunterkam, konnte sie zwei gewaltige Bohrer erkennen, die unten am Rumpf befestigt waren. Triebwerke liefen, ihr blaues Feuer zeichnete sich als Umriss vor dem dunklen Himmel ab. Keine Atmosphäre, kein Geräusch. Kara hörte in ihrem Helm nur ihren eigenen

Atem; ihre Haut war feucht, und ihr Herz klopfte schnell. Dann sah sie das vertraute Gesicht, das durch das Observationsfenster zu ihr hinabspähte.

Nero.

Kara rannte los, so schnell sie in dem sperrigen Raumanzug konnte. Sie war sich nicht sicher, ob Issa hinter ihr war. Sie war sich über gar nichts sicher, nur dass sie den Überschreiber vor diesem Monster erreichen musste. Vor dem Mann, der Aly den angeblichen Mord an Rhee angehängt hatte, der einen Krieg angezettelt hatte, der Rhiannon in Zugzwang gebracht hatte – sie musste glauben, dass das der einzige Grund war, warum die Kaiserin mit ihm zusammenarbeitete. Wenn er den Überschreiber hatte, gab es keine Hoffnung mehr für sie.

Sie hatte damit eine ältere Version von sich selbst löschen wollen, aber für welche Gräuel würde ein Mann wie er ihn benutzen? Kara lief, so schnell sie konnte, ohne vom Planeten zu fliegen. Zehn Meter. Fünf. Und dann stand sie vor den Überresten eines schmiedeeisernen Hindernisses, das vielleicht einmal ein Zaun gewesen war. Es umgab den Stumpf von … sie war sich nicht sicher, was es war. Kara kletterte über den Zaun und eilte in die Mitte des abgesperrten Bereichs. Sie fiel auf die Knie. Es sah aus wie ein knorriger Baumstumpf, der in dem Mangel an Atmosphäre versteinert war. Sie wusste nicht, wie nah die anderen ihr waren. Sie konnte nichts hören.

Als sie die Rinde berührte, bröckelte sie ab. Kara wühlte in der alten Erde, wo einmal Wurzeln gewesen sein mussten, und fand nur noch mehr Asche und versteinertes Holz. Sie war verzweifelt, und ihre Hysterie verwandelte sich in Tränen, die ihr in den Augen brannten. Mit beiden Händen riss sie alles weg, was sie wegreißen konnte. Sie hatte alles verloren, aber das hier würde sie nicht verlieren – sie würde den Überschreiber mit bloßen Händen zerstören. Und dann: etwas Grünes. Hellgrün. Lebendig.

Ein Wurzelsystem auf einem kahlen Felsen ohne Atmosphäre.

»Wo ist er?«, flüsterte sie heiser zu niemand Bestimmtem, weil niemand sie hören konnte. Sie grub weiter und stieß auf etwas Feuchtes, Schmieriges, das sich wie eine Wurzel anfühlte. Sie packte es mit beiden Händen und zog. Es steckte tief in der Erde, musste ein Teil des Felsens sein. Sie würde einen Bohrer brauchen, Werkzeuge.

Dann wurde sie mit einer schnellen Bewegung weggezerrt, am Anzug zurückgezogen, die Hand von den Wurzeln gerissen, von dem Versteck, an dem der Überschreiber sich befinden musste. Kara schaute nach rechts und sah Issa, die von einem Mann in einem dunklen Raumanzug am Boden festgehalten wurde. Und über sich, in seinem eigenen Anzug, das Visier kristallklar, sah sie Nero. Er lächelte.

Auf eine lässige Handbewegung hin ging das Schiff tiefer und begann zu bohren.

19

Rhiannon

»Nero ist fort.«

Rhiannon wirbelte zu Julian herum. Wieder war er fast lautlos auf ihrem Balkon gelandet. Damals auf Nau Fruma war es ihm nie gelungen, sich an sie heranzuschleichen.

»Wann?«, war alles, was sie sagen konnte. Der Rat der Vereinten Planeten war einberufen worden, um über die vorläufigen Bedingungen für einen neuen Friedensvertrag zu verhandeln; die Versammlung sollte früh am nächsten Morgen in der Hauptstadt zusammenkommen. »Wohin ist er gegangen?«

Julian schüttelte den Kopf. »Er hat um sechzehn Uhr einen Sternenkreuzer der UniForce bestiegen.«

Ein Kreuzer der UniForce bedeutete, dass Nero den Planeten verlassen hatte. Es bestand durchaus die Möglichkeit, dass er seinen Schritt bereits getan hatte.

Was wiederum bedeutete, dass es Zeit war, ihren zu tun.

»Neros Leute haben mit der Vorbereitung für das Treffen der Vereinten Planeten begonnen«, sagte sie. »Der ganze Planet verfolgt gespannt die Ankunft der VP-Ratsmitglieder.«

Lahna neigte den Kopf. »Dann wird es in den Türmen des Long Now so gut wie keine Sicherheitskräfte geben.«

Rhee sah Julian an. Seine Augen brannten vor Hass, hell wie ein implodierender Stern – als hätten sich die Farbe und das Licht darin verdichtet und seien kollabiert. War die Trauer um seinen Vater dafür verantwortlich? War *sie* dafür verantwortlich? »Kommt, finden wir heraus, was unser geliebter Nero so treibt, wenn die Kameras ausgeschaltet sind.«

Die Türme des Long Now waren eigentlich das Hauptquartier von DroneVision und der Wohnsitz von Nero, doch jetzt waren die Firmenbüros zu einem inoffiziellen Machtsitz geworden.

Rhee hatte dem Fischer einen kleinen, gezielten EMP-Puls gestohlen, der die Tagsterne ausschaltete – aber es war trotzdem sicherer, sich bedeckt zu halten. Obwohl der Fischer ihnen eine große Hilfe gewesen wäre, konnte Rhee sich nicht dazu überwinden, ihn in ihren Plan einzuweihen. Er hätte es Tai Reyanna erzählt, die vergeblich versuchen würde, Rhee davon abzuhalten, und krank vor Sorge werden würde.

Julians Augen blitzten in dem schwachen Licht auf. Wortlos öffnete er die Hand, in der eine kleine runde Kapsel zum Vorschein kam. Er zielte damit auf die Wand und drehte sie, worauf ein Rechteck hellblauen und weißen Lichts erschien. Pläne, erkannte Rhee, obwohl sie aus dem Gewirr der weißen Linien nicht schlau wurde.

»Da ist der Kontrollraum«, flüsterte Julian und zeigte auf

ein kleines Rechteck, das auf vier Seiten von Gitterquadraten umgeben war.

Sie kletterten außen am Turm über ein Zugangsrohr an der Westmauer hoch und schlüpften in einen Luftschacht, der laut Julian nicht mehr benutzt wurde. Jetzt, da es ihnen gelungen war, einige der Tagsterne auszuschalten, die normalerweise die Außenpatrouillen übernahmen, gelangten sie ohne Zwischenfälle hinein.

Durch Neros kurz entschlossene Mission außerhalb der Atmosphäre und die gleichzeitige Ankunft der Gesandten der Vereinten Planeten aus der ganzen Galaxie waren planetare Sicherheitskräfte dünn gesät. Aber der Mangel an Wachposten – bisher waren sie nur zwei UniForce-Robotern auf Kurzpatrouille ausgewichen – machte Rhees Angst nur größer, nicht kleiner.

Nero musste etwas Wichtiges vorhaben.

Sobald sie den Flur erreicht hatten, der zum Kontrollraum führte, stürmte Rhee los. Lahna musste sie am Arm festhalten und sie zurückziehen.

Lahna drückte sich an die Wand und schob sich vorwärts, dann bedeutete sie Rhee und Julian, es ihr nachzutun. Als sie an die Ecke kamen, fasste sie Rhees Hand und drückte sie. Rhees Herzschlag verdoppelte sich; sie wusste nicht, ob es ihre Aktion war oder Lahnas Berührung oder beides.

»Zwei UniForce-Männer und ein Robo-Soldat bewachen eine schwere Tür«, flüsterte Lahna.

»Das ist nicht schlecht. Drei gegen drei«, sagte Rhee.

»Das ist nicht Euer Ernst«, entgegnete Lahna. »Wir würden eine kleine Armee brauchen, um auch nur einen Droiden auszuschalten.« Ausgerechnet das Datenzentrum war schwer bewacht. Es war ein weiterer Beweis dafür, dass Nero etwas zu verbergen, zu beschützen hatte. Aber sie hatten nicht die Zeit, eine kleine Armee aufzustellen.

Niemand würde sie unterstützen, dachte Rhee.

Julian setzte sich über Lahnas Bedenken hinweg. »Wir haben keine Wahl. Lahna kann den auf der rechten Seite erledigen, und du, Rhee, nimmst dir den linken vor. Was den Droiden betrifft …« Flüchtig fing er Rhees Blick auf. »Da kann ich mir vielleicht etwas einfallen lassen.«

Rhee nickte. Das war der Julian, den sie kannte – der, der sich immer auf die Schnelle etwas einfallen ließ. Es war gut, ihn wieder dabeizuhaben, auch wenn er nicht nur sein eigenes Leben aufs Spiel setzte, sondern auch ihres.

»Mir gefällt dieses ›Vielleicht‹ nicht«, bemerkte Lahna.

Aber es spielte keine Rolle. Rhee hatte bereits ihre Gelegenheit gesehen, ihre Chance. Sie streckte die Hand nach Julians Messer aus, das von einer elektromagnetischen Scheide umhüllt war. Sobald es sein Ziel getroffen hatte – falls Rhee ihre Sache gut machte –, würde die Hülle dem Opfer mit einem elektrischen Puls per Würfelrouting einen Elektroschock versetzen.

Er zögerte. Sie konnte ihm die Skepsis ansehen.

»Gib einfach her«, sagte sie. Rhee konnte besser zielen, das wussten sie beide. Aber Julian würde eher sterben, als es zuzugeben. Sie starrten sich in der Dunkelheit an. Er war stur, aber sie war es auch.

Schließlich stieß er einen Seufzer aus und gab ihr das Messer. Adrenalin schoss ihr durch den Körper. Jeder Muskel war angespannt. »Auf drei. Eins, zwei …«

»Drei.«

Rhee holte aus, als sie um die Ecke sprang, und warf. Die Klinge überschlug sich in der Luft und traf punktgenau die

Brust des UniForce-Wächters. Selbst aus der Entfernung sah Rhee, wie die Sehnen unter der Haut sich zusammenzogen und streckten. Der Wachmann fiel mit dem Rücken gegen die Wand, und in dem Moment explodierten Rhees Sinne – als wären sie stummgeschaltet gewesen, ohne dass sie es bemerkt hätte. Jetzt war sie voller Energie und auf voller Lautstärke.

Gleichzeitig schoss Lahna zwei Pfeile ab. Der erste bohrte sich dem anderen Wächter in die Schulter und ließ ihn herumwirbeln, der nächste traf ihn mitten in der Brust. Mit einem dumpfen Aufprall fiel er zu Boden.

Nur der Robo-Soldat war noch übrig. Er ging in die Hocke und stürzte sich dann mit einer fließenden Bewegung auf sie. Durch die Bein-Hydraulik schnellte sein Metallkörper wie ein großes Wurfgeschoss nach vorn.

Julian trat zur Seite, die Augen fest auf den Robo-Soldaten geheftet. Rhee sah in ihnen ein vertrautes Blitzen. »Na, wie wär's?«, fragte er.

Bei der Melodie seiner Stimme, bei der neckenden Frage, die ihr so vertraut war, blieb ihr fast das Herz stehen. Er hatte ihr diese Frage damals im Training gestellt, als er einen bestimmten und sehr gefährlichen, koordinierten Angriff ausprobieren wollte. Sie hatten nur ein altes Droiden-Modell zum Üben gehabt. Es war ein Bewegungsablauf, der von einem präzise aufeinander abgestimmten Timing abhing, und bei dem sie das Ziel gleichzeitig von zwei Seiten angriffen wie die Blätter einer geöffneten Schere.

Als der Droide einen bestimmten Punkt in seiner Bewegung erreichte, rannte Julian los. Rhee wartete und wartete, bis Julian endlich mitten im Sprint nur ein Wort rief: »Jetzt!«

Julian sprang einen Sekundenbruchteil eher los als Rhee,

die mit ausgestrecktem rechtem Bein durch die Luft segelte. Er traf den Droiden von der Seite am Kopf, und in dem Moment, als er sich drehte, landete Rhees Tritt auf seiner Hüfte. Der Robo-Soldat krachte mit einem lauten Knall gegen die Wand und hinterließ eine große Delle im Beton.

Im Nu waren Julian und Rhee bei ihm. Julian setzte schnell das Komm-Gerät des Droiden außer Kraft, dann standen sie schwer atmend über dem Roboter. Als Julian Rhee ansah, griff sie automatisch nach seiner Hand. Die schwielige Haut war warm, aber sie spürte sie nur für den Bruchteil einer Sekunde, dann zog er sie weg.

»Ich kann nicht behaupten, dass das besonders anmutig war«, bemerkte Lahna hinter ihnen.

Sie standen vor dem Datennetzwerkzentrum.

»Macht mal Platz«, sagte Lahna und zog ein kleines Werkzeugset aus der Tasche. Rhee hoffte, dass Lahna damit das elektrische Schloss aufkriegen würde, so, wie sie es versprochen hatte.

Im Licht ihrer Stirnlampe öffnete Lahna die Werkzeugbox, in der Dutzende winziger Metallinstrumente zum Vorschein kamen. Sie drehte den silbernen Ring an ihrem Finger so, dass das schwarze Wappen zu sehen war. Es war das Gleiche wie an Dahlens Ring und konnte elektrische Ladung aus der Luft ziehen – auf diese Art hatte er Seotra umgebracht.

»Ihr schießt mit Pfeil und Bogen und weigert Euch, Euren Würfel zu benutzen, aber Ihr seid ein Hacker?«, fragte Julian ungläubig. Er hatte sein ganzes Leben auf Nau Fruma verbracht; der Mond galt zwar als neutrales Gebiet, doch die fontisianische Kultur war dort kaum bekannt.

Lahnas linker Mundwinkel ging in die Höhe, aber Rhee konnte nicht erkennen, ob sie lächelte oder finster dreinschaute. »Die Fontisianer haben zwar das Bestreben, Technologien zu erschaffen – fortgeschrittener als Eure –, aber das heißt nicht, dass man sie bei jeder Gelegenheit benutzen muss.« Sie hielt inne, dann machte sie sich wieder ans Werk. »Ich werde die Strömungen so anpassen, dass es aussieht wie ein vorübergehender Spannungsstoß und nicht wie ein Eindringen.«

Ihr Ring aktivierte das Tastenfeld und die Tür glitt zischend auf. Lahna ging als Erste hindurch, den Bogen im Anschlag. Aber erstaunlicherweise war der Raum vollkommen leer, abgesehen von einer großen gewölbten Konsole, die die Mitte des Raumes beherrschte. Das Armaturenbrett war dunkel – entweder war die Konsole ausgeschaltet, oder sie befand sich im Ruhezustand.

Lahna ging zu ihr hinüber und strich mit der Hand über eine Reihe von Bedienfeldern. Dann nahm sie eine Phiole aus der Tasche und ließ einen kleinen Ballen Moos herausrollen, der in einer klaren Flüssigkeit schwebte. Da keiner von ihnen einen Würfel benutzen konnte, hatte Lahna ein fontisianisches Speichermedium mitgebracht: ein kultiviertes Moos, das in seiner DNA-Struktur Daten aufnehmen konnte. Rhee war überrascht, wie klein das Moosbällchen war – nicht größer als eine Perle.

»Wie funktioniert es?«, fragte Julian.

»Polymer wird mit den Chloroplasten der Pflanze verschmolzen«, antwortete sie und legte den kleinen Ballen behutsam auf das Armaturenbrett. »Es nimmt alle Lichtdaten auf, wie das Licht der Sonne, und speichert sie in dem Polymer. Später können sie wieder abgespielt werden.«

Julian ging nah heran und streckte zaghaft einen Finger aus, um das Moos zu berühren. Lahna schenkte ihm ein kurzes Lächeln. Rhee fühlte dabei etwas, was sie nicht einordnen konnte, eine Mischung aus Erleichterung und Stolz und so etwas wie Eifersucht.

Sie holte tief Luft, dann wischte sie eine Abfolge von Standardbefehlen in die Konsole – einen rudimentären Code, den jeder Kalusianer mit einem Holo-Bildschirm gut kannte.

Sofort wurde das Armaturenbrett warm, und plötzlich leuchteten Hunderttausende von Hologrammen gleichzeitig in dem großen Raum auf, eins hinter dem anderen, schwindelerregend, dicht wie Nebel. Rhee sprang zurück und verbarg ihre Überraschung. Sie standen inmitten von Erinnerungen, Gedanken, Bildern, kurz, von einer lebensgroßen Ablage von Leben aus dem ganzen Universum.

»Was ist das hier?«, fragte Julian. Seine Stimme zitterte. Es erinnerte Rhee an ihre eigene Reaktion, als sie auf Dahlens Schiff zum ersten Mal eine solche Technologie gesehen hatte.

Eine der Holografien erregte ihre Aufmerksamkeit: zwei Frauen, die sich aneinanderlehnten und lachten. Das Holo wurde von Hand gestartet, und als sie es berührte, wurde das Bild abgespielt. Die Frauen flochten die Finger ineinander; die Brünette begrub das Gesicht im Haar der anderen Frau. Es war wunderschön.

Es war privat.

Nero hatte es irgendjemandem gestohlen, und sie hatte keine Ahnung, warum.

Lahna schob Schicht um Schicht beiseite, bis sie an ein Holo kam, dessen Bild sich bereits bewegte. »Seht Euch das an. Hier ist etwas anders.« Sie legte den Kopf schief und scrollte durch. »Ich glaube, das ist … live.«

»Wovon redet Ihr?«, fragte Rhee. Das Bild wackelte, als

würden sie durch die Augen von jemand schauen, der sich bewegte. Ein Dutzend Soldaten waren zu sehen, die über einen felsigen Boden mit einer gelben, staubigen Atmosphäre liefen. Lahna stellte etwas ein und das Geräusch von schwerem Atem umgab sie in dem Raum. Es kam von dem Video. Es übertrug live.

»Kommt dir das bekannt vor?«, fragte Julian und zeigte auf den leuchtend blauen Stern hinter dem Horizont im Blickfeld des Betrachters.

Rhee kniff die Augen zusammen. »Wie sieht es denn für dich aus?«

»Das ist Fontis«, erklärte Lahna. »Und das bedeutet, dass sie auf …«

»… Wraeta sind«, beendete Rhee den Satz. Obwohl sie es sich schon gedacht hatte, wurde ihr bei der Bestätigung übel.

Was hatte Nero noch zu ihr gesagt, bevor sie zu Kalu gesprochen hatten? *Die Leute wollen jemanden, der ihnen sagt, was sie glauben sollen … und der sie dazu bringt, es zu glauben.*

»Halt es an«, forderte Julian sie auf und schüttelte den Kopf, als versuche er, aus einem Traum aufzuwachen. »Wir sollten das nicht tun.«

»Nehmt die Hände weg!«, sagte jemand auf dem Holo: ein Mädchen, das irgendwo außerhalb des Sichtbereichs sein musste.

Aber Rhee kannte diese Stimme.

Es traf sie wie ein elektrischer Schlag, lief ihr wie Strom durch den Körper, entzündete jeden Muskel, jede Faser, ein Funke, der in ihrem Inneren explodierte. Er packte ihr klopfendes Herz, und Rhee öffnete den Mund, um zu schreien oder zu weinen, aber es kam kein Laut heraus.

Sie hatte diese Stimme schon früher gehört. Und erst jetzt

wurde ihr klar, wie unzulänglich eine abgerufene Erinnerung war, wie sehr sie bei den Gefühlen, die sie auslöste, und bei den Sinnen, die sie ansprach, zu wünschen übrig ließ. Denn wenn sie Joss' Stimme in einer abgerufenen Erinnerung hörte, fühlte sie sich nicht so wie jetzt: als sei sie gerade gestorben und wiedergeboren worden.

Lahna nahm den Moosball und steckte ihn wieder in die Phiole. »Wir können nicht hierbleiben«, sagte sie.

»Nein.« Rhee beugte sich in das Holo vor, als wollte sie hineintreten – als könnte es sich in eine Pforte verwandeln, die sie sofort nach Wraeta brachte, zu Joss. Es war ihr egal, was Nero sonst noch wollte oder welche Falle er ihnen stellte. Ein völlig neues Gefühl beherrschte sie – eine drängende, animalische Furcht schnürte ihr die Kehle zu. Sie dachte nur an Joss.

»Wir müssen gehen. Wir haben keine Zeit.« Julian schob sie zum Ausgang, und Rhee stolperte, glitt aus. Sie hielt den Kopf nach hinten gedreht und den Blick auf das Holo gerichtet. Sie musste sehen, ob Joss erscheinen würde.

Dann …

Knallte sie mit voller Wucht gegen etwas Unsichtbares, das sich anfühlte wie eine Betonmauer.

»*Ahnen!*«, rief sie und prallte zurück. Julian hielt sie am Unterarm fest.

»Ich wüsste nicht, was die heiligen Geister jetzt hier für uns tun könnten«, erklang eine träge gedehnte Stimme hinter ihr. »Aber ladet sie ruhig ein, nur zu.« Der Soldat, den Rhee bewusstlos gemacht hatte, tauchte aus der Dunkelheit auf, dann lehnte er sich gegen eine sich kräuselnde Barriere, die aus Luft zu bestehen schien.

Lahna ließ einen Pfeil von ihrem Bogen fliegen, der von

der Barriere abprallte und sie alle in Deckung stürzen ließ. Rhee fiel auf die Knie. Ihr sank der Mut. Sie saßen in der Falle.

»Entspannt euch«, sagte der Mann und klopfte sich den Overall ab. »Ihr habt den stummen Alarm ausgelöst. Wir haben nur eine Minute, vielleicht anderthalb ... Ihr habt Glück, dass Nero die halbe UniForce mitgenommen hat.« Seine Hand schwebte über dem elektronischen Türschloss. Das Kraftfeld war unsichtbar, aber Rhee spürte den Widerstand, wie eine Hand, die ihr auf die Brust drückte und ihren Brustkorb zum Vibrieren brachte.

»Was wollt Ihr?«, fragte Rhee scharf.

»Euch rauslassen«, erwiderte er schlicht. »Ich werde jetzt das Kraftfeld fallen lassen. Und wir bleiben alle schön ruhig und entspannt, okay?«

Die Frage galt Lahna, die immer noch einen Pfeil auf ihn gerichtet hielt. »Warum sollten wir das?«, fragte sie.

»Weil ich auf eurer Seite stehe. Teil des Widerstands.« Er sah Rhee an. »Nicht jeder in der UniForce tanzt nach Neros Pfeife.« Rhee war davon ausgegangen, dass sie ihre eigene Armee verloren hatte; sie hätte nicht gedacht, dass es in ihren Reihen Kaisertreue geben würde. »Ein paar von uns sind auch Opfer davon geworden«, fuhr er fort und deutete mit dem Kopf auf das Holo, das hinter Rhee lief.

Rhee ließ ihn nicht aus den Augen. Wie konnte sie jemandem in Uniform trauen? Er musste ihr Zögern gesehen haben.

»Ich habe Alyosha Myraz geholfen, seine Unschuld zu beweisen. Als ob das was genutzt hätte«, sagte der Soldat und verzog vor Schmerz das Gesicht. »Ich habe Zugang zu jedem Code in diesem Gebäude.«

»Wer seid Ihr?«, fragte Rhee.

»Ich heiße Jethezar. Nennt mich Jeth«, antwortete er. »Zu Euren Diensten, Kaiserin.« Er gab einen Code ein und die Barriere fiel. Rhee stürzte vorwärts.

Jeth bot ihr die Hand. »Also, wie wär's, wenn wir hier verschwinden, bevor wegen des Alarms der nächste Schwung Wachen anrückt? Ich kann nicht versprechen, dass sie alle mit Eurer Sache sympathisieren.«

Panik stieg in Rhee auf. Im Geiste hörte sie immer noch die Stimme ihrer Schwester. Sie hatten Nero und seinen Plänen zuvorkommen wollen – aber er war ihnen so weit voraus. Die Realität dieser Tatsache machte sie fertig. Wer würde ihnen helfen? Wer würde ihnen glauben?

Wenn sie wollte, dass Joss überlebte, brauchte Rhee Verstärkung. Viel Verstärkung.

»Wir müssen zur Versammlung der Vereinten Planeten«, platzte sie heraus. »Könnt Ihr uns helfen?« Als sie sah, dass Lahna Einspruch erheben wollte, fügte sie hinzu: »Streng genommen steht sie der Ta'an-Herrschaft immer noch loyal gegenüber.«

»Nero streng genommen auch«, wandte Lahna ein.

Nach einem Moment pflichtete Julian ihr bei. »Es ist das Beste, was wir tun können.«

Jeth lächelte. »Dann lasst uns gehen und ein paar treue Anhänger suchen, Kaiserin.«

Rhee nickte, und ein anderer Gedanke reifte bereits in ihr: *Und meine Schwester.*

20
Kara

Der Raum, in dem Nero Kara eingesperrt hatte, war schön und tadellos sauber und mit eckigen grauen Acrylmöbeln im Stil der neuen Welle eingerichtet, die so unbequem waren, wie sie aussahen. Vom Fenster aus blickte sie auf die Skyline von Sibu.

Es hätte beruhigend wirken sollen, hätte den pulsierenden Schmerz hinter ihrem Auge lindern sollen. Aber wie alles andere bei Nero waren der Raum, die Aussicht und die Möbel eine Illusion. Kara schlug mit der Faust gegen das »Fenster«, und das Plasma beulte sich ein, nur um sich sofort wieder zu glätten. Als das Bild vor ihren Augen sich in eine Strandszene verwandelte, sah sie, *wie* klein ihre Zelle in Wirklichkeit war – gerade breit genug, dass sie die Arme zur Seite ausstrecken konnte. Wieder schlug Kara auf den Bildschirm, fester diesmal, aber die Oberfläche kräuselte sich nur, und das Bild wechselte zu einem verhangenen Berggipfel. Im Raum wurde es kühler, die Luft wurde frisch, und in der Ferne war das Krächzen eines Vogels zu hören.

»Genug!«, schrie Kara und schlug weiter auf den Bildschirm ein, im gleichen Takt wie das Pochen in ihrem Kopf. Die Simulation wechselte von einem Fernblick zum nächsten und zeigte eine friedliche und schöne Natur – jede Szene das Gegenteil des Zorns und der Hilflosigkeit, die in ihr wuchsen.

Sie befanden sich auf Neros Schiff in einer Gefängniszelle, die er gebaut hatte, der gleichen wie auf Houl. Sie und Issa waren voneinander getrennt worden; Kara hoffte, dass ihre Gefährtin noch lebte. Bei dem Gedanken an Issa hämmerte sie noch einmal gegen die Wand und hoffte absurderweise, ihre Freundin würde sie hören, hoffte, dass sie die Wände einreißen konnte, damit sie wieder zusammen waren. Sie hatten es so weit geschafft.

Die Aussicht veränderte sich. Jetzt sah man aus dem Weltraum auf Kalu, und Kara hielt inne, die Faust wund vom Hämmern. Das sich bewegende Bild war still und dunkel, und sie hatte das Gefühl, als sei sie auf Hunderttausenden von Kilometern der einzige Mensch. Von so weit oben war ihr Heimatplanet eine orangefarbene und weiße Masse und pulsierte mit so viel Leben, dass sie sich fragte, ob sie nicht vielleicht wirklich irgendwo über Kalu waren.

Echt oder nicht, Nero hatte sich Zugang zum Überschreiber verschafft, und er war gekommen, um alles zu zerstören. Sie ließ sich auf die Knie sinken und griff in die Tasche an ihrer Münze vorbei nach der Tablette, die Diac ihr gegeben hatte. Der kleine Neuroblocker war ihr einziger Schutz gegen den Überschreiber, falls Nero beschloss, ihn zu benutzen.

»Schön zu sehen, dass Ihr Euch beruhigt habt«, erklang eine Stimme. Sie schluckte und ging das Risiko ein. Spürte, wie der Neuroblocker ihr die Kehle hinunterglitt, als jemand den Raum betrat.

Als sie aufschaute, sah sie, dass es der Tasinn mit der Augenklappe war. Yendit. Die Fassade des Weltraums lief immer noch über die Plasmawände, und die Türschwelle, auf der er stand, sah aus wie ein Portal zu einer anderen Zeit und einem anderen Ort. »Wir müssen gehen.«

Kara spielte mit dem Gedanken, sich an ihm vorbeizudrängen, hinaus in den Flur, in den Weltraum. Aber diese Genugtuung würde sie Nero nicht geben. »Wo ist meine Freundin?«

»Ihr seid nicht in der Position, Fragen zu stellen.«

Sie gingen durch einen kurzen dunklen Flur, der schon mehr nach Gefängnis aussah. Kara mühte sich, sich aufrecht zu halten und nicht unter ihrer Furcht zusammenzubrechen, als man sie in einen dunklen Raum führte. Eine Deckenlampe flackerte, und sie hatte das Gefühl, als würden sich ihr Nägel ins Gehirn und hinter ihre Augenhöhle graben. Sie wurde zu zwei Stühlen gezogen, die sich gegenüberstanden. Drähte und Netzteile ragten aus der Rückenlehne und den Armlehnen heraus. Daneben stand ein kleiner Droide mit einem Tablett, das mit einem weißen Tuch bedeckt war. Der Gedanke an das, was sich darunter befinden mochte, ließ sie schaudern.

»Hinsetzen«, befahl Yendit und zeigte auf den Patientenstuhl.

Kara tat, wie ihr geheißen, und ballte die Fäuste auf dem Schoß, während sie sich zwang, die Augen aufzuhalten und die medizinische Ausstattung ringsum zu betrachten. Wo war der Überschreiber? Würde Nero ihn bei ihr benutzen? Würde sie wieder Opfer dieses Geräts werden? Aber nein, noch nicht – ihr Würfel war nicht aktualisiert worden, und wenn es stimmte, dass das Update die Voraussetzung für den Überschreiber schuf, konnte er nicht bei ihr angewendet werden. Der Neuroblocker würde genügen müssen. Und wenn nicht …

»Kaiserin!« Nero trat mit einem breiten Lächeln ein, als würde er sich ehrlich freuen, sie zu sehen. Kara bemerkte das Dreieck, das in seinen Hals eingebrannt war – genau wie bei den Leuten, die sie vor Wochen auf dem Hyperloop gesehen hatte. Sie waren ausgebrannt worden, schlurften mit leerem Blick umher, die Gedanken in einer Endlosschleife. Eine Welle des Abscheus überkam sie.

»Nero«, sagte Kara. »Was habt Ihr mit mir vor?«

»Seid nicht so ungeduldig.« Nach einer dramatischen Pause machte er eine wegwerfende Handbewegung. »Warum sollte ich es Euch sagen, wenn ich es auch einfach tun kann?«

Die Beleuchtung ging an und Kara stieß einen überraschten Laut aus. Es war, als hätten sie Wraeta nicht verlassen. Der Raum war so riesig, dass er den täuschenden Eindruck einer weiten, offenen Landschaft vermittelte. Nero hatte ihn fast zur Gänze mit einem gewaltigen Querschnitt wractanischen Bodens gefüllt, den er von der Oberfläche des Planeten abgehoben hatte. Kara war schwindlig, als sie den Blick über die stoppelige Erde, den knorrigen Baumstumpf und die Landschaft gleiten ließ, die im Licht der Lampen rötlich glühte.

»Was ist das?«

Nero ging zu dem Stumpf, der bis vor Kurzem auf Wraeta verwurzelt gewesen war. Er kletterte auf eine Trittleiter und ging über die Erde. Dann kniete er sich vor den Baumstumpf, griff mit der bloßen Hand hinein und zog, augenscheinlich mit großer Kraftanstrengung. Als Nero die Hand wieder herausnahm, hielt er etwas Kleines in den Fingern. Es war feucht und klebrig, ein Mikrochip in einem kleinen Beutel. Er sah aus, als würde er pulsieren.

Pflanzenartig. Lebendig.

Kara erkannte ihn sofort – sie hatte ihn erst vor wenigen Stunden selbst berührt, bevor Nero sie fortgerissen hatte.

Es war der Überschreiber.

Sie schnappte nach Luft und schlug sich die Hand vor den Mund. Er erfüllte sie mit instinktiver Abscheu und dem starken Wunsch, ihn zu zerstören, wie sie es immer geplant hatte. Er besaß einen schwitzigen, schmierigen Schimmer und die hellgrüne Farbe eines jungen Blattes. Kara musste daran denken, mit welcher Hingabe Lydia im Labor ihre Pflanzen gepflegt hatte. Sie hatte ihnen so viel Aufmerksamkeit geschenkt, dass Kara eifersüchtig geworden war.

Kara wollte wegrennen, aber Yendit zog sie von hinten wieder auf den Stuhl.

»Yendit, es ist nicht nötig, so grob zu ihr zu sein«, tadelte Nero den Mann. »Und Josselyn, beruhigt Euch.« Bei der Erwähnung dieses Namens, *ihres* Namens, überlief sie ein Frösteln. Was wollte er von ihr? »Ihr werdet schön hierbleiben. Also, wenn du so freundlich wärst …«

Die letzten Worte waren an den Droiden gerichtet. Eine Lichtleiste an seiner Brust wurde rot und dann blau, und zwei Handfesseln sprangen aus dem Stuhl und schnappten um Karas Handgelenke zu. Eine weitere Fessel schloss sich um ihre Schläfen, sodass sie vollkommen bewegungsunfähig war.

Kara kämpfte gegen die Fesseln an, aber es war sinnlos. »Ich hasse Euch.« Aber noch mehr hasste sie es, dass er recht hatte – und sie hasste sich selbst dafür, dass sie hier still und gehorsam saß, während dieser Wahnsinnige Höflichkeit im Angesicht einer mächtigen, gefährlichen Technologie heuchelte, als sei sie ein Spielzeug, mit dem er machen konnte, was er wollte.

Nero fasste den Überschreiber zwischen Daumen und Zeigefinger und hielt ihn ins Licht. Die schmierige Substanz klebte ihm an den Fingern. Kara hatte ihn noch nie so lächeln sehen wie jetzt.

»Das Mineralienvorkommen im Boden ist hier besonders hoch, deshalb wurde er gepflanzt.« Er stieg wieder von der Leiter.

»Wozu ist er gut?«, fragte Kara, als Nero näher kam.

»Die pflanzlichen Bestandteile können das Bewusstsein erweitern. Die mechanischen Teile – Ihr könnt sie nicht sehen, aber sie sind da – werden wie ein Nervenende den Platz meines Würfels einnehmen, sobald er entfernt ist.«

»Entfernt?«

»Ja, ja.« Er wedelte mit der Hand. »Der Überschreiber wird den Platz des Würfels einnehmen, anstatt ihn zu überschreiben. Das ist ein kleiner technischer Fehler in dem Gerät, das Lydia und Diac entwickelt haben. Aber ich habe einen Weg gefunden, ihn zu umgehen …«

Natürlich. Nero hatte herausgefunden, wie er seine Erinnerungen bewahren und den Überschreiber vollständig nutzen konnte.

Wie aufs Stichwort rollte der Droide vor. Mit seinem handähnlichen Greifarm nahm er das weiße Tuch vom Tablett. Darauf lag eine Spritze, aber statt einer Nadel hatte sie vorn, wo sie die Haut durchstach, die Form eines kleinen Dreiecks. Kara blieb das Herz stehen. Ein Laut entfuhr ihr.

»Keine Angst, die ist nicht für Euch«, sagte Nero, doch weder seine Worte noch sein Ton hatten etwas Beruhigendes. Der Droide bereitete die Spritze vor und hielt sie an die verbrannte Stelle an Neros Hals. Es war anscheinend nicht das erste Mal, aber Nero zuckte trotzdem zusammen, als ihm der Schuss verabreicht wurde.

»Ihr nehmt Aufputschmittel?«, erkundigte Kara sich.

»Natürlich nicht«, verteidigte er sich. Er hielt den Überschreiber immer noch behutsam zwischen zwei Fingern. Als die Wirkung der Substanz, die ihm der Droide verabreicht hatte, einsetzte, schauderte er. »Die Chemikalien in dieser kleinen Ampulle sind selbst organisierend. Sie fügen sich zu einer Wurzel zusammen, die sich sofort mit den Nerven verbindet, die ins Gehirn führen, und ersetzen die Nervenbahn, die normalerweise der Würfel benutzt. Es war nicht angenehm, aber es ist notwendig.«

Also hatte er sich die ganze Zeit über darauf vorbereitet, sich den Überschreiber einzusetzen.

»Das hier«, sagte er und hielt den Überschreiber hoch, damit sie ihn sehen konnte, »ist die Verbindung von Organisch und Anorganisch. Es ist wirklich großartig. Es ist wie die Beziehung von Würfel und Mensch in einem Stück Technologie.«

»Wenn nun also der Würfel entfernt ist, was passiert dann mit ihm? Lasst Ihr ihn einfach sterben?«

»Ich werde einen Weg finden, ihn am Leben zu erhalten.«

»Und was wollt Ihr jetzt tun? Den Überschreiber installieren?« Sie dachte an das Vorhaben ihres Vaters, obwohl sie wusste, dass Neros Absichten nicht annähernd so edel sein würden. »Wollt Ihr Erinnerungen löschen oder ersetzen oder …?«

»Was hättet Ihr denn getan?«

Er musterte Kara eindringlich. Sein Blick machte ihr mehr Angst als alles andere. »Ihr habt immer noch politische Gegner, Nero. Ihr seid nicht unberührbar.«

»Aber ich habe unser Bündnis …«

»Unser Bündnis?«, höhnte Kara. »Ihr denkt wirklich, das Bündnis würde Euch bei diesem Plan helfen?«

»Ja.« Nero lachte. »Das denke ich tatsächlich.«

In dem Moment spürte Kara, wie ihr eine winzige Nadel in den Hals stach. Ihr wurde kalt; sie wehrte sich, aber die Fesseln waren zu eng, und es hatte keinen Zweck.

»Was habt Ihr mit mir gemacht?«

»Mich Eurer Zusammenarbeit versichert«, sagte er. »So wird es einfacher sein.«

Ein scharfer und präziser Schmerz schoss ihr durchs Gehirn, als würde es sich in zwei Hälften spalten. Dann fuhr er ihr die Kehle hinunter und jagte, raste, rollte bis hinein in die Fuß- und Fingerspitzen, während er sich veränderte. Jetzt war er wie Gift, aber noch heimtückischer. Es war die Aktualisierung ihres Würfels und – wie sie hoffte – ihr Neuroblocker, der ihr entgegenwirkte.

»Habt Ihr das auch mit Rhiannon gemacht?«, verlangte Kara zu erfahren. Nero neigte den Kopf, als beobachte er ein Tier. Es machte sie noch wütender. »Eher würde ich Euch umbringen als mich Euch anschließen.«

»Das denke ich nicht. Jeder Geist, den ich überschreibe, ist mit meinem eigenen verbunden.« Er sah, dass sie ihm nicht folgen konnte. »Würdet Ihr mich wirklich töten, wenn Ihr wüsstet, dass es das Leben zahlloser Unschuldiger in Gefahr bringen würde? Knapp eine Million Seelen in mindestens zwanzig Gebieten sind bereits aktualisiert worden und das Update ist noch nicht abgeschlossen. Wer nicht aktualisieren will, wird schon noch wollen. Würdet Ihr sie alle gefährden, indem Ihr mich tötet? Würdet Ihr den Stoff des Bewusstseins gefährden, nur um mich sterben zu sehen?«

Sie sah ihn benommen an.

»Nun«, fügte Nero mit einem schwachen Lächeln hinzu und hob den Überschreiber, als wolle er einen Trinkspruch ausbringen. »Auf uns.«

21

Rhiannon

Rhee eilte hinter Jethezar durch das Gewirr der Gänge des Kapitolgebäudes von Sibu, dicht gefolgt von Julian und Lahna. Sie hatten keine Zeit gehabt, den Fischer und Tai Reyanna zu verständigen, aber sie wollte ihnen eine Nachricht schicken, sobald sie sich mit den Vereinten Planeten trafen.

Sie konnte kaum glauben, was sie gerade gesehen hatte, doch sie trugen den Beweis in Lahnas kostbarem lebendem Moos bei sich. Fast erwartete sie, dass das Böse darin es schwarz verschrumpeln lassen würde.

Rhee hätte sich auf das konzentrieren sollen, was sie sagen würden, wenn sie vor den Vereinten Planeten standen: dass Nero Würfel hackte, Menschen kontrollierte, Leben zerstörte … doch jedes Mal, wenn sie ein Argument aufbauen wollte, wanderten ihre Gedanken zurück zu der Stimme, die sie auf den Holos gehört hatte: Joss' Stimme.

Nehmt die Hände weg, hatte sie gesagt.

Rhee, Julian und Lahna liefen in einer Reihe hinter Jeth her. Seine breite Gestalt füllte den Eingang zu einem schmalen Flur; er war riesig. Sie gingen an Beistelltischen und Spiegeln und Obstplatten mit importierten Früchten aus Nau Fruma und Fontis vorbei. Darunter waren auch Dom, die Beeren einer empfindungsfähigen Pflanzenart – einer Pflanze, die wahrnehmen, fühlen und, wie manche sagten, sogar denken konnte. Rhee versuchte, es nicht als Omen anzusehen.

»Ist das der Serviceflur?«, fragte Julian. Rhee musste zugeben, dass er überraschend üppig war, und sie fragte sich mit steigendem Puls, wie viele Vertreter der Vereinten Planeten Nero schon bestochen hatte, damit sie seine Ziele unterstützten. Wie viele Diplomaten sahen bereits weg? Kalus Reichtum war unermesslich – fast so unermesslich wie die persönliche Habgier.

Lahna sprach Rhees wachsenden Verdacht aus. »Jethezar, ist der Rat über die Ankunft der Kaiserin verständigt worden?«

»Einige wichtige Mitglieder – Gesandte von Derkatz und den größeren Asteroiden im Desuco-Quadranten. Aber wir haben Bedenken wegen der Sicherheit.« Er drehte sich halb um, als er mit ihnen sprach, und beschleunigte den Schritt. »Nennt mich Jeth.«

»Ihr seid noch nicht lange beim Widerstand, oder, Jeth?« Lahna stolperte über den abgekürzten Namen, so wie Dahlen, als er das erste Mal Rhees Namen ausgesprochen hatte. Fontisianer gaben Förmlichkeit nicht leicht auf. Ebenso wenig wie Argwohn.

»Nein.« Jeths Lächeln geriet ins Stocken, als er ihre Andeutung verstand. Er erbleichte. Vielleicht musste er an die Vorliebe von Bogenschützen für weiches Halsgewebe denken. »Um ehrlich zu sein, noch keine Woche. Aber jetzt bin ich hier.«

»Und was hat Euch dazu gebracht, die UniForce zu verlassen?«, erkundigte Julian sich.

»In den Reihen herrschte eine merkwürdige Stimmung, nachdem Nero Aly beschuldigt hatte, Euch ermordet zu haben.« Er nickte Rhee zu.

»Alyosha?«, fragte Rhee nach. Der Ausdruck auf Jeths Gesicht verriet ihr, dass er in irgendeiner Verbindung zu Neros auserwähltem Sündenbock stand. Ein weiteres Leben, das Rhee zerstört hatte und für das sie nie Wiedergutmachung geleistet hatte. »Ihr sagtet, Ihr kennt ihn?«

»Ihn kennen? Wir waren Kumpel bei der UniForce. Ich war dabei, als er auf Rhesto die Aufnahme aus seinem Würfel gesendet hat, um seine Unschuld zu beweisen. Ich habe ihm geholfen.«

»Und wo ist er jetzt? Geht es ihm gut?« Sie klammerte sich an den Gedanken, dass dieses Leben verschont wurde, dass dieser Junge von seiner Schuld reingewaschen worden war, um nicht an die Gräuel von Neros Plan denken zu müssen und an die Tatsache, dass er nun Joss in seiner Gewalt hatte.

Jeth schüttelte den Kopf. »Wir wurden nach der Übertragung getrennt. Ich bin bei der UniForce geblieben, um Informationen zu sammeln, bis ich meinen Posten verlassen konnte. Aber soweit wir wissen, ist er aus einem Lager auf Nau Fruma ausgebrochen und untergetaucht.«

Der Flur führte durch eine kleine Tür in einen großen, schwach beleuchteten Bereich mit dunklen Vorhängen zu beiden Seiten. Sie befanden sich jetzt hinter der Bühne des Hauptsaals. In der plötzlichen Dunkelheit fühlte Rhee sich vollkommen desorientiert. Sie hörte gedämpfte Gespräche. Aber wo waren die Ratsmitglieder?

Plötzlich blendete sie ein grelles Licht. Rhee tat einen Schritt zurück; sie standen hinter einem großen Hologramm, in dem nun ein Band mit aktuellen Ereignissen abgespielt wurde, und sie fühlte sich hoffnungslos klein, als würde sie der Sonne gegenüberstehen. Sie schaute zu, wie im ganzen System der Krieg tobte. Selbst seitenverkehrt war das Grauen nicht geringer.

Die Holoprojektion war teilweise durchsichtig, und Rhee brach der Schweiß aus, als ihr klar wurde, dass sie die planetaren Vertreter sehen konnte, die im Saal saßen. Konnten sie sie auch sehen? Sie hoffte, dass das Licht und die Farbe, die auf der anderen Seite stärker waren, sie weiter verbargen.

Wie konnte sie den Rat von der Wahrheit dessen überzeugen, was sie wusste? Er musste ihr vertrauen, ihr glauben, an sie glauben. Aber Nero hatte wahrscheinlich einige der Politiker in der Tasche. Es war genau das, wozu sie ausgebildet worden war – und wobei sie immer gescheitert war. Die Vereinten Planeten hatten mindestens fünfzig Mitglieder, die ebenso viele Nationen und souveräne Asteroiden vertraten. Sie saßen in ansteigenden Sitzreihen vor der Bühne.

0088-A, Abernath, Bazorl, Biby … Rhee sagte sie im Kopf in alphabetischer Reihenfolge auf, wie ihr Vater es ihr als kleinem Mädchen beigebracht hatte. Sie hatte die Reihenfolge immer durcheinandergebracht und sich nie bemüht, sie richtig zu lernen. Es war Joss, die sie in- und auswendig kannte. Als künftige Kaiserin war es ihre Aufgabe gewesen, immer perfekt zu sein. Und nun versagte Rhee, war nie so gut, wie sie sein musste.

Joss. Sie sehnte sich mehr denn je nach ihrer älteren Schwester. Joss würde wissen, was zu tun war. Joss wusste, wie man einen Raum dominierte.

Die Münze in ihrer Tasche wog schwer mit tausendfachem Bedauern.

Ehre. Tapferkeit. Loyalität.

Rhee hatte nicht ein einziges Mal an diese Worte gedacht, seit Dahlen fort war. Sie nahm Lahnas Hand und verschränkte die Finger mit ihren. Es überraschte sie, als Julian ihre andere Hand ergriff. Sie war dankbar dafür.

Eine tiefe Stimme dröhnte von den Rängen. »Wir wissen, dass der Krieg bereits einen hohen Blutzoll gefordert hat. Das ist der Grund, warum Nero zu einem Waffenstillstand aufgerufen hat.«

Die Tagsterne peilten den Sprecher im Saal an und sein Gesicht erschien in Großaufnahme auf dem Holo. Rhees Puls beschleunigte sich. Es war Yendit, der Mann mit der Augenklappe. Neros rechte Hand und Ratgeber. Ein Frösteln überlief sie.

Yendit war Neros Augen und Ohren. Wie konnte sie um Verständnis bitten, wie konnte sie die Vereinten Planeten davon überzeugen, dass Nero böse war, wenn er sie durch seinen Berater beobachtete?

»Der Waffenstillstand ist ein Haufen *Taejis*«, brüllte ein anderer. »Dank Neros neuem Abkommen wimmelt es in der Galaxie nur so von UniForce unter dem dünnen Schleier der Bewahrung des ›Friedens‹.«

»Nero tanzt vielleicht aus der Reihe, aber es sind die Fontisianer, die für das Verschwinden der Kaiserin verantwortlich waren«, meldete sich eine Frau zu Wort.

»Die Fontisianer? Bitte nicht noch eine Verschwörungstheorie«, stöhnte ein anderer Vertreter. »Kaiserin Rhiannon ist aus freien Stücken mit ihnen zurückgekehrt, um den Thron zu besteigen.«

»Wie bitte?« Es war der fontisianische Abgeordnete. Er erhob sich.

Im ganzen Saal wurden streitende Stimmen laut.

Rhee holte tief Luft. Jetzt oder nie.

Aber als sie einen Schritt vortrat, hielt Jeth sie am Arm fest. »Noch nicht«, flüsterte er. »Erst wenn sie sich wieder beruhigt haben.«

»Und wann wird das sein?«, schoss Rhee zurück. Sie schüttelte den Kopf. »Ich habe es satt, zu warten.«

Diesmal war es Lahna, die sie zurückhielt. Rhee drehte sich um und sah sie fragend an – und einen Sekundenbruchteil bevor sie die herannahenden Schritte hörte, sah sie sie in Lahnas Anspannung. Ein Soldat der UniForce kam, um sie zu ergreifen. Dann noch einer, aus der anderen Richtung.

Bevor Lahna auch nur einen Pfeil abschießen konnte, tauchte Yendit aus dem Dunkel auf. Rhee sackte der Magen in die Kniekehlen. Wie lange wusste er schon, dass sie da war?

Plötzlich säumten Wachen die Wände und blockierten die Türen. Es waren die Tasinn, die kaiserliche kalusianische Garde, mindestens zwanzig Mann – zu viele, um gegen sie zu kämpfen. Sie waren umzingelt. Ein Robo-Soldat fesselte Jeth die Arme. Ein weiterer brach Lahnas Bogen entzwei und stieß sie nieder. Einer der Tasinn packte Julian und warf ihn zu Boden. Und bevor Rhee nach ihrem Messer greifen konnte, fasste einer der anderen Wächter ihre Handgelenke und drehte sie ihr auf den Rücken.

Yendit trat neben sie und hielt sein Gesicht dicht an ihres. In seinen Augen sah sie eine seltsame Dunkelheit, eine Leere, die beängstigend war. »Rhiannon Ta'an. So sieht man sich wieder«, flüsterte er.

Das Holo, das sie vor dem Rest des Theaters beschirmte, flackerte, bevor es wie ein Vorhang fiel und verschwand, um sie den Blicken des Rates freizugeben. Ein Aufkeuchen ging durch den Saal. Schreie erklangen, Rufe, ihr zu helfen, sie zu befreien, sie gehen zu lassen.

Doch niemand rührte sich. Niemand half.

Yendit blickte über Rhee hinweg. »Haltet sie da fest, damit sie zuschauen kann«, befahl er.

Sie wehrte sich gegen den Wächter, der sie gepackt hielt. Er war ein Baum von einem Mann und quetschte ihre Handgelenke. »Lasst mich los«, sagte sie, obwohl sie wusste, dass es nichts bringen würde. »Ich habe die Macht, Euch hinrichten zu lassen.«

Yendit schüttelte den Kopf. Er wirkte amüsiert. »Es gibt keine größere Macht als die Macht des Geistes.«

Sie erstarrte, und Entsetzen packte sie an der Kehle. Es war genau das Gleiche, was Nero kurz vor ihrer Ansprache zu ihr gesagt hatte. »Wie meint Ihr das?«

Yendit grinste. Etwas in seinen Augen bewegte sich. Sein Grinsen erinnerte sie an Nero.

»Wenn zwei Köpfe besser sind als einer, bedenkt, um wie viel besser *unendlich viele* Köpfe sein werden.«

Und dann, wie in Zeitlupe, schauten alle Tasinn, die Waffen im Anschlag, auf und zu ihnen hin. »Unendlich viele«, wiederholten sie wie aus einem Mund. In dem Moment wurde Rhee klar: Nero hatte von ihnen Besitz ergriffen – er hatte ihre Würfel übernommen und beherrschte sie. Alle.

Nero war nicht hier. Er brauchte auch gar nicht hier zu sein – er konnte aus der Ferne wirken, ohne sich die Hände schmutzig zu machen.

Wie ein Mann drehten die Tasinn sich um. Wie ein Mann sprangen sie in den Saal. Als das erste Messer durch die Luft schnitt, sah Rhee, wie einem Mann die Kehle aufgeschlitzt wurde.

Dann kamen die Schreie.

Sie gingen unter in einer gewaltigen Flutwelle von Blut.

22

Rhiannon

NEIN.

Etwas regte sich in Rhiannon. Es war das, was sie zu dem machte, was sie war – ob es Stolz oder Sturheit oder ihre Seele war, vermochte sie nicht zu sagen, aber es war wie eine Macht, die in ihr pulsierte, die sie aus diesem Albtraum weckte und ihr sagte, dass es immer noch einen Weg gab.

Die Tasinn waren in den gleichen Kampfkünsten ausgebildet worden, die Veyron sie gelehrt hatte. Jedes Mal, wenn sie sich wehrte oder zur Seite auswich, wusste der Wächter der Tasinn genau, wie er kontern musste. Und Yendit sah einfach nur zu und grinste.

Das Gesicht dieses Mannes, die Schreie, die Angst – es würde nicht das Letzte sein, was sie vor ihrem Tod sah.

Denn sie würde nicht sterben.

Sie dachte an Veyron und daran, was er ihr immer gesagt hatte: Sie musste ihrem Gegner drei Schritte voraus sein.

Drei Schritte. Mehr brauchte sie nicht.

Die Hände immer noch hinter dem Rücken, holte sie tief Luft und drückte sich leicht mit dem rechten Fuß ab. Eins. Zwei. Drei. Es ging alles sehr schnell. Sie schwang sich in die Luft, stieß sich mit dem rechten Fuß von Yendits Oberschenkel ab und mit dem linken von seiner Brust, dann schloss sie die Füße, ließ sie in einem zweibeinigen Tritt zurückschnellen und knallte ihm die Absätze ins Gesicht. Gleichzeitig warf sie den Kopf zurück und krachte damit dem Wächter hinter ihr auf die Nase.

Zufriedenheit durchströmte Rhee, als der Tasinn zurückstolperte und sie losließ.

Yendit taumelte, und bevor er sich erholen konnte, sog Rhee einen tiefen Atemzug ein und wirbelte herum, trat ihm mit voller Wucht ins Gesicht. Aber sein Kinn war wie aus Eisen; Rhee spürte, wie der Fuß brach und Knochensplitter gegeneinanderknirschten. Als sie aufzutreten versuchte, schoss ihr der Schmerz bis ins Rückgrat hinauf.

Yendit lachte und sah aus, als kaue er Luft. »Metallverstärkung«, sagte er, als er aufstand, und strich sich übers Kinn.

Er machte einen langen Schritt vorwärts und versetzte ihr einen Stoß in die Brust. Rhee wusste nicht mehr, wo oben und unten war, nur dass sie um Luft rang und flog. Als sie schwer auf dem Boden aufschlug, explodierte ein unerträglicher Schmerz in ihrem ganzen Körper wie ein Minenfeld. Dann wurde alles still. Sie dachte an die friedliche Wüste auf Nau Fruma und daran, dass man jeden Stern sehen konnte, wenn man in den Nachthimmel schaute.

Der stillste Ort der Welt, hatte Julian gesagt. Julian. Damals war alles gut gewesen. Damals, in dem Moment, hatte sich die ganze Welt auf zwei Dinge reduziert: Dunkelheit und seine Stimme.

Dann teilte sich die Schwärze, und sie sah einen Lichtschimmer, hörte dieselbe Stimme, nur dass sie schrie.

Jemand ging auf Yendit los – ein Mann? Nein, kein Mann. Der Fischer.

»Ich bin da!«, dröhnte er, während er Yendit wieder und wieder ins Gesicht schlug. Er trug die Harpune an der Seite, aber er brauchte sie nicht. Yendits Gesicht war von dunklem Blut überströmt.

Rhee rollte sich auf die Seite und sah, wie Yendit den Fischer packte und würgte, wie er ihn mit beiden Händen gegen die Wand drückte. Rhee erhob sich auf die Knie, außerstande, auf dem gebrochenen Fuß zu stehen. Ihr Atem war immer noch gepresst. Der Fischer schob Yendit die Hände zwischen die Arme und drückte ihm die Daumen in die Augen, sodass der Mann laut schrie, aber Rhee konnte nicht erkennen, ob er den Griff lockerte.

Sie hielt sich so dicht am Boden wie möglich und kroch auf sie zu. Julian und Lahna kämpften immer noch mit den Wachen, aber Rhee wollte helfen.

Von dem Gemetzel drangen Schreie herüber, obwohl sie beunruhigend leise waren und bereits erstarben. Die Tasinn hatten ganze Arbeit geleistet. Der Geruch des Todes hing in der Luft; sie war so schwer, dass man kaum atmen konnte. Rhee griff nach Julians Messer, das auf den Saalboden gefallen war.

Julian packte sie. Rhee sah, dass der Tasinn, mit dem er gekämpft hatte, am Boden lag, und nur Lahnas Wachmann war noch übrig und kniete auf ihr.

Julian nahm Rhee das Messer aus der Hand, und sie konnte kaum protestieren, brachte keinen Ton heraus. Julian hielt es mit solcher Leichtigkeit, als sei es ein Teil seiner Hand. Sie sah, wie Julian dem Mädchen in die Augen schaute, und widerstand dem Drang, den Blick abzuwenden, als er ausholte und dem Wachmann ohne zu zögern das Messer fest in den Nacken stieß. Er hatte keine Metallverstärkung. Der Mann sackte nach vorn und verwandelte sich im Bruchteil einer Sekunde in eine Leiche. Lahna kam mit einem schnellen Dank auf die Beine, dann kniete sie sich hin, um dem Wachposten das Messer aus dem Hals zu ziehen. Blut quoll heraus. Lahna wischte die Klinge an ihrer Tunika ab.

Unterdessen hatte Yendit aufgehört, sich zu wehren, er war bewusstlos. Der Fischer schimpfte auf ihn ein und überzog ihn mit einer Reihe von Flüchen, möglicherweise in mehreren Sprachen, von denen Rhee jedoch keine kannte.

Jeth humpelte herbei. Er war in einer üblen Verfassung, stand aber noch und hielt die Komm-Einheit des Robo-Soldaten in der Hand; es war ihm gelungen, sie abzuschalten. »Wer ist das?«, übertönte er die Flüche des Fischers.

»Ich bin die zweitwichtigste Person in der Galaxie, was euch betrifft«, rief er über die Schulter. »Denn ich soll diese unmögliche Göre von einer Kaiserin am Leben erhalten!«

Als der Fischer davon überzeugt schien, dass Yendit tot war, ließ er ihn auf den Boden fallen und drehte sich zu ihnen um.

»Hattet Ihr die Absicht, dem Sicherheitschef mitzuteilen, dass Ihr an einem buchstäblichen Blutbad teilnehmen würdet?«, fragte er Rhee, als er sie auf die Beine zog. Ihr Fuß schmerzte höllisch.

»Es tut mir leid. Dazu war keine Zeit.«

»*Es war keine Zeit,* Eure persönlichen Sicherheitsleute zu rufen?« Er warf die Hände in die Luft. »Heißt es nicht, sie sei schlau?«, fragte der Fischer die drei neben ihr. Er baute sich dicht vor Rhee auf und hielt ihr einen Wurstfinger vors Gesicht. »Ihr wäret um ein Haar draufgegangen. Wenn ich Euch nicht hierher gefolgt wärc, wer weiß …«

Er beendete den Satz nicht. Die Spitze seiner Harpune durchstieß seine Brust. Sie wäre Rhee mitten durchs Herz gegangen, hätte Lahna sie nicht weggerissen.

»Nein!« Das Wort riss ihr fast die Kehle entzwei, als Julian gegen Yendits Kopf trat. Sein Hals bog sich in einem seltsamen Winkel, und als er wieder erschlaffte, fiel er so, dass er sich die Harpune an die Brust drückte. Die Harpune des Fischers.

Der Fischer brach zusammen. Rhee fiel auf die Knie und nahm seine Hand. »Es tut mir so leid«, wiederholte sie, als seine schweren Lider sich flatternd öffneten.

»Im äußeren Gürtel tut uns nichts leid, Kaiserin.«

»Ich hätte nicht hierherkommen sollen …«

»Genug von dem, was Ihr hättet tun oder lassen sollen.« Er hielt inne und röchelte. »Ich bin kein politischer Mann, aber ich bin ein Spieler. Ihr seid entschlossen, und unmöglich, und Ihr werdet uns im äußeren Gürtel anständig behandeln, nicht wahr?«

Rhee nickte heftig. Er drückte ihr zur Antwort die Hand.

»Dann setze ich all meine Credits auf Euch.« Aus seinem kunstvollen Gürtel, in dem zahllose Waffen steckten, förderte er ein Teleskop zutage – Julians Teleskop –, das sie ihm als Gegenleistung für seine Hilfe auf Tinoppa geschenkt hatte. »Nehmt es zurück. Dort, wo ich hingehe, habe ich keine Verwendung dafür.«

Rhee nahm es. Das Metall fühlte sich kalt an. Als sie sah, wie er zusammenbrach, wurde ihr klar, welche Anstrengung es ihn gekostet hatte, sich aufzurichten für diese letzte Geste der Vergebung und Großzügigkeit. Sie ließ das Teleskop in ihre Tasche fallen und brach in Tränen aus, als das Leben aus seinen Augen wich. Zu viele Tote. Zu viele Tote, für die sie sich verantwortlich fühlte.

Lahna kniete sich neben sie, legte sich erst die Zeigefinger auf die Augen und schloss dann die Lider des Fischers. Julian hatte ebenfalls die Augen geschlossen und bewegte die Lippen in stummem Gebet.

Es herrschte Stille, bis auf die bewusstlosen Wachen, die neben ihnen einmütig keuchten und zuckten. Rhee fragte sich, ob Nero einen Server benutzte, um in ihre Köpfe einzudringen – sie bewegten sich, als könnten sie nicht reden oder kommunizieren, wenn zu viele Daten durch sie hindurchflossen.

»Ich kenne einen Ausgang«, sagte Jeth. »Wir sollten gehen.«

Und doch war Rhee wie erstarrt und sah den Mann eindringlich an, der den Fischer getötet hatte. Die Tasinn hinter ihr waren noch nicht fertig. Sie töteten die Botschafter einen nach dem anderen, trieben sie gegen Ausgänge, die eigens dafür versperrt worden waren, durchbohrten sie in ihren Sitzen. Aber Rhee blendete die Geräusche aus und kehrte in Gedanken zu dem Moment an Bord von Dahlens Schiff zurück, als sie am Rand des Desuco-Quadranten geschwebt waren. Wie gewaltig ihr alles erschienen war, wie bedeutungslos sie sich gefühlt hatte und wie sie darin Frieden gefunden hatte.

Der Fischer hatte sich dort seinen Lebensunterhalt verdient. Mit nichts als einem Angleranzug und einer Harpunenkanone hatte er Kreaturen herausgefischt, die ohne Licht und Atmosphäre überleben konnten.

Und doch würde er nie wieder diese Einsamkeit finden, diesen Frieden. Das hatte ihm Yendit genommen.

Sie nahm Yendit die Harpune aus den schlaffen Händen. Er lebte noch; sie erkannte es daran, dass seine Brust sich hob und senkte. Also zielte sie und richtete die Harpune auf seine Brust.

»Rhee.« Julian legte ihr die Hand auf die Schulter. Lahna erschien auf ihrer anderen Seite, doch Rhee konnte den Blick nicht von dem Mörder losreißen.

»Es wäre nichts Edles an dieser Tötung«, mahnte Lahna. »Er ist bewusstlos.«

Rhee zitterte, drückte den Abzug mit dem Zeigefinger, spielte mit dem Widerstand.

»Leute, wir müssen los«, drängte Jeth wieder. »Falls wir es schaffen, hier lebend rauszukommen, haben wir Wichtigeres zu tun!«

Rhees Gedanken verdüsterten sich bei der Erwähnung von Nero – Jeth hatte ihn gemeint –, denn sie hatte ihn am Leben gelassen. Aber diesen Fehler würde sie nicht noch einmal machen.

Rhee senkte die Harpune. Sie hatte das Gefühl, dass sie Yendit noch einmal gegenüberstehen würde. Aber nun war Nero die Beute …

TEIL 4
Die Gekrönte

»In der langen, ruhmreichen Herrschaft der Ta'an-Dynastie werden oft die blutigen Umstände ihrer Machtübernahme vor zwölf Generationen vergessen – und der gewaltsame Versuch im Jahr 928, sie aufrechtzuerhalten.«

– Auszug aus
Der Eiserne Stern, überarbeitete Ausgabe:
Eine Geschichte der Ta'an-Dynastie

23

Kara

Kara konnte in den alten Gemächern ihrer Eltern nicht schlafen. Sie hätten ihr Trost spenden, ihr das Gefühl eines Zuhauses vermitteln sollen. Stattdessen fühlte sie sich, als wäre sie in einem Totenschrein eingeschlossen – einem Schrein des Lebens, das sie hätte leben sollen. Während der vergangenen zwei Tage, nachdem Nero sie in den Palast in Sibu zurückgebracht hatte, war sie einer Frau durch die vage vertrauten Räume gefolgt, als besuche sie ein fremdes Land oder als wäre sie ein Geist, der sich in ein früheres Leben begab. Und die Wachen hatten ihr dabei zugesehen.

Die Frau war sicher eine Tai, vermutete Kara angesichts der vielen feinen Schichten ihrer förmlichen Seidenrobe und des Schals, der kunstvoll um ihr Haar gelegt war. Die Tai waren eine Sekte von Lehrern und Betreuern, und die Frau wirkte durch ihre gemessene und wohlüberlegte Art sehr korrekt. Sie sprach mit monotoner Stimme, als sie Kara im Palast auf Kunstwerke hinwies, eine eintönige Geschichtslektion ohne Wärme und Leidenschaft. Sie hatte etwas Vertrautes an sich, als hätte Kara sie schon früher gekannt – und vielleicht stimmte das ja auch, vielleicht kannte sie sogar Rhiannon –, aber sie konnte sie jetzt nicht dazu befragen. Ihre glasigen Augen und die unheimlichen träumerischen Bewegungen deuteten darauf hin, dass sie unter dem Einfluss des Überschreibers stand.

Kara bedankte sich zum gefühlt millionsten Mal im Stillen bei Diac für den Neuroblocker. Ihr Geist war immer noch klar – Nero mochte zwar den Überschreiber haben, doch in ihren Kopf war er nicht hineingelangt. Zumindest noch nicht.

Aber trotzdem. Der Palast kam ihr fremd vor, und sie sehnte sich danach, mit jemandem zu sprechen, der seine eigenen Gedanken und Ideen hatte – und kein Gefäß für Neros krankes Spiel war.

Meistens trauerte sie um ihre Schwester. Rhiannon war tot; sie musste tot sein. Die Botschafter der Vereinten Planeten hatten in den letzten Momenten ihres Lebens verzweifelte Nachrichten verschickt und um Hilfe gefleht – Kaiserin Rhee war in Schwierigkeiten, sie alle waren in Schwierigkeiten, die Tasinn spielten verrückt.

Tot, tot, alle tot. Ein entsetzliches Massaker.

Es war natürlich Neros Werk. Er hatte den Überschreiber benutzt, um die Tasinn zu beherrschen und sie in eine tödliche Armee zu verwandeln.

Und jetzt erwartete Nero von ihr, dass sie später am Abend in einer Sendung auftrat, in der sie die Schuld an dem Massaker Rhiannon zuwies. Die Tasinn waren schließlich ihre Wachen. Und sie war nicht unter den Leichen, zumindest behauptete er das. Doch Kara kannte die Wahrheit. Rhee war ein Opfer von Neros Ehrgeiz.

Sie wusste auch, dass Nero sie durch die Wachen, die ihr folgten, beobachtete. Aber nicht durch ihren eigenen Würfel, da sie den Neuroblocker eingenommen hatte. Sie hatte allerdings keine Ahnung, wie lange die Wirkung anhalten würde.

Sie besaß keine Verbündeten, niemanden, mit dem sie reden konnte – sie war wieder einmal allein.

Issa war als Gefangene hinunter in den Keller gebracht worden, wo sie schwer bewacht wurde.

Kara musste sie befreien und so weit wie möglich vom Palast wegkommen. Aber was dann? Würden draußen Leute sein, deren Würfel aktualisiert worden waren und die jederzeit unter Neros Einfluss gelangen konnten?

Es musste bei den Sicherheitsmaßnahmen des Palastes eine Schwachstelle geben, eine Möglichkeit, die Mauern unbeobachtet zu überwinden. Und es musste Lücken in Neros Gesamtplan geben, unvorhersehbare Ereignisse, gegen die er sich trotz großer Mühen nicht abgesichert hatte. Wenn sie nur seine Gedanken lesen könnte, wenn sie nur in seinen Kopf hineinsehen und ihn durchforsten könnte, so lässig, wie er sich den Überschreiber einverleibt hatte.

Eine Erinnerung tauchte auf und brach durch ihre Trauer wie ein Stein, der ins Wasser fällt – eine Erinnerung, mit der sie nicht gerechnet hätte. Auf Nau Fruma hatte sie etwas ganz Ähnliches zu Pavel gesagt, bevor Aly sie verlassen hatte: dass sie seinen Kopf aufmachen und seine Drähte umstecken würde. Was hatte Pavel ihr geantwortet? Etwas über die Übertragung von Würfel zu Würfel …

Sie konnte nicht in Neros Kopf hinein – aber vielleicht konnte sie Neros Kopf in ihren stecken.

Nero würde seinen Würfel nicht sterben lassen, und wo sonst würde er ihn aufbewahren, wenn nicht in einem Wirt? Diac hatte ihr gesagt, dass der Überschreiber in etwas Lebendigem aufbewahrt werden konnte, in einem Baum. Das Gleiche galt für den Würfel. Was Neros Würfel betraf … er hatte ihn wahrscheinlich in dem Wurzelsystem untergebracht, das den Überschreiber beherbergt hatte. Am ehesten kam das Gewächshaus des Palastes infrage, sie hatte allerdings keine Ahnung, wo es sich befand.

Hör zu, sagte Kara sich. *Benutze deinen Verstand.*

Sie machte sich keine Illusionen, dass sie ihre Erinnerungen zurückerhalten würde, nicht, wenn sie sie brauchte, und definitiv nicht in der hochauflösenden Form von Würfelerinnerungen. Aber Kara dachte – hoffte –, dass doch noch Erinnerungen tief in ihrem Körper, in ihrem Kopf vergraben waren. Lydia hatte den Überschreiber bei sich eingesetzt und trotzdem ihren Orientierungssinn behalten, wusste noch, wie man alltägliche Handgriffe ausführte. Wenn diese Bereiche intakt waren, war es vielleicht auch die Erinnerung ihres Körpers an ihr früheres Zuhause.

Kara nahm einen Briefbeschwerer vom Schreibtisch ihres Vaters – ein schweres Modell von Kalu – und trat in den Flur. Der Briefbeschwerer würde eine notdürftige Waffe abgeben, falls man sie erwischte. Den Rest würde hoffentlich ihre Erinnerung erledigen – eine schlaue Lüge vielleicht, falls ein Wächter sie ansprach.

Aber unheimlicherweise war die Luft rein, als seien die Wachen plötzlich abberufen worden. Sie sandte ein schnelles Dankgebet an Vodhan, Alys Gott, bevor sie den Drang beiseiteschieben konnte. Sie versuchte, nicht an Aly zu denken, während sie durch die Schatten des Palastes ein Stockwerk tiefer glitt und die dicken Teppiche ihre Schritte verschluckten. Sie drückte sich an der Wand der Küche entlang für den Fall, dass eine Gruppe von Wächtern vorbeikam. Aber während sie dicht am Tisch kauerte, erhaschte sie durch die geöffnete Tür nur den Blick auf einen Wachmann. Er verschwand in einem anderen Flur und entfernte sich von ihr.

Sie schlüpfte in eine muffige Speisekammer mit leeren Regalen und einer kaputten Lampe. Fenster gab es keine, aber eine weitere Tür. Sie öffnete sie.

Feuchte, dunkle Stufen führten in einen Keller hinab.

Kara hielt inne und fragte sich, wann sie bemerken würden, dass sie fort war, oder ob sie es bereits wussten. Aber spielte das eine Rolle? Falls es eine Möglichkeit gab, Nero aufzuhalten, dann war jetzt der richtige Zeitpunkt dafür.

Unten im Keller entdeckte Kara eine Welt, die sie als Kind erkundet hatte. Sie stand im Dunkeln und horchte. Da war ein stetes leises Tröpfeln, beruhigend, wenn das Echo nicht gewesen wäre oder die vielen Dutzend Palastwachen, die bereitstanden, Neros Befehl zu gehorchen: sie zu finden und sie ebenfalls einer Gehirnwäsche zu unterziehen, um ihr die Menschlichkeit und den freien Willen zu nehmen.

Doch so würde es nicht enden. Kara würde ihre eigenen Entscheidungen treffen.

Sie lauschte. Es musste einen Weg nach draußen geben, und um ihn zu finden, musste sie logisch vorgehen. Was wusste sie über Gewächshäuser? Dass sie Glasfenster und Isolierung für Licht und Wärme brauchten. Also musste sie nach Süden, in Richtung Garten gehen. Was noch? Es würde eine Wasserquelle in der Nähe sein. Pflanzen brauchten Wasser.

Das Leck. Sie folgte dem Tropfgeräusch und fand Moos auf dem Boden und an den Wänden, das dichter wurde, je weiter sie in die Richtung ging. Je mehr sie sich von der Speisekammer entfernte, umso dunkler wurde es – so schwarz, dass sie die Hand vor Augen nicht erkennen konnte. Sie tastete sich an den Gabelungen weiter. Das Moos war feucht und weich und erinnerte sie an die Moosflecken, die in Luris tief im Wald auf glatten Steinen wuchsen, je weiter man von der Küste entfernt war.

Als das Moos an den Kellerwänden weniger wurde, ging Kara wieder zurück.

Es war nicht viel Zeit, aber sie eilte weiter. Rechts. Links. Rechts. Rechts und dann schnell links. Da war Licht, und sie verspürte ein leichtes Glücksgefühl, bis sie wieder Angst bekam und sich fragte, ob sie nur in einem großen Kreis gegangen war. Aber es wurde heller und immer heller, bis sie hochschaute und die Umrisse einer Tür entdeckte. Sie stieg die ausgetretene Treppe hinauf, drückte die Tür einen Spaltbreit auf und sah Gras. Links von ihr stand das Gewächshaus. Nur wenige Schritte, dann war sie im Freien.

Sie hob die Hand gegen die Sonne. So viel Schreckliches war geschehen, dass sie beinahe erwartet hatte, die Welt sei verschwunden. Der Gartenweg war jetzt überwuchert, zugewachsen von ungeschnittenen Pflanzen. Dann brach eine Erinnerung über sie herein oder zumindest der Hauch einer Erinnerung: der süße Duft von Rosen. Irgendwo tief im Innern hatte Kara ihn bei sich getragen, und mehr noch – das Gefühl, die zarten Blütenblätter zu berühren, und die Traurigkeit, die sie empfand, wenn sie schließlich verwelkten und beim leisesten Windhauch abfielen. Sie wusste, dass es eine organische Erinnerung war, ein Überrest aus ihrem alten Leben, und plötzlich war sie wütend, dass diese Erinnerungen immer unvollständig bleiben würden.

Das Gewächshaus war aus Glas und hatte die Form eines Sechsecks. Zwei Wachen gingen Patrouille, und Kara blieb, wo sie war, duckte sich tiefer ins Gebüsch, bis die beiden um die Ecke herum verschwunden waren.

Die Luft war rein. Sie schlüpfte ins Freie und rannte zur Tür des Gewächshauses, betete, dass sie offen war. Ihr Herz vollführte einen seltsamen kleinen Tanz in ihrer Brust. Die langen silbernen Griffe fühlten sich kalt an und sie ließen sich mühelos drehen.

Mit angehaltenem Atem ging sie hinein. Die Luft war feucht. Was von draußen wie ein schönes und gut gepflegtes Gewächshaus ausgesehen hatte, war im Innern ein gewaltiger Urwald. Die Decke brach das Licht wie ein Prisma.

Das Gewächshaus war terrassenförmig angelegt, hängende Gärten schienen bis in den Himmel zu reichen und ließen handtellergroße Blätter bis zum Boden herabhängen. Kara war schon einmal hier gewesen, sie war sich sicher. Ihr kam der Gedanke, dass Nero hinter dieser Pflanzenpracht steckte. Er mochte schöne Dinge, wenn sie gepflegt und wie geleckt waren, ihrer Rohheit entkleidet. Aber möglicherweise hatte er die ganze Zeit über geplant, den Überschreiber hier aufzubewahren, und der natürliche Zustand des Gewächshauses trug vielleicht dazu bei, ihn am Leben zu halten. Sie schauderte. Vielleicht wollte er ihn einpflanzen, so, wie ihre Mom es auf Wraeta getan hatte.

Die Wege durch die hohen Pflanzenwände waren eng und gewunden, und Karas Arme waren bald mit Schweiß, Feuchtigkeit und klebrigen Pflanzenpollen bedeckt. Sie schlängelte sich in die Mitte des Gewächshauses durch, wo neben einer Gruppe von Kirschbäumen, die die Arme in den Himmel reckten, ein einsamer grauer Stumpf in einem Haufen Kies und Erde steckte. Es sah aus wie der Bodenquerschnitt von Wraeta.

Es war ein Bodenquerschnitt von Wraeta.

Kara ließ den Briefbeschwerer fallen und stieß die Hände in die Erde. Der lose Schiefer und Kies schnitten ihr in die Finger, und sie wusste, dass der Boden sich mit ihrem Blut vermischen musste. Es kam ihr passend vor. Sie grub an den Wurzeln vorbei, schaufelte die Erde hektisch mit den Händen weg und war sich nur allzu bewusst, dass jeden Moment jemand kommen und sie überraschen könnte.

Dann spürte sie ein Stück Metall. Sie nahm es zwischen die Finger. Es war Neros Würfel tief im Wurzelsystem, wo er gedieh, lebte, darauf wartete, herausgeholt zu werden. Schmerz durchströmte sie bei dem Gedanken, sich den Würfel einpflanzen zu lassen. Was würde er mit ihr machen? Was würde Nero mit ihr machen?

Es spielte keine Rolle. Sie hatte keine Wahl. Es musste in seinem Würfel etwas geben, das ihr half, Nero für immer unschädlich zu machen. Es musste eine Möglichkeit geben.

Wenn nicht, war alles verloren.

Sie riss den Würfel heraus. Er war ein stumpfes Stück Metall, nicht größer als ihr kleiner Finger, mit freiliegenden rosafarbenen und weißen Wurzeln, die sich nun, da sie nichts mehr hatten, worin sie sich einnisten konnten, hin und her wanden, als seien sie lebendig. Es waren die Verbindungsarterien, die sich an ihr Gehirn anschließen würden.

Sie schob den Würfel in die Falten ihres *Duhatj,* wischte sich die Hände sauber und stand auf. Ein Schauer lief ihr den Rücken hinab. Der Luftdruck veränderte sich kaum merklich – sie fühlte einen Luftzug, der vorher nicht da gewesen war. Blätter raschelten. Kara erstarrte.

Jemand hatte die Tür zum Gewächshaus geöffnet.

Kara wich seitwärts in die Kirschzweige aus und ließ sich wieder in die Hocke fallen. Sie hörte schwere Stiefel knarzen – es musste ein Tasinn sein –, die langsam den Pfad heraufkamen. Auch ein Droide summte in der Stille – wahrscheinlich ein Sicherheitsmodell. Er würde ihr ohne Vorwarnung einen Elektroschock verpassen.

Näher. Näher. Sie hatten sie jetzt fast erreicht …

In Sekundenschnelle traf Kara eine Entscheidung und sprang aus der Deckung. Sie hatte keine Zeit, sich den Mann genau anzusehen – er war groß und trug eine Uniform, mehr nahm sie nicht wahr. Sie stürmte los und krachte mit gesenktem Kopf in ihn hinein. Als er zurücktaumelte, lief sie an ihm vorbei in Richtung Ausgang. Irgendwo vor ihr piepte wiederholt ein Androide – es klang nicht wie ein Sicherheitsroboter, aber sie würde sich ganz bestimmt nicht umdrehen, um es zu überprüfen –, und sie raste den engen Pfad entlang, wich immer wieder dem dichten Bewuchs aus. Sie hatte es fast bis zur Tür geschafft, als plötzlich ein anderer Wachmann vor sie hintrat und sie sauber auf den Rücken warf.

Sie rollte sich herum, bevor er sich auf sie fallen lassen konnte, aber er hielt ihre Beine fest. Sie schlug und trat um sich und versuchte verzweifelt, freizukommen. Es durfte nicht hier enden, mit Neros Würfel in der Tasche, wenn sie dem, was sie brauchte – was die Galaxie brauchte –, so nahe war.

»Kara«, sagte der Wachmann, und in einem unwirklichen Moment dachte sie, sie würde die Stimme kennen. Dann begriff sie, dass sie sie tatsächlich kannte.

»Aly?«

24

Alyosha

»Ich – ich dachte, du wärst tot«, sagte Aly. Er glaubte immer noch halb, dass er träumte: das Gewächshaus, die Feuchtigkeit, die grüne Landschaft, Kara, die lebendig vor ihm stand, so schön wie immer. »Ich habe dich sterben sehen …«

Sie war verändert, aber es war mehr als nur ihre Augen, ihre Haut, ihr Haar, ihr Geruch. Ihr Wesen hatte sich gewandelt, jedoch nicht auf grundlegende Weise. Es führte Aly nur noch deutlicher die schreckliche, quälende Wahrheit vor Augen, dass er sie liebte. Und dass er sie verlassen hatte.

»Das war ich nicht«, antwortete sie.

Pavel kam langsam angerollt und zog eine frisch geschnittene Rose aus seinem Brustfach. »Habt Ihr gewusst, dass die Rosensorte, die am Palast wächst, in Kalu nicht heimisch ist?«

Das entlockte ihr ein kleines Lächeln und ihre Mundwinkel bebten. Doch Aly wusste, dass es ein gezwungenes Lächeln war.

»Danke, Pavel.« Sie nahm die Blume von dem Droiden entgegen und hielt sie sich nachdenklich an die Nase.

»Bitte.« Aly griff nach ihren Händen. Seine Handflächen waren verschwitzt. Er wollte nur, dass sie ihn ansah und verstand, dass er es nicht gewusst hatte – dass er das, was er getan hatte, für sie getan hatte. Sie waren jetzt zusammen. »Bitte, Kara. Glaub mir. Ich – ich schwöre, wenn ich es gewusst hätte, hätte ich Nau Fruma nie verlassen. Frag Pavel …«

»Das spielt jetzt keine Rolle«, sagte sie. Aber wenigstens wandte sie sich nicht ab. Stattdessen richtete sie den Blick auf Dahlen. »Wer seid Ihr?«, fragte sie.

»Dahlen«, antwortete er schlicht. »Und Ihr?«

Sie zögerte. »Kara«, sagte sie in dem Moment, in dem Aly sagte: »Prinzessin Josselyn.«

»Beide?«, forschte Pavel nach. Dahlen hob die Augenbrauen.

»Jetzt, da wir uns miteinander bekannt gemacht haben, können wir den Rest des freudigen Wiedersehens vielleicht vertagen, bis wir Nero getötet haben.«

»Nicht, wenn Ihr uns anführt«, blaffte Aly zurück. »Pavel hat Nero mit Euren Informationen bis zu genau dieser Stelle verfolgt. Ihr habt gesagt, Ihr hättet Hinweise auf Neros Würfel.«

Kara schaute von Aly zu Dahlen und zurück. »Ihr seid wegen Nero hier?«

»Hat er das nicht gerade gesagt?«, fragte Dahlen gereizt.

Ein echter Charmeur.

Aly schaltete sich ein, bevor er noch mehr Schaden anrichten konnte. »Wir sind hier, um Nero zu töten. Vor ein paar Tagen ist es der WFK gelungen, Neros Würfelstandort ausfindig zu machen. Nach vielen Jahren der Firewall muss Nero Genehmigungen aufgehoben haben. Also haben wir ihn geortet.«

Kara blickte zwischen den beiden hin und her. »Wie viele Tasinn habt ihr erledigt?«

»Neun«, berichtete Dahlen. »Jeden, den wir gefunden haben. Es war uns nicht möglich, unentdeckt zu bleiben.« Kara starrte ihn an. Er schien es nicht zu bemerken. »Wir haben Nero hierher verfolgt, bis ins Gewächshaus.« Er sah sich um, als erwarte er, dass der Mann plötzlich auftauchen würde.

Kara holte tief Luft. »Ihr habt seinen Würfel bis hierher verfolgt, weil sein Würfel hier ist.«

Jetzt war es an Aly, sie anzustarren.

»Nero hat den Überschreiber«, erklärte Kara. »Er musste seinen Würfel dagegen eintauschen. Er wird es bald erfahren. Vielleicht weiß er es jetzt schon.«

»Was weiß er?«, fragte Aly. Er kam nicht mehr mit.

Kara zuckte die Achseln, die Mundwinkel zu einem Grinsen verzogen, wie manchmal, wenn sie etwas als Erste begriff. Vodhan sei Dank, dass er es erkannte, dass er irgendetwas an ihr erkannte. Aber die Erleichterung, die er verspürt hatte, löste sich in Luft auf, als sie die Hand aufmachte, mit der sie zuvor etwas aus der Tasche gezogen hatte, und schlicht bemerkte:

»Dass ich ihn gestohlen habe.«

Aly musste rennen, um mit Kara Schritt zu halten, als sie ungehindert durch den Palast liefen. Dahlen und Aly hatten den Weg frei gemacht, und die Tasinn, die für gewöhnlich den Wohnflügel bewachten, waren jetzt in Vodhans Händen.

Links, rechts, links – Aly verlor den Überblick, als sie im Palast um immer neue Ecken bogen, noch während er zu verstehen versuchte, was sie ihnen erzählte: die Botschaft, die sie nach Ralire gebracht hatte, das Gespräch mit Diac, während sie festgehalten wurden, und dass Nero ihr beim Überschreiber zuvorgekommen war. Alys Herz krampfte sich zusammen, als sie ihnen von dem Massaker auf der Versammlung der Vereinten Planeten berichtete.

»Beunruhigt es Euch nicht, dass Rhiannon verschwunden ist?«, fragte Dahlen.

Kara sah ihn mit schmalen Augen an. »Natürlich tut es das.« Dann drehte sie sich um, öffnete eine Tür und scheuchte sie eine weitere Treppe hinunter. »Sie könnte tot sein«, sagte sie über die Schulter. Ihre Stimme brach. »Oder sie könnte weggelaufen sein …«

»Nein.« Dahlens Stimme war überraschend bestimmt. »Nicht Rhee.« Aly zog bei seiner Verwendung ihres Spitznamens eine Braue hoch.

Sie hatten das unterirdische Geschoss erreicht. Dunkel und düster, war es angefüllt mit alten Möbeln, die während des Großen Krieges aus der Mode gekommen waren. Die Atmosphäre war bedrückend. Aly verspürte den Drang, auf Zehenspitzen zu gehen.

Selbst Kara senkte die Stimme und flüsterte beinahe. »Nero will, dass ich auf Sendung gehe und sage, dass sie die Schuld am Massaker an den Ratsmitgliedern trägt. Das kann ich nicht tun.« Sie schien nach etwas zu suchen; im Gehen schaute sie in verschiedene Räume hinein und öffnete Türen, die in unbenutzte Gewölbte und kahle Gelasse führten, in denen man Diener oder Gefangene der Krone unterbrachte.

»Doch, das kannst du«, widersprach Aly. Ein Plan nahm in seinem Kopf Gestalt an. »Wir können Neros Taktik gegen ihn anwenden, ihn in seinem eigenen Metier unterminieren, dort, wo er sich am sichersten fühlt.«

»Wie sollen wir das anstellen?«, fragte Kara und stieß eine weitere Tür auf. Sie gab einen Seufzer von sich, als sei sie enttäuscht, den Raum leer vorzufinden.

»Du sprichst in der Sendung. Aber wir werden Rhee ein Zeichen schicken, um sie wissen zu lassen, dass du für sie da bist«, schlug Aly vor. »Dass du ihr glaubst, auch wenn du das Gegenteil behauptest. Wie wenn man sich für alle sichtbar versteckt.«

»Aber selbst wenn Rhiannon zurückkehren würde, was dann?«, fragte Dahlen.

»Dann bringen wir die beiden Schwestern zusammen – um Nero bloßzustellen. Er wird keine andere Wahl haben, als zurückzukehren. Er wird wieder die Kontrolle übernehmen wollen. Wir bringen Kara und Rhiannon an einen sicheren Ort und töten ihn.«

»Nein.« Karas Stimme war fest.

»Nein?«

Er begegnete ihrem Blick. Es war Feuer in ihren Augen – das gleiche Licht, das er bei ihrer ersten Begegnung gesehen hatte. »Ich bin jetzt Kaiserin.« Aly stockte das Herz bei dem Wort *Kaiserin*. Als ob man ihn daran erinnern müsste. »Ich kann nicht davor weglaufen. Meine Pläne, meine Wünsche – oder was ich dafür gehalten habe – spielen keine Rolle.«

»Kara …«, sagte er. Es klang, als mache sie eine große *Taejis* durch und habe niemandem zum Reden. Um es milde auszudrücken.

»Und außerdem«, fiel Kara ihm ins Wort, »kann man Nero nicht töten.«

»Niemand kann nicht getötet werden«, versetzte Dahlen gelassen.

Kara seufzte. »Er hat den Überschreiber. Das bedeutet, dass er mit dem Geist zahlloser Unschuldiger verbunden ist. Wenn er stirbt, wird ihr Verstand zerstört werden.«

»Zerstört? Woher weißt du das?«, fragte Aly.

»Er hat es mir gesagt«, erklärte Kara.

»Einem Wahnsinnigen darf man nicht glauben«, sagte Dahlen verächtlich. »Noch darf man seinen Wahnsinn für Vernunft nehmen.«

»Aber was ist, wenn er die Wahrheit gesagt hat?«, wollte Aly wissen. Ihm war plötzlich speiübel, und er dachte an all die Leute, die er im Stich gelassen hatte. Die Menschen in Wray. Die Gefangenen auf Houl und Nau Fruma. Kara.

»Die Risiken müssen kalkuliert werden. Es gibt keine größere Bedrohung als die, die bereits besteht: Nero mit dem Überschreiber.«

»Da bin ich ganz Eurer Meinung«, pflichtete Kara ihm bei. Sie öffnete eine weitere Tür; sie fanden einen Weinkeller voller Metfässer. Sie war schon wieder draußen, bevor Aly vorschlagen konnte, dass sie sich eine kleine Stärkung genehmigen sollten. »Aber wenn in seinen Worten auch nur ein Körnchen Wahrheit steckt – dass Tausende, vielleicht Hunderttausende sterben werden –, brauche ich Sicherheiten gegen ihn.«

»Ich kann Euch nicht folgen, Kaiserin«, sagte Dahlen. »Was schlagt Ihr vor?«

Sie waren fast am Ende des Flurs angelangt. Kara fuhr plötzlich zu ihm herum.

»Wir haben seinen Würfel.« Sie holte tief Luft. »Ich muss ihn hochladen.«

Für einen langen Moment herrschte Schweigen. Selbst Pavel fiel nichts ein, was er sagen konnte.

»Das ist närrisch«, stieß Aly schließlich mit erstickter Stimme hervor, »und gefährlich. Und warum du? Jeder von uns könnte es tun.«

»Weil er denkt, ich sei seine Schachfigur. Ich komme näher an ihn heran als ihr. *Ich* bin diejenige, die ihn töten wird. Sein Würfel ist nur meine Versicherung.«

»Versicherung?«, fragte Dahlen.

»Dass er mich nicht zuerst umbringt. Wenn ich sterbe, stirbt sein Würfel mit mir. Vielleicht wird er mich trotzdem töten, aber … er könnte auch zögern. Das würde uns einen Vorteil verschaffen.«

Pavel durchbrach die Stille. »Tatsächlich gibt es Präzedenzfälle, was Würfel-zu-Würfel-Übertragungen betrifft«, berichtete er, »und die Art, wie Erinnerungen vor dem Tod an Familienmitglieder weitergegeben werden …«

»Genau.« Kara drehte sich wieder auf dem Absatz um. Im Flur befanden sich noch drei ungeprüfte Türen. Aly fragte sich, wonach sie suchte. Aber er war zu aufgewühlt, um die Frage laut zu stellen. »Es ist im Wesentlichen das Gleiche.«

»Oder es unterscheidet sich wie Tag und Nacht«, wandte Aly ein. »Es ist der Unterschied zwischen zwei lebenden Seelen, die sich freiwillig entscheiden, Erinnerungen von einem Würfel auf einen anderen zu übertragen, im Gegensatz zu … dem hier.« Aly fiel nicht einmal ein Wort dafür ein, aber es kam ihm falsch vor, so, als verletzten sie Vodhans Gesetz.

»Ihr habt es getan«, erinnerte Dahlen ihn.

»Das war die Komm-Einheit eines Droiden«, wehrte Aly ab. Er hatte sich auf Uustral die Erinnerungen des Droiden hochgeladen. Es hatte ihn viel Kraft gekostet, ihn in die Knie gezwungen. »Kein humanoider Würfel. Außerdem war ich in einer medizinischen Einrichtung.«

»Kara würde einen sehr erfahrenen Arzt brauchen«, schaltete Pavel sich ein. »Wahrscheinlich muss ein Teil der Hardware mit ihrem eigenen Würfel verbunden werden …«

»Ich kenne jemanden, der das kann.« Kara versuchte die übernächste Tür zu öffnen. Sie schwang auf und Kara spähte hinein. Aly sah über ihre Schulter in ein leeres Zimmer. Sie drängte sich an ihm vorbei und ging weiter den Flur entlang.

»Du ›kennst jemanden‹, der für komplizierte Würfel-Chirurgie qualifiziert ist?«

»Nicht nur komplizierte, sondern auch illegale Würfel-Chirurgie, den Vereinbarungen des G-1T-Gipfels zufolge«, stellte Pavel fest, als er hinter Kara herrollte.

»Ganz genau. Illegal, gefährlich und kompliziert«, bestätigte Aly und zählte die Punkte an den Fingern ab. »Du hast zufälligerweise einen Mann, der das kann?«

Kara riss die letzte Tür auf und brachte ein wraetanisches Mädchen zum Vorschein, deren hüftlange Zöpfe in alle Richtungen schwangen, als es mit einem Stuhl auf sie losging.

Aly trat instinktiv vor Kara hin und schützte sie mit dem Arm. Dahlen sprang vor, um sich dieser Wildkatze zu stellen, aber Kara stieß Aly mit dem Ellbogen aus dem Weg und zog mit beiden Händen hinten an Dahlens Shirt.

»Stopp«, brüllte sie, gerade als das Mädchen erkannte, wen es vor sich hatte, und den Stuhl fallen ließ. Sie hob mit aufge-

rissenen Augen die Hände und starrte den gewaltigen Fontisianer an, der im Begriff stand, ihr den Kopf abzureißen.

»Das hat ja gedauert«, sagte sie. Es schien, als spreche sie mit Kara, aber sie ließ Dahlen keine Sekunde aus den Augen.

»Leute, das ist Issa.« Issa ließ die Hände sinken, als sie vorgestellt wurde. Aly bemerkte, dass sie ein Sanitätsabzeichen an der Uniform trug. »Sie ist mein Mann.«

25

Rhiannon

Nachdem sie Veyron getötet hatte, hatte Rhee behauptet, viel über den Tod zu wissen. Sie war bereit gewesen, sich kopfüber in einen unüberlegten Plan zu stürzen, Seotra zu ermorden, den Staatsmann, dem sie irrtümlich die Schuld an Neros Verschwörung gegeben hatte. Aber Dahlen hatte sie herausgefordert, hatte sie auf diese herablassende Art befragt, die so typisch für ihn war. *Warum? Weil Ihr einen Mann getötet habt?*, hatte er gesagt. *Das bedeutet, dass Ihr genauso qualifiziert seid wie die meisten, also überhaupt nicht.*

Jetzt wusste sie, dass er recht gehabt hatte: Einem anderen das Leben zu nehmen, vermittelte einem keine gründliche Kenntnis des Todes. Auch die Tatsache, dass sie ihre Familie verloren hatte, verlieh ihr keine solche Kenntnis, selbst wenn sie deren Abwesenheit bis tief in ihr Innerstes spürte – als sei dort nichts, nur die Trauer, die verging, sich verflüchtigte und sie in etwas Böses, Schlechtes verwandelte, sodass sie lange Zeit nichts anderes spüren konnte als Zorn.

Man sollte nur eines wissen: Tod erzeugt weiteren Tod.

Das Massaker am Rat der Vereinten Planeten vor nur drei Tagen bewies es ohne jeden Zweifel. Der Verlust des Fischers hatte sie bis ins Mark erschüttert. Die Proteste auf den Straßen Sibus hatten sich ausgeweitet. In der ganzen Galaxie brachen in ansonsten neutralen Gebieten Unruhen aus. Jeder hatte von dem Angriff gehört, doch man konnte sich nicht auf einen Schuldigen einigen – einig war man sich nur, dass jemand büßen musste.

Falls Rhee recht hatte, würde Nero sofort an die Öffentlichkeit gehen, um den Schein zu wahren und sich entsetzt über die Gewalt bei der Ratsversammlung zu zeigen. Rhee fand es feige zu fliehen. Aber Jeth hatte darauf bestanden, und Lahna war auch der Meinung, dass sie Abstand zwischen Rhee und Nero bringen mussten. Julian hatte nichts gesagt. Er hatte seit dem Massaker nicht mehr gesprochen, obwohl Rhee wusste, dass er vor Zorn gekocht hatte und Nero mit Freuden wegen seiner Beteiligung an Veyrons Tod eigenhändig umgebracht hätte. Sie waren erschöpft durch den Bazorl-Quadranten geschossen, weg von Kalu.

Nero, ein Mörder mit einem gut aussehenden Gesicht und einem überzeugenden Lächeln, würde sich zweifellos in der Rolle des Trösters einer trauernden Galaxie gefallen. Er würde Rhee die Schuld an seiner Tat in die Schuhe schieben müssen, so, wie er Aly den angeblichen Mord an Rhee und Seotra den Mord an Rhees Eltern in die Schuhe geschoben hatte.

Sie hätte auf Dahlen hören sollen. *Seine Versprechen sind eine Falle, und ich hätte nicht gedacht, dass Ihr so dumm seid, ihm zu glauben*, hatte er von Nero gesagt. Der zerbrechliche Waffenstillstand war nur ein Vorwand, eine Tarnung, während Nero die Technologie in seinen Besitz brachte, mit der er über die kaiserlichen Tasinn verfügen konnte – die Wachen, die auf ihrer Seite hätten stehen sollen.

Jeth hatte sie nach Elsse gebracht, einem kleinen Mond-Vorposten außerhalb von Fontis, um zu warten, bis eine UniForce-Flotte vorbei war, die durch den Quadranten flog. Rhee brannte förmlich darauf zurückzukommen, aber sie waren Flüchtlinge, und sie hatten zu sehr gelitten, um sich wieder in Neros Gewalt zu begeben.

Lahna brachte Jeth bei, mit Pfeil und Bogen zu schießen – die UniForce benutzte sie nicht mehr –, und aus dem Augenwinkel sah Rhee einen Pfeil über die Hochebene fliegen. Der Pfeil durchschlug die Mitte einer Reihe holografischer Zielscheiben, bis er sich in einen dreißig Meter entfernten Baum bohrte. Lahna nickte zufrieden, als Jeth ihr den Bogen zurückgab. Sie bewegten sich mit einer ernsten Genauigkeit, beide im Herzen Soldat. Das Gemetzel schien sie zusammengeschweißt zu haben und zeigte Rhee, wie wenig sie über Krieg wusste.

Sie schwang den guten Fuß hoch und machte einen Handstand. Nachdem sie kurz geschwankt hatte, fand sie ihr Gleichgewicht, während Kieselsteine und Grasbüschel sich ihr in die Handflächen bohrten.

Es war eine Methode, ruhig zu bleiben, sich zu konzentrieren und den Schmerz in ihrem Fuß auszublenden – aber ihre Gedanken wanderten zu den Fehlern, die sie hierhergeführt hatten. Das viele Blut. Die vielen hilflosen, panischen Botschafter, übermannt und überwältigt von den tödlichen Tasinn, die Kehlen aufgeschlitzt, während ihnen das Blut an den Anzügen hinabströmte und über glänzende Tische spritzte. Und davor der Verrat, die dummen, kindischen Entscheidungen, die sie getroffen hatte und die zu Tod, zu Einsamkeit geführt hatten. So viele Leute hassten sie, aber sie hasste sich selbst noch mehr.

Das Blut stieg ihr jetzt in den Kopf, und Rhee merkte, dass sie kippte. Sie trat mit den Beinen in die Luft und schaffte es, sich wieder gerade hinzustellen, aber sie spürte, dass ihre Arme zitterten.

»Du konntest sie nie so lange halten«, bemerkte Julian hinter ihr. Seine Stimme traf sie unerwartet. Rhee schwankte wieder und hatte sich fast gefangen, als ihr die Münze aus der Tasche fiel. Ihr rechter Ellbogen gab nach, und sie kippte zu weit nach links und fiel ins Gras. Vom Boden aus sah sie zu Julian hoch, der vor der Sonne stand.

»Ich kann es immer noch nicht.« Sie griff nach der Münze.

Julian hielt ihr die Hand hin, und sie nahm sie schnell, aus Angst, er könnte es sich anders überlegen. Er zog sie hoch, und dann stand sie vor ihm und unterdrückte ein Zusammenzucken, als sie das Gewicht auf den linken Fuß verlagerte. Draußen vor dem Palast hatten sie oft Handstand gemacht und gewettet, wer am längsten auf den Händen im Sand laufen konnte. War das erst wenige Monate her? Es schien unmöglich, dass sich so viel verändert hatte.

Und doch gab es in letzter Zeit Augenblicke, in denen sie das Gefühl hatte, dass er zu ihr zurückkam. Wie an dem Tag, an dem sie gemeinsam den Robo-Droiden erledigt hatten – es war eine einzige fließende Bewegung gewesen. Sie hätte schwören können, dass seine Augen ihr gesagt hatten, dass sie ihm immer noch etwas bedeutete. Er war immer noch der Mensch, der sie am besten kannte.

Er zog das Teleskop aus dem Gürtel. Sie hatte es am Morgen auf das behelfsmäßige Kissen aus einem Kleiderbündel gelegt. »Ich hätte nicht gedacht, dass ich das noch mal wiedersehen würde.«

»Es tut mir leid, dass ich es weggegeben habe. Ich musste es gegen die Hilfe des Fischers eintauschen.«

»Aber am Ende ist es zu dir zurückgekommen.« Julian zuckte die Achseln. Sie hatte es zurückbekommen, aber der Tod des Fischers war ein hoher Preis gewesen. »Das mit deinem Freund tut mir leid«, fügte er hinzu.

»Ist schon …« Rhee hielt inne. Sie wollte sagen: *Ist schon gut,* aber sie wussten beide, dass es nicht gut war. Sie schluckte und wechselte das Thema. »Sehr passend.« Sie deutete mit dem Kopf auf das Teleskop. »Du hast gesagt, ich kann es mir ausleihen, bis ich dich das nächste Mal treffe.«

»Ja.« Julian schaute nicht auf. Sein Haar wäre ihm jetzt über die Augen gefallen, wenn er es noch lang tragen würde. Sie fragte sich, ob er sie überhaupt ansehen konnte, ohne an seinen Dad zu denken. Rhee hatte diesem Jungen, ihrem besten Freund, so viel genommen. Ihrem ehemals besten Freund. Und als Gegenleistung hatte sie ihm nur Zorn gegeben. Es war eine Wut, die in einem wuchs, bis man sie ausstrahlte, und die alles andere verdrängte, sodass jedes Glück vergiftet war und jede Kleinigkeit zu einer großen Sache wurde.

Es hatte eine Zeit gegeben, da Rhee die Welt nur durch die Brille ihrer eigenen Rache betrachten konnte. Jeder Schritt war ein Schritt auf die Erfüllung eines blutigen Schicksals zu. Es hatte sie hierhergeführt, und sämtliche treuen Anhänger, die sie hatte, waren entweder tot oder hatten sie verlassen. Nichts davon war es wert. Sie würde es in Ordnung bringen müssen.

Rhee holte tief Luft. »Es tut mir leid, Julian«, sagte sie. Die Worte waren so dumm, so unzulänglich, aber es waren die einzigen, die kamen. »Ich werde nie aufhören, es zu bedauern.«

Julian zeichnete mit der Stiefelspitze Linien ins Gras, die Hände in den Taschen. Diese Angewohnheit war ihr schmerzlich vertraut; er tat es immer, wenn er nachdachte, als müsse sein Gehirn überschüssige Energie in andere Bahnen lenken.

»Ich weiß«, murmelte er schließlich. Und endlich sah er sie an, blinzelte gegen die Sonne. Sein Gesicht war nachdenklich und konzentriert – vollkommen frei von Hass oder Verachtung. Rhee hätte nicht gedacht, dass ein so neutraler Gesichtsausdruck ihr Herz zum Springen bringen könnte, aber vielleicht war es der richtige Weg. Er würde ihr möglicherweise nie vergeben, dass sie seinen Vater getötet hatte, aber vielleicht, nur vielleicht …

»Rhiannon!«

Rhee drehte sich um, aus ihren Gedanken gerissen. Jeth und Lahna kamen auf sie zugeeilt. Jeth hielt den Holoprojektor in der Hand. Eine Projektion schaukelte in der Luft.

Ihr Magen krampfte sich erneut vor Angst zusammen. »Was ist los?«, fragte sie. »Was ist passiert?«

Statt zu antworten, vergrößerte Jeth das Holo, sodass es über die hohen Gräser und sanft geschwungenen Wiesen ausgestrahlt wurde. Auf dem Bild, das an den Rändern verschwommen war und im Sonnenlicht weich und zart wirkte, sah Rhee ihre Schwester. Sie sah aus wie eine Ahnin, die von den Toten zurückgekehrt war, denn genau so war es. Auf einem Laufband darunter stand zu lesen: KAISERHAUS: TOT GEGLAUBTE ÄLTERE TA'AN-SCHWESTER LEBT.

Ohne nachzudenken, streckte Rhee die Hand aus, um sie zu berühren, aber da war nur Luft. »Joss …«

Als sei das Holo durch ihre Berührung aufgelöst worden, schaltete die Sendung zurück zu einem Nachrichtensprecher.

»Prinzessin Josselyn Ta'an ist nach sechs Jahren wieder aufgetaucht«, sagte der Sprecher, ein hübscher Kalusianer der neuen Welle, der Nero bis hin zu dem kleinen glänzenden Knopf am Kragen seines tadellosen Hemdes nachahmte. »Die Mitteilung kam, nachdem ein DNA-Test bestätigte, dass sie die ältere Ta'an ist …« Es wurden Aufnahmen von Joss im Palast gezeigt. Sie war wunderschön und so vertraut, unverkennbar das Mädchen, zu dem ihre Schwester geworden wäre. *Geworden ist,* verbesserte Rhee sich.

Joss lebte.

Hatte die ganze Zeit über gelebt.

»Sie ist gekommen …« Rhees Stimme verlor sich. Sie war außerstande, einen zusammenhängenden Gedanken zu fassen, geschweige denn, ein Gebet zu sprechen. Josselyn hatte sich gemeldet, war ihrem Ruf gefolgt – genau im Augenblick des größten Aufruhrs, als Rhee selbst nicht da gewesen war.

Sie wollte gleichzeitig lachen und weinen. Obwohl sie wusste, dass ihre Schwester noch lebte, obwohl sie ihre Stimme gehört hatte, hatte Rhee es bis jetzt nicht wirklich geglaubt. Es war ein Abwehrmechanismus, eine Möglichkeit, ihr Herz zu schützen.

Jetzt wusste sie es – es war das, was sie immer gewollt hatte: nicht nur ihre Schwester zu finden, sondern eine Partnerin auf dem Thron zu haben. Joss würde sie beschützen, wie sie es immer getan hatte. Gemeinsam konnten sie es mit Nero aufnehmen.

Josselyn und die Moderatorin – einer von Neros Lieblingslockvögeln, eine Frau aus dem äußeren Gürtel mit geröteter blauer Haut und gelben Reptilienaugen – unterhielten sich.

»Wo seid Ihr gewesen, Josselyn?«

»An einem sicheren Ort. Das ist alles, was ich sagen kann. Ich möchte niemanden in Gefahr bringen, aber man hat für mich gesorgt, und dafür bin ich dankbar.« Josselyn strahlte mit jeder Faser Haltung und Einfühlsamkeit aus.

»Aber habt Ihr nicht gesagt, Ihr hättet unter Amnesie gelitten?« Bei jeder Frage der Moderatorin weiteten sich ihre Pupillen leicht. »Wann sind Eure Erinnerungen zurückgekommen? Was war Eure erste Erinnerung?«

Joss öffnete den Mund und schloss ihn wieder. Es war der erste Anflug von Unsicherheit. Rhee trat einen Schritt vor. Sie wollte unbedingt die Antwort hören.

»Es war eine Erinnerung an meinen Vater, wie er meine Hand nahm …«

Rhee war enttäuscht. Sie wollte etwas Konkretes, etwas über sie …

»Als Rhiannon eine Belohnung für Eure Rückkehr ausgesetzt hat, habt Ihr Euch nicht sofort gemeldet. Warum nicht?«

»Hätte ich einfach in das nächste Schiff springen und durch drei Kriegsgebiete fliegen sollen?«, erwiderte Joss auf eine Art, die zugleich provokant und entschlossen war. Sie hob das Kinn. Stolz wallte in Rhee auf. Das war Joss, wie sie sie kannte. »Ich denke, die Frage, wo ich gewesen bin, ist unwichtig angesichts der Tatsache, dass ich jetzt wieder da bin. Die Galaxie leidet.«

Joss blinzelte auf dem Bildschirm und schwieg für einen kurzen Moment. Sie hatte die Augen geschlossen. Ihre schönen schwarzen Wimpern hoben sich dramatisch gegen ihre breiten Wangenknochen ab.

»Sie ist so hübsch«, platzte Rhee heraus. »Sie war immer so hübsch.«

»Sie kommt mir bekannt vor«, sagte Jeth.

»Natürlich. Sie ist die Kaiserin«, erwiderte Lahna. Rhee hatte das Gefühl, als würde man ihr das Herz in der Brust zerquetschen. Früher, als es noch ihr Titel war, hatte sie dieses Wort gehasst, doch jetzt, da Josselyn den Titel trug, fehlte er ihr plötzlich. Lahna musste etwas davon bemerkt haben, denn sie drückte Rhee noch einmal die Hand. »Tut mir leid«, flüsterte sie.

»Das meine ich nicht«, konterte Jeth, die Augen auf das Holo gerichtet. »Sie erinnert mich an jemanden …«

»Mich auch …«, meldete Julian sich zu Wort.

»Sieht sie nicht wie Rhiannon aus?«, fragte Lahna.

»Irgendwie schon, aber das ist es nicht«, sagte Jeth und betrachtete angestrengt mit seinen weißen Augen das Holo.

Julian räusperte sich. »Denkst du, wir können ihr trauen?«, fragte er leise. Die Frage kam so unerwartet, dass sie die Freude darüber überlagerte, ihn *wir* sagen zu hören.

»Wie meinst du das? Warum sollten wir ihr nicht trauen?« Rhee sah Jeth und Lahna auffordernd an, aber ihre Mienen waren wie versteinert.

Julian zuckte die Achseln. »Der Zeitpunkt ist günstig, das ist alles.«

»Günstig? In der Galaxie herrscht Krieg!« Aber sie war abgelenkt. Joss wurde in der großen Eingangshalle des Palastes interviewt. Es sah so perfekt oder perfekt einstudiert aus – als wäre es inszeniert. Jetzt, da sie darüber nachdachte, war alles zu perfekt.

»Ihr habt von Leiden gesprochen«, sagte die Moderatorin. »Damit meint Ihr vermutlich das kürzliche Massaker bei der Zusammenkunft der Vereinten Planeten?«

Joss nickte und sah die Sprecherin an. »Es war eine schreckliche und beispiellose Tragödie. Ich musste mich zu erkennen geben.«

»Um an der Seite Eurer Schwester zu herrschen?«

»Nein.« Joss sah direkt in die Kamera und fügte hinzu: »Um an ihrer Stelle zu herrschen.«

Lahna schnappte nach Luft, und Jeth schaltete das Holo auf Pause, sodass Joss' Kopf zur Seite geneigt war und ihre Augen – eins braun, eins haselnussfarben – auf Rhee gerichtet waren.

»Nein, wiederholt es noch mal«, verlangte Julian.

»Ich denke, Rhee braucht einen Augenblick Zeit«, warf Jeth ein.

»Wiederholt es!«, beharrte Julian. Als der Chram sich weigerte, nahm Julian ihm den Projektor aus der Hand und spielte es selbst ab.

Rhee musste mit anhören, wie ihre eigene Schwester öffentlich den Plan äußerte, sie vom Thron zu stürzen. »Um an ihrer Stelle zu herrschen«, sagte sie noch einmal. Julian wiederholte es wieder und wieder …

»Das ist grausam und gemein«, protestierte Lahna.

»Das ist das Mädchen, das in das Dojo eingebrochen ist!«, rief Julian plötzlich. »Sie sieht anders aus, aber ich erkenne ihre Stimme. Ich dachte, du hättest sie geschickt«, sagte er an Rhee gewandt, »weil sie deine Münze hatte. Oder genau die gleiche.«

Rhee zog ihre Münze hervor. Julian nahm sie und hielt sie ins Sonnenlicht. »Sie sah genauso aus, war aber total verrostet. Es ist dasselbe Mädchen. Rhee, sie hat eine Nachricht abgefangen, die für meinen Vater bestimmt war. Das bedeutet, dass sie entweder für den Widerstand arbeitet …«

»Oder dass sie ihn zerschlagen will«, meldete Jeth sich zu Wort. »Leute, ich habe noch eine Hammer-Nachricht: Ich glaube, das war das Mädchen, das bei Alyosha war.«

»Alyosha? Der Soldat, den man für den Versuch, mich zu ermorden, verantwortlich gemacht hat? Der, von dem du gesagt hast, er sei unschuldig?«, fragte Rhee. Es schien unmöglich, dass ihre eigene Schwester sich im Kreis von Soldaten, Flüchtlingen und Kaisertreuen bewegte – wenn Rhee selbst gerade erst erfahren hatte, dass sie noch lebte. »Spiel es ganz ab, bis zum Schluss«, bat Rhee.

»Sosehr es mich schmerzt, das zu sagen«, fuhr Joss fort, »ich habe Grund zu der Annahme, dass die kaiserlichen Tasinn den Angriff auf Befehl« – an dieser Stelle blinzelte sie – »der jüngeren Prinzessin verübt haben, meiner Schwester Rhiannon Ta'an. Wenn diese Information zutrifft, schäme ich mich, sowohl für mich selbst als auch für das Vermächtnis meiner Familie.«

Jeth fluchte.

Rhee hatte das Gefühl, als hätte sie einen Schlag mitten auf die Brust erhalten.

Joss hatte ihr die Schuld an dem Massaker gegeben.

Und das Schreckliche daran war, dass es plausibel klang. Soweit sie wusste, ahnte niemand auf Kalu, dass Nero Zugang zu einer Technologie hatte, die die Tasinn aus der Ferne kontrollieren konnte. Und die Tasinn sind – waren – schließlich ihre kaiserliche Wache. Rhee spürte ein heißes Gefühl der Scham in sich aufwallen, dass sie es nicht eher erkannt hatte – dass man ihr eine Falle gestellt hatte.

Glaubte Joss wirklich, dass Rhee zu so etwas in der Lage wäre? War es Nero gelungen, sie davon zu überzeugen? Oder arbeitete sie mit ihm zusammen?

Joss schaute aus dem Bildschirm heraus, so, als würde sie nur wenige Schritte entfernt stehen und Rhee mit ihrem zornigen Blick festnageln. »Rhiannon, ich würde gern die Gelegenheit nutzen, um dir zu sagen, dass ich den Opfern dieses schrecklichen Massakers Gerechtigkeit widerfahren lassen will. Ich werde Gerechtigkeit walten lassen. Der Schuldige muss zur Verantwortung gezogen werden.« Ihr Gesichtsausdruck hätte aus Stein gemeißelt sein können. Das einzige Zeichen des Unbehagens, das sie erkennen ließ, war die Art, wie sie mit einem Ring an der linken Hand spielte. Aber ihre Stimme war vollkommen ruhig.

»Dann beschuldigt Ihr öffentlich Eure Schwester?«

»Ja«, bestätigte Josselyn und blickte direkt in die Kamera. »Rhiannon, falls du überlebt hast, ergib dich jetzt – oder kehre nie wieder zurück. Wir müssen uns alle für den schwierigen Weg entscheiden, weil es der richtige Weg ist.«

Tränen brannten in Rhees Augen. Sie blinzelte, einmal, zweimal, und versuchte, den Kopf freizubekommen, versuchte nachzudenken. *Ehre. Tapferkeit. Loyalität.*

»Ich werde bald eine weitere Ankündigung machen, die der Galaxie dringend benötigte Hoffnung schenken wird«, fuhr Josselyn fort, während sie immer noch mit dem Ring an ihrer linken Hand spielte und ihn unablässig drehte.

Und dann sah Rhee es. Das Zeichen, den Hinweis, die Botschaft.

Dahlens Ring.

Dahlen und Josselyn waren zusammen. Es war ein Zeichen. Eine verzweifelte Hoffnung flammte in Rhee auf. Und jetzt verstand sie auch die unterschwellig versteckte Bedeutung in den Worten ihrer Schwester.

Ich werde Gerechtigkeit walten lassen.

Der Schuldige muss zur Verantwortung gezogen werden. Und dann der letzte Teil – es war das Gleiche, was Dahlen ihr beim Abschied gesagt hatte: *Wir müssen uns alle für den schwierigen Weg entscheiden, weil es der richtige Weg ist.*

Josselyn und Dahlen planten, Nero zu töten: Das war ihre Botschaft an Rhee.

Es war ihre Einladung an sie.

Joss biss sich auf die Unterlippe. Und da war die Joss, die Rhee kannte und an die sie sich erinnerte. Das war ihre Schwester. Die Schwester, die sie gepiesackt und missachtet hatte, die sie aber auch aus dem Keller geführt hatte. Die ihr beigebracht hatte, wie man ein Rad schlug und Papierflugzeuge faltete, die sie anschließend zusammen vom Balkon geworfen hatten. Sie war zu ihr zurückgekommen.

Loyalität. Es war Teil ihres *Ma'tan sarili.*

»Nero hat sie dazu angestiftet«, sagte Rhee an die Gruppe gewandt. »Sie versucht, es mir mitzuteilen. Sie trägt Dahlens Ring.«

»Ihr könnt Euch nicht sicher sein«, mahnte Lahna. »Wir wissen, dass Eure Schwester mit dem Jungen unterwegs war, dem man zur Last gelegt hat, dass er euch ermorden wollte. Niemand weiß, wo er jetzt steckt.« Sie und Jeth tauschten einen Blick; ihrer war wild, seiner unsicher. »Und sie hatte Kontakt mit Julian und hat eine wertvolle Botschaft gestohlen, die für einen wichtigen Anführer des Widerstands bestimmt gewesen war.«

»Ich kann mir nicht sicher sein«, stimmte Rhee ihr zittrig zu. Ihr eigener erster Instinkt war Argwohn gewesen. Welcher andere Grund würde Joss so dicht in ihre Nähe bringen als das Versprechen der Krone? Sie waren die ganze Zeit über verbunden gewesen, als Rhee um ihr Leben geflohen und die zukünftige Kaiserin gewesen war.

Aber andere Gründe schienen ebenso wahrscheinlich: dass ihre Schwester Angst hatte und Schreckliches durchgemacht hatte, dass die Übernahme des Throns in einer Welt, die ihren Tod wollte, das Sicherste war.

»Ich kann mir nicht sicher sein«, wiederholte Rhee, »aber ist das nicht das, worum es beim Glauben geht? Klarheit und Überzeugung in einer Welt zu finden, die trübe und ungewiss ist?« Sie dachte dabei an Dahlen und wünschte, er wäre an ihrer Seite.

Rhee war es egal, wie naiv es klang, wie dumm. Ihre Instinkte verbanden sich zu einer sicheren Entschlossenheit. Sie wusste es – und dieses Wissen war anders als damals, als sie gewusst hatte, dass Seotra der Mörder ihrer Familie war, so anders, dass sie das Gefühl kaum wiedererkannte. Joss zu vertrauen kam ihr vor wie ein Omen, als sei sie gekommen, um sie zu leiten, als würde Rhee endlich ihren Weg finden. Bei dem Gefühl musste sie wieder an Dahlen denken; so ähnlich hatte er seinen Glauben beschrieben.

Es wurde still. Rhee wusste, dass die anderen eine Rückkehr nach Kalu zu diesem Zeitpunkt für glatten Selbstmord hielten, aber sie konnte nicht zulassen, dass sie aufgaben – nicht jetzt. Sie würde Hilfe brauchen, Schutz gegen Nero.

Sie brauchte ihre Familie.

»Also, was tun wir?«, fragte Julian schließlich. Die gleiche Frage hatte er gestellt, als sie auf Nau Fruma von den Tasinn gefasst worden waren. Sie löste einen weiteren Hoffnungsschub aus, und die Hoffnung gab ihr Kraft.

»Josselyn hat mir gesagt, dass ich nicht nach Kalu zurückkehren soll«, erklärte Rhee. Zum ersten Mal seit einer gefühlten Ewigkeit grinste sie. »Sie hätte daran denken sollen, dass ich nicht auf sie höre, wenn sie mich herumkommandiert.«

26
Kara

Kara und Aly waren in einem Tunnel und hockten dicht beieinander, bereit, etwas Großes und Wichtiges zu tun, das den Lauf des Krieges verändern würde. Aber sie konnte sich nur auf die Kerbe in seiner Augenbraue konzentrieren, auf seinen Mundwinkel, der sich etwas höher zog als der andere. An der Mündung dieses Tunnels zu stehen war so, als stünde sie an der Schwelle zum Rest ihres Lebens. Nach diesem Augenblick würde sich alles verändern. Es hatte sich bereits alles verändert.

Dann lösten sich die Ränder des Tunnels um sie herum auf, drängend, in direktem Bezug zu etwas, was sie getan hatte – als würde sie dafür bestraft werden, dass sie das Wichtige aus den Augen verloren hatte. Aly nahm ihre Hand, um sie aus dem Tunnel zu ziehen, und plötzlich veränderte sich die Welt, die sie umgab. Kara spürte, dass ein

Korsett ihr die Rippen zusammendrückte wie ein Schraubstock, eine neue und schreckliche Folter. Sie stand auf der obersten von tausend Stufen, die zum Ta'an-Palast in Sibu hinaufführten. Sie blickte nach unten und sah, wie die meterlange rote Seide ihres Kleides, die von der Taille hinabfiel, immer länger wurde und aufwirbelte und sie in die Höhe hob wie eine Welle im Meer. Sie und Aly wurden in dem roten Wasser auseinandergerissen; sie bereute es, seine Hand losgelassen zu haben.

Sie versuchte, zu ihm zurückzuschwimmen, kämpfte sich durch die Seide, aber sie wurde rau. Die Seide kratzte und schnitt sie, bis sie in der gleichen Farbe blutete wie das Meer. Oben am Himmel sah sie ein brennendes Schiff vorüberschießen und Metallteile verlieren. Und sie sah ihr eigenes Gesicht, ihr echtes Gesicht – das, welches sie jetzt trug –, sie durch das Fenster ansehen, während es ins Meer stürzte.

»Nein!«, versuchte Kara zu schreien.

Keuchend öffnete sie die Augen; ihr Hals war immer noch wund von der Operation, und Muskeln, von deren Existenz sie bisher gar nichts gewusst hatte, schmerzten sie im Hals und an der rechten Schulter. Ihr Kopf tat weh, als würde sich ein Bohrer in sie hineingraben – und die Enttäuschung, die sie verspürte, traf sie schwer, da sie gehofft hatte, dass ihre Kopfschmerzen mit der Operation vorbei sein würden. Sie würde damit leben, damit klarkommen müssen, so, wie sie es immer getan hatte. Es gab keine Wunderheilung.

Sie sah alles verschwommen, aber sie nahm eine Gestalt wahr, die sich dem Bett näherte. Issa. Das Mädchen beugte sich vor und ihre Zöpfe streiften leicht Karas Gesicht.

»Das nenn ich doch mal Rollentausch«, bemerkte Issa. Die beiden obersten Knöpfe ihres Tarnhemdes waren geöffnet und das weiße Shirt darunter spannte sich um den Hals. Sie hielt die Kette von Vodhan umklammert.

»Wie lange war ich bewusstlos?«, fragte Kara und richtete sich auf. Ihr tat alles weh, und sie versuchte, nicht zusammenzuzucken. Sie sah ihr Bild im Spiegel: die Stelle an ihrem Hals, wo Issa Neros Würfel auf ihren eigenen aufgepfropft hatte, sah hochrot und wund aus. Zaghaft berührte sie die Stelle; sie schien eine schreckliche Hitze zu verströmen. Kara hatte den Würfel noch nicht eingeschaltet – aber er war ihre Versicherung. Nero würde sie nicht töten, wenn er seine eigenen Erinnerungen bewahren wollte und nicht wollte, dass sein Würfel mit ihr starb.

»Sechzehn Stunden«, sagte Issa.

Panik schoss in Kara hoch. »Sechzehn?« Sie warf die Laken vom Bett und stand mit wackeligen Beinen auf. »Hat Rhiannon sich gemeldet? Die Krönung ist in …«

»… zwei Stunden«, ergänzte Aly, der in der Tür erschien. »Ich wollte dich wecken, aber auf Anweisung der Ärztin habe ich es gelassen.« Beim Klang seiner Stimme rutschte ihr das Herz in die Magengrube; sie erfüllte sie mit einem unglaublichen Glück und einer tiefen, traurigen Unsicherheit.

Sein nachgewachsenes Haar sah aus wie ein weicher schwarzer Heiligenschein um seinen Kopf. Sie dachte an den Tag ihrer ersten Begegnung, als sie noch Kara gewesen war. Wie sie nebeneinander in dem winzigen Badezimmer des Zeppelins gestanden hatten, genau wie jetzt. Sie hatten sich damals durch den Spiegel unterhalten, weil sie nicht in der Lage gewesen war, direkt zu ihm zu sprechen. Es war, als würde man in die Sonne schauen. Zu grell. Zu intensiv.

Was würde geschehen, wenn es ihnen gelang, Nero aufzuhalten? Und was, wenn es ihnen nicht gelang?

»Wie fühlst du dich?« Aly streckte die Hand aus, als wolle er die frische Wunde an ihrem Hals berühren, doch dann, als hätte er sich eines Besseren besonnen, legte er sie ihr stattdessen auf die Wange.

»Mir geht es gut«, antwortete sie und löste sich sanft von ihm. Kara schaute auf den Onyxring hinab, den sie, wie sie jetzt feststellte, im Schlaf getragen hatte.

»Und um Eure Frage zu beantworten, nein – Rhiannon hat sich nicht gemeldet«, sagte Issa.

Hatte ihre Schwester die Nachricht dessen, was Kara auf den Holos für ein einköpfiges Publikum getragen hatte, verstanden? Der Ring gehörte Dahlen und war ihr zu groß. Er hing locker an ihrem Daumen, sie drehte ihn jetzt. Er war mehr als hübsche Dekoration, mehr als ein Symbol, um zu übermitteln, auf wessen Seite sie stand.

Dieser Ring war auch eine Waffe, und mit ihm würde sie einen gemeinsamen Feind vernichten. War das nicht wichtiger als all ihre anderen Probleme?

Dahlen und Pavel kamen kurz nach Aly herein. Der Raum kam ihr plötzlich überfüllt vor, heiß. Zwei Stunden, um zu planen. Das war nicht viel Zeit.

»Ihr seht nicht so schrecklich aus, wie ich erwartet habe«, bemerkte Dahlen. Auf Karas Blick hin warf Aly ein: »Was er sagen wollte, ist, dass du aussiehst, als hättest du dich von der Operation gut erholt«, sagte Aly. »Ich spreche Dahlen, die Sprache der romantischen Liebe …«

»Dahlen hat mir während der ganzen Operation auf die Finger geschaut«, sagte Issa in einem Tonfall irgendwo zwischen verärgert und froh. »Der Mann schwört, er sei ein Experte, weil er mal eine Herz-OP gehabt hat.«

»Bin ich dadurch nicht qualifizierter als die meisten?« Er

zog seine Tunika beiseite und entblößte eine gewaltige Narbe direkt über seinem Herzen.

»Nein«, meldete Pavel sich zu Wort. »Denn es ist davon auszugehen, dass Ihr für die Herz-OP unter Narkose gesetzt worden seid.«

»Na schön, Leute«, sagte Aly. »Kaiserin, bist du bereit, den Plan noch einmal durchzugehen?«

Es war das erste Mal seit Langem, dass Kara sich nicht im Schutz der Nacht irgendwohin schlich und ihren Weg zeitlich so legte, dass sie die Wachen umgehen konnte. Als sie jetzt auf dem Dach des Palastes ankam und die vier Mann tiefe Reihe der Tasinn abschritt, konzentrierte sie sich auf die Einzelheiten: die Menge, die unten auf dem großen Platz wogte – von hier oben eine seelenlose Masse, von unten aber ein elender, wimmelnder Schwarm. Die Tagsterne waren bereit, alles aufzuzeichnen, bereit, ihr Unglück zu verewigen und die Erregung der Massen für immer festzuhalten. Die Zeremonie würde erst beginnen, wenn Nero eintraf.

Kara machte sich jedoch mehr Sorgen darum, wie sie enden würde.

Vor dem Massaker war auf beiden Seiten hier und da Empörung laut geworden, aber jetzt hatte es einen Protestmarsch gegeben, in dem die Teilnehmer in Sprechchören nach Gerechtigkeit riefen. Die Tasinn waren ausgesandt worden, um die Menge daran zu hindern, die Palasttore zu stürmen.

Yendit wartete neben der Offiziantin und trug eine große Nelke in unpassendem Rosa. Sein Gesicht war zerschunden und aufgeschürft, und er trug eine Halskrause.

»Harte Nacht gehabt?«, fragte sie.

Er beachtete sie nicht.

Sie atmete den Duft seiner Blume ein und stellte sich eine echte blühende Pflanze vor, die den Schmerz in ihrem Kopf verdrängte. Es war eine alte Meditationstechnik; Lydia hatte darauf bestanden, dass sie sie lernte.

Aber es hatte keinen Zweck. Ihre Gedanken kehrten immer wieder zu den Vorbereitungen für Rhees Krönung vor nur wenigen Wochen zurück, bevor jemand versucht hatte, ihre Schwester zu ermorden. Es war eine prunkvolle Angelegenheit gewesen, man hatte eine Unmenge von Blumen gepflückt, um den Palast zu schmücken, und in der ganzen Stadt waren Laternen aufgehängt worden.

Kara dachte auch an die Krönung ihrer Mutter. Sie hatte Aufzeichnungen davon gesehen, eine ungemein prachtvolle Feier mit Tausenden von Gästen und gut einer weiteren Milliarde von Zuschauern in der ganzen Galaxie. Karas Mutter war für ein solches Ereignis wie geschaffen gewesen: ein rotes Kleid, das ihre Porzellanhaut zur Geltung brachte; die Lippen zu einem hübschen, knallroten Schmollmund geschminkt; schmale Handgelenke, kleine Hände mit schlanken Fingern. An einem von ihnen trug sie ihren Ehering mit dem Rubin. Aber während Kara sich die Aufnahmen eine Million Mal anschaute, fiel ihr auf, wie huldvoll das Lächeln der Kaiserin war. Sie hatte ihre Rolle bestens verstanden – gütig auszusehen und sich auch so zu verhalten.

Hatte Kara das Zeug dazu? Sie schloss die Hand um die Familienmünze und fragte sich, was Rhiannon tun würde und ob sie die Nachricht bekommen hatte.

»Friert Ihr?«, fragte Yendit und lächelte für die Tagsterne, als Kara neben ihn auf das Podest trat. Fast sah es so aus, als genössen sie die Gesellschaft des anderen. Kara schüttelte den Kopf, obwohl ihr tatsächlich kalt war. Sie trug ein graues Kleid im Stil der zweiten Welle. »Dann lasst die Arme sinken und lächelt.«

Kara wollte sich nicht vorschreiben lassen, wie sie sich präsentieren sollte, setzte aber für die Tagsterne eine unbeteiligte Miene auf.

»Ah.« Yendit strich sich das Hemd glatt und blickte zu dem Punkt am Horizont, der langsam größer wurde. »Er ist da.«

Es war Neros Schiff, das genau in dem Moment ankam, als die Zeremonie beginnen sollte – und keinen Augenblick früher. *Das sorgt für dramatische Bilder,* hatte er Kara im Vorfeld seiner Vorbereitungen für die Krönung erklärt.

Die kleine Gruppe auf dem Palastdach duckte sich gegen den Wind und Kara taumelte mehrere Schritte zurück, als das Schiff über ihnen schwebte. Langsam begann es zu sinken. Von unten sah es aus wie ein riesiges Insekt, das bereit war zum Schlüpfen, und es erfüllte Kara mit einem Entsetzen, das sic sorgsam verbarg. Aly, Dahlen und Issa warteten versteckt. Sie würde erst handeln, wenn sie es taten. Sie hatten es gut; sie waren nicht diejenigen, die hier draußen in einem Kleid den Köder spielen mussten, und alle drei verfügten über eine militärische Ausbildung.

Eine Luke glitt auf, und eine Treppe entrollte sich aus dem Schiff. Nero erschien. Seine Gestalt zeichnete sich in der heiß flimmernden Luft ab. Sein Lächeln war breiter und raubtierhafter denn je, als er gemächlich und würdevoll zu ihr herabschritt.

»Die Verspätung tut mir leid.« Nero lächelte strahlend in Richtung der Tagsterne.

»Nein, tut sie nicht.« Kara lächelte ebenfalls und schob

sich das Haar aus dem Gesicht, als sei sie unbeschwert und unter Freunden. Aus dem Augenwinkel nahm sie ein schwebendes Knipsie wahr, aber es war noch außer Hörweite. »Ihr seid außerhalb der Atmosphäre gekreist, um Zeit totzuschlagen.«

Nero warf ihr einen eigenartigen Blick zu, den sie noch nie zuvor bei ihm gesehen hatte. Der Blick war nicht erheitert. Seine Augen waren dunkel; Kara stellte sich vor, dass hinter ihnen die Schatten weiterer Augen waren, weiterer Erinnerungen, weiterer Seelen. »Ihr erinnert mich an Eure Schwester.«

Kara lächelte – ein echtes Lächeln diesmal.

»Das ist kein Kompliment«, sagte er.

»Lasst uns beginnen«, meldete sich die kleine kalusianische Offiziantin zu Wort. Sie trug ein fließendes Gewand und hielt Gebetsblätter in der einen Hand und Gebetsketten in der anderen.

Kara – oder war sie jetzt Josselyn? – richtete sich instinktiv höher auf. Von Rhiannon noch immer keine Spur.

»Ihr müsst zur Seite treten«, sagte die Frau zu Nero. Sie schenkte ihm ihr schönstes Lächeln, aber es wirkte gezwungen, verängstigt, zumindest bis Nero davonschritt und sich zu Yendit gesellte. Der Stellvertreter grinste sie an und sie unterdrückte ein Schaudern. Kara durfte nicht an Nero denken. Sie fürchtete sich davor, welche dunklen Bänder seiner Erinnerung sich aufrollen und sie umschlingen würden. Der leichte Druck in ihrem Nacken von der Operation war Erinnerung genug an den Würfel, den Issa ihr eingesetzt hatte.

Alle waren angespannt. Kara merkte es an den langsamen, stockenden Bewegungen der Offiziantin, daran, dass sie Karas Blick bewusst mied.

»Ihr werdet bestehen«, sagte die Frau ihr.

Kara war sich nicht sicher, ob sie von der Zeremonie sprach oder davon, Kaiserin zu werden.

Doch bevor das eine oder das andere geschehen konnte, musste Nero sterben. Sie dachte noch einmal an Neros Warnung: *Würdet Ihr mich wirklich töten, wenn Ihr wüsstet, dass es das Leben zahlloser Unschuldiger in Gefahr bringen würde? Würdet Ihr das Gewebe des Bewusstseins gefährden, nur um mich sterben zu sehen?*

Sie strich mit den Händen über die Seide ihres Kleides, damit sie nicht zitterten. Sie war nicht glücklich mit ihrer Lösung. Aber da es ihnen nicht möglich war, den Überschreiber selbst zu zerstören, mussten sie diesen Mann töten. Der Überschreiber und der Mann waren nicht voneinander zu trennen – sie waren ein und dasselbe.

Kara hörte kaum die Worte der Offiziantin, als sie begann, die Gelübde vorzusprechen: etwas über Pflicht und Beständigkeit und Ehre. *Ma'tan sarili,* erinnerte sie sich wie im Traum. Sie hatte ihren vergessen. Stattdessen dachte sie an Aly.

Angst ließ sie erstarren. Waren sie in Position? Ihre Gedanken überschlugen sich. Vielleicht war es eine schreckliche Idee gewesen. War sie wirklich bereit, Nero so kühn entgegenzutreten? Ihn zu töten?

»Nun sprecht mir nach«, sagte die Offiziantin. »Ich werde meinem Planeten dienen …«

»Ich werde meinem Planeten dienen …«, begann Kara, brach dann jedoch ab, als sie ein schrilles Pfeifen hörte, das immer lauter und lauter wurde.

Ein Metallanker, dann noch einer und noch einer, vier insgesamt, landete klirrend auf dem Dach. *Seilrutschen.*

Kara drehte sich um und sah undeutliche Schatten, die sich vom Dach des Uhrturms abstießen. Dann packte Yendit sie, drückte ihr die Arme an die Seite und hielt ihr einen Taser an den Hals.

Eine Sekunde später trat Rhiannon auf das Dachgesims und ließ sich lautlos fallen. Der Wind peitschte ihr das Haar zurück und ihre Augen waren dunkel und voller Zorn.

27

Kara

Rhiannon stach zu, trat um sich und drehte sich, ein Wirbelwind eiskalter Wut.

Sie hat meine Nachricht erhalten, dachte Kara, als Rhiannons Mannschaft Sekunden später auf dem Dach landete: eine zierliche junge Fontisianerin, die so schnell Pfeile auf die angreifenden Tasinn abfeuerte, dass Kara mit ihrem Blick nicht folgen konnte; Julian, der Sohn des Lanciers vom Nau Fruma, der fast so schnell herumwirbelte und zuschlug wie Rhiannon. In dem letzten Kämpfer erkannte sie Alys Freund Jethezar – er traf zwar mit Verspätung ein, pflügte dann aber kraftvoll eine ganze Reihe von Tasinn um.

Yendit hielt Kara die Hände hinter dem Rücken fest, und sie kämpfte vergeblich dagegen an. Jetzt versuchte er, sie an den Rand des Daches zu zerren. Als sie näher kam, konnte sie die unten wogende Menge sehen. Die drängenden Menschen auf dem zentralen Platz reagierten auf die Szene, die die Tagsterne noch immer aufzeichneten und über die Würfel sendeten.

»Was für ein Jammer, dass Ihr Guten Tag und im selben Atemzug Auf Wiedersehen sagen müsst«, bedauerte Yendit und deutete mit dem Kopf in Rhees Richtung. Nur dass sein Tonfall, sein Akzent, seine Worte falsch klangen.

Nero sprach durch Yendit.

Rhiannon sah auf.

»Ihr hättet mich töten sollen, als Ihr die Gelegenheit dazu hattet«, höhnte er. Kara wusste nicht, was er meinte. Aber Rhee sah ihr kurz in die Augen, bevor sie einen weiteren Wächter mit einem Handkantenschlag genau auf den Adamsapfel erledigte. Sie rannte auf Kara zu.

»Pass auf!«, schrie Kara.

Aber es war zu spät. Rhiannon war so auf Kara konzentriert, dass sie nicht mitbekam, dass Nero sich auf sie stürzte und sie zu Boden rang. Wo waren nur alle?

Kara warf sich nach vorn, um sich aus Yendits Griff zu befreien, aber er drückte ihr nur grob den Taser an den Hals und presste ihr mit dem Unterarm die Luft aus der Brust, schnitt ihr Stück für Stück den Atem ab, während sie jedes bisschen Luft, das sie kriegen konnte, in die brennenden Lungen sog. Ihre Augen schlossen sich, ihre Zunge fühlte sich dick an, nichts ergab mehr einen Sinn, und für den Bruchteil einer Sekunde vergaß sie, wo sie war, wer sie war.

Dann ließ Yendit los. Sie rang verzweifelt nach Atem, spürte, wir ihr die kalte Luft in die Lungen schnitt, als sie langsam das Bewusstsein wiedererlangte. Sie wusste, wer sie war. Sie war die Kaiserin.

Yendit hob sie hoch und schleifte sie an den Rand, während sie wild um sich trat. Sie bohrte ihm die Fingernägel in den Arm und biss hinein, wenn es ihr gelang.

Adrenalin schoss durch sie hindurch und sie wehrte sich aus Leibeskräften, aber er schwang sie herum, hielt sie an den Schultern fest und ließ sie über dem vier Stockwerke tiefen Abgrund baumeln. Ihre Panik kristallisierte sich, als sie auf den öffentlichen Platz hinabschaute und die Tasinn sich vollkommen synchron wie einen dunklen Ameisenschwarm bewegen sah …

Wie ein Mann …

Da wusste sie es: Nero benutzte einmal mehr den Überschreiber, um sie alle zu beherrschen.

»Bitte«, stieß sie mit erstickter Stimme hervor. Sie wölbte den Rücken, grub die Absätze in die Palastmauer und suchte verzweifelt nach Halt. Ihr Magen vollführte unmögliche Bewegungen und ihr Herzschlag dröhnte ihr in den Ohren. Aber es war klar, dass Yendit nicht vorhatte, sie fallen zu lassen, zumindest noch nicht. Sein Griff war stark, aber seine Aufmerksamkeit wurde abgelenkt; er schaute in Rhees Richtung und hoffte, sie zu ködern.

Kara musste sich beruhigen. Wenn sie sich wehrte, ließ er sie vielleicht fallen. Sie holte tief Luft, machte den Rücken gerade und hob die Knie an die Brust, so hoch es ging. Sie stellte erst einen und dann den anderen Absatz auf das Gesims, und nachdem sie schnell bis drei gezählt hatte, stemmte sie sich dagegen und warf sich nach hinten. Yendit und Kara stürzten hinter der Brüstung aufs Dach. Ein Tasinn kam auf sie zugeeilt, die Hand am Taser.

»Ich übernehme das.« Die Uniform des Tasinn war blutbefleckt und an der Schulter eingerissen. Er hatte sich den Hut tief in die Augen gezogen. Kara krabbelte rückwärts im

Krebsgang von ihnen weg. »Nero will sie lebend«, fuhr er Yendit an.

Kara konnte *hören,* wie Yendit lächelte – hörte den Speichel am Zahnfleisch schmatzen, die schnellen Atemstöße. »Ich *bin* Nero, du Narr«, sagte er mit einer Stimme, bei der sie eine Gänsehaut bekam. »Das sind wir alle.«

»Noch besser.« Ohne Vorwarnung zog der Soldat den Taser und setzte ihn Yendit mit einer fließenden Bewegung an den Würfel. Als der tödliche Stromstoß durch den Würfel und das Herz von Neros Stellvertreter fuhr, verkrampfte er sich und ruderte mit den Armen.

Der Wachmann schob den Hut zurück.

»Alyosha«, rief sie aus. Er atmete schwer und sein Gesicht war zerschunden. Er sah aus, als sei er durch die Hölle gegangen. Für einen kurzen Moment sahen sie sich an, bevor Karas Aufmerksamkeit nach links gezogen wurde.

Nero und Rhiannon kämpften immer noch miteinander, wälzten sich am Boden und teilten gegenseitig Seitenhiebe und harte Schläge aus. Dahlen und Issa, ebenfalls gekleidet wie Tasinn, verwirrten die Wachen, und das Dach war mit Blutlachen und Leichen übersät.

Kara wollte auf Rhiannon zugehen, aber Aly hielt sie zurück.

»Es sieht so aus, als hätte sie alles im Griff«, bemerkte er leise. »Sie will das hier.«

Es stimmte wahrscheinlich, dass Rhee jahrelang auf diesen Moment gewartet hatte, aber als Kara ihr beim Kämpfen zusah, klopfte ihr dennoch das Herz in der Brust, und ihr wurde kalt. Rhiannon wirkte weniger wie ein Mensch, sondern mehr wie eine Masse aus konzentriertem Zorn, die zwischen Trauer und geballter Wut hin- und herschwankte. Sie drehte, schnellte, hechtete, trat. Und seltsamerweise schien sie nur noch schneller zu werden, stärker, mächtiger. Es war, als würde der Kampf ihr Energie und Kraft verleihen – während Nero so aussah, als würde er langsam ermüden.

Kara wusste nicht, ob Nero ein annähernd so fähiger Kämpfer war wie Rhee, aber sie vermutete, dass er von der Verwendung des Überschreibers geschwächt war. Er war zu abgelenkt, zu zerstreut. Und selbst wenn Kara bei jedem Treffer, den er landete, der Mut sank, schien es Rhiannon kaum zu stören. Sie fing seine Schläge ab und verpasste ihm drei mehr.

Rhee trieb ihn zurück, an den Rand des Daches. »Sagt, dass Ihr aufgebt«, verlangte sie. Aber Neros Antwort war ein hämisches Lächeln.

Schließlich stieß Nero mit dem Rücken an das hüfthohe Dachgesims; er war in die Enge getrieben worden.

Aber Rhee griff weiter an, tänzelte, schlug, sein Gesicht blutig zerschlagen, sein Körper kurz vor dem Zusammenbruch. Sie würde erst aufhören, wenn er sich ergab, und Kara wusste nicht, ob er das konnte. Rhiannon brauchte diesen Kampf, und Nero musste aufgehalten werden, aber es war einfach zu viel. Aly drückte Kara die Schulter. Sie wollte wegschauen, weigerte sich jedoch – sie wollte den Moment sehen, in dem Nero aufgab.

Aber er schlug nach Rhee und sie konnte den Hieb nicht rechtzeitig abfangen. Sie fiel rückwärts. Kara wäre beinahe vorgestolpert, um zu ihr zu eilen, aber Rhee sprang wieder hoch und versetzte ihm im Sprung einen Tritt vor die Brust. Er knallte gegen das Sims und hing schlaff darüber. Nur noch ein Angriff, dann …

Kara wusste, dass dann nur der Sturz ins Leere kam.

»Nein!«, rief sie aus einem Instinkt heraus und dachte an die Menge unten. *Würdet Ihr mich wirklich töten, wenn Ihr wüsstet, dass es das Leben zahlloser Unschuldiger in Gefahr bringen würde?*

Rhiannon sah zu ihr hinüber und Kara bereute ihren Fehler. Nero nutzte die Ablenkung, gewann das Gleichgewicht wieder und stürzte sich auf Rhiannon.

Kara rannte los, aber ihre Schwester war schneller. Sie ließ sich in einen Purzelbaum fallen, traf Nero an den Knien und brachte ihn zu Fall. Er krachte aufs Dach und suchte wild fuchtelnd nach Halt, während sein Gewicht ihn nach unten zog und seine Fingernägel auf dem Stein absplitterten.

Und dann, in der letzten Sekunde, warf Rhee sich nach vorn, hielt ihn an den Handgelenken fest und verhinderte, dass er fiel. Kara kam von hinten heran.

»Rhiannon, nicht …« Es standen zu viele Leben auf dem Spiel.

»Hört auf sie …«, keuchte Nero. »Die Schwestern wieder vereint. Zusammen könnten wir mächtig sein, unaufhaltsam.«

Rhiannon beugte sich vor. Sie sprach so leise, dass Kara fast nicht hörte, was sie sagte. »Das ist für unsere Eltern.«

Dann ließ sie los.

Nein. Kara eilte um Rhiannon herum, klammerte sich an den Vorsprung und sah, wie Nero mit den Armen rudernd nach unten stürzte. Das würde das Ende sein, das Ende von jedem, den Nero kontrollierte, von jedem mit dem Update. Millionen von Seelen. Die Verantwortung dafür lag auf ihren Schultern. Es war ihre Schuld, und sie würde mit ihrer Entscheidung leben müssen.

Aber sie sah nicht weg, nicht einmal, als sie das schreckliche Knirschen hörte, mit dem sein Körper auf dem Beton aufschlug. Und Blut – da war so viel Blut.

Ein seltsames Schweigen senkte sich über die Menge unten, als hielten alle gleichzeitig den Atem an. Die Menschen waren zurückgewichen, als Nero fiel, aber jetzt bildeten sie einen argwöhnischen Kreis um seinen Leichnam. Alles war still. Das, worauf Kara gewartet hatte, geschah nicht. Sie ließ den Blick über die Menge schweifen.

»Heißt das, dass er geblufft hat, als er gesagt hat, der Überschreiber sei mit unzähligen Würfeln verbunden?«, fragte Issa leise und atemlos. Sie glitt neben Kara aufs Dach.

Kara stieß den Atem aus, von dem sie gar nicht gewusst hatte, dass sie ihn angehalten hatte. »Ich denke, ja«, antwortete sie.

Sie drehte sich zu ihrer Schwester um. Rhee sah ihr in die Augen, schwieg jedoch – aber dann stürzten sie einander in die Arme und ließen sich zu Boden fallen.

»Du hast meine Nachricht bekommen.« Kara war nicht bewusst gewesen, dass sie weinte, bis ihr die Tränen übers Gesicht strömten. Sie drückte sich ihre Schwester noch fester an die Brust, Rhees Kopf lag unter ihrem Kinn. »Du weißt, dass ich nichts davon so gemeint habe, oder?«

»Ja«, murmelte Rhee mit gedämpfter Stimme aus der Umarmung. Sie waren wieder vereint. Endlich.

Kara wurde bewusst, dass sie die ganze Zeit über ihre Münze umklammert gehalten hatte. »Weißt du, was das hier bedeutet?«

Ihre Schwester löste sich von ihr und sah die Münze in ihrer Hand. Rhees Augen leuchteten auf, eines braun und das andere haselnussfarben mit grünen Einsprengseln. Genau wie ihre.

Rhiannon stöberte in der Tasche und förderte eine fast identische Münze zutage. Sie hatte eine Rille in der Mitte. »Unser Vater hat sie von einer diplomatischen Reise in den Bazorl mitgebracht.« Sie drückte ihre Münze auf die von Kara; der Metallstreifen in der Mitte passte in die Rille ihrer Münze.

Es schien komisch, dass ein Stück Metall einmal von Wert gewesen war – dass ganze Zivilisationen das, was sie brauchten, gegen etwas so Willkürliches eintauschten. Doch Kara verstand nun, welchen Wert sie haben konnte. Sie verstand auch, was Lydia gesagt hatte.

Diese Münze bindet dich an deine Familie.

Aus dem Augenwinkel sah Kara eine hochgewachsene Gestalt vorbeihuschen. Dahlen.

Rhiannons Augen leuchteten auf, als sie ihn sah. Sie schaute Kara an, die ihr die Hand an die Wange legte und ihr mit einem Nicken zu verstehen gab, dass sie gehen konnte.

Rhee drehte sich zu dem Fontisianer um. Beim Anblick seiner Uniform verzogen sich ihre Lippen zu einem Ausdruck des Abscheus.

»Wozu tragt Ihr das denn?«, fragte Rhee.

»Das ist nicht die Begrüßung, die ich erwartet hatte, nachdem ich Euch das Leben gerettet habe.« Er lächelte nicht direkt, aber alles an ihm schien weicher zu werden.

»Ich dachte, ich sei diejenige gewesen, die Nero getötet hat.«

Kara ließ ihre Schwester los und umschloss die beiden Münzen mit der Hand. Dann wandte sie sich um, um Aly zu suchen – und fand ihn nur wenige Schritte entfernt. Er kniete über einem Leichnam.

Es war Jeth. Sein Kopf lag seltsam verdreht am Dachgesims. Aly rückte Jeths Arme und Kopf so zurecht, dass er es bequemer hatte. Leise näherte Kara sich dem Ritual und beobachtete, wie Aly die Zeigefinger an die eigenen Augen hob, bevor er Jeths berührte. Issa kniete sich neben ihn und legte ihm die Hand auf die Schulter.

»Es tut mir leid, Aly«, sagte Issa.

Lahna schaute auf den Platz hinab. »Das sieht nicht gut aus«, murmelte sie.

Schweigend traten sie an den Rand des Daches. Unten blickten hundert UniForce-Soldaten gleichzeitig hoch – und rückten schnell gegen die Palasttore vor.

Instinktiv suchte Kara mit den Augen nach Neros Leichnam, um sich davon zu überzeugen, dass er nicht überlebt hatte. Er lag noch immer in der Blutlache, zerschmettert und reglos, aber … »Nero kontrolliert sie nach wie vor. Sie sind immer noch hinter uns her.«

»Wie ist das möglich?«, fragte Rhee. »Wie kann er sie kontrollieren, wenn er tot ist?« Sie schaute verzweifelt zwischen ihnen hin und her. Julian schüttelte ungläubig den Kopf, den Mund halb geöffnet, sprachlos. Lahnas Augen waren groß, ihre Iris leuchteten wie Feuer. Aber Dahlens Gesicht verriet ein Geheimnis. Seine Lippen waren zu einem schmalen Strich zusammengepresst. Er schaute zum Himmel empor, als ob Vodhan ihn leiten würde.

»Dahlen?«, drängte Rhee.

»Es spielt keine Rolle, ob er tot ist«, sagte er. »Nero hat ihnen mithilfe des Überschreibers sein Bewusstsein überspielt, und es lebt in den Leuten weiter, deren Gedanken er kontrolliert hat …«

»Selbst nach seinem Tod«, sagte Rhee beinahe flüsternd.

Jetzt begriff Kara die wahre und unendliche Macht des Überschreibers und warum Nero ihn so unbedingt hatte haben wollen. Es war im Wesentlichen eine Form von Unsterblichkeit.

»Wir sind hier nicht sicher«, sagte Dahlen. »Im Gebäude befinden sich weitere Tasinn. Wenn sie uns auf dem Dach in die Enge treiben, werden wir nicht überleben.«

»Dann lasst uns abhauen«, erwiderte Aly.

Gemeinsam liefen sie drei Treppen hinunter. Die Tasinn kamen bereits, um sie abzufangen. Kara hörte das seltsam knappe Geräusch ihrer Schritte.

»Hier lang«, keuchte Rhee und führte sie in einen Flur. Die Tai erschien am Ende des Ganges und Rhee rief ihr zu. Glück, Erleichterung und Furcht mischten sich in ihrer Stimme.

»Nein.« Kara packte sie. »Sie ist eine von ihnen.«

Rhees Augen wurden groß, aber ihr Mund wurde schmal, als sie sie nach links führte, einen anderen Flur entlang und in einen Raum, der vielleicht einmal ihrer gewesen war. Er rief bei Kara eine trübe Erinnerung hervor, vor allem die schwere geschnitzte Tür, wie sie zuschwang und sich hinter den Schwestern schloss.

»Was werden wir jetzt tun?« Issa klang untypisch jung – und ungewöhnlich verängstigt.

Und dann wusste Kara: Es war Zeit. Erst jetzt wurde ihr klar, welche Angst sie hatte, wie verzweifelt sie sich gewünscht hatte, diesen Moment zu vermeiden. Die Gefahr, sich selbst zu verlieren, war echt. Die ganze Zeit über hatte sie die Erinnerung der Welt an Josselyn löschen wollen, damit sie frei war, sie selbst zu sein – wer immer das war. Doch jetzt schien die Antwort auf der Hand zu liegen. Was sie brauchte, war die Bereitschaft, ein Mensch zu sein, der für das Richtige eintrat.

»Das Einzige, was wir noch tun müssen«, sagte Kara schließlich. Sie holte tief Luft und tastete nach Neros Würfel, der in ihrem Hals neben ihrem eigenen steckte. Sie spürte ihren wilden Pulsschlag, als würde ihr Körper versuchen, den Fremdkörper abzustoßen.

»Kara«, sagte Aly.

»Nicht«, antwortete sie und legte den Finger an ihren Würfel. »Er muss gewusst haben, wie man es beendet. Es ist unsere letzte Chance.«

»Was machst du da?«, hörte sie Rhee in dem Moment sagen, als sie Neros Würfel einschaltete.

Der Ansturm fremder Erinnerungen war überwältigend, schmerzhaft. Ihr wurde davon so schwindlig, dass sie zusammenbrach. Das Pochen in ihrem Kopf nahm neue, brutale Ausmaße an und wuchs zu einem klaffenden Schlund, der sie bei lebendigem Leib zu verschlingen drohte. Sie war sich undeutlich der Menschen bewusst, die über ihr standen, Menschen, die sie liebte, die sie liebten – Fremde, die sie lieben lernen würde, falls sie überlebten.

Langsam gelang es ihr, ruhig zu werden, aufmerksam. Und dann, als sie sich konzentrierte, ging sie die Erinnerungen durch, schulte ihren Geist, sie zu lesen und sie sich einzuprägen, als seien es ihre eigenen.

Anfangs war es nahezu unmöglich, durch die ganzen Komplimente und Schmeicheleien hindurchzugelangen, Erinnerungen, die sich wie große klebrige Spinnweben anfühlten und an ihr hängen blieben.

Tiefer vergraben lagen die nicht archivierten organischen Erinnerungen, die Nero nicht für würdig erachtet hatte, sie bewusst abzurufen, die aber dennoch automatisch gespeichert worden waren. Kara hatte einmal gelesen, dass man nach seinen Träumen greifen musste, wenn man sich an sie erinnern wollte, und dass man sich vorstellen sollte, an einem Seil zu ziehen, damit die Einzelheiten zu einem zurückkehrten – ganz ähnlich musste es sein, sich in einem fremden Würfel zurechtzufinden.

Sie schloss die Augen, und nach einer Weile fand sie Nero als Jungen, wie er sich im Spiegel betrachtete, mager, mit großen blauen Augen, die ständig traurig aussahen. Er hatte stundenlang geübt zu lächeln; es gab Erinnerungen daran aus jedem Jahr seines Lebens. Kara sah, wie das Lächeln langsam anfing, sich zu verändern und echt auszusehen, als seine Gesichtszüge sich gefestigt hatten und er auf herkömmliche Weise gut aussah.

Dann fand sie sein Familienleben und wie sein Vater, ein Bürger der neuen Welle, sich über die Ta'an beschwerte. Sie hatten die unteren Klassen nicht gut behandelt. Sie hatten ihre Lage noch verschlimmert. Sie verstanden nicht. Versammlungen an dunklen Orten, wo darüber geklagt wurde, dass die Kaisertreuen abgehoben seien, dass Hunger herrschte, dass es keine Arbeit gab. Die Einführung von Lebensmitteln und die Schließung von Farmen bedeuteten weniger Jobs und weniger Geld, weniger Sicherheit und sogar den Verlust handwerklicher Fähigkeiten. Neros Besessenheit von schönen Dingen rührte von den Handwerkern her, unter denen er aufgewachsen war.

Nerol Nerollll, spotteten seine Klassenkameraden über die Jahre hinweg mit hohen Stimmen. Das war der Grund, warum er seinen Namen geändert und das »l« weggelassen hatte. Hunger zu Hause, Schikane in der Schule.

Und dann, als er älter war, sah sie, wie er sich den Weg in die Unterhaltungsbranche erkämpft hatte, während er eigentlich politische Ambitionen hegte – und wie er beides miteinander verbunden hatte. Er hatte eine Anhängerschaft um sich geschart, hatte eine Familie getötet und sich einen eigenen Titel verliehen: »Botschafter des Regenten«. Sie waren darauf hereingefallen. Die UniForce hörte auf ihn. Er hatte sich ein neues Ich geschaffen.

Die erste diplomatische Reise, die er unternommen hatte, führte ihn ausgerechnet zum G-1T-Gipfel, trotz der Spannungen des Großen Krieges – oder gerade deswegen, denn er war mit Seotra gereist, dem alten Mann, der die Politik der Ta'an fortführen wollte. Dort hatte er zum ersten Mal von der Überschreiber-Technologie erfahren und in der Folge eine Besessenheit davon entwickelt.

Tiefer und tiefer. Undeutlich war Kara sich bewusst, dass Leute schrien, aber sie achtete nicht auf sie, ließ sie hinter sich, ließ sie bei der, die sie einst gewesen war. Sie war jetzt Nero. Sie tauchte weiter hinab, durch die nicht archivierten Erinnerungen … die hallenden Schreie der vielen Wissenschaftler, die er ausgebrannt hatte … der Geruch von Blut, das Klirren und Klappern der fahrbaren Krankenbetten in langen, schwach beleuchteten Fluren …

Die letzte war am tiefsten vergraben, vorbei an so vielen Schichten der Erinnerung, dass Kara das Gefühl hatte, dass ihr wahres Ich ihren Körper verlassen hatte und ihre Seele über ihr schwebte. Sie öffnete die Augen und schaute auf ihre Hände hinab, erwartete, ihre Bettdecke zu sehen, aber stattdessen sah sie den Fliesenboden des Staatsgemaches des Ältesten. Falsch. Sie sah eine Erinnerung – sie konnte nicht hier sein. Aber sie war es, und sie sah wieder zu, während sie – nein, Nero – den Würfel des Ältesten verbrannte.

Wieder sagte der Älteste zu Kara, die Nero war: *Ihr werdet niemals die volle Macht über den Überschreiber besitzen, weil Ihr nicht das Herz habt …*

Stopp, dachte sie, und der Älteste erstarrte; sie hatte die Wiedergabe des Würfels auf Pause geschaltet.

Sie musste raus. Sie schwamm durch die Flut von Erinnerungen und versuchte, sich selbst wiederzufinden. Wo war sie? Wer war sie? Sie hörte Stimmen, die Karas Namen riefen …

Nein. Sie war Kara. Nicht Nero.

Ihre Lungen drohten zu platzen. Sie hatte das Gefühl, als würde sie ertrinken.

Kara. Kara. Kara.

Ich bin Kara.

Keuchend tastete sie nach Neros Würfel in ihrem Hals und schaltete ihn aus. Sie befreite sich von seinem Bewusstsein. Die Erleichterung war sofort zu spüren, wie eine plötzliche Windböe, die den schrecklichen fauligen Moder von Neros Gedanken forttrug.

»Kara? Geht es dir gut?«

Ging es ihr gut? Sie wusste es nicht. Sie verstand nicht, was sie gerade gesehen hatte.

Es sei denn …

Ihr Herzschlag beschleunigte sich, als eine Idee Gestalt annahm.

Es sei denn …

Konnte der Überschreiber selbst ein Herz haben?

Es war schließlich ein lebendiger Mikroorganismus, oder nicht? Sie erinnerte sich an das, was Diac ihr erzählt hatte, als sie zusammen festgehalten worden waren: *Unsere Erinnerungen, unsere Gedanken, unsere Ideen – sie alle blühen, welken, sterben und bilden sich neu. Aber der Funke des Lebens ist tiefer vergraben. Der Zugang zu ihm ist nur über das Herz möglich.* Damals hatte sie gedacht, dass er über Lydia sprach, von ihrer Liebe zu ihr. Aber er hatte von dem Überschreiber gesprochen.

Der Überschreiber konnte zerstört werden, aber sein Leben war tiefer begraben.

Der Zugang zu ihm war nur über das Herz möglich.

Und die Fontisianer waren jahrelang geschworene Beschützer des Überschreibers gewesen.

Kara drehte sich zu Dahlen um. »Dahlen«, sagte sie und versuchte, ihre Stimme ruhig zu halten. »Wie seid Ihr zu der Narbe auf Eurer Brust gekommen?«

Issa, Julian, Aly und Rhiannon starrten sie an.

Dahlen runzelte die Stirn. »Die Ältesten haben mir nur gesagt, das Problem liege in meiner *Erzel.*«

Kara schloss die Augen. Es bedeutete *Herz,* und es bedeutete *Wurzel.* Da wusste sie Bescheid. »Ihr könnt es beenden.«

»Ich kann Euch nicht folgen.«

»Ihr seid es«, wiederholte sie und legte ihm die Hand auf die Brust. »Ihr tragt einen Teil des Überschreibers in Eurem Herzen.« Ihre Stimme war heiser; ihr Kopf fühlte sich an, als stünde er in Flammen. »Wenn wir den Überschreiber zerstören wollen …«

»Wenn wir den Überschreiber zerstören wollen, dann was?«, fragte Rhee scharf.

Kara schaute von ihrer Schwester zu Dahlen. »Dann müsst Ihr sterben.«

28

Rhiannon

Rhee stieß ihre Schwester gegen die Tür. Sie konnte kaum denken, war wie benebelt. »Was hast du gesagt?«

»Dass ich sterben muss«, sagte Dahlen langsam, als würde er im Kopf etwas ausrechnen. »Mein Herz für den Überschreiber.«

»Das wird nicht passieren«, beharrte Rhee. Der Junge, Alyosha, zog an ihrem Ellbogen, aber Rhee schüttelte ihn ab. »Sie lügt. Du bist eine Lügnerin!« Sie hatte das Gefühl zu ertrinken. »Ich werde nicht zulassen, dass du ihn umbringst.«

»Haltet Euch von Kara fern!«, erklang eine Roboterstimme hinter ihr. Dann fuhr ihr ein Stromstoß durch den Arm.

»Au!« Rhee wirbelte herum und sah einen hüfthohen Droiden mit blinkenden roten Augenlichtern. »Wer ist Kara?«

Ein lautes *Rums* kam von der anderen Seite der Tür und sie fuhren herum. Der Knauf wackelte, und Josselyn griff danach, als könnte sie die Soldaten hinter der Tür irgendwie abschütteln. Die Angeln knarrten, als jemand – oder viele Jemande – von der anderen Seite dagegendrückten.

Alyosha warf sich vor die Tür. Ein Stück Holz splitterte vom Schloss ab. »Nehmt euch alles, was ihr kriegen könnt. Es wird sie nicht aufhalten, aber zumindest wird es sie verlangsamen.«

Lahna, Julian und Joss gehorchten ihm wortlos. Sie zerrten das Bett und die Kommode durch den Raum und schoben sie vor die Tür. Dann stapelten sie Stühle und Weidenkörbe darauf, Gegenstände ohne Gewicht oder Belang – sie waren wie Sandkrabben, die Wälle abstützten, die bald von der hereinrollenden Flut davongeschwemmt werden würden.

Rhee war sich auf irgendeiner Ebene bewusst, dass sie helfen sollte, aber ihre Knochen waren so schwer, dass sie das Gefühl hatte, als sei sie hier, vor Dahlen, an Ort und Stelle festzementiert. Sie schaute ihm in die Augen.

»Ein bisschen Hilfe, bitte!« Alyosha schwitzte. Hinter dem aufgetürmten Möbelhaufen begann die Tür zu brechen. Der Droide reichte Aly einen gepolsterten Hocker, als ob das etwas nützen würde.

»Komm, kleiner Mann, hilf mir bei was Schwerem«, bat Issa, die sich allein mit einer weiteren Kommode abmühte. Der Droide rollte an ihre Seite und schob das Stück mühelos durch den Raum.

»Warum du?«, fragte Rhee. Dahlen hatte nichts weiter gesagt und sein Schweigen machte ihr Angst. Das Hämmern an der Tür wurde lauter, und das Beben übertrug sich auf ihren Körper und erschütterte sie tief in ihrem Innersten; die Tasinn mussten Verstärkung geholt haben.

»Ich habe immer gewusst, dass die Fontisianer bei der Entwicklung der Technologie, die Nero benutzt, eine Hand im Spiel hatten«, sagte Dahlen. »Mir war nur nicht klar, dass sie sich in meiner Brust befand, dass sie sie mit meinem Herzen verschmolzen hatten …«

Ahnen, dachte Rhee. Es war eigenartig und grausam, und jetzt verstand sie endlich. »Du wusstest nicht, was du wusstet«, ergänzte Rhee und wiederholte die Worte, die der Älteste ihr gesagt hatte.

»Wir können sie nicht mehr lange abwehren«, rief Julian.

Dahlen nickte. »Der Älteste hat es mir gesagt, und doch habe ich nie verstanden, was er meinte. Selbst Rahmal hat versucht, mir das Leben zu retten, auf Befehl des Ältesten hin.«

In Rhees Augen brannten Tränen.

»Warum solltest du sterben müssen? Warum können wir nicht einfach einen Chirurgen suchen?«

»Wir haben keine Zeit, Rhee. Und es gibt keinen Chirurgen in der Galaxie, der es herausholen und mich am Leben erhalten könnte.« Rhees Körper wurde gefühllos, als er sprach. »Das hat mir damals bei der Operation das Leben gerettet – es muss herausgeschnitten werden. Mein Leben ist jetzt damit verbunden.« Er nickte Julian zu und deutete auf das Messer in seinem Gürtel. Veyrons Messer.

Julian sah Rhee an.

»Nein«, sagte sie.

Julians Züge wurden weich und er biss sich innen auf die Wange. Josselyn begrub den Kopf an Alys Arm, während Lahna und Issa zuschauten. Die Tür gab langsam nach und brach aus den Angeln. Der Droide sprühte etwas über die Öffnung und flickte sie, doch es war nur eine Notlösung und würde nicht halten.

Julian wurde in den Raum geschoben, aber er stemmte die Füße auf den Boden und drückte wieder gegen die Tür. »Es tut mir leid, Rhee.« Er reichte Dahlen sein Messer.

»Nein!« Rhee stürzte sich auf das Messer. Dahlen packte es, bevor sie es ergreifen konnte, und hielt es so hoch, dass sie nicht drankam. Sie versuchte dennoch verzweifelt, es ihm abzunehmen, und als das nicht ging, trommelte sie mit beiden Fäusten auf seine Brust. »Ich habe dich gerade erst zurückbekommen.« Tränen stiegen ihr in die Augen, aber sie würde nicht weinen, denn wenn sie weinte, würde sie zugeben, dass es echt war, dass dieser Albtraum wahr werden würde.

Dahlen legte die Arme um sie und drückte sie an sich. Mit der Wange an seiner Brust sah sie ihre Schwester auf der anderen Seite des Raumes. Sie hatte auch Josselyn gerade erst zurückbekommen. Vielleicht konnte man nie alles haben, was man wollte, aber nur dieses eine Mal mussten die Menschen, die sie liebte, leben.

»Du musst es akzeptieren.« Ausnahmsweise sprach er nicht in Negativsätzen. Sie stieß ihn weg, trat einen Schritt zurück und sah sich um. Es wurde immer noch an die Tür gehämmert. Die Tür hatte jetzt einen kleinen Sprung, der sich über die ganze Länge ausbreiten würde. Rhee hatte das Gefühl, dass sie in sich den gleichen Riss hatte, als würde sie vor Kummer bersten. Lahna weinte. Tränen strömten ihr über die Wangen und sie schürzte die Lippen, als drohe sich ihr ein Klageschrei zu entreißen. Rhee stand noch immer unter Schock und konnte nicht glauben, was geschah. Ihre

Knie gaben nach und sie fiel hin, stützte die Hände auf den Boden, als ob sie eine Falltür finden könnte, die sich in eine neue Realität öffnete.

»Neros Armee rückt ohne ihn vor. Er ist tot und kann sie nicht zurückrufen. Was ist, wenn sie nicht mehr aufhören? Wir haben hierfür keine Zeit.«

Das Feuer schoss ihr durch die Adern, als sie ihn wütend anschaute. »Wir haben keine Zeit für Gefühle. Meinst du das damit, Dahlen? Für wen hältst du dich?« Sie suchte nach etwas, was sie nach ihm werfen konnte, irgendetwas, um ihre Traurigkeit mit Wut zu lindern. »Du denkst, du kannst hier hereinspazieren und drohen, dich umzubringen, und ich soll einfach …«

»Ich drohe nicht, mich umzubringen«, unterbrach er sie. Er kniete sich vor sie hin und drehte das Messer, sodass der Griff auf sie zeigte.

Sie wich zurück. »Das kann nicht dein Ernst sein.« Sie dachte daran, wie es gewesen war, Veyron zu töten. Es hatte ihr das Herz gebrochen.

»Es gibt keine andere Möglichkeit.« Er sah sie an, als sie auf die Füße kam. Er war fast so groß wie sie, selbst als er kniete. »Der Frieden der Galaxie hängt davon ab.«

»Ich will nichts damit zu tun haben. Ich kann nicht …« Sie hatte bereits Veyron und den Fischer verloren. Nicht auch noch Dahlen.

Eine Faust durchstieß die Tür. Und dann noch eine. »Nach den Lehren Vodhans darf er sich nicht selbst das Leben nehmen«, sagte Lahna.

»Ich bete nicht zu Vodhan!«, brüllte Rhee. »Was geht mich euer Gott an? Wenn du als Märtyrer sterben willst, dann ohne mich.«

»Es ist nicht falsch, mit Ehre zu sterben«, sagte Dahlen leise. »Außerdem ist es die einzige Möglichkeit.«

»Das ist es nicht wert. Ich werde dich nicht töten.« Rhee machte eine Handbewegung in Richtung der anderen. »Niemand wird es tun«, befahl sie mit wilder und rauer Stimme. »Ich verbiete es!«

»Er hat *dich* gefragt, Rhee«, warf Julian ein.

Sie fuhr zu ihm herum. »Macht dir das etwa Spaß?« Es war, als würde Gift aus ihrer Kehle spritzen. »Du wärst überglücklich, wenn ich ein weiteres Leben nehmen würde, nur um zu beweisen, was du schon immer von mir gedacht hast – dass ich eine herzlose, grausame, verwöhnte Mörderin bin. Ich werde es nicht tun! Und du«, fügte sie hinzu und zeigte auf Lahna, »hörst gefälligst auf zu heulen!«

»Niemand kritisiert dich«, sagte Julian. »Ich denke nicht, dass du herzlos bist. Aber überall in der Galaxie sterben Menschen. Wir müssen den Krieg beenden.«

»Ein kleines Opfer für die große Galaxie im Krieg. Bitte, Rhiannon.« Dahlen senkte den Kopf. Die ganze Zeit über hatte sie ihn nicht einmal *bitte* sagen hören. »Der Orden lehrt uns, dass der Tod durch die Klinge eines großen Kriegers meine Ewigkeit sichern wird.«

Rhee wusste, dass Dahlen, als er *Ewigkeit* sagte, von einem jenseitigen Leben sprach, an das die Fontisianer glaubten. Ein glückliches Leben, frei von Schmerz. Vielleicht war das der Grund, warum ihm der Tod nicht so endgültig erschien.

Er legte ihr das Messer in die Hand. Es war das erste Mal überhaupt, dass seine Züge sanft aussahen. Der Griff des Messers war überraschend warm und das Leder, mit dem er umwickelt war, weich. Wie konnte etwas so Weiches so tödlich sein?

»Ich weiß nicht, wie ich in dieser Welt ohne dich leben soll«, flüsterte sie. Ihr war klar, wie selbstsüchtig das klang, aber es war die Wahrheit. Rhee schloss die Augen. Er hatte ihr ihre eigene Moral begreiflich gemacht; selbst wenn sie sich stritten, definierte sie sich in Opposition zu ihm. In den wenigen Wochen, die sie ihn gekannt hatte, hatte sie mehr über Krieg und Glauben und ihren Platz auf der Welt gelernt als in all den Jahren, bevor sie sich begegnet waren.

»Das brauchst du auch nicht«, erklärte Dahlen. Eine weitere Glaubensvorstellung der Fontisianer: der geschlossene Kreislauf der Dinge. Dass nichts Totes jemals wirklich fort war.

Sie öffnete die Augen. Er nickte. Sie kniete sich vor ihn hin.

»Weißt du noch, was ich dir auf Tinoppa gesagt habe?« Er griff nach ihrer Hand und führte sie an die Stelle unter seinem Brustkorb. Sie spürte, wie sein Atem sich hob und senkte, spürte das Leben, das sie ihm nehmen würde.

Rhee dachte zurück und suchte nach ihrer organischen Erinnerung – und als sie kam, wusste sie es. Sie hatte einen scharfen, bitteren Geschmack in der Kehle.

»Du hast mir das schnelle Töten mit dem Messer beigebracht«, antwortete sie. Er hatte sie angewiesen, die Klinge nach oben in die Niere zu stoßen.

Er wird nicht überleben, hatte Dahlen gesagt.

»Du hast deinen Tod von langer Hand vorbereitet.«

»Das hat Vodhan getan.«

Tränen stiegen Rhee in die Augen. Sie fühlte sich, als würde sie sich innerlich auflösen.

»Ehre, Taperkeit, Loyalität«, stieß sie mit erstickter Stimme hervor. »Und Liebe.«

Dann rammte sie ihm das Messer ins Herz. Er keuchte unter der Wucht des Stoßes auf, hielt den Blick jedoch auf sie gerichtet. Als sie auf Widerstand traf, verzerrten Dahlens Züge sich bis zur Unkenntlichkeit. Rhee zögerte, holte tief Luft und stieß fest zu, versetzte ihm den Todesstoß.

Sie hörte ein letztes Flüstern: »Ich bin froh, dass du es warst.«

Er fiel zurück, aber Rhee fing ihn auf und zog ihn an sich, während sie auf dem Boden zusammenbrach. Sie hielt seinen Kopf auf dem Schoß.

Wenn sie nur alles ungeschehen machen könnte, wenn sie nur zurückgehen könnte in eine Zeit, in der sie alle noch nicht geboren waren. Sie würde das Unrecht ihrer Ahnen richten; sie würde dafür sorgen, dass dieser reine, unmögliche Junge ein alter Mann wurde. Um seine Botschaft zu verbreiten. Um seine Wahrheit zu leben. Aber so funktionierte die Welt nicht.

»Es tut mir leid.« Sie strich ihm mit den Fingern durch das weißblonde Haar. Dahlen blinzelte und seine Hand fand ihre.

Das Holz zerbarst, als der Wächter die Tür eintrat. Aber Rhee ließ Dahlens Gesicht keine Sekunde lang aus den Augen.

Sie beobachtete ihn, während sein Herzschlag langsamer wurde, weil sie den Moment seines Todes ehren wollte – um anzuerkennen, was er der Welt geschenkt hatte. Soldaten zwängten sich in den Raum und warfen die Möbel um, während ihre Freunde mit aller Kraft versuchten, sie zurückzudrängen.

Gerade als die ersten Soldaten es durch die Tür geschafft hatten, sah Rhee es: Ein wissender Ausdruck glitt über Dahlens Gesicht. Sie fragte sich, ob sein Leben an ihm vorbeizog, wie man sagte. Rhee hatte es bemerkenswert gefunden, wie viele Grautöne seine Augen annahmen; sie wechselten jedes Mal die Farbe. Jetzt nahmen sie die Schattierung alten Silbers an, eines seltenen Stückes, das die Zeit gut überstanden und das Beste und das Schlimmste gesehen hatte, was diese Welt zu bieten hat.

Sofort brachen die Soldaten auf dem Boden zusammen. Der Angriff hatte in dem Moment aufgehört, in dem Dahlens Herz stehen geblieben war. Für einen kurzen Augenblick wurde alles still, dann fingen die Leute draußen zu klagen und zu schluchzen an. Sie waren verschont geblieben. Es war der Klang großer Traurigkeit und noch größerer Erleichterung.

Alyosha kniete sich behutsam neben sie, als befürchte er, Dahlen aufzuwecken. »Prinzessin«, sagte er leise. Er hatte die beiden Münzen in der Hand. »Es gibt ein Ritual, damit er in Vodhans Königreich eingehen kann.«

Es schien, als würde er sie um etwas bitten. Rhee verstand nicht und konnte vor Tränen kaum etwas sehen – alles wirkte wie durch ein Kaleidoskop gebrochen und machte die Situation noch unwirklicher.

»Wenn du meinst, dass er es so gewollt hätte«, murmelte Rhee mit brechender Stimme.

Aly nahm die Münzen auseinander und legte Dahlen eine auf jedes Auge, dann trat er schnell zurück. Rhee beugte sich dicht über ihn und betrachtete die scharfe Linie seines Kinns, die hohen Wangenknochen, das weißblonde Haar, das manchmal dunkler wurde, so wie jetzt, als es ihm an der Stirn klebte. Er hätte schlafen können, wären da nicht die Münzen auf seinen Augen. Sie waren unheimlich, aber auch schön.

Rhee begrub das Gesicht an seinem tätowierten Hals. Er war noch warm, und dort, wo sein Puls hätte schlagen sollen, war nur eine tiefe Stille – wie in den entlegensten Winkeln des Weltraums, wo Dahlen in ihrer Vorstellung durch die Dunkelheit auf die Ehre zuschoss, nach der er gestrebt hatte.

29
Kara

Es war eine Woche vergangen, seit Kara und Rhiannon den Überschreiber zerstört hatten. Eine Woche nationaler Trauer, eilig geschlossener Friedenspakte und der Beruhigung einer ängstlichen Öffentlichkeit.

Eine Woche, seit Rhee nach Fontis aufgebrochen war, um Dahlens Leichnam mit ihren Münzen der Erde zu übergeben – ein Akt, um ihre Familien auf ewig miteinander zu verbinden. Sie wurde jeden Moment zurückerwartet. Ihr Schiff war gerade gesichtet worden, als es in die Umlaufbahn eintrat.

Eine Woche, seit Kara Neros Würfel von ihrem eigenen entfernt hatte, seit ihr Geist von den Gedanken des Wahnsinnigen befreit worden war.

Eine Woche und eine Ewigkeit. Die Menschen litten, waren orientierungslos. Sie brauchten einen Anführer. Und

Rhiannon brauchte eine Schwester. Was hatte Issa noch zu Kara gesagt? *Die Welt braucht Euch, Josselyn Ta'an.*

Sie war so verzweifelt darauf bedacht gewesen, Josselyn aus den Herzen und Köpfen der Menschen zu tilgen, dass sie erst jetzt begriffen hatte, dass Josselyn ihr Herz, ihr Kopf war. Die Ängste, die Hoffnungen, der Schmerz in ihrem Kopf – all das machte sie aus, würde sie immer ausmachen. Sie konnte Josselyn und Kara, diese beiden Leben, dieses Vorher und Nachher, in einer neuen Zukunft miteinander aussöhnen. Sie hatte jetzt eine Aufgabe und eine Familie.

»Rhee ist da.« Tai Reyanna erschien in der Tür. »Pavel bringt sie auf ihr Zimmer.«

Kara raffte ihr Kleid, verneigte sich und dankte der Tai. Die Gouvernante war in den Kümmer-Modus verfallen, nachdem die Verbindung zum Überschreiber aufgehoben worden war. Nach der Woche, in der sie ihre Bekanntschaft erneuert hatten, gehörte die Frau schon fast zur Familie.

Sie eilte an ihr vorbei, drückte Aly kurz die Hand – »Sie ist hier!« – und rannte in den Flur.

Sie lief durch den Palast zu den Gemächern ihrer Schwester und hatte das Gefühl, sich in einem seltsamen verkehrten Märchen zu befinden, wo sie gleichzeitig die holde Maid und der Held war, der sie aus dem hohen Turm retten musste. Es waren nur noch wenige Stunden bis zu ihrer echten Krönung, und es wurde Zeit – Zeit, sich wirklich das zurückzuholen, was sie verloren hatte: ihren Thron und ihre Schwester.

Schwester.

Lahna und Julian saßen zusammen in dem kleinen Vorraum vor Rhees Gemächern. Sie sahen erschöpft aus und waren mit dem klebrigen Pollen bedeckt, der für die Oberfläche von Fontis so typisch war. Sie hatten Rhee begleitet, um Dahlen dem Orden zurückzugeben. Es war das Ritual ihres Planeten, die Toten zu beerdigen, und Rhee hatte darauf bestanden – um Dahlen und seinem Gott Respekt zu erweisen.

»Kaiserin.« Lahna erhob sich und vollführte eine unbeholfene Verbeugung. Das fontisianische Mädchen hatte sich noch nicht an die Palastetikette gewöhnt und brauchte es auch nicht.

»Das ist nicht nötig«, sagte Kara und sah in den hellen Augen des Mädchens, dass es erleichtert war. »Aber trotzdem danke.«

Julian begrüßte sie nur mit einem Nicken und einem schwachen Lächeln. Sie hatten nicht von dem Tag im Dojo gesprochen, der noch gar nicht so lange zurücklag. Kara nickte anstelle einer Antwort. Sie verstanden sich auch ohne Worte: alles, was zwischen ihnen vorgefallen war, band sie jetzt zusammen, machte sie zu einer Familie, auch wenn sie nicht vom gleichen Blut waren.

Kara ging auf die Tür ihrer Schwester zu und sah den Riss, der längs durch das Holz verlief – eine Erinnerung an den Angriff der Tasinn, als sie unter dem Joch von Neros Kontrolle standen. Kara strich mit dem Finger über die Rille. »Hat sie etwas gesagt?«

»Sie hat geweint«, erwiderte Julian nicht unfreundlich.

»Gut«, sagte Kara. »Das hat sie gebraucht.« Sie wappnete sich, drehte den Knauf und trat ein.

Rhee kniete in ihrer schlichten weißen Untertunika mitten im Raum auf dem Boden. Es war die Stelle, an der Dahlen gestorben war. Sie sah nicht auf, als ihre Schwester eintrat, und für einen Moment stieg Panik in Kara auf. Wie sollte sie dieses Mädchen trösten, das in Wirklichkeit eine Fremde war? Wenn sie keinen Weg fand, Rhees Schmerz zu lindern, wie sollte sie da den Schmerz einer ganzen Galaxie lindern? Sie suchte nach Worten, Worten der Weisheit und der Güte.

Aber alles, was sie hervorbrachte, war: »Willkommen daheim, Rhee.« Kara legte ihr eine Hand auf die Schulter und drückte sie.

Rhee schaute nicht auf, legte aber ihre Hand auf die von Kara. Die andere hielt sie zur Faust geballt im Schoß.

Eine organische Erinnerung durchzuckte Kara wie ein Puls – keine Erinnerung an etwas Bestimmtes, sondern nur ein Gefühl, elektrisierend und überwältigend. Es war etwas, das sie nicht recht benennen konnte, etwas zwischen Liebe und Wissen: wie dünnhäutig Rhee gewesen war, wie dünnhäutig sie immer noch war. Es war Zorn, der sich nach und nach in ihr aufgebaut hatte.

Nach und nach würde Kara ihre Schwester kennenlernen. Vor Zorn hatte sie keine Angst.

Kara kniete sich hin und legte ihrer jüngeren Schwester sanft eine Hand unters Kinn, sodass Rhee gezwungen war, den Blick zu heben.

»Sie waren so freundlich.« Rhee öffnete die Hand und zeigte einen Onyxring mit einem kunstvollen Wappen. Dahlens Ring. »Ich durfte ihn als Andenken behalten.« Ihr Körper hob und senkte sich mit einem tiefen Atemzug. Kara war auch das vertraut – Rhee versuchte, nicht zu weinen.

»Sie sind ein freundliches Volk«, sagte Kara. »Dahlen war auch freundlich.« Er hatte ihr am Vorabend ihrer Krönung das Leben gerettet. Er hatte das Leben aller gerettet, die mit dem Überschreiber verbunden gewesen waren.

Kara strich ihrer Schwester durch das schwarze Haar. Es

war glatt und dick, ihre Finger glitten mühelos hindurch. Bei der Berührung zerbrach etwas in Rhee. Sie wurde von Schluchzern geschüttelt.

»Ich habe so viele Fehler gemacht.« Endlich schaute ihre kleine Schwester zu Kara auf und Tränen liefen ihr übers Gesicht. »Die vielen schrecklichen Ereignisse – es war alles meine Schuld.«

»Das stimmt nicht«, widersprach Kara. Wie war es möglich, dass Rhee ihr gleichzeitig wie eine Schwester und wie eine Fremde vorkam?

»Woher willst du das wissen? Du warst nicht hier …« Rhees Stimme verlor sich. Kara verspürte einen Stich, obwohl Rhee nicht die Absicht gehabt hatte, sie zu verletzen. In dem Schweigen beugte Kara sich vor, nahm Rhee in die Arme und drückte sie fest an sich.

»Es tut mir leid«, flüsterte Kara. Schließlich gab Rhee sich ihrer Trauer hin und ließ den Kopf auf Karas Schulter sinken. Kara spürte, wie sie zitterte, während sie weinte. Kara hielt ihre Schwester fest. Sie versuchte, Rhees Schmerz als ihren eigenen anzunehmen, diesen Schmerz zu tragen. Früher hatte sie davor weglaufen wollen, hatte verschwinden wollen, aber hier bei Rhee wurde sie gebraucht, und es war auch das, was sie brauchte.

»Wir sind jetzt zusammen«, sagte Kara leise.

Die echte Arbeit lag noch vor ihnen. Die echten Menschen, die gerettet werden mussten, waren nicht zwei Prinzessinnen, sondern die Leute unten und in der ganzen Galaxie. Die Herrschaft der Ta'an-Dynastie war von der Vorstellung geprägt, die Leitsterne zu sein, denen der Rest der Welt folgte.

Aber es würde Veränderungen geben müssen, so, wie Kara

sich in Josselyn verwandeln musste, um sie selbst zu werden und um nach Hause zu kommen.

Rhee beruhigte sich allmählich. Von unten drang der Lärm der Menge zu ihnen herauf. Diesmal war er freudig, nicht zornig. Die versammelten Menschen riefen ihre Namen: *Rhiannon. Josselyn. Lang lebe die Ta'an-Dynastie.*

»Ich wünschte, sie könnten das hören.« Rhee löste sich von ihrer Schwester. Sie wischte sich mit dem Arm übers Gesicht, bevor sie auf das offene Fenster deutete. »Unsere Eltern, meine ich. Der Kaiser wäre stolz auf uns gewesen.« Der Wind fuhr in die Vorhänge und trug jubelnde, lärmende Stimmen herein. Der Schmerz in Karas Kopf war wie ein leises Summen, hatte einen langsamen Rhythmus angenommen. Aber es war ihr Schicksal und den Preis wert, bei der Familie zu sein. Die Sonne würde bald untergehen und die Krönung würde in ihrem goldenen Licht stattfinden. »Was werden wir tun?«

Kara – nein, Josselyn jetzt – schaute in die untergehende Sonne und dachte an alles, wofür ihre Eltern gestanden hatten, und an die Entscheidungen, die der Kaiser hatte treffen müssen. Er hatte eine Verfügung unterzeichnet, die die Privatsphäre aller Menschen in seinem Herrschaftsbereich verletzte – aber er hatte es als Gnadenakt getan und als eine Möglichkeit, den guten Willen zu fördern. Aber konnten friedfertige Zwecke wirklich gewalttätige Mittel rechtfertigen? Und konnte sie Rhiannon sagen, was sie über die Herrschaft ihres Vaters herausgefunden hatte, wenn klar war, wie sehr sie ihn vergöttert hatte? Es war die erste Entscheidung, die sie als Kaiserin treffen würde.

Josselyn wandte sich wieder zu Rhee um. In den Augen ihrer Schwester sah sie sowohl Verletzlichkeit als auch Wildheit, und sie dachte wieder an Leitsterne – strahlend, glühend, einsam. Josselyn hatte noch nie solche Angst gehabt wie in diesem Moment, hatte sich aber auch noch nie so ganz gefühlt. »Wir werden den Leuten geben, was sie brauchen«, versprach sie. Sie musste auch Rhee geben, was sie brauchte. Für Wahrheiten würde später noch Zeit sein. Jetzt war es erst einmal wichtig, zuzuhören und ihr Bestes zu geben und ihrer Galaxie und ihrer Schwester zu dienen.

Epilog

Als Aly sie fand, stand sie am Fenster und blickte auf die Menge hinab, die während der letzten vierundzwanzig Stunden immer größer geworden war, um ihre Krönung, ihre echte Krönung, mitzuerleben. Tagsterne umschwirrten sie wie Bienen den Honig. Bunte Laternen hingen an jedem Balkon in der Stadt, und Feuerwerk schoss in den Himmel empor.

Aly trat neben sie. Er wusste nicht, wie er sie anreden sollte – Kara? Josselyn? –, denn sie war jetzt beides. »Bereit fürs Abendprogramm?«

»Nein.« Sie drehte sich zu ihm um und biss sich auf die Lippe. »Und was, wenn das eine schlechte Idee ist?«

»Du bist um Klassen besser als der letzte Kerl, der an der Macht war.«

»Tiefer kann man die Latte nicht legen.« Sie schlug nach ihm, aber Aly hielt sie an den Handgelenken fest.

»Du bist brillant und du bist gerecht, und du willst das tun, was richtig ist.« Er wollte ihr mit seinem Blick sagen, wie leid es ihm tat. Er wollte ihr sagen, dass er sie nicht verdiente. »Und du kannst verzeihen. Das ist mehr, als ich mir von einem Herrscher erträume.«

»Dann willst du damit also sagen« – Kara trat näher an ihn heran – »dass ich deine Traumfrau bin.«

Bevor er antworten konnte, küsste Kara ihn. Es war ein langer, langsamer Kuss, nicht so drängend wie der letzte. Der Kuss war unnachgiebig, wie Ozeanwellen, die hereinrollen. *Du bist meine Traumfrau,* sagte er mit seinem Kuss. So fühlte sich sein Rhythmus an, das Auf und Ab, der unheimliche Sog der Strömung, die einen ins Meer zog und hilflos in den Wellen treiben ließ. Er fühlte sich wie in warmes Wasser getaucht, sein Mund auf ihrem, die Seide ihres Kleides, als er seine Hand an ihr hinaufgleiten …

»Ich muss dich was fragen«, sagte sie und löste sich von ihm.

Sie zog eine kleine Samtschatulle aus den Bahnen ihres Kleides und hielt sie mit schüchternem Lächeln und gerötetem Gesicht zwischen sie.

»Willst du mich fragen, ob ich dich heiraten will?«

»Nein, du Idiot.« Kara funkelte ihn an. »Verdirb den Augenblick nicht.«

Sie klappte das Kästchen auf. Darin lag ein kleines silbernes Abzeichen mit der Flagge von Wraeta. »Ich bitte dich, mein wraetanischer Botschafter zu sein.«

Er stand zwar nicht auf Schmuck, aber *darauf* stand er schon. Es war die coolste Anstecknadel, die er je gesehen hatte, und vielleicht das schönste Geschenk, das er je bekommen hatte. »Aber es gibt kein Wraeta«, sagte Aly, und plötzlich war sein Herz voller Traurigkeit.

»Nur weil es kein Wraeta gibt, heißt das nicht, dass es keine Wraetaner gibt. Du wirst sie finden müssen – wo immer sie sind.«

Aly schnürte sich die Kehle zu. Es war das, was er sich immer gewünscht hatte – bei Kara zu sein und bei seinem Volk zu sein.

Kleine Lachfältchen erschienen um ihre Augen, als sie lächelte. »Weinst du etwa?«

»Ach, Quatsch. Ich hab nur was im Auge.«

Sie zog die Nadel aus dem Futter und warf die Schachtel über die Schulter. »Leg die Augen trocken, Botschafter Myraz«, sagte sie, als sie die Nadel am Rundkragen seines im kalusianischen Stil geschneiderten Anzugs befestigte. »Du kommst ins Fernsehen.«

»Ich habe jede Menge Übung.« Diesmal war er derjenige, der sie küsste. Es war ein sanfter Kuss. Er hörte auf, begann von Neuem und ging in ein neues Gefühl über, in dem Mund, Atem und Seele miteinander verschmolzen. Er wollte sie mit jedem Teil seines Körpers berühren, und er beugte sich vor und spürte ihre Hände unter seinem Hemd und auf dem Rücken …

Ein Grinsen lag auf Alys Lippen, als er auf den unteren Balkon trat, wo Julian, Issa, Lahna und Pavel sich versammelt hatten, um Karas Krönung zu verfolgen. Wind wehte ihm in den Rücken, und er hätte schwören können, die Geister von Vin, Jeth und Dahlen zu spüren, die ihn nach vorn schoben, dahin, wo er hingehörte.

»Du siehst scharf aus«, bemerkte Issa und deutete auf seine neue Anstecknadel. Pavel streckte ein Taschentuch aus, um die Nadel zu polieren.

Aly schlug ihn weg. »Ihr aber auch.« Sie hatten sich Tasinn-Uniformen schneidern lassen und sahen aus wie die grimmigste – und sicher auch die am buntesten zusammengewürfelte – Truppe von Leibwächtern, die jemals zusammengekommen war. Julian drückte Aly den Daumen in die Handfläche – eine wraetanische Begrüßung und ein Zeichen des Respekts, wahrscheinlich weitergegeben von seinem wraetanischen Vater. Issa wiegte die Schultern im Takt der Trompetenstöße, die von unten heraufdrangen, während sich Konfetti in ihrem Haar verfing.

»Seht nur!«, rief Lahna und deutete hoch zum Balkon. Rhiannon lächelte zu ihnen herab. Sie hob die Hand, um zu winken.

Dann erschien Josselyn hinter ihr. Der Wind peitschte ihr das Haar um die Schultern. Das Kleid brachte die Farbe ihrer Augen zur Geltung. Sie hob die Hand, um Schweigen zu gebieten, und die Menge verstummte schlagartig. Dann öffnete sie den Mund, um zu sprechen, und Aly dachte daran, seinen Würfel hochzufahren. Ein Blitz durchfuhr ihn; es war ein angenehmer Schmerz, der in ihm den Wunsch nach mehr weckte.

Er wollte sich an diesen Augenblick erinnern. Von nun an wollte er sich an alles erinnern.

Danksagung

Jess Harriton, danke für deine Brillanz, deine Freundlichkeit und dein Geschick, mich durch das Chaos zu führen. Tiffany Liao, meine Komplizin, ich danke dir für deinen redaktionellen Scharfsinn und dein unendlich großes Herz. Casey McIntyre, Wonder Woman und Publizistin in Personalunion, danke für alles, was du tust. Und ich danke Corina Lupp für ein perfektes Cover. Ben Schrank und alle Mitarbeiter bei Razorbill – danke.

Alexa Wejko, mein Polarstern, dieses Buch wurde von dir in vielfältigster Hinsicht geformt – danke für deine Freundschaft und dein Talent. Lexa Hillyer und Lauren Oliver, danke für eure Hilfe und Fachkenntnis, als wir diese Geschichte zu etwas Größerem aufgebaut haben, als ich gedacht hätte. Kamilla Benko, Tara Sonin und Angela Velez danke ich für die positive Einstellung, Liebe und Unterstützung. Und ein riesengroßes Dankeschön geht an den Rest der Teams bei Inkwell und Glasstown: Stephen Barbara, Emily Berge und Diana Sousa.

Adam Silvera, Dhonielle Clayton und Ashley Woodfolk danke ich dafür, dass ich Tag und Nacht über das Schreiben reden darf. Ebenso danke ich den Autoren, die ich die Ehre habe, als Lektorin zu betreuen, und dem Rest meiner Kollegen bei Imprint. Durch euch bin ich eine bessere Schriftstellerin geworden.

Ein besonderer Dank geht an meine Ate, die meine ganzen schrecklichen Entwürfe liest und mich – und meine Figuren – dazu antreibt, uns das zu holen, was wir uns am meisten wünschen. Jasy, Luis und Alana: Ihr seid die Konstellationspunkte, die mich täglich leiten. Juan und Julian, ich danke euch dafür, dass ihr mir ein zweites Zuhause geboten habt. Und Kuya, Ellie, Mason und Logan, euch danke ich, dass ihr meine Konstanten seid.

Und ich danke dir, Kyle, für die Liebe, die du gibst.

Claudia Gray

Constellation – Gegen alle Sterne

512 Seiten, ISBN 978-3-570-17439-5

Noemi ist bereit zu sterben, um ihren Planeten gegen die Erde zu verteidigen. Als sie in einem verlassenen Raumschiff nach Hilfe für ihre schwer verletzte Freundin sucht, trifft sie auf Abel, die perfekteste künstliche Intelligenz, die je entwickelt wurde. Er ist programmiert, sie zu töten. Gleichzeitig aber muss Abel dem ranghöchsten Menschen an Bord gehorchen. So gelingt es Noemi, ihm das Geheimnis zu entlocken, das ihren Planeten retten kann. Dafür müsste sie Abel zerstören. Doch Abel sieht nicht nur aus wie ein Mensch aus Fleisch und Blut. Je näher sich die beiden auf der lebensgefährlichen Mission kommen, desto klarer wird Noemi: Er fühlt auch wie ein Mensch. Bald steht er längst nicht mehr nur aus programmiertem Gehorsam zu ihr. Aber ist er wirklich frei, alles für sie zu tun?

Joe Craig

J.C.

Jimmy Coates ist äußerlich betrachtet ein ganz normaler 12-Jähriger. Doch der Schein trügt: Er ist ein genetisch veränderter Super-Agent des Britischen Secret Service NJ7. Für den NJ7 ist Jimmy eine ihrer mächtigsten Waffen. Jimmys Fähigkeiten entwickeln sich im Laufe seines Heranwachsens mit ihm. Sobald er 18 ist, wird er ein voll ausgebildeter Agent sein, der seiner neoliberalen autoritären Regierung als tödliches Instrument dienen soll. Doch Jimmy beschließt, dass er allein entscheiden wird, wofür er seine Kräfte einsetzen will. Und so wird J. C. zum meistgejagten Jungen des Planeten.

J.C. – Agent im Fadenkreuz
Band 1, 320 Seiten,
ISBN 978-3-570-17393-0

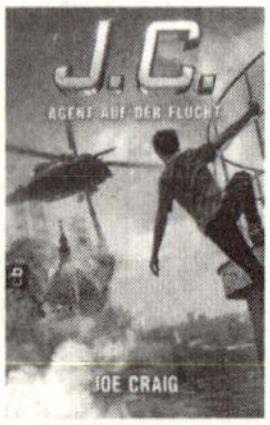

J.C. – Agent auf der Flucht
Band 2, 336 Seiten,
ISBN 978-3-570-17394-7

J.C. – Agent in höchster Gefahr
Band 3, 320 Seiten,
ISBN 978-3-570-17461-6

J.C. – Agent in geheimer Mission
Band 4, 320 Seiten,
ISBN 978-3-570-16507-2

20264_4

www.cbj-verlag.de

Armand Baltazar

Timeless –
Retter der verlorenen Zeit

624 Seiten, ISBN 978-3-570-17447-0

Die Zeitkollision war eine Katastrophe kosmischen Ausmaßes, die Zeit und Raum aufspaltete und die Erde auseinanderriss. Die Überlebenden kommen aus den unterschiedlichsten Kulturen und Epochen. In dieser neuen Welt lebt Diego Ribera. Doch nicht alle sind an einem friedlichen Zusammenleben in diesem neuen Zeitalter interessiert, und so wird Diegos brillanter Erfinder-Vater entführt. Er soll den Zeitbruch – und somit die letzten 15 Jahre – ungeschehen machen. Diego muss sich auf eine gefährliche Reise begeben, um seinen Vater, seine eigene Existenz und die Zukunft der Welt zu retten ...

20272

cbj

www.cbj-verlag.de